EL HONOR COMIENZA EN EL HOGAR

RETO DE VALIE

una novelización por
RANDY ALCORN

basada en el guión por
ALEX KENDRICK &
STEPHEN KENDRICK

Tyndale House Publishers, Inc.
Carol Stream, Illinois, EE. UU.

NTES

Visite Tyndale en Internet: www.tyndaleespanol.com y www.BibliaNTV.com.

Para más información acerca de *Reto de valientes*, visite www.retodevalientes.com.

Reto de valientes: Una novela

Originalmente publicado en inglés en 2011 como *Courageous* por Tyndale House Publishers, Inc., con ISBN 978-1-4143-5846-8.

Diseño: Dean H. Renninger

Maquetación: Febe Solá

Edición del inglés: Caleb Sjogren

Traducción al español: Matilde Pérez García

Edición del español: Noa Alarcón

ISBN 978-1-4143-6724-8

Impreso en Estados Unidos de América
Printed in the United States of America

18   17   16   15   14   13   12
7   6   5   4   3

Randy dedica este libro a:

Mi querida esposa, Nanci,

mis maravillosas hijas, Karina y Angela,

mis estupendos yernos, Dan Franklin y Dan Stump,

mis adorados nietos, Jake, Matt, Tyler y Jack.

Por cada uno de ustedes, mi familia, ningún hombre podría

estar más agradecido a Dios de lo que yo lo estoy.

★ ★ ★

Alex y Stephen dedican este libro a:

Nuestras esposas, Christina y Jill: su amor y su apoyo

han impulsado la lucha por responder a la llamada de Dios

en nuestras vidas. ¡Son un tesoro increíble! Que Dios siga

bendiciéndonos, enseñándonos, y acercándonos a nosotros y a Él.

Las amamos y las necesitamos desesperadamente.

A la Iglesia Bautista Sherwood: que el amor que profesan por

Dios y por sus prójimos siga brillando cada año con más fuerza.

Sigan orando, sirviendo, dando, y creciendo. Ya ha merecido

la pena, ¡pero su mayor recompensa está aún por llegar!

¡Que el mundo sepa que Jesucristo es su Señor! ¡Gloria a Dios!

CAPÍTULO UNO

Un Ford F-150 SuperCrew rojo circulaba por las calles de Albany, Georgia. El conductor de la furgoneta rebosaba optimismo, tanto que era incapaz de prever las batallas que estaban a punto de golpear su ciudad natal.

La vida va a ir bien aquí, se decía a sí mismo Nathan Hayes, de treinta y siete años. Tras pasar ocho años en Atlanta, Nathan había llegado a Albany, en dirección sur a tres horas de distancia, con su esposa y sus tres hijos. Un trabajo nuevo. Una casa nueva. Un nuevo comienzo. Incluso una furgoneta nueva.

Con las mangas subidas y las ventanillas bajadas, Nathan disfrutaba del sol del sur de Georgia. Entró en una estación de servicio al oeste de Albany, una versión remodelada de la misma gasolinera en la que él había parado veinte años atrás después de sacarse la licencia de conducir. Había estado nervioso. No era su zona de la ciudad: blancos en su mayoría, y en aquella época no conocía a muchos. Pero la gasolina había sido barata y el trayecto encantador.

Nathan se permitió un desperezo prolongado y lento. Introdujo su tarjeta de crédito y repostó gasolina tarareando satisfecho. Albany era la cuna de Ray Charles, *Georgia on My Mind,* y de la mejor cocina casera de la galaxia. Albany, con un tercio de población blanca, dos tercios

1

negra, un cuarto por debajo del nivel de pobreza, había sobrevivido a varias inundaciones del río Flint y a una historia cargada de tensión racial. Pero, con sus virtudes y sus defectos, Albany era su hogar.

Nathan llenó el depósito, se metió en la furgoneta y giró la llave de contacto antes de acordarse de la masacre. Media docena de enormes y torpes insectos de junio se habían dejado la vida por imprimir su huella en el parabrisas.

Salió y sumergió el limpiacristales dentro de un cubo de agua que resultó estar totalmente seco.

Mientras buscaba otro cubo, Nathan se percató de la mezcla de gente que había en la estación de servicio: un ciudadano mayor demasiado cauto arrastrando su Buick sigilosamente hasta Newton Road, una mujer de mediana edad enviando un mensaje de móvil en el asiento del conductor, un chico con un pañuelo en la cabeza apoyado en un reluciente Denalti plateado.

Nathan dejó la furgoneta en marcha y la puerta abierta; se dio la vuelta solo unos segundos… o eso le pareció. Cuando la puerta se cerró de un portazo, ¡se giró al tiempo que su furgoneta se alejaba del surtidor!

La adrenalina se disparó. Corrió hacia el lado del conductor mientras su furgoneta se dirigía chirriando hacia la calle.

—¡Eh! ¡Para! ¡No! —Las habilidades que Nathan había adquirido en el equipo de fútbol americano de Dougherty Hill hicieron su aparición. Se lanzó, metió el brazo derecho por la ventanilla abierta y agarró el volante, corriendo junto a la furgoneta en movimiento.

—¡Para el coche! —gritó Nathan—. ¡Para el coche!

El ladrón, TJ, más duro que el acero, tenía veintiocho años y era el líder indiscutible de la Gangster Nation, una de las mayores bandas criminales de Albany.

—¿Estás loco, tío? —TJ podía levantar 200 kilos y pesaba treinta más que aquel tipo. No tenía la menor intención de devolver ese coche.

Aceleró hasta la calle principal, pero Nathan no se soltó. TJ golpeó una y otra vez su cara con potentes derechazos y después le aporreó los dedos para que se soltara.

—Vas a morir, tío; vas a morir.

Los dedos de los pies de Nathan le gritaban, sus zapatillas de correr Mizuno no eran para el asfalto. De vez en cuando, el pie derecho daba con el estribo y conseguía un pequeño respiro, pero lo perdía de nuevo cuando su cabeza recibía otro golpe. Con una mano agarrada al volante, Nathan arañó al ladrón. La furgoneta dio bandazos de derecha a izquierda. Al echarse hacia atrás para evitar los puñetazos, Nathan vio el tráfico que se aproximaba en dirección contraria.

TJ también lo vio, y se dirigió hacia él con la esperanza de que los coches le quitaran de encima a aquel estúpido.

Primero pasó como una bala un Toyota plateado, después un Chevy blanco; los dos se apartaron para esquivar a la furgoneta que iba dando volantazos. Nathan Hayes se balanceaba como un especialista de Hollywood.

—¡Suéltate, imbécil!

Por fin, Nathan consiguió un buen punto de apoyo en el estribo y empleó cada pizca de fuerza que le quedaba para tirar del volante. La furgoneta perdió en control y se salió a toda velocidad de la carretera. Nathan rodó sobre gravilla y maleza.

TJ se estrelló contra un árbol y el airbag le estalló en la cara, que quedó enrojecida con sangre. El pandillero salió dando traspiés de la furgoneta, aturdido, sangrando e intentando encontrarse las piernas. TJ quería vengarse de aquel tipo que se había atrevido a desafiarle, pero apenas podía dar unos cuantos pasos sin tambalearse.

El Denalti plateado de la estación de servicio paró en seco con un chirrido a tan solo unos metros de TJ.

—Date prisa, tío —gritó el conductor—. No merece la pena, hermano. Sube. ¡Vamos!

TJ subió tambaleándose al Denalti, que se alejó a toda velocidad.

Aturdido, Nathan se arrastró hasta su vehículo. Tenía la cara roja y arañada, y la camisa de cuadros azul manchada. Sus vaqueros estaban rasgados, el zapato derecho roto y el calcetín ensangrentado.

Una mujer con el pelo caoba, vestida para ir al gimnasio con pantalones de yoga negros, salió de un salto del lado del acompañante de un Acadia blanco. Corrió hasta Nathan.

—¿Se encuentra bien?

Nathan la ignoró y siguió arrastrándose hacia su camioneta.

La conductora del todoterreno, una mujer rubia, estaba indicando su situación al operador del 911.

—Señor —dijo la mujer de pelo caoba—, tiene que quedarse quieto.

Nathan siguió arrastrándose, desorientado pero decidido.

—¡No se preocupe por el coche!

Nathan, que seguía moviéndose, dijo:

—No estoy preocupado por el coche.

Utilizó el neumático para levantarse lo suficiente como para abrir la puerta trasera de la furgoneta. Un llanto ensordecedor salió del asiento del coche. El pequeño dio rienda suelta a la conmoción contenida al ver a su papá de rodillas, sudoroso y sangrando. Nathan se acercó para tranquilizarlo.

Mientras las sirenas se aproximaban, la mujer de pelo caoba observó a Nathan con su pequeño, que llevaba un diminuto peto vaquero. Aquel desconocido no estaba ciegamente obcecado por una posesión material. No estaba loco.

Era un héroe, un padre que había arriesgado su vida por rescatar a su hijo.

El cabo Adam Mitchell se acercó al heroico padre que estaba sentado en el parachoques trasero de una ambulancia mientras un paramédico se ocupaba de su pie ensangrentado. Shane Fuller, el compañero de Adam, que era más joven, siguió sus pasos. Otros dos ayudantes del *sheriff* entrevistaban a las mujeres que se habían detenido para prestar ayuda. El hombre sostenía a su hijo cerca de su pecho y le pasaba la mano por encima del suave pelo moreno.

Adam se dirigió al paramédico:

—¿Qué le parece si llevamos al niño allí? Que alguien lo vigile mientras le hacemos a este señor algunas preguntas.

—No, gracias —dijo el padre—. Ya lo perdí de vista una vez; lo siguiente que recuerdo es que casi lo pierdo.

Adam hizo una pausa, pasándose la mano con un gesto rápido por el pelo castaño oscuro cada vez menos espeso, después preguntó:

—¿Podría describir al tipo que le robo la furgoneta?

—Negro… oscuro como yo. Con unos bíceps enormes y un gancho poderoso. —Se tocó la mandíbula con cuidado—. No puedo decirles mucho de su cara, pero podría describir su puño a la perfección: duro como el granito. Con un anillo grande de oro. Cerca de treinta años, y llevaba un montón de cadenas de oro alrededor del cuello.

—¿Vio alguna otra marca? ¿Tatuajes?

—No, todo sucedió muy rápido. Creo que llevaba un pañuelo negro en la cabeza. Pero tenía los ojos puestos en el volante. ¡Y en el tráfico que venía en sentido contrario!

Shane entornó los ojos y se restregó las bolsas de debajo de ellos.

—¿Y qué hay del conductor del coche en el que huyeron?

—No lo vi. Solo pensaba en mi hijo.

—Ha tenido suerte de no caer a la carretera. No puedo creer que haya salido vivo de esa locura.

—He tenido suerte. Pero no estoy loco. ¿Qué otra cosa podía hacer?

—¿Qué le parece dejar que la policía fuera tras él? ¡Ese es nuestro trabajo!

—¿Y qué le habría hecho ese matón a mi hijo? ¿Tirarlo a los matorrales cuando hubiese llorado? No iba a soltar ese volante. Jackson es *mi* trabajo.

—¿Sabe que podía haber perdido la vida?

—Sí, señor —dijo, meciendo al niño en sus brazos—. Pero no podía arriesgarme a perder a mi hijo.

Sumiéndose en sus pensamientos, Adam dejó de tomar notas.

El hombre herido dijo:

—Deseaba conocerles el lunes en mejores circunstancias, chicos.

—¿El lunes? —preguntó Shane.

—Sí. Empiezo a trabajar con ustedes la próxima semana.

Adam echó un vistazo a las notas que había escrito antes.

—*Nathan Hayes.* Me preguntaba de qué me sonaba tu nombre. —Extendió la mano—. Adam Mitchell. Encantado de conocerte, ayudante Hayes.

—Shane Fuller.

—Un placer conocerles —dijo Nathan.

—¿Por qué Albany? —preguntó Shane.

—Quería darle a mi familia más tranquilidad. Crecí aquí. Fui al instituto Dougherty. La vida en Atlanta no encajaba bien con nosotros.

Adam comprobó la furgoneta de Nathan.

—También tengo una F-150. Conozco un buen mecánico. Te lo anotaré.

—Gracias.

El paramédico interrumpió.

—Ya hemos acabado de momento con ese pie. Se encargarán de usted en el hospital. Necesito que entre. Podemos fijar la silla de coche de su hijo en el interior.

—Quiero a Jackson donde pueda verlo.

Adam miró a Nathan.

—Te diría «bienvenido de nuevo a Albany», pero después de un día tan desastroso no lo haré.

—Bueno, mi hijo está bien. Así que sigo diciendo que es un buen día. —Sonrió a Jackson y siguió meciéndolo suavemente.

Desde su coche patrulla, Adam observó cómo los paramédicos cerraban la puerta de la ambulancia y se marchaban con el valiente padre y con su hijo.

Se incorporó a la carretera.

—¿Tú habrías agarrado el volante? ¿Y lo habrías sujetado mientras te están haciendo papilla?

Shane Fuller se giró y pensó durante un momento.

—Bueno, se me ocurren unas cuantas maneras en las que él podía haber muerto por hacerlo. Y aunque fuese una locura, supongo que salvó la vida de su hijo.

—Entonces, ¿te habrías agarrado al volante?

—¿Sinceramente? No lo sé. ¿Y tú?

Adam lo pensó, pero no respondió.

Le preocupaba no estar seguro de su respuesta.

★ ★ ★

Adam, cargado con varios informes de la oficina del *sheriff*, entró por la puerta trasera de su casa y fijó la vista sobre el cuadro más prominente de las paredes de la sala de estar, una foto enmarcada de dieciséis por veinte con el autógrafo de uno de los mejores jugadores de los Atlanta Falcons de todos los tiempos: Steve Bartkowski. Adam saludó con la cabeza a Steve, su ídolo de juventud.

Recorrió el recibidor hasta la cocina, donde su esposa estaba terminando de fregar los platos.

—¡Adam, son las ocho y cuarto! ¿Dónde has estado?

Victoria tenía *ese tono*, así que Adam le dirigió *la mirada*.

—Haciendo informes. Intentando no volver a pasarme del plazo. Lo siento por la cena. —Acababa de entrar por la puerta y ya estaba metido de lleno en la autodefensa. Apenas se dio cuenta de los rizos espesos y oscuros de Victoria, que caían sobre su nuevo jersey azul. A veces, incluso después de dieciocho años de matrimonio, Adam se quedaba impactado por lo hermosa que era. Pero aquella noche su barrera se alzó, y los pensamientos románticos se evaporaron.

—Te has perdido el recital de piano de Emily.

Adam hizo una mueca.

—Lo olvidé por completo.

—Lo hablamos la semana pasada, ayer, y de nuevo esta mañana. Y lo habrías sabido si hubieses estado en casa para cenar.

—Ha sido un día de locos. Han pasado un montón de cosas importantes.

—¿Qué es más importante que tus hijos?

Adam puso su mejor cara de «nadie comprende a un poli».

Victoria se mordió la lengua y después suavizó el tono.

—Emily ha preguntado si podía quedarse levantada hasta que llegaras a casa. —Hizo una pausa, buscando las palabras—. Dylan ha salido a correr. Cuando regrese, te volverá a preguntar lo de esa carrera de cinco kilómetros.

—Y yo volveré a contestarle que no.

—He intentado decírselo. Pero está decidido a hacerte cambiar de opinión.

La puerta trasera se abrió. Adam suspiró.

—Y allá vamos.

Dylan Mitchell, un chico flacucho y moreno de quince años, con una camiseta sudada, negra y sin mangas, y unos pantalones cortos de color rojo, entró por la puerta respirando con dificultad.

Adam estudió la propaganda que llevaba en la mano.

—Papá, ¿puedo hablar contigo?

—Siempre que no sea sobre la carrera de cinco kilómetros.

—¿Por qué no? Un montón de chicos van a correr con sus padres en ella.

Adam levantó finalmente la vista hacia Dylan. *¿Cuándo se hizo tan alto?*

—¡Ya formas parte del equipo de atletismo! No necesitas correr en ningún otro sitio.

—Casi nunca me dejan correr porque soy novato. No puedo inscribirme en esta carrera a menos que corras conmigo.

—Mira, Dylan, no me molesta que te guste correr. Pero habrá otras carreras.

Dylan frunció el ceño, se giró y se dirigió con frialdad a su habitación.

Victoria se secó las manos en un paño de cocina y se acercó a Adam.

—¿Puedo sugerirte que pases un poco más de tiempo con él?

—Lo único que quiere hacer es jugar a los videojuegos o correr cinco millas.

—Entonces corre con él. ¡Solo son cinco kilómetros! ¿Qué es eso? ¿Tres millas?

—Tres coma una.

—Ah, lo siento. ¿Te vas a morir por ese «coma una»? —Se apresuró en sonreír, tratando de poner calma después del estallido.

—Sabes que nunca me ha gustado correr. ¿Echar unas canastas? Vale. ¿Unos lanzamientos de rugby? Cuando quiera. Pero a él no le gusta lo que a mí. Tengo cuarenta años. Tiene que haber una manera mejor de pasar el tiempo con él que torturándome.

—Pues tienes que hacer algo.

—Puede ayudarme a construir el cobertizo en el patio trasero. Voy a tomarme unos días la semana que viene.

—Va a ver eso como un proyecto tuyo. Además, estará en la escuela la mayor parte del tiempo. Con el entrenamiento de atletismo, no llega a casa hasta justo antes de la cena, algo que no sabes porque rara vez estás en casa a esa hora. Adam, tienes que conectar de verdad con tu hijo.

—Me estás sermoneando otra vez, Victoria.

Ella caminó hasta el fregadero y arrojó dentro el paño de cocina. Adam se preguntó si Victoria era consciente de aquel simbolismo.

—¡Hola, papi!

Emily, de nueve años, entró en la cocina y se apoyó en la encimera sonriendo a su padre. Con el pelo moreno y rizado como su madre, resultaba adorable vestida con el pijama de princesa.

—Hola, cariño. Siento haberme perdido tu recital hoy.

—No pasa nada. —Levantó la vista con sus ojos oscuros de duendecillo bien abiertos—. Me he equivocado tres veces.

—¿De verdad?

—Sí. Pero Hannah se ha equivocado cuatro veces, así que me sentí mejor.

Adam sonrió y le pellizcó la nariz.

—¡Eres un diablillo!

Emily soltó una risita.

Adam rodeó la isla de la cocina y abrazó a su pequeña. Así era, se percató Adam, la jerarquía de relaciones en el hogar de los Mitchell. Dylan suponía mucho esfuerzo y poca recompensa. Después venía Victoria. Él aún la amaba, pero aquellos días las cosas eran dulces un instante a amargas al siguiente. Las partes amargas a menudo tenían que ver con Dylan.

Adam quería *abandonar* el trabajo más duro del mundo al final del día. *No* quería llegar a casa para eso. Pero Emily era un encanto. Muy sencilla.

—Emily está invitada a la fiesta de cumpleaños de Hannah.

—¿Ah sí? —Adam abrazó con fuerza a Emily.

—La mamá de Hannah dice que puede llevarla a su casa después del colegio. Pero le he dicho a Emily que tenía que pedirte permiso a ti primero.

Emily se dio la vuelta como un giroscopio. A Adam le encantaba cómo su hija disfrutaba con las cosas más insignificantes.

—¡Por favor, papi! ¡Por favor, deja que vaya! ¡Prometo que haré mis tareas y mis deberes y… todo! ¡Por favor! —Su sonrisa era amplia, los hoyuelos justo en el sitio adecuado, y su entusiasmo iluminaba la habitación entera.

Adam preguntó a Victoria:

—¿Ha cometido últimamente algún crimen o delito?

—No, ha sido muy buena. Incluso limpió su habitación sin que nadie se lo pidiera.

—Sí, pero echando todo dentro de tu armario no, ¿verdad, Emily? El pequeño duendecillo sonrió tímidamente.

—Bueno, vale. Pero me debes un abrazo muy grande.

Emily chilló y extendió los brazos.

—¡Sí! ¡Gracias, papi!

Cuando Emily lanzaba los brazos alrededor del cuello de Adam, Dylan apareció en la cocina para tomar una manzana. Miró fijamente a su padre abrazando a Emily. Su hermana era el centro de atención, como siempre. Dylan sintió que sus mandíbulas se apretaban. *Siempre le da a ella todo lo que quiere. Y ni siquiera participa conmigo en una carrera.*

Dylan sabía que para su padre era invisible, pero vio que su madre lo miraba. Ella solía reparar en él. Su padre nunca lo hacía. Excepto para castigarlo.

Dylan le dio la espalda a su padre y se retiró a su habitación.

No dio un portazo. Si lo hubiera hecho, la casa habría temblado.

CAPÍTULO TRES

El lunes por la mañana, Adam entró en la cocina a las 7:10 y agarró el recipiente casi lleno de torrefacto francés. *El problema de las mañanas es que llegan antes que mi primera taza de café.*

Se suponía que los domingos eran tranquilos, Adam lo sabía, pero el de ayer había sido tenso. Cuando Dylan se negó a asistir a la iglesia, Adam tuvo que insistir, y Dylan estuvo enfurruñado durante toda la cena del domingo. Adam se puso estricto. Entonces Victoria se molestó, y Adam le dijo que Dylan tenía que crecer y dejar de enfadarse cuando la vida no era como él quería. Victoria estaba convencida de que Dylan y Emily habían oído su ruidosa discusión. Un gélido viento sopló en la casa de los Mitchell toda la noche.

Ahora Victoria estaba sentada a la mesa de la cocina bebiendo de su propia taza de café. Su débil sonrisa le decía que aún estaba descontenta, pero que probablemente no lo perseguiría con un cuchillo de cocina.

Adam se comió una tostada rápida y un bol de Wheaties y a continuación atravesó la sala de estar y rindió su habitual homenaje a Steve Bartkowski. Steve era eternamente joven. No le exigía nada a Adam y le recordaba a sus fantasías de niñez. En aquel entonces, Adam soñaba con ser jugador de fútbol americano o astronauta.

Mientras sacaba el coche por el camino de entrada, pensó en los chicos que habían soñado en convertirse en polis y ahora eran hombres de negocios. Tal vez, cuando lo veían a él, imaginaban que Adam estaba viviendo su sueño.

Sí, claro.

El trabajo de un policía no era fácil. Entonces, ¿por qué ser marido y padre parecía mucho más duro?

El murmullo habitual de la conversación llenaba la sala de reuniones de la oficina del *sheriff*, interrumpido por las carcajadas de los ayudantes que compartían sus historias favoritas, versionadas multitud de veces, mientras esperaban que comenzara la reunión para el relevo de turno. La habitación era una caja blanca de bloques de hormigón abarrotada con catorce mesas plegables de madera sintética dispuestas en dos filas, un estrecho pasillo entre ambas, y un estrado al frente. Nadie podría confundirla con una sala de reuniones para ejecutivos.

Aun así, las paredes desnudas y la camaradería proporcionaban un consuelo familiar, y cuando Adam entró en la sala se sintió más en casa de lo que se había sentido con su familia el día anterior.

Adam y Shane se sentaron juntos en unas incómodas sillas negras apilables, como llevaban haciendo los últimos trece años, con tazas de plástico de café, blocs de notas, y bolígrafos al frente. Delante de ellos, a la izquierda, se sentaba el joven David Thomson, de veintitrés años, que parecía un estudiante de posgrado jugando a ser poli. Otros diez ayudantes, ocho hombres y dos mujeres, estaban sentados a su alrededor, dos en cada mesa.

Adam se dirigió a Shane.

—Voy a hacer unos filetes a la parrilla el sábado. ¿Qué vas a hacer?

—Iré y me comeré uno. Tal vez dos.

—A eso me refiero. —Se inclinó hacia adelante—. David, no tienes vida social. ¿Por qué no vienes también?

—Tengo mi vida.

—¿Ah sí? ¿Qué vas a hacer este fin de semana?

—Pues… Voy a… Bueno, depende del tiempo…

—Vale. Nos vemos el sábado. —Adam y Shane se rieron. David sonrió tímidamente.

El sargento Murphy, un fornido y astuto veterano, comenzó a pasar lista.

—Muy bien, empecemos. En primer lugar, el ayudante David Thomson ha sobrevivido a su año de novato.

Estalló un aplauso. Adam levantó una mano para chocarla con David, que sonrió avergonzado y levantó la suya en reconocimiento al elogio.

—Ya sabes lo que quiere decir eso —dijo Shane—. ¡Ahora ya puedes empezar a usar balas de verdad!

Todo el mundo se rio. Al mismo tiempo, un oficial uniformado entró por la puerta; solo Adam y Shane lo reconocieron.

—Y ahora quiero presentarles al nuevo compañero del ayudante Thomson, Nathan Hayes, que se une a nuestro turno. Tiene ocho años de experiencia en el departamento del *sheriff* del condado de Fulton, en Atlanta. Pero creció aquí, en Albany. Démosle la bienvenida.

Los policías dieron un aplauso a Hayes, que saludó mientras se sentaba en la silla vacía que había junto a David y, a continuación, le tendió la mano.

—Desgraciadamente, el ayudante Hayes ya se ha tropezado con dos de nuestros pandilleros. Seguro que han oído la historia. No conozco la política del departamento en Atlanta, Hayes, pero en Albany recomendamos permanecer *dentro* del vehículo en la carretera.

—Trataré de recordarlo.

—Hoy tenemos dos nuevas órdenes de arresto: Clyde y Jamar Holloman. Dos usuarios asiduos que montaron una operación de drogas en el número 600 de Sheffield. Me gustaría que los dos equipos de arresto se hicieran cargo. Todos los demás sigan con su ronda normal. Ahora, el *sheriff* tiene algo que quiere comentarnos esta mañana. ¿*Sheriff*?

Un hombre alto y rubio con uniforme entró en la sala. Por el pelo rapado, parecía un marine, y lo era. Sus ojos azules, de mirada férrea, parecían cansados. El *sheriff* Brandon Gentry rara vez pasaba por la sala de reuniones, así que los ayudantes sabían que aquello debía de ser importante.

—Ha llegado un correo electrónico a mi escritorio que me gustaría compartir con ustedes. Recientemente se ha realizado un estudio sobre el aumento de actividad violenta de las bandas. Dice que casi todos los casos tienen algo en común. Fugitivos, marginados, chicos drogadictos, adolescentes en la cárcel.

El *sheriff* Gentry hizo una pausa y comprobó la copia impresa.

—La característica que comparten es que la mayoría de ellos provenían de un hogar sin padre. Eso convierte a los chicos que crecen sin sus padres en nuestro mayor problema y en el origen de otros mil problemas más. El estudio muestra que cuando un padre está ausente, es cinco veces más probable que los chicos se suiciden, diez veces más probable que consuman drogas, catorce veces más probable que cometan una violación, y veinte veces más probable que vayan a la cárcel.

El *sheriff* miró a los ayudantes antes de continuar.

—El estudio termina diciendo: «Puesto que el abandono por parte de los padres es cada vez mayor, estos porcentajes siguen elevándose, con una escalada de violencia y delitos de las bandas».

El *sheriff* bajó el papel.

—Así que, puede que estén pensando: ¿por qué nos dice esto si cuando nosotros nos enfrentamos al problema en las calles suele ser demasiado tarde? La respuesta es lo que les he dicho cientos de veces: la tasa de divorcios en los policías es alta. Sé que el trabajo de su turno es duro. Pero la conclusión es la siguiente: al final de la jornada, vayan a casa y amen a sus familias. Está bien, pueden retirarse. Váyanse.

El *sheriff* salió y los ayudantes se levantaron.

—«¿Vayan a casa y amen a sus familias?» —bramó el sargento Brad Bronson dirigiéndose al sargento Murphy—. Antes solo nos decían «¡Acorralen a los malos y hagan su trabajo!».

—Sí, y la mayoría de nosotros se divorciaba, incluidos tú y yo. El *sheriff* solo está intentando velar por sus hombres. Deberías mostrar más respeto.

—Lo suyo es mucho ruido y pocas nueces —le dijo Bronson a Murphy muy alto—. Lleva demasiado tiempo viviendo entre algodones.

Adam analizó a Brad Bronson, que era una buena pieza. Con dos metros de altura, ciento treinta kilos distribuidos de forma poco estratégica y flácido, era una nube de golosina gigante con pantalones pero, aun así, conseguía intimidar. El pelo que otrora creciera en aquella enorme bola de billar que era su cabeza había sido desviado y ahora le salía de las orejas. La frente era de un color gris como de papel de periódico, con algunas venas permanentemente rotas debido a su historial de cabezazos contra criminales poco dispuestos a colaborar. Bronson, de cuello gordo y sin mentón, olía a humo de tabaco. El sargento creía que «demasiado tonto para vivir» era un veredicto válido en un juicio.

—En este mundo hay mucha gravedad, pero Bronson usa más de la que le corresponde —susurró Shane a Adam.

—Bueno, chicos —dijo Bronson con un gruñido—, yo haré que las calles sean seguras mientras ustedes llevan a sus señoras al *ballet*.

—¿Adónde te mandan hoy, sargento? —preguntó Adam.

—A la parte más dura de la ciudad. Claro que la parte más dura de la ciudad es cualquiera en la que, casualmente, esté yo. —Hasta en ese momento, Bronson le dirigió a Adam su mirada más penetrante, esa que habría hecho que Clint Eastwood, en sus mejores tiempos, se derritiera como una babosa en sal. Bronson carraspeó como si estuviera mezclando cemento.

Bronson actuaba como un gallito, pero Adam percibía algo más bajo la fachada. En los doce años que Adam lo conocía, Bronson había tenido dos esposas y cuatro hijos entre las dos. Bronson provocaba constantemente quebraderos de cabeza a sus superiores. Se había ganado en especial la ira del oficial de relaciones públicas, que en repetidas ocasiones le sermoneaba sobre su comportamiento público y su desprecio por los medios de comunicación.

De camino a la salida, mientras charlaban un poco, algunos ayudantes le dieron la mano a Nathan.

—Espera —le dijo Shane a Adam, y fue a hablar con Riley Cooper.

Adam se acercó al compañero de Cooper, Jeff Henderson, que aguardaba a unos doce metros, junto a su coche patrulla. Jeff, un veterano de cincuenta y seis años, se había forjado una carrera formando a novatos, tal y como había hecho con Adam diecisiete años antes. El año anterior, después de la graduación de su hijo pequeño, la esposa de Jeff, Emma, había pedido el divorcio y se había trasladado a California para vivir cerca de sus hijos mayores y de sus nietos.

Jeff aún tenía la mandíbula bien marcada, pero sus mejillas era más flácidas y sus ojos azules, que solían brillar con mucha luz, parecían ahora más apagados. Adam le tendió la mano. Jeff la estrechó, con menos fuerza que antes.

—¿Cómo estás, Jeff?

Se encogió de hombros:

—No me puedo quejar. No serviría de nada que lo hiciera. —Su voz, que antes retumbaba, ahora era tan débil como su apretón de manos. Aunque sonreía, parecía algo impuesto.

—¿Cómo está el pequeño Jeff?

—Sigue vivo, supongo. Lleva un año sin hablarme. Él y su hermana están del lado de su madre. Brent ahora está en la universidad, no ha vuelto por aquí.

—Lo siento, Jeff.

—Así es la vida.

—¿Cómo va tu estómago?

—A veces bien, y otras… parece que fue ayer cuando ocurrió aquello.

«Aquello» había ocurrido catorce años antes, cuando Jeff y Adam se enfrentaron a un ladrón que huía de una tienda. Jeff lo abordó en la acera, y el tipo le clavó un cuchillo en el estómago. Le atravesó el intestino delgado. Jeff se sometió a dos intervenciones y a una terapia interminable, pero las cosas no habían ido bien desde entonces.

Se suponía que el tiempo curaría a Jeff, pero no fue así. Solo lo hizo más viejo. Algunos policías seguían frescos; muchos acababan gastados. Jeff ahora se tomaba su tiempo y hacía su trabajo con menos pasión. Tenía otro compañero joven, Riley Cooper, un entusiasta, como lo había sido Adam. Pero Jeff ya no parecía aquel enérgico mentor. Tenía mucho que ofrecer, aunque ya no parecía ofrecerlo. Desgraciadamente, pensó Adam, no sólo salía perdiendo Riley, sino también Jeff.

Tanto si era por el dolor constante como por el trauma del apuñalamiento, el Jeff que Adam había conocido hacía años y el que conocía ahora no eran el mismo hombre. Al principio, Emma había sido la modélica esposa de un policía, permaneciendo al lado de su marido e intentando ayudarle. Pero él no la dejaba. Un día, hacía trece años, Adam fue a recoger a Jeff a su casa. Antes de que Adam llegara a la puerta, ésta se abrió. Jeff salió hecho una furia y la cerró de un portazo tras de sí. Emma gritó por la ventana:

—¡Deja de echarle la culpa a tu familia! ¡No fuimos nosotros quienes te clavamos aquel cuchillo!

Adam no había olvidado aquel extraño momento. Y Jeff tampoco, aunque nunca dijera nada.

Jeff miraba detenidamente a Adam, como si lo hiciera a través de una neblina.

—¿Tu familia está bien?

—Sí. Ya sabes, lo de siempre. Pero estamos bien.

Jeff asintió. Para Adam, eran como dos ancianos sentados en el porche en sus mecedoras diciéndose «sí señor» el uno al otro sin nada de lo que hablar. Pensó en invitar a Jeff a pescar o a un partido. Pero si no eran capaces de mantener una conversación durante cinco minutos, ¿por qué torturarse durante horas?

—¡Estoy listo, Adam! —le llamó Shane mientras Riley Cooper, con las gafas de sol puestas y lleno de fuerza y entusiasmo juvenil, se acercaba al coche de Jeff.

—Hasta luego, Jeff —dijo Adam.

—Hasta luego.

De camino hacia Shane y su coche, Adam pensó en la invitación del *sheriff* para que dejara su trabajo atrás cuando acababa su turno. ¿Cuántas veces le habían dicho eso? ¿Cien? ¿Cuántas veces lo había hecho en realidad? ¿Media docena?

Ahora Adam Mitchell tenía que entregar órdenes de arresto a un par de esos jóvenes sin padre de los que el *sheriff* había hablado. Y si no tenía cuidado, podían hacer que los hijos de Adam se quedaran también huérfanos.

★ ★ ★

Derrick Freeman, de diecisiete años, caminaba desde las vías del tren hasta Washington y Roosevelt. Alto y esbelto, vestía una camisa morada de cuadros escoceses con una camiseta negra Volcom debajo y unos vaqueros cortos negros hasta media pierna. Se aproximó al almacén abandonado con el móvil en la oreja.

—¡No puedo hacerlo ahora mismo, abuela! Iré a casa más tarde. —Tenía la mandíbula apretada—. No sé cuándo. Me encargaré de eso más tarde. Adiós. ¡He dicho *adiós*!

Se metió el móvil en el bolsillo y miró al interior del lóbrego edificio.

Big Antoine, el brazo derecho de TJ, habló desde una esquina oscura.

—Eh, tío, ¿por qué le hablas así a tu abuela?

Derrick entornó los ojos. Vio a Antoine apoyado en una columna de cemento, con un pañuelo de camuflaje en la cabeza y la perilla bien recortada, vestido con una camisa del ejército. Las mangas arrancadas resaltaban músculos protuberantes. Estaba pelando una manzana lentamente y con meticulosidad.

—Estoy harto de que me fastidie. Voy a hacer lo que me dé la gana, tío.

—¿No está cuidando de ti?

—Pasa todo el tiempo trabajando. Me cuido yo solo.

La forma en que Antoine utilizaba el cuchillo con la manzana hizo que las terminaciones nerviosas de Derrick se encogieran. Se preguntó si alguien con ese mismo tipo de cuchillo le habría dejado a Antoine aquellas dos cicatrices en la mejilla derecha.

—¿Así que no tienes a nadie? Bueno, pequeño aspirante, espero que estés seguro de hacer esto. No es ningún juego, tío.

Derrick se acercó unos pasos, con los ojos puestos aún en el cuchillo que giraba arrancándole la piel a la manzana.

—Dile a TJ que quiero entrar. Estoy listo.

—*Crees* que estás listo. TJ va a ponerte a prueba. Ten cuidado, tío. TJ es una bestia.

Derrick dudó, y después soltó sin querer:

—¿Es cierto que el chico de Waterhouse murió cuando le brincaron para iniciarlo?

Antoine lo miró fijamente:

—Acabó un poco mal. Cosas que pasan. Aquel chico era débil. TJ no pierde el tiempo. Va a ponerte a prueba.

Derrick aspiró, sacó pecho, e intentó que su voz sonara más grave:

—Entonces me pondré a prueba.

—Bien. Pero recuerda… te lo he advertido.

Capítulo cuatro

Adam condujo con Shane hacia el sureste de Albany; Nathan y David iban detrás de ellos. Pulsó el número dos de la marcación rápida para llamar a Victoria.

—Escucha, está al llegar un camión con los listones. Diles que los apilen junto al camino de la entrada, ¿vale?

Adam sintió el zumbido del teléfono y se lo alejó para leer la pantalla.

—Oye, Victoria, me llama el *sheriff*. Tengo que colgar. Te quiero. Adiós.

Adam pulsó la tecla para descolgar.

—Hola, señor. Sí. Vamos de camino.

Shane señaló a la izquierda para indicar el giro.

—Sí, señor. Lo hemos hecho. Gracias, señor. Te quiero. Adiós.

Shane lo miró con los ojos como platos.

—¡Ay, no, no, no! —Adam se quedó mirando el móvil con incredulidad.

Shane bramó.

—¿Acabas de decirle al *sheriff* que le quieres?

—No puedo creer que haya dicho eso. ¿Debería volver a llamarlo?

—¿Le vas a decir que *no* le quieres?

Adam hizo una mueca y Shane agarró la radio del coche.

—693c en ruta hacia el número 600 de Sheffield. Código 10-99.

—Recibido —contestaron desde centralita—. 693c.

En el segundo coche patrulla, Nathan siguió a Adam y a Shane. Ellos eran oficiales superiores en ese arresto, pero aquel se parecía mucho al barrio en el que Nathan creció en la parte este de Albany. Hacía mucho que la zona oeste había vivido sus días de esplendor y no daba muestras de recuperación.

Cuanto más se alejaban, más escabroso se volvía el barrio. Cuando las patrullas se acercaron, dos pandilleros sentados en el porche delantero junto a la casa en cuestión gritaron «pasma» y después cruzaron el patio delantero. Mientras aparcaba y él y Shane salían del coche, Adam deseó que no fuesen a prepararse para pelear. Estudió sus caras. No coincidían con las de las fotos que acompañaban la orden.

Nathan y David pasaron de largo la casa y giraron en la siguiente calle, rodeándola hasta la parte de atrás.

—¿Quieres la puerta, novato? —preguntó Nathan.

—Vale. Pero ya no soy un novato. —David se colocó en el césped, al pie de las escaleras de la puerta trasera. Nathan se subió las gafas de sol y se situó donde podía ver tanto el lateral de la casa como a David. Con las manos en las caderas, Nathan tenía la mirada resuelta de un agente del servicio secreto. David practicó agarrando su Glock 23.

Nathan puso los ojos en blanco. *¿Seguro que ya no es un novato?*

En el patio delantero, Adam y Shane se acercaron al porche. Shane habló al micro de su hombro, para que el otro equipo supiera lo que estaba pasando allí delante. Las persianas de las ventanas se movieron.

—Esto me da mala espina —dijo Adam a Shane, intentando mirar a la casa y a los gánsteres que había en el césped de al lado al mismo tiempo.

—A mí también.

Adam comprobó su radio.

—3d, ¿tienen la parte trasera?

—Afirmativo —oyó decir a Nathan.

Subieron los escalones con precaución. Adam esperaba parecer más seguro de lo que se sentía. *Después de diecisiete años, ¿por qué esta clase de cosas no resultan más fáciles?* Recordó algo que Jeff Henderson había dicho: «Seguridad es lo que sientes cuando no entiendes la situación».

Adam llamó a la puerta. Una mujer la abrió. Bien podía tener veinte años o cuarenta. Era lo que hacía el crack: doblaba la edad de una persona.

—¿Sí?

—Hola, señora, somos del departamento del *sheriff* del condado de Dougherty. Tenemos una orden de arresto para Clyde y Jamar Holloman.

La mujer salió rápidamente, alzando las manos.

—Yo no me voy a meter en esto. Se supone que ni siquiera estoy aquí.

Una chica lista, pensó Adam. *Ya lo ha hecho antes.*

Adam y Shane entraron lentamente en la sombría casa, cada uno de ellos con una linterna en la mano, y con las que quedaban libres sobre sus revólveres.

La casa estaba hecha un desastre, con ropa y envoltorios de comida por todas partes. Junto al sofá, Adam vio una pipa de crack y una lata de Coca-Cola aplastada.

—Utilizan el mismo decorador de interiores que tú, Shane.

—Limítate a cubrirme, Mitchell.

Adam apagó el televisor. Si los Holloman estaban escondidos en la casa, necesitaba oírlos a ellos y no el anuncio de un colchón.

Sin el ruido de la tele, Adam pudo escuchar el crujido del techo. Orientó su linterna hacia arriba y caminó hasta el recibidor. Shane se puso detrás de él, sin apartar la vista de la puerta delantera.

Adam reparó en una cuerda que colgaba de una escalera abatible que conducía al ático. Oscilaba suavemente.

—Shane —dijo señalándola. Adam caminó hasta el otro extremo del recibidor para que ambos lados estuvieran cubiertos.

Golpeó el techo suavemente con la linterna.

—Clyde y Jamar Holloman, tenemos una orden de arresto para ustedes. Podemos hacerlo de la forma sencilla o de la complicada. Será mejor que bajen.

El crujido continuó. Adam hizo un gesto afirmativo a Shane. Ambos sacaron sus armas y colocaron el dedo índice sobre el gatillo.

Adam tomó la cuerda con la mano izquierda y gesticuló:

—Un, dos, tres. —A la de tres tiró del cordón.

Las escaleras se desplegaron. Shane apuntó con el revólver y con la linterna al ático. No vio nada.

—Es su última oportunidad —dijo Shane—. ¡No lo hagan más difícil de lo necesario!

El crujido continuó. En los diez segundos que tuvo para pensarlo, Adam se preguntó si debían solicitar refuerzos de la unidad canina. Si mandaban al ático a Sawyer, el perro policía, no pondrían en peligro a ningún oficial. Pero podía suponer una espera de treinta minutos.

Si disparaban a Shane cuando asomara la cabeza en el ático, Adam lo lamentaría siempre. Pero dar la orden era su trabajo.

El mismo pensamiento rondaba la mente de Shane, así que cuando Adam dio la señal, tragó saliva, y entonces, con el arma preparada, subió algunos peldaños de la escalera y asomó la cabeza por el hueco.

La luz brillaba a través de las rejillas inclinadas del ático. Algo se movió. Instintivamente, el dedo de Shane saltó al gatillo. A tres metros de él había un niño negro de unos once años.

—Madre mía. —Shane bajó el revólver pensando en lo que habría pasado si hubiese apretado el gatillo—. ¿Qué haces aquí arriba, chico?

—El tío Clyde me dijo que caminara de un lado a otro.

Adam gritó desde abajo:

—¿Dónde está tu tío Cly…?

La puerta de un armario del piso de abajo se abrió de golpe y dos jóvenes salieron de un salto.

—¡Por la puerta de atrás! —gritó Adam.

David oyó el aviso desde el interior y se acercó a la puerta en el mismo momento en que se abría. Uno de aquellos dos trenes de mercancías a dos patas lo arrolló. Los dos hermanos Holloman salieron a toda velocidad hacia el patio de un vecino.

Nathan echó a correr para perseguirlos mientras David se ponía en pie.

—¡A por el coche! —gritó Nathan.

Adam salió de golpe por la puerta trasera y se unió a Nathan en la persecución a pie. Clyde y Jamar saltaron la misma valla, y después se dividieron. Nathan y Adam saltaron la valla y continuaron la persecución por separado.

Shane salió en el coche patrulla, escuchando a Adam vociferar nombres de calles.

Clyde Holloman corría entre las casas como alma que lleva el diablo; Nathan le seguía de cerca e iba ganando algo de terreno. Abriéndose camino a través de un patio trasero lleno de trastos, Clyde derribó todo lo que pudo con la esperanza de hacer tropezar a Nathan, que esquivó un cubo, una silla de terraza y un contenedor de basura.

Al mismo tiempo, Jamar corría a toda velocidad por una calle del barrio y se colaba en otros patios. Corría a un lado de los árboles mientras Adam corría en el otro, intentando reducir el hueco. Cuando Jamar volvía la vista para ver si Adam estaba allí, disminuía un poco la velocidad. Al pasar el tramo de árboles, Adam, un par de pasos por detrás de Jamar, estiró el brazo y casi lo agarró.

¡Solo un poco más rápido y lo habría pillado!

—¡Shane! ¡Manzana 700, Sheffield! ¡Norte! ¡Norte!

Shane giró el coche bruscamente, divisó a Adam en plena persecución y agarró la radio.

—Perseguimos a un varón negro con pañuelo negro en la cabeza, camiseta sin mangas marrón, pantalones cortos de color gris… en el 700 de Sheffield, dirección noroeste.

En la otra patrulla, David iba a toda velocidad por una calle del barrio buscando a Nathan cuando oyó gritar a su compañero por la radio:

—¡Thomson! ¡Manzana 400 de Harford! ¡David, échame una mano!

David, solo en el coche, estaba desconcertado.

—Hartford… ¿dónde está Hartford?

Adam siguió a Jamar, que se metió en otro patio y atravesó una cochera abierta, derribando a su paso cubos de basura y bicicletas. Adam, sin aliento, saltó por encima de ellos y los rodeó.

Cuando Jamar llegó a la siguiente calle, Shane derrapó y estuvo a punto de atropellarlo. Jamar cambió de dirección hacia otro patio. Shane bajó del coche de un salto.

—¡Cambio!

Adam subió al asiento del conductor y salió disparado respirando con dificultad.

—No me he apuntado a las carreras de vallas.

Nathan siguió a Clyde Holloman por una calle lateral y hasta una valla alta. Clyde saltó por encima. Nathan escaló la valla con cuidado para saber lo que le esperaba al otro lado y vio que Clyde se alejaba corriendo otra vez.

Nathan hizo una pausa para tomar aire, y entonces agarró su radio.

—Oficial a pie en una persecución en el 300 de Oakview, en dirección norte. Ayudante Thomson, ¿dónde estás?

David giró por otra calle estudiando los carteles.

—¿Oakview? —dijo David en voz alta—. ¡Ni siquiera he encontrado Hartford!

Jamar siguió corriendo, pero se estaba quedando sin fuerzas. No vio que Shane lo perseguía. Con la esperanza de haber dejado atrás a los policías, divisó un pequeño cobertizo y corrió a esconderse tras él. Se agachó y miró por una esquina, intentando contener la respiración. De la cinturilla del pantalón se sacó una bolsa de crack y la escondió debajo de unos ladrillos al pie del cobertizo.

Sin previo aviso, Jamar sintió cómo le atravesaban dos dardos, uno entre los omóplatos y el otro en medio de la parte inferior de la espalda. Gritó dando sacudidas boca abajo, mordiendo el polvo. Sentía como si le hubiesen atado a la silla eléctrica y alguien le hubiese dado al interruptor.

Shane derribó a Jamar y le puso las esposas.

—Siempre tienen que hacerlo difícil, ¿no?

Shane vio la bolsa de plástico con droga.

—Así que cavándote un hoyo aún más profundo, ¿eh? —Agarró su radio—. Tengo al sospechoso 10-95. Adam, ayuda a Nathan si puedes.

—Recibido. ¡Buen trabajo, Shane!

Adam giró por Oakview, la última posición en la que había oído llamar a Nathan, al que localizó en la calle, corriendo por delante de él, y girando la cabeza como un reflector. Sabía que aquello quería decir que Nathan había perdido a Clyde en algún punto. Adam se puso al lado de Nathan, que aminoró y subió de un salto al coche.

—¿Dónde está?

Nathan respiró hondo.

—¿En la siguiente calle, tal vez? Creo que está volviendo sobre sus pasos para regresar a Sheffield.

Condujeron por la calle lateral y dieron la vuelta en dirección a Sheffield, entonces localizaron a Clyde corriendo en perpendicular hacia una intersección que había más adelante.

Adam pisó el acelerador y gritó:

—¿Tirachinas?

—¡Adelante!—Nathan colocó la mano en el tirador de la puerta.

Cuando Adam se aproximó, Clyde se giró y vio el coche patrulla, entonces cambió de dirección. Adam se acercó a unos diez metros de Clyde y pisó el freno a la vez que giraba el volante a la izquierda. El coche se deslizó hacia un lado. Nathan bajó de un salto, y salió disparado.

Utilizó el impulso de la velocidad del coche para alcanzar a Clyde en cuestión de segundos, abordarlo y derribarlo al suelo. Clyde yacía inmóvil; solo se movía su pecho, que subía y bajaba. Nathan le llevó las muñecas hasta la espalda y cerró las esposas.

—¿Hasta dónde tienes que hacer que te persiga, tío? Vas a acabar conmigo.

Clyde aún jadeaba cuando Nathan lo levantó.

—Venga; vamos. Tengo una reserva para ti en el Hotel de Hormigón. Te están esperando con los brazos abiertos.

Nathan lo llevó hacia el coche de Adam que, al abrir la puerta trasera, le hizo un gesto de aprobación con la cabeza.

—Buenos pies.

—Gracias. Han tenido una buena sesión de ejercicio, de eso no hay duda. Los dedos que tengo heridos me están matando.

David llegó en el coche, con Shane en el asiento del acompañante y con Jamar en la parte trasera.

—Bienvenido a la fiesta —dijo Adam—. ¿Qué has hecho, David? ¿Ir a por una hamburguesa?

—Una multa de tráfico —comentó Shane—. Le han parado por conducir demasiado lento.

David estaba rojo como un tomate.

—Lo siento, chicos. Culpa mía. Estaba totalmente perdido.

Shane caminó hacia el coche de Adam, pasó junto a Nathan y le dirigió una mirada que decía: *me gusta más mi compañero que el tuyo.*

Nathan se dirigió hacia David, clavándole la mirada.

—Tío, tienes que aprenderte las calles. Te necesitaba.

—Sí. Conozco las otras partes de la ciudad. Pero no estoy tan familiarizado con esta… zona.

—Bueno, yo crecí en una zona como esta, pero la diferencia es que conozco esa y esta y las también otras partes. Y si no las conociera, me pasaría todas las noches estudiándolas.

—Mira, ya te he dicho que lo siento. No volverá a pasar.

★ ★ ★

Mientras los cuatro se metían en los coches, un hombre robusto con el cuerpo de un defensa de la NFL observaba a cierta distancia. Sentado solo en el asiento del conductor de su Cadillac DeVille verde oscuro, TJ observó cómo se metían los dos oficiales al primer coche, delante de Clyde, uno de sus hombres. Después vio a los otros dos hablando, listos para llevarse a Jamar. TJ reconoció al policía negro que iba con aquellos blancos. Era el que le había echado a perder su 211 cuando se llevó aquel cochazo de la gasolinera.

—¿Te crees que eres importante, eh, piltrafa? Ahora estás en mi punto de mira.

TJ hizo un gesto con la mano izquierda como si estuviese disparando a los ayudantes.

—187 —susurró para sí mismo, la palabra que usaban los matones para el asesinato.

Arrancó su Cadillac, después se detuvo a hacer inventario de su arsenal, cada arma escondida en su lugar bajo el asiento. Alargó la mano y sacó su vieja automática del calibre .25, la que había usado para matar a un competidor del mercado del crack la primavera anterior. Sabía que debía deshacerse de la pistola, pero tenía un valor sentimental; era un regalo de su hermano mayor Vince, que ahora estaba cumpliendo condena en la prisión estatal de Metro, en Atlanta.

A continuación, TJ sacó de debajo de su pierna derecha la Smith & Wesson que había usado para robar en una tienda de conveniencia hacía dos años, tres días después de haber salido de la prisión estatal de Lee. Metió la mano debajo del asiento, bajo la pierna izquierda, y agarró su .357.

TJ era hijo de un desconocido y padre de una banda de hombres. Podía hacer lo que quisiera. Con aquellos policías metiéndose en su terreno, quizá les daría algo para que le recordasen.

Capítulo cinco

Adam se sentó en el asiento del conductor ignorando al delincuente. Una vez que los llevaba a la cárcel, ya no eran más su responsabilidad. Que se pudrieran allí... hasta que los veía de nuevo en la calle demasiado pronto debido a las prisiones superpobladas y a la justicia, que era un tiovivo.

Como si le leyera la mente, Shane dijo:

—Estos tíos no tienen miedo de la cárcel. ¿Por qué iban a tenerlo? Comida caliente y cama. Esto es Roma y los bárbaros van ganando.

Adam suspiró.

—Dicen que la tasa de reincidencia de delincuentes juveniles en el condado de Dougherty es del ochenta por ciento. ¿Te lo puedes creer?

—Claro. Pueden entrar y salir de los centros de detención en un mes. Mientras están allí, aprenden nuevos trucos para delinquir. Treinta días después, están de nuevo en las calles practicando sus habilidades recién adquiridas.

Adam miró por el retrovisor, estudiando al chico que había en el asiento trasero.

—¿Qué edad tienes, Clyde? ¿Dieciocho?

Clyde le lanzó una mirada asesina.

—Diecinueve.

—¿Con quién vives?

—Con mi tía. ¿La van a detener a ella también?

—¿Dónde está tu padre?

Clyde se le quedó mirando como si estuviera loco.

—No tengo padre.

Shane se giró hacia Adam.

—¿Por qué te molestas en preguntar?

Adam estuvo pensando durante un rato, pero permaneció callado.

★ ★ ★

Una hora después, Nathan conducía el coche patrulla con David a su lado.

—¿Te preocupa algo?

—No.

—Bueno, no pasa nada por estar callado. Pero si algo te preocupa y quieres hablar de ello, adelante.

—Estoy bien.

David siguió mudo durante quince minutos a pesar de la pequeña charla de Nathan. De cara al exterior, David Thomson por fin estaba haciendo algo con su vida. En su interior, todo eran cabos sueltos, sin nada que los atara. La culpabilidad de David lo seguía a todas partes, royendo su mente como un perro con un hueso.

Nathan se giró hacia David.

—¿Has estado alguna vez en la cafetería de Aunt Bea's?

—No.

—Espero que siga allí.

El edificio era una pesadilla para la planificación urbanística, inmune a las ruedas del progreso.

—Bienvenido a la cafetería que el tiempo dejó olvidada —dijo Nathan cuando cruzaron la puerta dando zancadas.

David miró una mesa e imaginó que haría falta una palanca para quitar las botellas de sirope de la bandeja giratoria. Retrocedió hasta donde podía ver la parrilla, preguntándose si la cocina albergaba un cultivo de ébola. Se sintió aliviado al descubrir que, a pesar de ser antigua, Aunt Bea's parecía limpia.

Pidieron de una carta que parecía haber sido elaborada por una máquina de escribir Remington de los años setenta.

Entre tanto, David parecía decidido a permanecer escéptico.

Pero cuando llevaba tres bocados de su hamburguesa con queso su actitud había cambiado por completo.

Un tipo con aspecto de no haber salido nunca de Woodstock, como si inhalara en los sesenta y no exhalara hasta los setenta, metió una moneda de veinticinco centavos en la gramola. Empezó a sonar *Mr. Tambourine Man*.

—Háblame de tu anterior compañero —dijo Nathan.

—¿Por qué?

—Si ocuparas el puesto de otro en un trabajo, ¿no te gustaría saber cosas sobre él?

David dejó en el plato lo que había estado a punto de ser el último bocado de su hamburguesa con queso y se limpió de mala gana los dedos con una servilleta.

—Se llamaba Jack Bryant.

Nathan esperó. Pero nada.

—¿Y?

—¿Qué más quieres saber?

—¿Por qué es tan difícil? Pregúntame sobre mi último compañero y te lo diré todo sobre él. Seymour James. Cincuenta y tres años. Esposa y tres hijos, como yo. Un tipo listo y divertido. Entrena en las ligas infantiles de béisbol. Pide las hamburguesas con queso poco hechas. Es seguidor de los Seattle Seahawks, pero poco a poco los Falcons se lo están llevando a su terreno.

—Bryant y yo… no siempre nos llevamos bien.

—¿Por qué?

—Yo era novato; ¡por eso! —David levantó la voz unos cuantos decibelios de más. Cuatro personas se giraron y se quedaron mirando.

—Vale —dijo Nathan—. Lo entiendo. ¿Por qué se trasladó?

—Él y su mujer se separaron. Así que volvió a Chicago para montar un negocio con un amigo.

—¿Ya no es policía?

—Es como una empresa de seguridad.

—¿No tiene hijos?

—Dos.

—¿Y se trasladó a Chicago?

—Sí.

—Así que ahora no ve a sus hijos.

—Creo que se los llevó una semana este verano.

—Bueno, bien hecho —dijo Nathan con el ceño fruncido.

—Oye, es un buen hombre.

—Yo creo que un buen hombre se quedaría en su trabajo o buscaría otro que le permitiera quedarse cerca de sus hijos.

—¿Por qué lo juzgas de esa manera? Ni siquiera lo conoces.

—No, no lo conozco. Probablemente era un buen policía, y apuesto a que es un guardia de seguridad estupendo. Pero lo único que sé es que esas cosas no son tan importantes como ser un buen marido y un buen padre.

—Su mujer le abandonó.

—¿Y eso ocurrió por ser un buen marido?

—Mira, tío, ¿a ti qué más te da?

—Estoy hablando de que un hombre esté ahí por su mujer, intentando que funcione. Y si estás separado, estás ahí por tus hijos, para que puedan seguir viéndote varias veces a la semana. Que al menos no tengan que decir «Mi padre me abandonó».

Los dos hombres estaban sumidos en sus pensamientos. La aparición de la tarta de arándanos con helado de vainilla francesa los devolvió a tierra firme.

Nathan respiró hondo.

—David, tienes razón. No conocía a tu compañero. Y no debería juzgarlo. Lo siento. Es un tema delicado; mi madre nunca tuvo un marido decente, y yo nunca tuve un padre.

David fue limitando el contacto visual con su tarta de arándanos cada vez más menguante. La conversación había acabado.

★ ★ ★

En el patio trasero de los Mitchell, Emily lanzó una pelota de tenis a Maggie, su golden retriever de un año.

—¿No puedo dejarla entrar, mamá? No lo dejará todo hecho un desastre.

—Ya hemos hablado de eso, Emily. Tu padre dejó que te quedaras con Maggie con la condición de que no entre en casa.

—¿Y no podría simplemente *visitar* la casa y dormir en el patio trasero?

—Nada de perros en casa. Esa es la norma de tu padre. Y la de su padre antes que él.

Adam salió al porche.

—Entra, Emily.

—Quiero jugar con Maggie. —Miró fijamente a su madre, después a su padre—. ¿La Biblia dice que no puedes meter perros en casa?

—Pues no. No creo…

Emily sonrió de oreja a oreja.

—Entonces, ¿puede dormir en mi habitación?

—No. Ya te lo dije; no podemos tener un perro dentro de la casa.

Maggie se acercó a los pies de Adam, acariciándoselos con el hocico. Emily le rascó bajo la oreja mientras el perro emitía gruñidos de éxtasis. No había nada que a Maggie le gustara más que acurrucarse cerca de Emily. Victoria se había ganado el afecto de Maggie acicalándola con un cepillo de acero inoxidable. Y un juguete con sabor a pizza de vez en cuando tampoco habría herido los sentimientos de Maggie. Y aunque Adam no hacía nada para alentarla, la golden retriever no se había dado por vencida con él.

Emily hundió la cara en el pelo del cuello de Maggie.

Adam pensó que aquello era mimar demasiado a un perro. Pero disfrutó de la sonrisa de su pequeña y de su risita contagiosa.

★ ★ ★

Javier Martínez tenía treinta años, era bajo y fornido, fuerte y con un encanto juvenil. Se encontraba trabajando felizmente en una obra, verificando de nuevo el plano, cuando se le acercó el ayudante del capataz, un simpático gigante llamado Mark Kost.

—Hola, Javi —dijo Mark dándole una palmada en la espalda—. El jefe quiere verte.

Al entrar en la oficina del capataz, Javier se quitó el casco blanco y se secó el sudor de la frente con la manga de su vieja camiseta marrón.

El capataz estaba sentado detrás de un escritorio en una pequeña caravana forrada de paneles de madera de 1972.

—Señor Simms, ¿quería verme?

—Sí, Martínez, siéntate.

Simms, mirando hacia abajo, revolvía algunos papeles. Finalmente se detuvo, se ajustó las gafas y levantó la vista.

—Mira, Javier, las dos últimas semanas has hecho un gran trabajo.

—Gracias, señor.

—Pero este proyecto está fuera de presupuesto, y tengo que despedir a algunos hombres.

—No lo entiendo. ¿He hecho algo mal?

—No tiene nada que ver con tu rendimiento. Simplemente… fuiste uno de los últimos hombres que contraté, así que tienes que ser el primero al que despida. Lo siento. No lo tomes como algo personal.

Javier no sabía de qué otra forma tomarlo.

—Señor, por favor. Tengo esposa e hijos. Me resulta muy difícil encontrar trabajo.

—De verdad que lo siento. —Simms le pasó un sobre—. He añadido unos cuantos dólares extra.

Javier agarró el sobre, aturdido, y después se levantó lentamente. Caminó hasta la puerta, conteniendo el deseo de suplicar por su trabajo. No podía pensar en enfrentarse a su dulce esposa con la desalentadora noticia de que su marido estaba desempleado… otra vez.

Caminó seis kilómetros hasta una pequeña vivienda social. En el camino de entrada había una Continental de color azul metalizado fabricada durante la administración Carter.

Dentro de la casa, Carmen Martínez trataba de limpiar mientras Isabel, de cinco años, y Marcos, de tres, se perseguían el uno al otro por la cocina.

—¡Te voy a pillar, Marcos!

—¡No, no me pillas!

—¡Isabel! ¡Marcos! ¡Dejen de correr! ¡Dejen de correr y recojan sus juguetes! Tengo que empezar a hacer la comida.

Se giró y vio a Javier, que estaba de pie sin hacer ruido en la entrada.

—¡Javi! ¿Qué haces en casa? ¿Por qué no estás en el trabajo?

—Me han despedido.

—¿Qué? ¿Por qué?

—Fui el último al que contrataron. Se salieron del presupuesto.

—¿Por qué no me has llamado? Habría hablado con ellos para que no lo hicieran. Tenemos dos niños que alimentar, y…

—Intenté decírselo al señor Simms. Pero dio igual.

—Javi, dentro de una semana tenemos que pagar cuatrocientos dólares. Lo único que tenemos son sobras de arroz y judías. Marcos necesita zapatos.

—¡Intenté decírselo, Carmen! Lo intenté. —Javi le alargó el sobre—. Aquí hay trescientos dólares. Toma lo que necesites para los niños. Voy a volver a salir a buscar trabajo.

Javier fue hacia la puerta. Cuando se alejaba, sintió la mano de Carmen en el brazo.

—Javi, espera. Lo siento mucho. No pretendía reaccionar así. ¿Por qué no te llevas el coche? Iremos caminando a la tienda.

—No puedo ir en coche mientras mi familia va a pie. Iré andando. Carmen, Dios me encontrará trabajo.

Javier se detuvo.

—¿Tienes algo que pueda llevarme para comer?

Carmen estudió las escasas opciones.

—¿Una tortilla?

Javier le dirigió una débil sonrisa, tomó la tortilla, y salió. No le hizo falta ver las lágrimas de Carmen después de que se fuera de casa. Ya las había visto antes.

CAPÍTULO SEIS

Adam se quedó viendo el programa de humor de la noche, y la mañana llegó demasiado temprano. Refunfuñó por tener que levantarse a las seis de la mañana para el desayuno de *Responder Life*. La encargada de hacer café, Victoria, no estaba levantada aún. Tendría que sobrevivir de alguna manera.

¿De quién fue la idea de organizar el desayuno a las seis y media?

Adam se duchó, se vistió en la oscuridad trastabillando; después atravesó a toda prisa la sala de estar y salió por la puerta sin reparar siquiera en Steve Bartkowski.

Entró en el centro de recreo diez minutos tarde. *Espero que el café sea bueno.* Agradecido por que se tratara de una droga legal, y en este caso gratuita, bebió a sorbos un café para que le trajera de vuelta al mundo del que había salido solo cinco horas antes.

El desayuno estuvo bien, aunque no suponía ninguna amenaza para el Pearly's, el restaurante favorito de Adam. Se centró en las tortillas Denver y en los bollos, mientras Nathan, sentado frente a él, saludaba a gente a izquierda y derecha.

Después de la comida, Chris Williams, el subcomisario de la policía de Albany, presentó al ponente, Caleb Holt, jefe de bomberos del distrito de Albany. Adam había visto a Caleb por la ciudad y en un par de escenas de delitos en las que fue necesaria asistencia de rescate. Caleb era un héroe local por su espectacular rescate de una niña pequeña. Habló acerca de cómo Dios salvó su alma, salvó su matrimonio y le salvó a él de la pornografía.

A Adam le parecía demasiada salvación. Estaba agradecido por ser cristiano y por salvarse del infierno. Pero nunca se había fiado de los que intentaban hacerle sentir culpable por no hacer más. Se sentía cómodo con su decente vida de practicante.

Si no está roto, no lo arregles.

Después de que acabara el desayuno, los ayudantes se dirigieron a la oficina del *sheriff* y asistieron a una reunión rutinaria. Antes de despedir a las tropas, el sargento Murphy dijo:

—Ayudante Fuller, tengo que hablar con usted.

Cuando Shane y Adam se reunieron, Murphy dijo:

—Ayudante Mitchell, haga algo de papeleo hasta que acabemos, ¿de acuerdo?

El sargento Murphy les había llamado a los dos «ayudante». Los títulos oficiales indicaban algo serio… o problemas.

Cuando Adam pasó por la puerta abierta de la oficina del sargento Murphy, vio dentro a Diane Koos, la oficial de relaciones públicas. Koos era una profesional atractiva y astuta que había sido presentadora de las noticias locales antes de que el *sheriff* sorprendiera a todos ofreciéndole a ella el puesto. Y ella les había sorprendido a todos aceptándolo. Koos era severa, de eso no había duda, y las reuniones con el oficial de información pública rara vez traían buenas noticias.

Dieron las 8:50 de la mañana antes de que Shane apareciera en la mesa donde Adam leía y firmaba unos cuantos informes.

—Salgamos de aquí —dijo Shane a través de los dientes apretados.

—¿Qué ha pasado?

—Hablaremos en el coche.

En el momento en que las puertas se cerraron, Shane casi gritó:

—El abogado de Jamar Holloman ha presentado una queja contra mí.

—¿Brutalidad? No hiciste otra cosa que perseguirlo y esposarlo, ¿no? Quiero decir, aparte de usar la pistola eléctrica con él.

—Exacto. Pero dicen que no le advertí antes de la descarga.

—¿Es cierto?

—No te voy a mentir, Adam. No dije las palabras: «Estoy a punto de doblar la esquina del cobertizo y apuntarte con una pistola eléctrica y apretar el gatillo si corres». Pero estaba allí solo, sin ningún compañero para interceptar al tipo cuando saliera corriendo. Y eso es exactamente lo que habría hecho. ¡Atravesó medio Albany con nosotros detrás, persiguiéndolo!

—Corrí la primera etapa de esa carrera de relevos, ¿recuerdas?

—He pensado que, obviamente, las pistolas eléctricas ahora tienen cámaras incorporadas; *sabes* lo que hice, así que ¿por qué preguntas? Pero el sargento Murphy va y me da la oportunidad perfecta. Ha dicho: «La cámara se enciende justo antes de que le hagas la descarga. Así que es posible que le advirtieras antes de que estuviera grabando». Tendrías que haber visto la mirada que le ha lanzado la oficial al sargento.

Shane se pasó los dedos por el pelo ya enmarañado.

—Así que Koos quería saber si era consciente de la distancia que alcanza una de esas pistolas. Le he dicho que «seis metros». Me ha preguntado lo que puede tardar un tipo en echar a correr y alejarse seis metros, y si no era capaz de pronunciar una advertencia en ese tiempo. Por supuesto, tiene una carpeta de información sacada de libros y manuales de procedimiento. No sabría todo eso sin buscarlo.

—¿Qué pasó después?

—Rígida como un cadáver, pero más fría aún, Koos me ha preguntado si soy «culpable de lo que se me acusa». Y lo he dicho, si se refiere a si acorté la persecución dando una descarga a un tío que había demostrado ser un buen corredor y que no iba a entregarse, entonces, «sí, soy culpable de lo que se me acusa».

—¿Y no debería considerarse como un intento de eludir el arresto el hecho de correr desde su casa, a la que fuimos con una orden, y de derribar a un ayudante? ¿Y el hecho de que tú y yo lo persiguiéramos durante un kilómetro y medio o más, no debería servir como una clara advertencia de que haríamos lo que fuese necesario para detenerlo?

Shane tenía rojeces en el cuello. Adam rara vez lo había visto tan alterado.

—Ojalá hubieses estado allí con el sargento y con Koos. Podría haberte utilizado. ¡Me han dado un azote por hacer mi trabajo! No importa el riesgo que corrí metiendo la cabeza en un ático donde podían haber estado esperándome dos delincuentes armados para dispararme. No importa el hecho de que no habría existido una persecución si él no hubiese corrido y de que confiscamos la droga que llevaba encima.

—¿Te van a poner una amonestación?

—Sí. Una amonestación oficial escrita. Directa a mi expediente. Si el expediente engorda mucho, algún día pueden despedirme. Eso es buenísimo para levantar la moral, ¿verdad?

Mientras se acercaban a una señal de stop, Adam dijo:

—Mira, Murphy te dio la oportunidad. Podrías haber alegado que le advertiste. Habría sido tu palabra contra la de Jamar.

Shane se encogió de hombros.

—Bueno, a veces la verdad hiere; en este caso va a herir a mi expediente. El que se mete a redentor acaba crucificado, ¿no?

Adam apretaba fuerte el volante al conducir.

—Solo porque Jamar echó a correr no significa que no pudiera ir armado. Quiero decir, mientras tú le advertías de que ibas a usar fuerza no letal, ¿qué le habría impedido derribarte con fuerza letal?

—*Definitivamente*, te necesitaba en aquella habitación. La oficial de relaciones públicas es un caso perdido. El sargento Murphy solo se sienta allí porque Koos responde directamente al *sheriff*, y yo acabo siendo el malo. Ser policía ya no es tan divertido como antes. No es solo que las calles sean más peligrosas. Hoy en día, tenemos que estar muy preocupados por lo que el público piense. Y los delincuentes, y sus abogados. Y el oficial de relaciones públicas. Parece que nadie está del lado de los hombres que patrullan las calles.

—A mí me lo cuentas…

—Y me pregunto si, algún día, el tener que pensarlo dos veces antes de usar medios razonables para reducir a alguien le dará el tiempo suficiente para matarme. —Se giró hacia Adam—. O para matarte a ti.

CAPÍTULO SIETE

Después de un largo día, Nathan se recreó en el aroma de bienvenida de la lasaña y del pan de ajo que lo envolvió al abrir su puerta principal.

Nathan dobló la esquina hasta la cocina y vio a Kayla vestida con su camiseta amarilla de cuello de pico y pantalones negros. La agarró por detrás, poniendo una mano a cada lado de su cintura.

—¡Nathan Hayes! ¿Estás loco? Tienes suerte de que no tuviera un cuchillo carnicero. —Se giró y lo abrazó.

La vida no había sido fácil en los últimos años, pero al menos su matrimonio iba bien. A pesar de no haber crecido en un hogar con un gran matrimonio (con ningún matrimonio, en realidad), estaba decidido a tener uno y a que sus hijos experimentaran los beneficios.

Aunque solo llevaban tres semanas en la ciudad, Kayla hacía que la casa se pareciera cada día más a un hogar. Los cuadros ya estaban colgados en las paredes, como si hubiesen estado ahí durante años. Ya estaba tomando parte en la iglesia, en los colegios de los niños, e incluso como voluntaria en el centro de asesoramiento para el embarazo, donde aconsejaba a las chicas en situación crítica. Cada día era una aventura para Jordan, de cinco años, al que le encantaba la casa nueva. Al pequeño Jackson no parecía haberle afectado su aventura del robo del coche. Todos los miembros de la familia parecían contentos.

Excepto uno.

Jade, de quince años, era la excepción. Y Nathan no sabía cómo ayudar a que se adaptase.

Alrededor de las ocho de la tarde, después de la cena, Jade apareció en el pasillo con unos vaqueros y dos camisetas sin mangas de color gris y rosa superpuestas. La «música de adolescentes» que salía de su habitación, como Nathan se limitaba a clasificarla, se abrió paso hasta el último rincón de la casa. El iPod de Jade había tenido un fallecimiento pasado por agua en la bañera, y ahora toda la familia estaba siendo sometida a sus gustos musicales.

—Baja eso —gritó Kayla desde la cocina, donde estaba colocando a Jackson en su trona.

Jade regresó a su habitación y bajó el volumen aproximadamente medio decibelio.

—Creo que tu madre se refería a que lo bajaras de verdad —dijo Nathan acercándose hasta el dial del reproductor de CD y bajándolo a la mitad del volumen.

A salir de la habitación y girar hacia a la cocina, Jade le brindó a Nathan su expresión por defecto, mitad frustrada, mitad indignada. Para Nathan había sido un cambio triste con respecto a cómo reaccionaba ante él de pequeña, cuando celebraba su llegada con gritos de «¡Papá está en casa!» y le daba largos y fuertes abrazos. Nathan nunca esperó que Jade llegara a estar tan distante. Se había enfadado por el traslado a Albany. Ella sabía que sus amigos de Atlanta habían estado adentrándose en caminos peligrosos, pero aun así le molestó «empezar de cero».

Nathan abrió el frigorífico y agarró un yogur, con la cabeza puesta más en Jade que en lo que estaba haciendo. A veces se preguntaba si estaba perdiendo a su hija.

Un minuto después, los sonidos que procedían del recibidor indicaban que se avecinaba conflicto. La voz de Jade era estridente:

—¡Mamá, dile a Jordan que me deje en paz! ¡No quiere salir de mi habitación!

Nathan oyó la aguda voz de cinco años de Jordan.

—¡No la estoy molestando!

—¡Sí me molestas!

Kayla desfiló por el recibidor con un bote de comida de bebé y una cuchara.

—Jordan, te dije hace cinco minutos que fueras a cepillarte los dientes y a ponerte el pijama. ¿O tengo que llamar al hombre del saco?

—No, señora.

—Pues entonces quiero verte marchar en esa dirección.

Jordan atravesó corriendo el recibidor hasta el baño con un Tyrannosaurus Rex de peluche en la mano.

—Y, Jade, no te quedes despierta toda la noche mandando mensajes a ese chico. Tenemos que saber más sobre él antes de que siquiera *pienses* en que pueda gustarte.

—¿De qué chico estamos hablando? —preguntó Nathan avanzando por el pasillo y comiéndose la última cucharada de yogur.

Kayla respondió mientras abría el bote de comida de bebé:

—Otro chico con los pantalones caídos está interesado en Jade, pero esta vez tiene diecisiete años.

—¡Mamá! *No* va enseñando los calzoncillos. ¡Y no es para tanto!

—Sí lo es si tienes quince años. —Girándose hacia Nathan, Kayla tomó el vaso de yogur vacío y le puso el bote en la mano—. Sujeta esto; tengo que cambiarle el pañal a Jackson.

Nathan ocupó el lugar de Kayla fuera de la habitación de Jade.

—¿Lo has conocido en el colegio?

Jade salió al pasillo y se colocó frente a Nathan.

—Sí. Es simpático. Su abuela va a la iglesia de Monte Sión.

—Muy bien por su abuela. ¿Y él va a Monte Sión?

—Eso creo, tal vez, cuando ella lo lleva.

Nathan escuchó aquel *te lo diré si es que realmente tienes que saberlo* implícito.

Realmente tengo que saberlo, pensó.

—No es su abuela la que te envía mensajes, supongo que ella no está pensando en salir contigo.

El teléfono sonó. Nathan, distraídamente, metió su cuchara en la comida del bebé.

—Es un alumno destacado. Es el único de la clase que ha sacado más nota que yo en el examen de economía.

—¿Es dos años mayor que tú y están en la misma clase de economía? Vale, eso no importa. Te diré lo que importa: ¿es cristiano?

—No lo conozco tanto.

—Eso debería salir pronto. Si no lo ha hecho, no es buena señal.

—Es un buen chico.

—¿Y ese buen chico tiene nombre?

—Derrick Freeman.

Jordan volvió corriendo a la habitación de Jade con el pijama mal emparejado.

—¿Derrick Freeman te ha invitado a salir?

—Pues… sí.

Nathan suspiró y la miró fijamente a los ojos.

—Jade, cariño, ya hemos hablado de esto. No puedes tener una cita con nadie hasta que vengan a hablar conmigo. Y no sirve de nada que hablen conmigo hasta que no tengas diecisiete años. ¿No lo he dejado claro?

—Pero no es una cita de verdad. Solo estamos hablando de ir al centro comercial.

—Si un chico te invita a ir con él a cualquier sitio, es una cita. ¿A la biblioteca a estudiar? Una cita. ¿Al parque a jugar al *frisbee*? Una cita.

Jade se cruzó de brazos e hizo un mohín. Nathan, sin pensar, se comió una cucharada del bote que tenía en la mano. Al darse cuenta de repente de que no era yogur, le entraron nauseas y escupió la comida del bebé en la papelera.

Kayla salió al recibidor con un pañal en una mano y el teléfono en la otra.

—Kayla, ¿qué le das de comer? ¡Esto es horrible!

—Es brócoli con zanahoria, y es su favorito. Que lo salvaras de un pandillero no te da derecho a robarle su comida. —Le entregó el teléfono—. Es Adam Mitchell.

—¿Te has lavado las manos?

—Tienes suerte de que no sea mi mano izquierda —dijo Kayla, acercándole el pañal a la cara. Nathan retrocedió y después agarró el teléfono.

—Parece que no es buen momento para hablar —dijo Adam.

—No, está bien —dijo Nathan metiéndose en su dormitorio—. Me has rescatado del circo de la familia Hayes. Espectáculos todas las noches.

—Solo quería invitarte a que vinieras con nosotros a una barbacoa el sábado, en mi casa. Yo estaré con la parrilla y vendrán Shane y David. Esposas y niños son bienvenidos. ¿Cuento contigo?

—Lo hablaré con Kayla, pero estoy seguro de que sí al noventa por ciento. Suena divertido.

En el vestíbulo, Kayla había retomado la conversación con Jade donde su marido la había dejado. Era una conversación que probablemente duraría otros tres años. Ella no lo deseaba con ansia.

Nathan volvió a unirse a la discusión justo cuando oyó a Jade levantar la voz.

—¡No es justo!

Su madre le dijo:

—Jade, solo pensamos en lo que más te conviene. Tienes que confiar en nosotros.

—Cariño —le dijo Nathan a su hija—, no te pongas nerviosa.

Jade trató de estar tranquila con su padre, lo que él interpretó como un intento por demostrar que su madre estaba exagerando.

—No me estoy poniendo nerviosa. Tan solo me gustaría que no juzgaran a la gente que no conocen.

—De eso se trata —contestó Nathan—. No lo conocemos. Si llegara a conocerlo, tal vez juzgaría que es un joven bueno y cristiano que protegerá su pureza y la tuya, un chico que sabe que responde ante Dios y ante mí como tu padre. Si ese es el caso, ¡nos vamos a llevar de maravilla!

—Nadie es así, papá.

—No te conformes con poco, cariño, o acabarás en la inmundicia.

Jade suspiró.

—¿Y cuando creerán que soy lo suficientemente madura como para pasar tiempo con un chico?

De repente, Jordan pasó corriendo con su teléfono, y Jade gritó:

—¡Jordan Hayes! ¡Eso es *mío*! ¡Devuélvemelo! —Lo persiguió y se lo quitó de la mano, después se fue a su habitación y dio un portazo.

Jordan bajó la cabeza.

—Hijo —dijo Nathan—, sabes que no puedes jugar con las cosas de tu hermana sin su permiso.

Kayla se agachó a su altura.

—Usaste este pijama todos los días la semana pasada. Lo puse en el cesto de la ropa sucia por algo. Ve y ponte un pijama limpio.

—Sí, señora. —Jordan fue corriendo a su habitación.

Kayla abrió de golpe la puerta de Jade.

—Jade, lo siento pero tengo que darle de comer a Jackson. Voy al centro de embarazo por la mañana, y tengo que acostarlo.

—Yo acostaré a Jordan —dijo Nathan.

—Gracias, cielo —gritó Kayla.

Nathan tomó a su hijo, que no paró de reírse de camino a la cama.

—Muy bien, amigo —le dijo Nathan—. Deja que ore contigo; después tienes que dormirte.

—¿Papi?

—¿Sí?

—¿Los hombres malos te disparan alguna vez?

—Bueno, casi nunca. Pero si creo que pueden hacerlo, tengo un chaleco especial que puede parar una bala.

—¿Lo llevas todos los días?

—En Atlanta sí. Pero aquí no tengo que hacerlo. Es más seguro. Y en los días calurosos sudo una barbaridad. —Sonrió—. Así que normalmente no lo llevo. Pero no te preocupes; lo llevaré cuando lo necesite.

—Pero, papá, ¿cómo vas a saber cuándo lo necesitas?

★ ★ ★

El teléfono de Adam sonó a las 3:50 de la madrugada, demasiado temprano para considerarlo como la mañana. Sabía que no podían ser buenas noticias.

—¿Sí? —¿Por qué intentaba sonar como si llevara horas levantado?

—Adam, soy Sam Murphy. Siento haberte despertado.

¿Sam? ¿El sargento Murphy?

—Me temo que tengo malas noticias.

—¿Quién? —Adam se dio cuenta de que no había preguntado qué, pero a aquellas horas ambas preguntas significaban lo mismo.

—Se trata de Jeff Henderson.

Adam pudo sentir la vacilación del sargento.

—Un vecino lo encontró muerto.

—¿Jeff? ¿Muerto?

Victoria se incorporó y encendió su lámpara de noche. Su cara mostraba lo que Adam sentía.

—Lo siento. Sé que fueron compañeros.

—¿Cómo ha muerto?

—Un disparo.

—¿Un allanamiento? ¿Saben quién ha sido?

—Los detectives están allí. Deberíamos saber algo más cuando comience el turno. Lo siento de veras.

Adam colgó el teléfono.

La voz de Victoria tembló:

—¿Jeff Henderson?

—Sí.

—¿Cómo?

—Un disparo. No saben los detalles.

—Emma y los chicos están en California, ¿verdad?

—Es lo que sé de ella.

—¿La ha llamado alguien?

—Estoy seguro de que lo harán. Tal vez esperen hasta saber algo más.

—No deberían esperar. Las esposas tienen que saberlo inmediatamente. —Victoria se cubrió el rostro con las manos y lloró.

Adam puso una mano sobre su brazo. Sabía que las lágrimas de Victoria no eran solo por Jeff, Emma y los chicos. Cuando un policía muere, todas las esposas de los demás policías lloran también por ellas y por sus hijos.

★ ★ ★

Adam llegó a la comisaría con dos horas de antelación y fue a la oficina del sargento Murphy. Murphy estaba al teléfono, con la mirada ausente.

—Lo siento, Emma. Lo siento mucho.

Adam se sentó junto a su mesa, escuchando. Murphy se quedó mirando el teléfono. Al parecer, Emma había colgado.

—Llegas temprano, Adam.

—No podía quedarme en casa después de tu llamada.

—Lo siento. Son tres horas menos para Emma en la costa oeste. Dudaba si esperar, pero mi esposa insistió en que llamara.

—Seguro que Emma estará destrozada. ¿Qué ha dicho?

—No paraba de decir que debía ser un error. Que no era posible.

—¿Ha sido una sola persona?

—Sí —dijo Murphy.

—¿Tenemos el nombre?

—Me temo que sí.

—¿Qué quiere decir, sargento? Es bueno que sepamos quién lo hizo, ¿no?

—Fue Jeff Henderson.

—Ya sé quién ha muerto. Estoy preguntando quién lo asesinó.

El sargento Murphy bajó la cabeza y con el pulgar y el índice se restregó los ojos cerrados.

—Se suicidó.

CAPÍTULO OCHO

El viernes fue uno de los peores días de la vida de Adam.

Le pidieron que dijera unas palabras en el funeral de Jeff. Se negó. No iba a ponerse delante de un montón de gente. Diría las palabras equivocadas y se sentiría avergonzado.

Así que Adam escribió un texto sobre Jeff, sobre lo amable, paciente y comprensivo que había sido y sobre cuánto ayudó a Adam durante sus primeros cuatro años en el cuerpo. Mientras el *sheriff* leía sus palabras, Adam reparó en Emma. Estaba sentada al otro lado del pasillo, en la primera fila, con los ojos hinchados, y aparentaba más edad que sus cincuenta y siete años. Se preguntó si Emma deseaba que Jeff hubiese sido tan amable, paciente y comprensivo con ella y con los chicos como lo había sido con Adam.

Los hijos menores de Jeff, de diecinueve y veinticuatro años, estaban sentados con su madre. Brent, el más pequeño, tenía la mandíbula cuadrada y los ojos azules de su padre. El hijo mayor de Jeff y su esposa no se habían molestado en hacer el viaje desde California. Tampoco el marido de su hija, ni ninguno de sus nietos. ¿Era rabia o un dolor inconsolable porque Jeff se hubiera quitado la vida? ¿O era porque creían que había sido un marido y un padre horrible?

Adam reflexionó acerca de lo injusto que era juzgar a un policía; no podían entender lo que era eso. Entonces se reprendió a sí mismo. *Al menos podía haberlo llevado al Pearly's y haberle comprado panecillos de salchicha como en los viejos tiempos.* Había visto tristeza en los ojos de su viejo amigo durante su conversación. ¿Por qué no había tomado él la iniciativa?

Adam sintió un repentino arrebato de cólera. ¿Por qué Jeff no había buscado ayuda? ¿Por qué no había llamado a alguien? ¿Por qué había confiado en su propio juicio, se había metido esa vieja Sig Sauer a la boca y había apretado el gatillo?

Pero lo que Adam sentía no era solo dolor y rabia. Era miedo. En una reunión especial en la oficina del *sheriff* dos días antes, habían traído al psicólogo de la policía para que les explicara algo que no era nuevo: que la tasa de suicidios entre los policías era más alta que en la población general. El psicólogo dijo que el número de agentes de policía que se quitan la vida es tres veces mayor que los que mueren en acto de servicio. En un periodo de ocho meses, ocho agentes de tráfico de California se habían suicidado. Adam no estaba seguro de cómo se suponía que aquello podía servir de ayuda. ¿Debían sentirse mejor porque el suicidio de Jeff no fuese algo tan inusual?

Adam no solo conocía a Jeff por su antigua relación de compañeros, sino también porque se conocía a sí mismo y la cultura de la policía. La mayoría de los policías pensaban que pedir ayuda era una señal de debilidad. Se suponía que los policías *resolvían* problemas, no *eran* el problema. A él le enseñaron a contener sus emociones en situaciones de crisis y a seguir adelante. Después podías ser sensible, decían. ¿Pero cuándo es después? No hay después, porque sigues siendo policía. Incluso cuando no llevas el uniforme, siempre eres policía.

Y Adam, metido en su propio mundo interior, volvió de golpe a la realidad cuando sintió que Victoria le apretaba la mano.

Allí había cerca de doscientos agentes uniformados. Representaban al departamento del *sheriff* del condado de Dougherty, a la policía de Albany, y al menos a media docena más de organismos vecinos.

Si Jeff hubiese muerto en acto de servicio, habrían seiscientos agentes uniformados o más procedentes de todo el sur de Georgia. El gobernador habría asistido. Habrían tenido una guardia de honor que habría doblado la bandera, se la habría entregado al *sheriff* Gentry, que, a su vez, se la habría entregado a Emma. En el funeral habría sonado una salva de veintiún cañonazos y habrían entonado el toque de silencio.

Cuando un pastor se levantó y dijo que Jeff estaba en un lugar mejor, Adam trató en vano de recordar lo que Jeff le había contado sobre sus creencias espirituales. Sus pensamientos vagaron por lo que podía haber sido, debería haber sido o habría sido.

Una hora más tarde, Adam se encontraba junto a la tumba.

Nathan se colocó detrás mientras la gente se iba alejando. Se acercó a Adam desde allí y le puso una mano sobre el hombro.

—Sé que eran amigos. Lo siento, Adam. ¿En qué punto estaba espiritualmente? ¿Conocía a Jesús?

—No lo sé.

—¿Iba a la iglesia en algún lugar?

—No estoy seguro.

Nathan vio la cara de Adam y supo que no debía preguntar más.

Pero Adam se hacía aquellas mismas preguntas. Conocía a Jeff Henderson desde hacía diecisiete años. Había pasado alrededor de un tercio de cada semana con él durante un periodo de cuatro años, habían estado en decenas de partidos y había ido tres veces de vacaciones con él y su familia. Y aun así, no conocía las respuestas.

★ ★ ★

Después, aquella misma tarde, una vez acabado su turno, Adam Mitchell terminó de ducharse y estaba casi vestido cuando su visión periférica captó a un luchador de sumo avanzando pesadamente hacia él.

—Hola, Mitchell.

Brad Bronson se abría paso por el vestuario como un toro. Adam observó la camiseta de Bronson, una XL que no le llegaba al ombligo. Lo de las tallas únicas no iba con su camiseta.

Adam centró su atención en las cejas de Bronson, que parecían una sola, por miedo a mirar a otro sitio.

—¿Qué pasa, sargento?

—Vaya con la lluvia, ¿eh? El camino de entrada a mi casa está *hasta arriba* de fango. Esta mañana me he resbalado y casi me rompo el cuello.

—Vaya. —Adam no conocía el lado campechano de Brad Bronson. Le ponía nervioso.

Bronson estiró con fuerza su cuello, lo que provocó un alarmante y ruidoso crujido.

—Una lástima lo de Henderson.

—Sí.

Los pensamientos de Bronson daban saltos como una piedra sobre agua agitada. Nunca hallaba una frase de transición que le gustara.

—¿Alguna vez has tenido que tratar con la Koos esa?

Los veloces cambios de tema sobresaltaba a Adam.

—¿Diane Koos? ¿La oficial de relaciones públicas?

—¿Por qué han puesto a una civil por encima de policías con cargo? No tiene sentido.

—En realidad, no está por encima de nosotros. El *sheriff* la contrató para que nos ayudara con algunos de nuestros problemas de comunicación. Decidió contratar a alguien externo al departamento para hacer un cambio y lanzar el mensaje de que nosotros no estamos ocultando nada.

Bronson lo miró fijamente.

—¿Crees que no lo sé?

—Bueno, tú…

—¡La Koos esa trabajó diez años en las noticias de la tele!

Lo dijo igual que si se hubiese pasado la vida vendiendo crack a niños de preescolar. Bronson carraspeó igual que una hormigonera y después escupió en el suelo del vestuario. Los ojos de Adam no lo siguieron. No necesitaba la imagen de ningún fluido que saliera del cuerpo de Bronson.

—Lo sé —dijo Adam—. Koos metió presión para conseguir la amonestación de Shane por no haber advertido a un delincuente a la fuga antes de utilizar la pistola eléctrica.

—Y le pusieron una amonestación, lo que significa que *está* por encima de nosotros… o podría estarlo. No tiene ni idea de lo que es ser policía. Y el *sheriff* la escucha. Va por ahí paseándose con zapatos de tacón que le hacen daño, y después la paga con nosotros. Intentaba pillarme cuando era periodista y aún sigue apretándome las clavijas.

—¿Es por algo que has dicho? —sugirió Adam—. ¿O tiene que ver con el tipo del centro comercial de Albany al que diste un cabezazo que lo dejó inconsciente?

—Eso es solo una excusa —dijo Bronson.

—Tienes que admitir que es una excusa muy *buena*.

—El criminal era un levantador de potencia. Hasta arriba de esteroides y de crack. Se comportan como si fuese una abuelita pacifista resfriada y con una sola pierna.

—Bueno, ¿y qué puedes hacer al respecto? Quiero decir, además de no dar cabezazos a la gente en el centro comercial.

—Si la Koos sigue así, le voy a romper la escoba por la mitad.

★ ★ ★

Derrick Freeman entró al diminuto apartamento de su abuela pasada la medianoche. Cuando abrió la puerta, se encendió una luz. Una mujer débil de pelo blanco estaba esperando en la pequeña sala de estar. Las marcadas líneas de su cara mostraban preocupación y miedo.

—Has estado bebiendo, Derrick.

—No, abuela.

—No me mientas, chico. Huelo el alcohol desde aquí. Y he visto a los chicos con los que estabas. Los había visto antes. ¡Ya sabes lo que pienso de las bandas!

—Sí, lo sé.

—Eres un chico listo, uno de los más listos de tu colegio. Tengo dos trabajos para que puedas ir a la universidad. No trabajo para que lo eches todo por el retrete.

—No sabes lo que dices.

—¿Que *yo* no sé lo que digo? He vivido cuatro veces más que tú, chico. Lo sé todo de las bandas. Vi como acabaron con tu padre antes de que llegaras a conocerlo siquiera. Tu hermano fue el siguiente. ¿Crees que no se me parte el corazón todos los días porque Keishon esté en la cárcel? Empezó así, yendo por ahí con los gánsteres; después lo brincaron. Entonces eran sus dueños y acabaron con él.

—Eso no es lo que pasó, abuela. Y no está muerto; está en la prisión estatal de Georgia. Estará fuera en unos años.

—¿Qué edad tenías tú? ¿Catorce? ¿Por eso sabes cómo fue? ¿Y crees que todo irá bien cuando salga? Esos chicos son la Gangster Nation, ¿verdad? ¿Hacen que te sientas importante? Solo quieren arrastrarte. Harán que te drogues, luego que vendas droga, que ganes dinero sucio, que hagas daño a gente inocente. Robas para ellos, les perteneces. Dios no te creó para que fueras esclavo de nadie, chico. Ni de blancos ni de negros.

—No es como tú dices. Son mis amigos, mis hermanos.

—Descubrirás lo que son cuando sea demasiado tarde. Buscan chicos que son tontos o están desesperados. Por eso me aseguré de que estudiaras y te mantuvieras alejado de las bandas. Pero no puedo hacer nada más. Tienes que decidir por ti.

—En eso tienes razón. Y es lo que voy a hacer. Decidir por mí mismo.

—Derrick, por favor. —Su abuela alargó la mano para tocar sus hombros—. A tu mamá la acuchilló un chico de la banda. ¿Por qué? Porque llevaba diez dólares encima. Él quería crack. Si entras en la GN, estarás escupiendo sobre la tumba de tu madre.

—Mi mamá no tiene nada que ver en esto. Apenas la conocí.

—¡Apenas la conociste porque la banda nos la arrebató a ti, a mí y a Keishon! Tú no entiendes cuál es el tipo de vida con el que estás jugando. Los pandilleros se convierten en el blanco; sus familias se convierten en los blancos. ¿Quieres que vayan a por mí? Tienes novia, irán a por ella.

—A ellos no les importas, abuela.

—Tienes razón. La pregunta es, ¿te importo a ti, Derrick? Pueden matarte. Incluso pueden matar por ti. Pero yo daría mi vida por ti. Eso es lo que *he estado* haciendo. Excepto tu tío Reggie, yo soy la única familia que tienes ahora. Todavía tienes una oportunidad, hijo. Una buena educación hará que consigas un buen trabajo; te dará oportunidades. Simplemente, acaba el instituto y márchate a la universidad. Aquí no hay vida para ti, Derrick.

—Son mis amigos, abuela. Puedo acabar el instituto incluso sin esforzarme. Aún puedo ir a la universidad si quiero.

—Te fumarán como un cigarrillo, te arrojarán a la calle y te aplastarán en el suelo. Eso es lo que hacen las bandas.

Él se dio la vuelta y se dirigió a su habitación.

La abuela de Derrick no había acabado.

—Tal vez me escucharías si fuera un hombre. Dios sabe que me hubiera gustado que hubieses tenido un hombre en esta casa para que te enseñara a serlo. Quizá pienses que yo no soy gran cosa. He tenido que ser una madre y un padre para ti, pero no puedo ser lo que no soy.

—Me voy a la cama.

Ella avanzó hacia Derrick y le puso la mano en la camisa.

—No dejes que te brinquen, Derrick. Te estoy perdiendo como perdí a tu madre y a tu hermano. Te van a alejar de mí. Lo veo en tus ojos. Por favor, no dejes que lo hagan.

Le agarró de la manga, y él la empujó con fuerza. La cabeza de la mujer chocó contra la pared con un golpe sordo. Se derrumbó en el suelo; de sus labios se derramaban tenues gemidos.

Derrick se metió a su habitación y cerró de un portazo. Estaba harto y cansado de su abuela, cansado de sus advertencias y de sus constantes quejas.

Es una vieja; no se entera de nada.

Capítulo Nueve

El sábado por la mañana Adam condujo hasta la casa de Shane. Emily iba cantando en el asiento trasero mientras su padre introducía su furgoneta Ford gris plateado en el camino de entrada.

Shane sostenía una bolsa de plástico de Walmart.

—¿Qué hay en la bolsa? —preguntó Adam cuando Shane entró en la furgoneta.

—Son un par de camisetas de los Bulldogs para Tyler —contestó Shane.

—Déjame verlas.

—No, están envueltas. ¿Cómo está mi pequeña?

—¡Muy bien, señor Shane! —respondió Emily.

Dejaron la radio encendida mientras se dirigían al banco por Westover.

—Anoche gané a papá al Yahtzee —dijo Emily.

—Seguro que sí.

—*Ibas* ganando al Yahtzee —dijo Adam—. No pudimos terminar, ¿recuerdas?

—Te llamaron por teléfono. ¡Pero *iba* a ganarte!

Shane sonrió.

—Te agradezco que me lleves a unos cuantos recados. Mi coche debería estar listo en un par de días.

—No hay problema —dijo Adam—. Aunque tu camisa... *eso* sí es un problema.

Era una imitación de Tommy Bahama de color plátano llena de hibiscos blancos.

—¿No te gusta mi camisa?

—Bueno, ha llamado 1985. Quiere que se la devuelvas.

Shane se giró.

—Emily, ¿qué te parece mi camisa?

—¡Me encanta!

—A tu hija le gusta mi camisa.

—Mi hija tiene nueve años.

—La mitad de los genes de tu hija son de su madre. Esa es su única esperanza. Tyler dijo que esta camisa era guay, así que la compré.

—¿De modo que tu hijo de doce años te aconseja sobre moda?

—Veo que a ti nadie te aconseja sobre moda. A no ser que sea Wally. Por cierto, ¿dónde está?

Emily soltó una risita.

Adam no podía ganar.

—Oye, ¿cómo *está* Tyler?

—Solo lo tengo cada dos fines de semana, y es justo después de que Mia le haya llenado la cabeza de opiniones envenenadas sobre mí. ¿Sabes qué? Se me va un tercio de mi sueldo en pensión alimenticia.

Adam echó un vistazo a Emily por el espejo.

—Shane, hablaremos de esto más tarde, ¿vale?

—¿Qué es pensión alimenticia?

—Es solo una enfermedad que tiene el señor Shane... y que le hace llevar ropa fea.

Emily se rio. Shane estudió a Adam.

—¿Sabes lo que me gusta de ti?

—¿Qué?

Shane fingió que estaba intentando recordar algo.

—No importa. Estaba pensando en otra persona.

Shane se rio entre dientes y Adam intentó por todos los medios no hacerlo.

Adam aparcó su F-150 al lado del bordillo en el extremo más alejado del aparcamiento del Flint Community Bank. Shane se bajó.

—Vale, tienes cinco minutos, guaperas.

—Señor Shane, ¿podría traerme una piruleta?

—Claro que sí, cariño. —Shane señaló a Adam—. A ti no te voy a traer una.

Justo después de que Shane cerrara la puerta, una canción pegadiza sonó en la radio.

I'd like to sail to lands afar
out on a boat that's built for two.[1]

—Porfi, papá, dale voz. ¡Me encanta esta canción!

Adam subió el volumen.

—Ya la conocía.

Emily abrió la puerta trasera y saltó al césped.

—¡Espera! ¿Qué haces?

Emily abrió la puerta de Adam y lo agarró del brazo.

—¡Vamos, papá! ¡Ven a bailar conmigo!

—Espera, cariño. ¡Estamos al lado del banco! La gente no baila aquí.

—¡Por favor, papá! Solo esta canción. Ven a bailar conmigo.

Emily siguió tirando del brazo de Adam, que se giró y puso los pies fuera del coche, pero se quedó sentado.

—Emily, puede vernos la gente.

—No pasa nada. No les importará, papá. La canción no va a durar eternamente. Por favor.

---

[1] Me gustaría navegar hasta tierras lejanas / en un barco hecho para dos.

—Te diré qué vamos a hacer. Tú bailas y yo miro.

Emily lo miró con el ceño fruncido, y después empezó a bailar en el césped.

—Vale, papá —dijo Emily—. Cuando estés listo para bailar conmigo, tienes que hacer esto. Primero, pones la mano derecha alrededor de mi cintura, así, y después levantas la otra mano así. Entonces nos balanceamos adelante y atrás al ritmo de la música.

Con una viva expresión en el rostro, gesticulaba con gracia a la vez que hablaba, dejándose llevar por el momento.

Worries seem to fade away,
They become as distant memories
When we are together.[2]

Adam observaba complacido a su hija. El mundo era oscuro, pero Emily era la luz del sol.

—Y… podemos dar vueltas.

Adam sonreía al observarla, disfrutando de la música y de la forma en que Emily hacía que cobrara vida. Su vestido veraniego de color azul flotaba alrededor de ella cuando giraba. Parecía una princesa. En aquel instante, Adam no pensaba en suicidios, ni en traficantes de droga, ni en discusiones con Victoria y con Dylan. Solo pensaba en la belleza mágica que contemplaba en su hija.

—¿Estás seguro de que no quieres bailar conmigo? —suplicó Emily.

Adam echó un vistazo hacia el aparcamiento, y después a Emily.

—Estoy bailando contigo en mi corazón.

Mientras la hechizante canción continuaba, Emily giraba y se agachaba y mantenía las manos extendidas como si bailara con una

---

[2] Las preocupaciones desaparecen, / se alejan tanto como los recuerdos / cuando estamos juntos.

pareja. Justo antes de que acabara la canción, Shane se acercó a la furgoneta.

—Emily, ¿estás intentando enseñar a bailar a tu padre?

—No baila conmigo.

—Eso es porque es un viejo carcamal.

—Muy bien, todo el mundo adentro. El señor Carcamal se va.

Cuando las puertas se cerraron, Emily preguntó:

—¿Qué es un carcamal?

—Un carcamal —dijo Adam dirigiendo su mirada a Shane—, es cualquiera que siga usando la palabra *carcamal*.

Adam salió del aparcamiento y se incorporó a la carretera.

—¿Quién te ha enseñado a bailar, Emily? Sé que tu padre no ha sido.

—Oye, yo bailo con mi esposa en casa. —Al decirlo, Adam se avergonzó porque probablemente lo había hecho un par de veces, y la última, antes de que Emily naciera.

—Nunca te he visto bailar con mamá.

—La verdad sale a la luz —dijo Shane.

—¿Sabes qué? Creo que podrías ir andando…

—¡Pero no lo haré! —se rio Shane.

—¿Así que se supone que voy a dejarte con Tyler?

—Sí. Vamos a estar juntos un par de horas.

—¿Tienes quién te lleve a la barbacoa?

—No hay problema.

—Trae a Tyler.

—No. Mia tiene planes para él más tarde.

★　★　★

A ocho kilómetros del banco había dos hombres apoyados en una verja en el parque de atracciones All American de Albany.

—¿No es un poco raro —dijo el flacucho y esmirriado— que dos adultos se encuentren aquí?

El tipo impecable que llevaba elegantes gafas de sol dijo:

—No. Todos dan por hecho que hemos venido con niños. Solo somos dos extraños que mantienen una pequeña charla mientras los niños se divierten. Sonríe y saluda una vez con la mano dentro de un rato, a nadie en particular.

El que hablaba sonrió y saludo a quince niños que jugaban a videojuegos. Entonces, al mismo tiempo que sonaba un timbre escandaloso y todos se giraban hacia las mesas de juego, agarró su mochila, sacó una bolsa voluminosa y la arrojó dentro de la mochila del otro hombre, que estaba abierta.

El segundo hombre se agachó y cerró con cremallera su bolsa.

—¿Habrá más o esto es todo?

—Me pondré en contacto contigo. No intentes contactar conmigo. Eso hace que mantengamos las distancias. Es mejor así.

—Para ti, puede que sí. ¿Y qué pasa conmigo?

—Oye, es dinero fácil. Podría encontrar a otro con el que hacer negocios si te estás echando atrás. Devuélvemelo y lo encontraré.

—No. Yo lo haré. ¿Quieres el dinero ahora?

—¿Lo envolviste en papel de aluminio y lo pusiste en una bolsa de papel marrón como te dije?

El flacucho asintió y saludó con la mano a unos alumnos de secundaria que estaban en una atracción.

—Bien. Cuando me veas junto a ese futbolín, deja el dinero aquí, al pie de este poste y márchate. Yo daré una vuelta por aquí y lo recogeré. Nadie debe vernos juntos otra vez.

★ ★ ★

Nathan, Shane y David se reunieron en el jardín trasero de Adam Mitchell, una superficie de césped plana con pinos esparcidos por todo el perímetro. En el exterior de la casa de ladrillo de Adam, al estilo de una casa de campo y cercada por sauces abigarrados, se sentaron en una mesa de color gris oscuro de aluminio troquelado con sillas a juego. La parrilla de gas de Adam era negra, de acero inoxidable, con una mesa lateral a la izquierda y un quemador extra perfecto para mantener calientes los frijoles.

Shane aún llevaba la misma camisa de color amarillo chillón por la que Adam le había tomado el pelo. Los demás se metieron con ella sin piedad. Todos habían disfrutado del banquete: pollo, filetes, hamburguesas y la sensacional ensalada de patata de Victoria. En aquel momento las esposas y los chicos se habían reunido dentro y habían dejado solos a los hombres.

Mientras los hombres comían ya sin ganas los últimos bocados, Adam recogió su bandeja de ingredientes secretos y se dirigió a la casa.

Nathan terminó su botella de agua y la lanzó. La botella golpeó el borde opuesto del cubo de la basura y cayó dentro.

—Apuesto lo que quieras a que no lo haces otra vez —dijo Shane.

Nathan agarró la lata de Coca-Cola de Shane.

—¡Oye, que no he acabado! —Y se la quitó de las manos.

—Vale, cuando acabes, lo haré de nuevo.

Adam regresó a la mesa después de que Victoria y Kayla le interrogaran en el interior.

—Están dentro con los niños y se mueren de ganas por saber de qué hablamos. Les he dicho que estábamos debatiendo la alineación de los Falcons para este otoño.

—Ahora que lo dices —dijo Nathan—, he visto la foto de Bartkowski en la pared. Soy unos años más joven que tú, pero aún jugaba cuando yo estaba en secundaria.

—Bueno, ocupa un lugar especial en mi corazón —dijo Adam—. Ver a los Falcons fue una de las pocas cosas que hice con mi padre. Cuando estaba en casa, claro. Era coronel del ejército y tenía amigos importantes con contactos entre los directivos de los Falcons. Así es como se las arregló para conseguirme esa foto. Se perdió mi graduación en el instituto, y ese fue su premio de consolación.

—¡Es un premio de consolación buenísimo! —dijo Shane.

Adam no contestó. Pero pensó en lo bien que habría estado que su padre hubiese ido a su graduación y le hubiese dado la foto firmada.

—Bueno, la barbacoa ha sido estupenda —dijo David—. Me ha recordado a mi padre. Hacía barbacoas todo el tiempo.

—El mío también —dijo Adam—. Hablando de padres... ese correo electrónico que leyó el *sheriff* el otro día, ¿creéis que es cierto?

—¿El de los padres? —preguntó Nathan—. ¿Y su ausencia?

Adam asintió.

—Yo estoy de acuerdo con él. Crecí viendo ese tipo de cosas todo el tiempo. ¿Sabéis cuántos de mis amigos de la infancia fueron a la cárcel o murieron antes de cumplir los veinte? ¿Y cuántos siguen siendo adictos al crack? Y no, no tiene nada que ver con ser negro; tiene que ver con ser pobre y no tener esperanza. Me preguntó adónde se fueron todos los buenos padres.

—Tienes toda la razón —dijo Shane.

—¿Qué? —dijo Adam—. Recuerdo que alguna vez has hablado de tu padre, Shane. ¿No era el encargado del templo o algo así en tu iglesia?

—Sí, pero eso no significa nada. Tan pronto empezaba el culto, se salía a la parte de atrás a fumar. El problema no era que fumara... ¿pero para qué vas a la iglesia si simplemente te vas a quedar fuera? Una vez dijo: «Será mejor que no te pille bebiendo». ¡Tenía una cerveza en la mano cuando lo dijo!

Los chicos compartieron miradas de complicidad.

—Mi madre se peleaba mucho con él... hasta que se divorciaron. Mirad, no es que no lo quiera, pero cuesta respetar a un hipócrita.

—¿Y tú, David? —preguntó Adam.

David tardó un poco en contestar.

—He tenido un buen padre, supongo. Quiero decir, nadie es perfecto. Mis padres se separaron después de que él tuviera una aventura. Creo que se arrepintió.

—¿Te lo dijo él? —pregunto Adam.

—No con esas palabras, pero me dio esa impresión. Lo pasé mal durante un tiempo. Pero ahora el divorcio está a la orden del día.

—No estoy de acuerdo, tío —dijo Nathan—. El divorcio llega porque tú lo conviertes en una opción.

—Pero no siempre se pueden solucionar las cosas —dijo David—. A veces es necesario que cada uno se vaya por su lado.

—Creo que estoy de acuerdo con Nathan —dijo Adam—. Separarse se ha convertido en algo demasiado fácil. La gente ya no lucha por su matrimonio.

—Cuando te cases y tengas hijos —le dijo Nathan a David—, comprenderás rápidamente todo lo que no sabes. Tío, si no fuese por mi fe en Dios, ahora mismo estaría cayendo en picado.

—Sí, yo también —dijo Adam.

—Chicos… no todo el mundo cree en esas cosas —añadió David—. Todos ustedes son religiosos, y está bien. Pero no pueden pensar que la religión sea la única forma de vivir la vida. Es decir, ¿tus padres no se divorciaron, Nathan?

—Ese es el problema. Nunca se casaron.

Los otros hombres parecían sorprendidos.

—Escucha, mi padre nunca profesó ser cristiano. Tuvo seis hijos con tres mujeres. Yo fui el quinto. Cuando yo nací, él ya se había ido. Y te diré algo, tío. Tengo treinta y siete años, y no conozco a mi padre biológico.

—¿En serio? —dijo Adam—. Eso es muy duro.

—Si sé que tengo cinco hermanos, de tres mujeres distintas, ¿quién me dice que no tengo más? Y estadísticamente, puede que algunos de ellos hayan sido asesinados.

—¿Asesinados? —preguntó David.

—Ya sabes… lo que hacen con los niños no deseados antes de que nazcan. La mitad de todos los niños negros son abortados.

—No lo sabía —dijo Adam.

—Algunos piensan que es mejor que crecer siendo un hijo no deseado —dijo Shane—. Es decir, mira el problema en las calles.

Nathan sopesó sus palabras.

—¿Pero no se les ocurre que el aborto no es solo un síntoma, sino que es también un problema subyacente? A los hombres negros, a todos los hombres en realidad, se les ha dicho que el aborto es algo entre una mujer y su médico. Pues bien, si no tengo nada que decir acerca de si el niño vive, si es cosa exclusiva de la madre, ¿entonces por qué voy a tener nada que ver con criar al niño? El hombre es el padre del bebé o no lo es… no puede ser de las dos maneras.

—Nunca me lo he planteado de esa manera —dijo Adam.

David miró a Nathan.

—Parece que tú saliste bien.

Nathan se reclinó hacia atrás y se pasó las manos por la cabeza afeitada.

—Eso es gracias a un hombre de mi barrio llamado William Barrett. Cuando era adolescente, justo antes de ser engullido por una banda, me agarró y no dejó que me fuera. Fue mi mentor y cambió mi vida. Me enseñó acerca de Dios. Aún seguimos en contacto, y él es una de las razones por las que quería volver a Albany. Quiero que mis hijos lo conozcan. Es a él a quien llamo cada Día del Padre.

—¿Te compensó por no tener un padre? —preguntó Shane.

—Nada puede compensar eso. Se lo estoy diciendo, no tener padre me ha marcado en más sentidos de los que puedo contar. No tener un padre que me viera jugar a la pelota, el hecho de que mi madre tuviera dos trabajos, y que tampoco pudiera estar allí… Algunas veces solo me sentía triste. Otras, me enfadaba muchísimo.

David se removió en su silla.

—¿Has intentado buscarlo alguna vez? —preguntó Adam.

—Lo intenté unas cuantas veces. Y después dejé de hacerlo. Se llama Clinton Brown, pero usa apodos, así que siempre acababa en un callejón sin salida. Podría haberle puesto más empeño.

—¿Y por qué no lo hiciste? —preguntó Adam.

—Por miedo a lo que le diría.

Después de una larga pausa, Shane se movió incómodo, se puso de pie y dijo:

—Miren, chicos, me ha gustado nuestra pequeña charla íntima, pero tengo que ir a pagar algunas facturas mientras aún me queda algo de sueldo.

Shane se giró hacia Adam.

—Y hablando de sueldos, hablé con mi colega, Javier, sobre tu cobertizo. Ese hombre hizo un trabajo estupendo en mi terraza, y está disponible la semana que viene, pero quiere 150 dólares al día.

—¡Vaya! Bueno, tengo que conseguir a alguien que sepa lo que está haciendo. Voy a tomar unos días de vacaciones… y tengo que tenerlo listo. Si pudiera estar aquí el lunes a las 8:00 de la mañana… sería estupendo.

—Vale, lo llamaré. Nos vemos mañana en la iglesia.

—Por supuesto.

Mientras Shane estaba de pie, preparado para marcharse, Nathan agarró su lata de Coca-Cola y la tiró desde el otro lado de la mesa. Aterrizó en el cubo de la basura.

Nathan sonrió.

—Te lo dije.

Capítulo diez

El resto de la casa seguía en calma, pero Javier Martínez, vestido con unos vaqueros viejos y una camiseta de color rojo oscuro, hablaba animado por teléfono a las 7:30 de la mañana.

—¡Genial! Gracias. Estaré allí lo antes posible. Adiós.

La esposa de Javier, Carmen, entró en la cocina vestida con una bata. Con el pelo crespo y sin maquillaje, seguía aturdida por haberse despertado minutos antes.

—¿Con quién hablabas?

Javier se estaba calzando sus botas de la construcción.

—¡Tengo el trabajo! Pero tengo que irme ya. Están construyendo una oficina nueva en Westover, y necesitan más hombres.

—¡Gracias a Dios, Javi! Tenemos que pagar el alquiler el viernes. Te diría que fueses en coche, pero el depósito está vacío.

—¡No me importa caminar cuando tengo buenas noticias!

Javier se levantó, puso sus manos sobre los hombros de Carmen y la miró fijamente a los ojos.

—Te dije que Dios me daría un trabajo. —La besó en la frente—. Te daría un beso enorme en la boca —dijo bromeando—, pero te huele fatal el aliento esta mañana.

Javier salió con una sonrisa.

—Yo también te quiero —dijo Carmen con un tono solo un poco sarcástico. Se echó el aliento en la mano e inhaló, frunciendo el ceño. Su marido podía ser desagradable, pero era un hombre sincero. Fue a cepillarse los dientes.

Javier tardó treinta minutos en llegar a la obra. Apenas pasaban las 8:00 cuando se acercó con brío al capataz, que daba instrucciones a tres hombres y los mandaba a que hicieran su trabajo.

—Hola, señor —dijo Javier—. ¿Es usted Richard?

—Sí.

—Soy Javier Martínez. Me dijeron que viniera a verle para el trabajo.

—Acabo de contratar a los tres últimos hombres que necesitábamos. Lo siento, amigo; tenemos suficientes. —Se dirigió a la oficina.

Javier lo siguió, suplicando.

—Puedo hacer cualquier cosa, señor… carpintería, albañilería y hasta enyesado.

—Mira, he dicho que ya tengo lo que necesitaba, ¿vale?

El capataz se dio la vuelta y se alejó. Javier se quedó allí consternado. Miró a los otros trabajadores, esperando que alguien se diera cuenta de que había habido un error. Ninguna persona necesitaba el trabajo más que él. Era como si fuese invisible. Nadie se percató.

Después de unos minutos, fue consciente de la realidad. Sus hombros se hundieron y se dio la vuelta para marcharse.

Javier deambulaba por una calle lateral junto a Westover, cabizbajo. Ojalá el coche no hubiese estado sin gasolina. Ojalá los otros hombres no hubiesen llegado allí primero. Ojalá hubiesen necesitado solo un hombre más.

Javier, que caminaba sin rumbo, se salió de la calle y se adentró en un callejón que había entre las casas. Empezó a orar en voz alta, con la cara levantada hacia el cielo y gesticulando.

—Señor, no comprendo. Intento mantener a mi familia. Necesito tu ayuda. ¿Por qué no me ayudas? ¿Te he ofendido en algo?

Javi siguió caminando, con sentimientos enfrentados, deseando encontrar una piedra que golpear.

—Dije a la familia que nos ayudaría. Le dije a mi familia que Tú nos ayudarías, Señor. ¿Qué les voy a decir ahora? ¿Vamos a perder nuestra casa?

Se detuvo en medio del callejón. Abrumado, se tapó el rostro con las manos, y después las levantó y gritó:

—¿Qué quieres que haga? Dios, por favor, ¿qué debo hacer? Por favor, Dios, ¡muéstrame qué debo hacer!

¿Por qué Dios parecía tan silencioso?

Si sus propios hijos le pidieran ayuda para encontrar trabajo, no se le pasaría por la cabeza rechazarlos. Y entonces, ¿por qué Dios rechazaba a Javi? ¿Por qué?

—¡Oye, Javier!

Javier parpadeó. ¿Había oído bien? Se giró y vio a alguien que no conocía en el camino de entrada de una casa, a unos dos metros de distancia, con una cinta métrica en la mano.

—¿Qué haces? —le preguntó el hombre. Javier echó un vistazo por encima de su hombro para asegurarse de que el extraño no estaba hablando con otra persona. Pero el hombre le había llamado por su nombre.

—¡No te pago 150 dólares para que te quedes ahí! ¡Vamos!

En el patio de los Mitchell, Adam cerró la cinta métrica y se la enganchó al cinturón, entonces se percató de la expresión de asombro de Javier, que caminaba precavido hacia el patio. *¿Le habré asustado? Puede que no entienda el inglés.*

—¡Adam, sé amable! —Victoria se acercó a Adam desde la casa con una botella de agua en la mano.

—Llega tarde. Estaba ahí parado en medio del callejón. Le pago por días, ¡y no es nada barato!

—Necesitas su ayuda, ¡así que será mejor que empieces con buen pie! No vayas de poli con él, ¿vale?

Adam suspiró y se giró hacia Javier mientras este avanzaba por el camino de entrada con cautela.

Adam alargó la mano.

—¿*Eres* Javier, verdad?

Javier, con una expresión de desconcierto, le estrechó la mano.

—Sí. Soy Javier.

—Adam Mitchell. No quería gritarte. —Miró a Victoria—. Debería haber salido y hablado contigo. Esta es mi esposa, Victoria.

Victoria le extendió la mano.

—Hola, Javier, encantada de conocerte. Voy a traerte una botella de agua.

Adam señaló a la mesa.

—A ver, aquí mismo tengo los planos para el cobertizo. El viejo está que se cae. Imagino que entre los dos tardaremos una semana más o menos. Espera. ¿No has traído herramientas?

—Pues, no.

—No pasa nada, solo que tendremos que compartirlas. ¿Has hecho alguna vez un cobertizo antes?

Javier miró detenidamente los planos.

—Sí.

—Lo siento. No pretendo ponerte en un aprieto pero, ¿tienes permiso de trabajo?

—Sí, lo tengo.

—Bien. Te voy a enseñar lo que estamos haciendo. Pero primero, para que no haya malentendidos, quiero ocho horas de trabajo continuo, sin contar descansos para beber ni para mirar al cielo ni para hablar contigo mismo. Te parece bien 150 dólares al día, ¿no? Porque si buscas más, necesito saberlo ya.

—150 dólares al día… ¡estaría muy bien!

—Vale. Perfecto. ¡Pues vamos allá!

Adam y Javier nivelaron el suelo y pusieron bloques de hormigón para los cimientos. Después de cuatro horas de trabajo ininterrumpido, habían levantado las vigas de las esquinas y habían clavado las del suelo en los ganchos. Adam se sentó para comerse el almuerzo que Victoria les había traído. Le dolían los hombros. Javier se acercó, se puso una manzana a la boca y volvió al trabajo. Adam entornó los ojos. *¿Es este el mismo tipo que estaba holgazaneando en el callejón esta mañana?*

Después de darle un buen mordisco a su manzana, Adam se levantó y se unió a Javier.

★ ★ ★

Javier insistió en terminar los travesaños después de que Adam entrara a asearse. Así que aquella tarde, a las 6:30, cuando Javi estaba preparado para marcharse, Adam le extendió un cheque por valor de 150 dólares.

Javier cantó durante la mayor parte del paseo de treinta minutos hasta su casa. Aunque apenas podía contenerse, abrió la puerta sin hacer ruido, miró adentro y encontró a Carmen sentada con Isabel y Marcos, leyendo un libro.

—Javi, ¿eres tú?

Isabel y Marcos se levantaron y corrieron hacia él.

—¡Papi! ¡Papi!

Sus hijos se le abrazaron a las piernas. Él se arrodilló y los abrazó, sin pensar en la camisa empapada en sudor.

—¿Cómo están mis niños preciosos? ¿Han sido buenos con mamá?

—¡Sí, papá! —respondió Isabel—. ¡Ven a contarnos una historia!

—Claro que sí, Isabel. Dejen que me asee y que coma. Tengo una historia muy especial que contarles. Una historia real que le ha ocurrido a su papá. ¡Hoy mismo!

—Muy bien, prepárense para ir a la cama y dejen comer a papi.

Isabel y Marcos corrieron por el pasillo hacia su habitación. Javier se sentó a la mesa de la cocina mientras Carmen abría el frigorífico y sacaba su cena.

—¿Cómo ha ido el trabajo?

—Horrible… y después, ¡*maravilloso*!

—¿Qué se supone que significa eso?

—Fui a ese trabajo esta mañana, y me dijeron que no me necesitaban.

Carmen se detuvo con el plato en la mano.

—¿No conseguiste el trabajo? ¿Dónde has estado tódo el día?

—De eso se trata. Iba caminando de regreso a casa, preguntándole a Dios qué quería que hiciera. Estaba dolido y confuso. No entendía por qué Dios no me ayudaba cuando yo intentaba por todos los medios mantener a mi familia. Le pedí que se mostrara. Entonces, como salido de la nada, un tipo al que no había visto nunca me llama por mi nombre y me pide que le ayude a construir un cobertizo.

—¿Cómo iba a llamarte por tu nombre un extraño? —preguntó Carmen.

En lugar de responder, Javier se metió la mano al bolsillo, sacó un cheque y lo colocó sobre la mesa.

—¿Has ganado *150 dólares* hoy?

—¡Sí!

—No lo entiendo. ¿Cómo te conoció? ¿Por qué iba a contratarte por la calle?

—No tengo ni idea.

—¿Por qué no le preguntaste?

—Tenía miedo. Al principio pensé que podía ser un ángel, pero se enfadó cuando se golpeó el dedo con el martillo. Además, está casado y tiene hijos. Creo que eso no es muy típico de los ángeles.

—¿Vas a volver mañana?

—A las ocho en punto. Dice que quiere que trabaje toda la semana. Pero creo que podemos acabar en cuatro días.

—¿Cuatro días a 150 dólares el día? ¿Seiscientos dólares, Javi?

Javier estaba sentado tranquilamente; la humedad se le agolpaba en los ojos.

—Carmen, solo ha habido unas cuantas ocasiones en mi vida en las que he sentido que Dios me ayudaba en la fe… y hoy ha sido una de ellas. Me sentí muy bien trabajando duro y sabiendo que Él había respondido a mi oración.

Carmen se acercó y le agarró la mano.

—Creo que es un milagro. Pero sé que Dios te ama, Javi. Él te escucha porque tú le honras.

Javier agachó la cabeza.

—Y lo único que quiero hacer en este momento —dijo Carmen—, es abrazarte y besarte.

Javier sonrió y se aproximó a Carmen, pero ella levantó la mano.

—Pero hueles tan mal que no puedo hacerlo.

Javier sonrió ante la venganza de Carmen por el comentario sobre su aliento. Hizo un gesto con el dedo y se levantó de un salto.

—¡Dame quince minutos! ¡Después les contaré a los niños mi historia y a *ti* te veré cuando haya acabado!

—¡Voy a calentarte la cena, mi amor!

★ ★ ★

La familia Mitchell estaba sentada en un restaurante mexicano a unos tres kilómetros de distancia. Adam, cansado y dolorido, elogiaba el trabajo de Javier:

—Javi es una máquina.

Victoria sonrió.

—No puedo creer todo lo que han hecho.

—Al profesor le gustó mi dibujo, papá —dijo Emily desdoblando una hoja de papel—. Hice un dibujo de ti y de mamá y de Dylan y de mí y de Maggie.

Victoria agarró el dibujo para verlo de cerca. Dylan no apartó los ojos ni un momento de su plato de nachos.

—Muy bien, Emily —dijo Adam. Se dio cuenta de que, en el dibujo, Maggie estaba en el sofá. ¡La campaña de su hija para lograr que Maggie entrara en casa no tenía fin!

Emily habló, pero Victoria tuvo que inclinarse hacia adelante para oírla, ya que la banda mariachi que merodeaba se estaba acercando, con trompeta, violín, guitarra, bajo y acordeón incluidos.

—¿Podemos elegir una canción para que la canten? —repitió Emily.

Victoria asintió.

—Claro.

Tocaron algo llamado *El rey* y Emily dijo:

—¡Canten otra! —y añadió las palabras fatídicas—: La semana pasada fue el cumpleaños de papá.

—Su *cuarenta* cumpleaños —dijo Victoria.

Entonces le pusieron a Adam el sombrero de cumpleaños en la cabeza y él se imaginó sacando la Glock 23 del bolsillo de sus pantalones cortos. Eso haría que se retiraran, pero quizá arruinaría el clima festivo.

Mientras cantaban *Cumpleaños feliz* en español, el vocalista principal colocó una mano en el hombro de Emily. A Adam se le pusieron los pelos de punta, y casi saltó de su silla. Sintió un puntapié seco en el tobillo y Victoria le fulminó con la mirada.

Adam se contuvo al tiempo que la mano del hombre volvía a su guitarra, pero no los perdió de vista ni a él ni a Emily.

Antes de que terminara la canción, Adam se quitó el sombrero y se lo dio a la banda y Victoria les dio una propina.

Tras el cuarto bocado a su comida, Adam recibió una llamada del sargento Murphy. Se alejó durante tres minutos, y después regresó. Cinco minutos más tarde, el teléfono volvió a sonar; esta vez era Shane.

Victoria negó con la cabeza a Adam cuando el teléfono sonó. *Apágalo*, suplicaban sus ojos.

—Podría ser importante —dijo mientras se alejaba. Shane tenía un posible avance en un arresto que habían hecho dos semanas atrás. Quince minutos después, aunque Adam creía que habían pasado cinco, regresó a una mesa en la que todos los platos excepto el suyo habían sido retirados. Victoria le lanzó una mirada más fría que su burrito de pollo.

—¿Dónde está Dylan? —preguntó Adam.

—Jeremy, uno de los chicos del equipo de atletismo, lo ha visto y han ido a Best Buy. Jeremy lo va a llevar a casa.

—¿No podía terminar de cenar con su familia?

—Él *ha terminado* de cenar con su familia. Todos lo hemos hecho. Es decir, nosotros tres hemos terminado. El cuarto estaba haciendo algo más importante.

El trayecto fue silencioso. En casa, mientras Emily se bañaba, Adam se acercó a Victoria en el dormitorio.

—¿Tenías que reprenderme delante de Emily?

—¿Qué crees que ha herido a nuestra hija, que escogieras a tus colegas policías antes que a tu familia y después le echaras la culpa a tu hijo, o que yo simplemente te indicara lo que Emily ya sabía?

—No es para tanto. Emily ya lo había olvidado cuando salimos del aparcamiento.

—Ella olvida rápido, pero el tiempo no se recupera. Estoy muy contenta de que quieras a tu hija pequeña, Adam. Pero recuerda, ella tiene un hermano, que casualmente es tu hijo.

—¿Crees que es muy tarde para que lo demos en adopción?

—¡No tiene gracia, Adam! —Sus ojos pasaron del hielo al fuego en un instante.

—Es simplemente que Emily no necesita mucho.

—¿Es eso lo que te hace querer a alguien? ¿Qué no necesite mucho?

—No viene nada mal.

—Emily no te exige mucho. Quizá eso se deba a que yo soy la que la está criando.

¿Por qué tenía que meter el dedo en la llaga? Nadie entiende a los policías. Ni siquiera sus familias.

Victoria levantó las manos.

—¿Te acuerdas de todos esos chicos sin padre de los que hablas, los que causan todos los problemas? ¡Tal vez deberías hacer algo para evitar que tu hijo se convierta en uno de ellos!

★ ★ ★

Adam se sentó en su asiento reclinable de piel. Se sentía culpable, enfadado, incomprendido, no respetado, y simplemente exhausto, y comenzó su ritual nocturno de hacer *zapping*. Ahí Adam Mitchell podía estar al mando.

Después de que Victoria ayudara a Emily con sus deberes, las dos se sentaron juntas en el porche trasero, al lado de Maggie. La preciosa golden retriever lamía la cara de Emily agradecida.

La expresión abatida de Maggie cuando cerraron la puerta hizo que pareciera casi humana. Victoria le dijo a Emily que se lavara las manos y a continuación le pasó un cepillo por la ropa a su hija para quitarle los pelos de Maggie. Adam no era precisamente fan de los pelos de perro. Aun así, a Victoria no le gustaba sentirse como si escondiera pruebas a un policía.

Emily, con el pijama puesto, se dirigió por el pasillo hacia su padre. Trepó hasta las rodillas de Adam y se recostó sobre su hombro. A él le gustaba tenerla cerca, pero no estaba de humor para charlar, así que siguió viendo las noticias. No se le ocurrió que una niña de nueve años no entendería parte del contenido y que la otra parte podía asustarla.

Unos minutos más tarde, Dylan entró por la puerta delantera con la ropa de correr, sudando debido a otra de las tardes húmedas de Georgia. Caminó sin hacer ruido detrás de su padre.

Girando apenas la cabeza, Adam lo llamó:

—Dylan, tienes que salir a correr más temprano. Las diez y media es demasiado tarde para estar fuera.

Dylan se quedó mirando a su hermana, acurrucada con su padre, y apretó la mandíbula. Fue hasta la cocina, agarró un par de barritas de muesli y un vaso de leche, y después desapareció en su habitación.

Ya en su dormitorio, Dylan tomó su última novela gráfica de Batman y se perdió en un mundo donde el bien era el bien y el mal era el mal. Donde los hombres valientes y, en el caso de Robin, los chicos valientes, se ponían en pie y marcaban la diferencia. Después de leer quince minutos, deliberó durante diez segundos acerca de si hacer los deberes o jugar a un videojuego. Era una elección sencilla.

En la sala de estar, Victoria vio el reloj y se dio cuenta de lo tarde que era.

—Emily, tesoro, venga. Vamos a la cama.

Emily descendió de las rodillas de Adam, observó que sus ojos seguían clavados en la televisión y caminó por el pasillo. El brío en sus pasos se había esfumado. Atravesó el umbral de su puerta y miró una última vez por el pasillo. Solo vio la parte de atrás del sillón reclinable… y la parte posterior de la cabeza de su padre.

CAPÍTULO ONCE

—¿Prometes que no te vas a chivar? —preguntó Nathan.

Kayla lo miro.

—Depende de lo que hayas hecho.

—Hice una revisión de antecedentes de Derrick.

—Se supone que tú no haces eso, ¿no?

—Bueno, normalmente no.

—Entonces te has portado mal —dijo Kayla, sentándose en la cama—. Ahora quiero que me digas todo lo que has encontrado.

—No hay antecedentes policiales.

—¡Eso es estupendo!

—Llamé al colegio y hablé con un subdirector muy cooperativo. Derrick no viste como un pandillero ni como un aspirante a serlo. Es muy buen estudiante.

—Estoy impresionada.

—Sí, es bueno que no sea un delincuente convicto. Pero eso no cambia el hecho de que Jade no es lo suficiente mayor como para salir con nadie. No le voy a dejar que vaya con él en coche. Quiero asegurarme de que tú y yo seguimos estando del mismo lado.

—Después de todo tu trabajo como detective, ¿no confías en él?

—¿Por la noche? ¿En un coche? ¿Con una adolescente? ¿Por qué iba a fiarme de él?

—Vamos, Nathan. Yo también he sido dura con Jade acerca de Derrick. Pero no seamos sobreprotectores. En algún momento tendremos que confiar en nuestros hijos.

—Soy consciente de que Jade tiene quince años. No confío en ella para que use una pistola o pilote un transbordador espacial. Y no confío en que ella sepa qué hacer cuando, fíjate en que digo «cuando» y no «en el caso de que», ese cóctel de hormonas en ebullición con dos piernas intente seducirla.

—¿Igual que cuando tú intentaste seducirme a mí?

—¡Eso es exactamente a lo que me refiero! No debería haberlo intentado, e hiciste bien en detenerme. Pero no quiero que todo el peso recaiga sobre Jade. Tú tenías dieciocho años; ella tiene quince. Tú y yo cometimos errores antes de conocernos. Mi madre y tus padres podrían haber ayudado mucho a evitarlos. ¿No es eso lo que hemos dicho?

—El chico es un alumno destacado. ¿No es el tipo de joven por el que queremos que nuestra hija se sienta atraída?

—No queremos que se sienta atraída por *ningún* chico… todavía. ¿Has visto esa camiseta que dice P.A.P.Y. Padres Anti Posibles Yernos? Creo que voy a conseguir una. De todas formas, ¡un chico puede ser un alumno destacado y a la vez un idiota! No sabemos nada de su vida espiritual.

—Ya lo sé, pero no hay muchos chicos en la iglesia. Y Jade dice que la mayoría de ellos son tontos.

—Oye, si tiene que interesarse por algún chico… un tonto tendría sus ventajas.

—Estás siendo poco razonable.

Nathan paró la conversación en aquel punto porque necesitaba pensar. Algo dentro de él le decía que, a pesar de lo maravillosa que era su esposa y de lo importante que era su opinión, e incluso aunque en muchos aspectos ella era más inteligente que él… ¿no se suponía que los maridos y los padres estaban al frente? ¿No era eso lo que decía la Biblia?

Era consciente de que Kayla podía entender a Jade mejor que él. Pero él entendía a los hombres jóvenes de un modo que su esposa y su hija no podían. Nathan creía, en el fondo, que tenía que tomar las riendas. Pero comenzar ese empinado ascenso era una empresa de enormes proporciones para la que su vida no lo había preparado. Quizá simplemente debía conformarse con ser mejor padre que la media y esperar lo mejor para su hija.

★ ★ ★

Enviaron a Nathan y a David a un altercado doméstico en el que un marido había pegado a su esposa, pero ella se negaba a denunciarlo. Los niños seguían llorando cuando se fueron. Nathan tenía el estómago revuelto. Necesitaban un descanso de camino a la oficina del *sheriff* para archivar papeleo.

—¿Piensas en tu padre? —preguntó David a Nathan.

—¿Por qué?

—Solo me lo preguntaba. A veces yo pienso en el mío.

—Dijiste que tus padres se separaron. Bueno, al menos hasta ese momento tuviste un padre.

—Algo así.

—¿A qué te refieres?

David miraba por la ventana.

—¿Dónde vamos a tomar un descanso?

—Donde quieras. ¿Qué te parece el Elements Coffee Company? O podemos parar en el 7-Eleven para tomar un cappuccino de los baratos.

David hizo una pausa y pensó en su cuenta corriente, que iba bajando.

—El 7-Eleven me parece bien.

—Yo invito.

—Entonces, al Elements.

Diez minutos después, estaban sentados en aquella moderna cafetería.

David miraba fijamente su café como si estuviera buscándose a sí mismo en él. Nathan estaba decidido a esperar que David hablara cuando estuviese preparado.

David no sabía de qué otra manera expresarlo. Dejo la taza.

—¿Sabes lo que es la inseminación artificial?

—Pues... sí, eso creo.

—De ahí vengo yo. No lo supe hasta que tuve diez años e incluso entonces no lo comprendí. Pero mi hermana mayor lo sabía, y se lo dijo a alguien. Luego se difundió. Yo ya estaba en séptimo curso, pero los niños se burlaban de mí por eso.

—¿Tú hermana también...?

—La adoptaron. Pero después, mi madre quiso un hijo biológico, y mi padre, o como, deba llamarlo, tenía el esperma muerto.

—¿Era estéril?

—Lo que sea. De todas formas, yo creía que era mi verdadero padre. Entonces, cuando tuve problemas estomacales, mi madre sacó algunos informes médicos de la caja fuerte y los leí. Vi el nombre de mi verdadero padre.

—¿En serio?

—Sí, el nombre y el apellido: «Donante Anónimo».

—¿Y eso es todo?

—Tiene gracia, ¿no? Investigué sobre el tema. Comenzó en los años setenta, y en los ochenta había bancos de esperma por todo el país. Yo soy uno de los productos. Hay mucho cariño en eso, ¿no?

—¿Has buscado a tu padre biológico?

—No. Me parece demasiado... extraño. Una cosa es buscar a la mujer que te dio a luz. ¿Pero rastrear a un donante de esperma?

Nathan levantó las manos.

—No sé mucho de este tema, tío. Lo siento.

—Yo tampoco sabría si no se tratase de quién soy.

—No se trata de quién eres, David. Una persona es una persona, por encima de cualquier cosa.

—Sí, he leído ¡*Horton escucha a Quién!* Decirme a mí mismo que no pasa nada es fácil. Pero lo cierto es que sí pasa.

—Pero a pesar de todo tuviste un padre, un padre que hacía barbacoas. Eso dijiste.

—Mi madre tenía un marido, y sí, normalmente le llamaba papá para quedar bien. Pero ya no pienso en él de esa manera. Cuando mis padres se separaron, ¡es la custodia de mi hermana la que pidió mi padre! Quizá yo solo era un recordatorio de que un donante anónimo le dio a mi madre algo que él no pudo.

—¿Has seguido en contacto con él?

—Qué va. Dijo que sentía haberse marchado por la otra mujer, pero no tanto como para volver. Se casó con ella. Después descubrí que hubo otras. Mi madre dice que ha habido otras desde entonces también, así que su segunda esposa «tiene lo que se merece», como dice mamá.

—¿Él se ha puesto en contacto contigo?

—Consiguió la custodia de mi hermana, que tenía problemas serios con mamá. A él solo lo he visto una vez desde entonces, y a Wendy un par de veces. No hay razón para que nos reunamos. Mi familia se separó justo por la mitad.

Nathan suspiró.

—Supongo que mi propio padre tampoco fue mucho más que un donante de esperma. Sé su nombre, y eso es todo.

Los ojos de David se movían de forma nerviosa.

—Mira, Nathan, no quiero que los chicos se enteren de lo que te he contado. No estoy preparado para los típicos chistes de «tu padre era un donante de esperma». Ya me dieron bastante la paliza por ser novato. Nadie me toma en serio.

—Eso no es así, David.

—Por favor, no se lo digas a nadie.

—No se van a enterar por mí. Somos compañeros. Tienes que ser capaz de confiar en tu compañero. ¿De acuerdo?

—De acuerdo.

Nathan miró por la ventana un momento, después su mirada se cruzó con la de David.

—Para lo que merece la pena, aunque no tenga un padre terrenal, la Biblia dice que tengo un Padre en el cielo. Dios nos creó. Él nos busca cuando estamos perdidos, y Él nos perdona. Y dice que la manera de conocer al Padre es a través de su Hijo Jesús.

David escuchó.

—Quiero decirte solo dos versículos que he memorizado, ¿vale? El primero es el Salmo 68:5. Dice que Dios es «padre de los huérfanos y defensor de las viudas». Tu madre y la mía no eran viudas en el sentido en que solemos pensar porque nuestros padres no murieron. Pero son como viudas porque fueron abandonadas y no tenían marido, de la misma manera que nosotros somos huérfanos. ¿Tiene sentido?

David asintió.

—El otro versículo es el Salmo 27:10. Dice: «Aunque mi padre y mi madre me abandonen, el Señor me mantendrá cerca». Cuando conocí la fe en Cristo, Dios se convirtió en mi Padre.

David parecía dubitativo.

—Esto no es falso. Ocurrió de verdad y cambió mi vida. Cuando William Barrett me mostró cómo podía ser un padre, hizo que abriera mi corazón a Dios como a un Padre. La búsqueda de *un* padre es la búsqueda de *el* Padre. Dios es todopoderoso y demostró su amor yendo a la cruz por mí. Esto ha hecho que mi vida sea totalmente distinta.

Nathan se levantó, sonrió, y puso la mano en el hombro de su joven compañero.

—La próxima vez pedimos un capuchino de los baratos. Y tú pagas.

★ ★ ★

TJ y su Gangster Nation se reunieron en un edificio vacío para brincar a su nuevo miembro, que se uniría a la familia con su sangre.

Varios jóvenes se congregaron en el exterior para ver la ceremonia de iniciación a través de la ventana. También esperaban unirse algún día a la banda. El mundo de casa e iglesia de las mujeres no era para ellos. Lo que no eran capaces de encontrar allí, lo encontrarían algún día en una familia callejera, en la que los líderes eran hombres, indómitos y sin feminizar.

TJ dio vueltas alrededor del chico, observándolo para medir su miedo.

—¿Estás listo para convertirte en un hombre, pequeño G?

Derrick Freeman, vestido con la ropa del colegio, tragó saliva y después asintió. TJ lo arrojó de un golpe al suelo y otros tres miembros de la banda le golpearon y le dieron patadas. Después de treinta segundos, la sangre brotaba. TJ gritó:

—¡Defiéndete, enano!

Derrick peleó balanceando sus largos brazos y asestó unos cuantos golpes buenos. Algunos le golpearon con más fuerza mientras otros lo rehuían.

—Ya basta —gritó TJ después de dos minutos que a Derrick le parecieron dos horas—. ¡He dicho que basta!

Todos retrocedieron.

Derrick, aunque sangraba bastante, también le había hecho sangrar a un par de ellos.

Se sujetaba el estómago y respiraba con dificultad. Su polo estaba sucio y rasgado y tenía la cara magullada y con heridas.

TJ se sentó frente a Derrick en un trono improvisado. Su cabeza estaba envuelta en un pañuelo negro. Su cadena de oro con el colgante de la corona destacaba sobre una camiseta sin mangas negra.

—Lo has hecho bien, pequeño G —dijo TJ—. Han hecho pedazos tu ropa de niño bueno, ¿eh? Que no se te suba a la cabeza, alumno destacado, ni creas mejor que nosotros. ¿Está claro?

Derrick asintió, preguntándose lo que no se atrevía a decir en voz alta… *Si esto es una familia, ¿por qué me dan semejante paliza?*

TJ se inclinó hacia adelante y bajó la mirada hasta Derrick. No solo le habló a él, sino a todos los miembros de la banda.

—Dijiste que querías entrar. Así es como nosotros hacemos las cosas. Y el dolor que sientes ahora no es nada comparado con lo que te haremos si alguna vez intentas dejarnos o jugársela a uno de nosotros.

—¿Entonces estoy dentro? —dijo Derrick.

—Sí, estás dentro. Ahora ya no eres una simple rata callejera. Eres de la familia. Una vez que estás dentro, cuidamos de los nuestros, hermano. Ahora *nos* perteneces. Levántalo, Antoine.

Aquel hombre enorme puso en pie a Derrick. Una voz en su interior, que temía que fuese la de su abuela, decía: «¿Por qué vas a querer estar *dentro*? Lo que necesitas es estar *fuera*». Pero aquella voz se veía acallada por otra que afirmaba: «*Ahora eres alguien. Formas parte de algo. Tienes una familia de hombres de verdad, no solo una abuela*».

TJ se puso de pie y fue hacia Derrick.

—Ahora que ya no tengo a Clyde y a Jamar, gracias a esos maderos, voy a necesitar que alguien me haga los repartos.

A Derrick no le hacía ilusión vender droga, pero el dinero era lo primero.

TJ le hizo una seña a Antoine.

—Pásame una del .22.

Antoine le lanzó la pequeña pistola a TJ, que se la pasó a Derrick.

—¿Es tu primera pipa?

Derrick asintió mientras agarraba la .22.

—Demuestra lo que puedes hacer con ella; y después papi te dará algo más grande que esta cerbatana.

TJ pasó los brazos alrededor de Derrick y le dio un abrazo.

Parecía el abrazo de un padre. Al menos, eso imaginó Derrick.

Como nunca había experimentado el abrazo de un padre, ¿cómo iba a saber la diferencia?

CAPÍTULO DOCE

Adam intentó esperar a que terminara, pero Javi no se detenía. Finalmente, Adam dijo:

—He quedado con algunos amigos para almorzar. ¡Tómate un descanso!

Javier levantó la mano y continuó trabajando. Dos días antes, Adam estaba preocupado por si el chico no era trabajador; ahora estaba molesto porque Javi trabajaba más duro que él. Apenas podía seguirle el ritmo.

Adam giró por Westover en dirección a Old Dawson y después a Meredyth Drive. Se le hacía la boca agua pensando en la ternera asada del Austin's Barbeque & Oyster Bar. Mientras entraba en el aparcamiento, deliberaba acerca de cuál de las seis salsas combinaría con la carne. El trabajo manual le daba un apetito voraz.

Entró en el local vestido con una camiseta sudada de color gris, vaqueros, una gorra azul marino del DCSD y botas de trabajo. Nathan, David y Shane llevaban el uniforme y estaban a medio comer. De camino a la mesa, Adam se percató de los restos de patatas fritas con pepinillos y puré de queso.

—Muy bien, chicos, estoy realmente hambriento. Mientras ustedes patrullaban la ciudad sentados sobre sus traseros, yo he estado trabajando de verdad. —Adam agarró la carta con tanta fuerza como si intentara liberarla de algo que la retenía—. Veamos, la ternera asada tiene buena pinta. O una ración de ostras. Tal vez chuletas de cerdo. O unas alitas. Unos langostinos fritos me sentarían de vicio. ¿Cuál es el especial del miércoles?

Una chica morena, alta y guapa se acercó a la mesa.

—Me llamo Julianna, y yo le tomaré nota. ¿Sabe ya qué va a tomar?

—Va a ser más rápido si te dice simplemente lo que no quiere —le contestó Shane.

—Vale, vale. Tomaré la ternera. Y… medio costillar. Y puré de patatas. Y macarrones con queso. Y judías verdes, para que sea más sano.

La camarera se quedó mirando a Adam.

—¿Espera a alguien, señor?

—No. Si sobra algo, me lo llevaré a casa en una bolsa para el perro.

—¿Tan grande es su perro? —preguntó Julianna. Los demás se rieron.

—De salsas quiero… la de jalapeños y… la de miel picante. O… la de pimienta y mostaza está buena, ¿no? Recuérdame las otras; ¿alguna lleva bacon?

Después de las burlas de rigor, Nathan se giró hacia Adam.

—Espero que estés disfrutando de tus vacaciones porque esta mañana te has perdido una fuerte pelea en la Novena Avenida.

—¿Vacaciones? Me he pasado los tres últimos días construyendo un cobertizo, y está acabando conmigo.

Shane hizo una mueca.

—Oye, siento mucho de verdad que Javier no apareciera. Iba a llamarte para decirte que me avisó el domingo por la noche desde el hospital. Tiene unos cálculos renales bastante serios.

—¿De qué estás hablando? Lleva los últimos tres días ayudándome con mi cobertizo.

—No, me refiero a mi amigo Javier.

—De ese estoy hablando. Se presentó el lunes por la mañana y ha estado trabajando como una máquina.

—Imposible. El hombre está en el hospital.

Adam dejó la carta.

—Shane, está en mi casa en este mismo instante.

—Te has vuelto loco.

—¿Cómo es Javier? —preguntó Adam.

—Uno noventa, delgado como un palo. Tiene perilla.

—Diría que no mide más de uno ochenta, unos ciento diez kilos probablemente. Muy afeitado.

—No soy ningún genio, pero ustedes dos no están hablando del mismo tipo —dijo Nathan.

Shane sonrió de oreja a oreja y soltó una carcajada.

—No sé quién está en tu casa, Adam, ¡pero no es Javier!

Adam se puso en pie de un salto.

—Hablamos luego, chicos.

Había un extraño en su propiedad. La ternera asada tendría que esperar.

★ ★ ★

Adam sobrepasó el límite de velocidad y entró en el camino de su casa cuatro minutos después. Se sintió aliviado al ver a Javier exactamente donde lo había dejado, clavando tablones en el interior de la estructura del cobertizo, y no persiguiendo a Victoria con una pistola de clavos. Adam bajó del coche con una expresión de poli duro.

—¡Oye!

—¿Ya has vuelto del almuerzo?

—Javier, ¿cómo te llamas?

Javier miró a Adam.

—¿Javier?

—No, ¿cuál es tu nombre completo?

—Javier Eduardo Martínez. ¿Cuál es el *suyo*?

—Adam Thomas Mitchell. —¿Qué tenía que ver eso con…?—. ¿Conoces a Shane Fuller?

—¿Shane Fuller? No. ¿Cuál es su nombre completo?

—Shane… no, no. ¿Quién te dijo que iba a construir un cobertizo?

—Usted.

—¿Quién te dijo que te iba a pagar 150 dólares al día?

—Usted.

—¿Qué? ¡Tú no eres el tipo que creía que estaba contratando!

—¿Y entonces como sabía que me llamaba Javier?

—Yo creía que tu nombre era Javier.

—Y lo es.

Adam examinó las células de su cerebro. Ya estaban en peligro por no haber probado un solo bocado de ternera asada o de puré de patatas.

—¿Por qué estabas en mi callejón el lunes por la mañana?

—Necesitaba trabajo. ¿Por qué me pidió que le ayudara?

—Porque creía que eras un tipo que se llama Javier.

—Lo soy.

—No, quiero decir… tú no tienes problemas de riñón, ¿no?

—No. —Javier hizo una pausa—. ¿Y usted?

—*No.* —Adam estaba inmóvil esperando un destello de claridad que no llegaba.

—Puedo decirle algo —intervino Javier—. Que usted me diera este trabajo ha sido una respuesta a las oraciones de mi familia.

—Bueno, estás haciendo un buen trabajo. Pero… ¿seguro que no quieres que te traiga algo de comer?

—No gracias. La comida de mi esposa era suficientemente grande.

Adam se alejó, preguntándose si debía ir a mirar el frigorífico, volver a toda prisa a Austin's Barbeque, o simplemente encontrar un animal en la calle, dispararle, y echarlo a la parrilla.

—Voy a comer algo —le dijo a Javier.

—¿Otra vez tiene hambre? ¿Ya?

★ ★ ★

Aquella noche, la familia Hayes se preparaba para la cena cuando un Dodge tuneado pasó por su calle y se detuvo delante de su casa. El conductor bajó del coche con una arrogancia recién estrenada y llamó al timbre.

Cuando Jade abrió la puerta, sus ojos se abrieron de par en par. Sonrió, salió y cerró la puerta tras ella.

—Hola, ¿cómo te va? —preguntó.

Derrick llevaba un polo a rayas amarillas y blancas por fuera de los anchos vaqueros y unas Nike Air Force 1 nuevas. Tenía una tirita en la cara y un cardenal bastante evidente en la mandíbula.

—¿Qué tal?

—¿Qué le ha ocurrido a tu cara?

—Nada. Solo estuve jugando por ahí con algunos colegas. Ven a probar mi coche. —Derrick señaló el Magnum recién encerado de color rojo vivo con ruedas especiales de diecinueve pulgadas de acero cromado.

—¿Ese es tu coche?

—Qué va, es de un amigo, pero puedo conducirlo cuando quiera. En realidad he venido a ver si querías ir a tomar algo conmigo.

—Pues… —Jade buscó las palabras—. Tendría que preguntárselo a mi padre…

La puerta se abrió y Nathan se quedó allí de pie un momento secándose las manos en un paño de cocina. Vio a Derrick, después el coche, y salió al porche. Jade hizo una mueca.

—Jade, la cena está casi lista.

Nathan se giró y miró a Derrick a los ojos. Le habría gustado llevar todavía el uniforme, con su pistola a un lado, para que Derrick pudiera establecer una relación permanente entre él y una fuerza letal.

Un chico venía a ver a su hija. *Strike* uno. Sin embargo, Nathan estaba decidido a ser simpático y razonable.

—Hola, ¿qué tal? —Alargó la mano. Derrick le dio un débil apretón de manos. *Strike* dos.

—Bien. ¿Usted debe de ser el padre de Jade?

—Sí. ¿Y tú eres…?

Jade intervino nerviosa.

—Papá, este es mi amigo Derrick.

—Encantado, Derrick. ¿Pasabas por el barrio?

—He venido a ver si Jade quería ir a tomar algo conmigo. La traeré de vuelta más tarde.

Strike tres.

—Jade, ¿por qué no vas adentro? —dijo Nathan—. Yo entraré en unos minutos.

Al cerrar la puerta, Jade miró a Derrick con impotencia.

—Derrick, agradezco tu interés por mi hija. Pero hasta que no sea un poco mayor, no le permitiremos que tenga ninguna cita con nadie.

—Esto no es una cita de verdad. Solo intentamos pasar el rato.

—Bueno, para nosotros es importante que sea mayor. Y que sepamos con quién está.

—¿Cómo? ¿Tiene algún problema conmigo? —Derrick estaba seguro de que podía bajarle los humos a ese viejo fácilmente. Pero no le haría ganar puntos con Jade.

Su padre tenía más cosas que decir.

—Simplemente, no te conocemos, eso es todo. Incluso cuando sea mayor, cualquier joven que quiera pasar tiempo con ella tendrá que explicar el propósito de esa relación.

—¿El *propósito*? —Derrick pronunció aquella palabra como si nunca antes la hubiera escuchado, algo que a Nathan le resultó extraño tratándose de un alumno destacado—. No es que me vaya a aprovechar de una chica de quince años.

—¡Vale, estoy de acuerdo! ¡Lo has entendido! —Nathan respiró hondo antes de continuar—. Mira, Derrick, si quieres llegar a conocernos mejor, serás bienvenido el domingo para el almuerzo. Estaríamos encantados de tenerte con nosotros.

Derrick actuó como si Nathan le hubiera invitado a tirarse desde un precipicio junto al océano con la marea baja.

—¿Cómo te has hecho ese moretón en la cara? —preguntó Nathan.

—Eso no es asunto suyo.

—Desde el momento en que mostraste interés por mi hija, todo lo que tenga que ver contigo se convirtió en asunto mío.

Derrick se dio la vuelta en dirección a su coche.

—¡Debería dejar que Jade tomara sus propias decisiones! —gritó por encima del hombro.

Nathan sabía cómo tratar con gente difícil de forma calmada y comedida. Pero aquella vez, teniendo en cuenta lo que estaba en juego, se sentía diferente. Una parte de él quería perseguir a aquel gamberro listillo. Podía bajarle los humos sin sudar ni una gota. Pero no le haría ganar puntos con Jade.

Y no estaría bien.

Nathan observó cómo Derrick se alejaba. Solo después de que el coche dejara su calle, entró en la casa diciéndose a sí mismo que estuviera tranquilo, suponiendo que alguien en la familia tendría que estarlo.

Al cerrar la puerta, Nathan vio a Kayla, que seguía mirando a escondidas por la ventana.

—*No* me gusta ese chico —dijo Kayla—. Es muy irrespetuoso.

Jade estaba sentada al otro extremo del sofá abrazada a un cojín y luchando por contener las lágrimas.

—¿Cómo va a ser respetuoso si papá lo ataca de esa manera?

Nathan se detuvo, preparándose para hablar con más tranquilidad de la que sentía.

—Jade, si no nos muestra respeto a nosotros, tampoco te respetará a ti, cariño.

—Cielo —suplicó Kayla—, tienes que confiar en nosotros. Ese chico tiene que madurar mucho aún.

Aunque un torrente de palabras rebotaba en el interior de las tres cabezas, se impuso el silencio.

—Será mejor que vayamos a cenar mientras la comida siga caliente —dijo Kayla.

—Vamos, Jade —dijo Nathan.

—¡No tengo hambre!

—Aun así, me gustaría que te sentaras con nosotros.

Jade, que se sentía como un prisionero sin ninguna opción, respondió:

—Tengo que ir al baño. —Entró, cerró la puerta y envió un mensaje a Derrick: **Siento q mi padre haya sido tan brusco. Hablamos luego.**

Quince segundos después estaba sentada en la mesa.

★ ★ ★

Después de cinco días de trabajo continuo, y a punto de terminar el cobertizo, Adam y Javi colocaron los últimos paneles del tejado. Al hacerlo, revisaron de nuevo la posición de cada tablero. Pocas cosas les parecían tan agradables a ambos hombres como acabar una tarea mereciendo una gran felicitación.

Adam le dijo a Javi:

—A ver si lo he entendido bien. Carmen es tu esposa, ¿y tus hijos son Isabel y Marcos?

—Sí. Carmen les enseña en casa.

Adam creyó oír un sonido tenue y echó un vistazo a su alrededor. No pudo ubicarlo con exactitud.

—¿Y usted tiene dos hijos? —preguntó Javi.

Adam asintió.

—Emily, la que conociste, es mi encantadora niñita de nueve años. Dylan es mi testarudo hijo de quince.

Javier sonrió.

—Creo que solo está atravesando una mala época. No hay entrenamiento de atletismo hoy, así que podrás conocerlo dentro de un minuto, cuando llegue a casa. Creo que Emily está en una fiesta de cumpleaños.

A unos cinco metros de ellos, sobre el banco de trabajo, el teléfono móvil de Adam vibró.

—¿Conoces esa fábrica de tejidos en Clark? —preguntó Adam.

—Sí, la he visto.

—Conozco a los tipos que la llevan. Podría hablar con ellos para que te dieran trabajo.

Javier se quedó helado.

—¿Se refiere a un trabajo a tiempo completo?

—¿Por qué no? Yo te recomendaría.

Javier sonrió.

—Estaría muy agradecido.

Ambos oyeron una sirena y se giraron hacia la calle. Un coche patrulla del *sheriff* se detuvo delante del camino de entrada de la casa de Adam. Shane Fuller salió de un salto, con el pánico dibujado en su rostro.

—Adam, tienes que venir conmigo ahora mismo.

—¿Qué ocurre?

Shane luchaba por respirar.

—Emily.

—¿Qué?

—Ha tenido un accidente.

Javier observó mientras Adam corría hacia el coche con Shane y saltaba al asiento del acompañante. El coche se alejó a toda velocidad, con las luces encendidas y la sirena atronando. Javi solo podía pensar en una cosa para rezar: «Dios, vaya con ellos».

Cuando el coche patrulla giró la esquina hasta Westover Boulevard, Adam tomó suficiente aire como para hablar.

—¡Dime algo, Shane!

—Los Martin recogieron a Emily después del colegio.

—Sí, la fiesta. ¿Qué pasó?

—Un conductor borracho chocó contra su coche en el stop de un cruce de cuatro vías. Por el lado de Emily.

Adam miró a Shane con expresión ausente y se quitó la gorra sudada.

—Nathan ha ido a buscar a Victoria. No tiene buena pinta, Adam.

Adam se cubrió el rostro con las manos y se inclinó hacia adelante.

—Ay, Dios, ayuda a mi hija. ¡Por favor, Señor! ¡Por favor, ayuda a mi pequeña!

El coche patrulla llegó hasta la entrada de urgencias del hospital Phoebe Putney Memorial.

Adam entró corriendo por la puerta. Escuchó voces a su derecha y vio a Victoria con dos enfermeras y un médico a su lado. Una enfermera rodeaba con el brazo a Victoria. Adam echó a correr por el pasillo. Cuando ella lo vio, se derrumbó contra su pecho.

Había otras dos personas cerca, cabizbajas… el capitán Caleb Holt y otro bombero. La camisa blanca de Holt estaba manchada de sangre.

Adam sostuvo a Victoria. Más allá del personal del hospital, vio a Nathan y a David, a los que ahora se había unido Shane.

Nadie miraba a Adam a los ojos; nadie ofrecía palabras de esperanza.

Su lenguaje corporal gritaba un mensaje que Adam no podía soportar recibir.

—Quiero verla —dijo Adam.

Lo condujeron hasta una sala con material médico esparcido en un frenético desorden. Vio lo que parecía ser un maniquí de una tienda de ropa de niños.

La sábana tenía unas manchas rojas. Adam esperaba que fuese la sangre de otra persona, de la pequeña de otro. Entonces vio, tirado en el suelo de forma descuidada, un vestido veraniego de lunares, rasgado y manchado de sangre... el mismo que había llevado cinco días antes, cuando le pidió que bailara. Una sábana cubría parcialmente el cuerpo.

Otras niñas deben de tener el mismo vestido. No tiene que ser Emily.

Victoria lloraba inclinándose sobre lo que quedaba de su hija. Adam, negándolo todavía, vio finalmente la cara de su pequeña. En aquel momento, el peso del mundo cayó sobre él.

Los médicos *tenían* que estar equivocados. Adam alargó la mano para sentir su pulso. Esperó sólo un latido, solo una punzada de movimiento, un pitido en una pantalla vacía, cualquier indicio de vida. Pero aunque cada vez presionaba los dedos con más fuerza sobre su muñeca, no conseguía nada.

No. No. No.

Todos los huesos del cuerpo de Adam Mitchell se derritieron. Comenzó a sollozar.

Su pequeña se había ido.

CAPÍTULO TRECE

Adam Mitchell se despertaría de aquella pesadilla.

Tenía que hacerlo.

Fotos de Emily y docenas de ramos coloridos rodeaban un pequeño ataúd blanco. Todos los asientos de la iglesia estaban llenos de oficiales uniformados, amigos, y familia… todos ellos deseaban encontrar una manera de aliviar el dolor de los Mitchell.

Una parte de Adam agradecía la gente de la iglesia. La otra parte no quería agradecer nada relacionado con la iglesia porque la iglesia era cosa de Dios y Dios se había llevado a su pequeña.

Habían pasado tres días, y Adam Mitchell había escuchado innumerables palabras de consuelo. Tantas que ya era insensible a ellas. Había oído Romanos 8:28 pronunciado por gente bien intencionada, pero no iba a aceptar que Dios fuese a usar la muerte de su hija para bien. Ninguna afirmación le producía más ira que aquella.

Adam, Victoria y Dylan estaban sentados en la primera fila del auditorio de la iglesia. Echó un vistazo a su alrededor y vio caras familiares, incluyendo al *sheriff* Gentry y su esposa, Alison, y Caleb Holt con su esposa. Holt había sido el primero en llegar al lugar del accidente y en aplicar los primeros auxilios a Emily.

Adam miró fijamente el ataúd. *Los ataúdes son para gente que no conocía o para gente mayor preparada para morir.* Jeff Henderson había sido una excepción. Pero Jeff había hecho su propia elección. Emily no. Los niños de nueve años no deberían morir. Y punto.

Victoria tenía la mirada fija en el frente, con los ojos humedecidos. Dylan se inclinaba hacia adelante con los codos apoyados en las piernas, las manos agarradas delante de la barbilla, la cabeza baja. Adam había intentado hablar con él en casa una vez, pero hacía tiempo que habían perdido la costumbre.

La sala estaba llena de gente con diferentes grados de dolor. Algunos habían experimentado la intensidad insondable de aquel tipo de pérdida. Otros solo podían imaginarlo. Ninguno de ellos era capaz de calmar el dolor de los corazones destrozados de la familia Mitchell. Los familiares se sentaban detrás de ellos, pero ni siquiera su presencia parecía ser un consuelo. Bien podían haber sido extraños.

Los pensamientos de Adam divagaban cuando la sala se oscureció de repente. Las imágenes, acompañadas de una música dulce, aparecieron en la enorme pantalla. Victoria había reunido fotos de Emily recién nacida en el hospital. De Dylan, con seis años, sujetándola con cuidado, temeroso de que se rompiera. *Y ahora se ha roto.*

Imágenes dulces, maravillosas e insoportables de Adam caminando con ella por la playa, sujetándola subida a un árbol, llevándola a hombros. Fotos que él les había hecho a Emily y a Victoria plantando tomates en el patio trasero, y jugando con Dylan en el columpio que Adam había construido.

De repente, Adam se percató de la letra de la canción. La hija le pedía a su padre que le ayudara a practicar su baile. «So I will dance with Cinderella while she is here in my arms... I don't want to miss even one song 'cause all too soon the clock will strike midnight and she'll be gone».[3]

---

[3] Y bailaré con Cenicienta mientras esté en mis brazos... No quiero perderme ni una sola canción porque, muy pronto, el reloj dará la medianoche y

Oyó la voz de Emily: «¡Venga, por favor, papi, por favor!». *Me perdí la canción. Perdí mi oportunidad de bailar con ella.*

Machacándose aún por dentro, Adam volvió a mirar la pantalla y vio a Emily en sus fiestas de cumpleaños y junto al árbol de Navidad, con muñecas y casas de juguete nuevas en las que fingía ser una mamá y tener bebés. Y ahora nunca los tendría. Y jugando al fútbol en el parque Legacy Sports y dando clases de *ballet* y en un recital de piano. Adam se sentía cautivado por su sonrisa, con aquella inocencia de ensueño.

Apenas unos meses atrás ella le había preguntado cómo era el cielo. Su respuesta fue: «No lo sé. La Biblia dice que es un buen lugar; eso sí lo sé». Qué respuesta más mala. Nunca se había molestado en saberlo. Ahora ella lo sabía. Pero él aún no.

¿Qué foto era esa de la pantalla? ¿Cuándo se hizo? ¿Su graduación del jardín de infancia? Espera, claro, él tenía intención de asistir, pero había un ladrón en Walmart. Tenía que ir. No. No *tenía* que ir. Había escogido a un adolescente legañoso puesto de crack por encima de su propia hija.

Había más celebraciones que no recordaba… fotos de fiestas o cenas a las que había llegado tarde. Cada una de ellas le quemaba como un atizador caliente. Salían los cuatro, en familia, de vacaciones, en acontecimientos deportivos, en el césped trasero. Las diapositivas terminaban con una foto de toda la familia en la que la sonrisa de Emily acaparaba toda la atención. A continuación, un versículo de la Biblia: «Entonces Jesús llamó a los niños y dijo a los discípulos: "Dejen que los niños vengan a mí. ¡No los detengan! Pues el reino de Dios pertenece a los que son como estos niños"» (Lucas 18:16).

Bonitas palabras. Pero, Dios, ¿por qué has dejado que pasara esto? ¿Por qué no detuviste a aquel miserable borracho? ¿Por qué no hiciste que atravesara aquella intersección diez segundos antes o diez segundos

ella habrá desaparecido.

después? ¿Cómo se supone que voy a creer que te importa?

El pastor Jonathan Rogers se levantó detrás del púlpito, con los ojos hinchados.

—No voy a fingir que esto es fácil. La familia Mitchell ha formado parte de nuestra iglesia durante muchos años. Y Emily… era una maravilla. *Es* una maravilla.

»En un momento como este, el silencio parece ser la única expresión apropiada. ¿Qué podemos decir nosotros, simples hombres, a un corazón apenado y destrozado? Hoy hablamos porque tenemos una esperanza viva.

»La muerte es la mayor certeza de la vida. De aquellos que nacen, el cien por ciento muere. Pero la muerte no es un final. Es una transición. La muerte deshace el vínculo entre el espíritu y el cuerpo. Eclesiastés 12:7 dice: «El polvo volverá a la tierra, y el espíritu regresará a Dios, que fue quien lo dio». Pero estoy ante ustedes hoy para decirles que tenemos una esperanza viva y eso nos hace regocijarnos enormemente. La muerte solo es la entrada a otro mundo.

»La muerte llegará tanto si están preparados para ello como si no. Hablar sobre la muerte no la adelantará. Negarla no la retrasará.

»La muerte nos lleva a estar cara a cara con nuestro Creador. Hay un Dios, y todos nosotros acudiremos ante Él. Hebreos 9:27 dice: «Cada persona está destinada a morir una sola vez y después vendrá el juicio». La cuestión que todos debemos responder es: ¿estamos preparados para morir? La pequeña Emily estaba preparada.

Adam estaba de acuerdo con aquellas palabras. Pero sentía que debía levantarse ante ellas. No era capaz. El suelo se había derrumbado bajo sus pies.

El pastor dijo:

—El mejor recuerdo que guardo de Emily es cuando me senté en casa con su madre y con su padre y vi a su papá ponerse de rodillas con ella y ayudarla a invitar a Jesús para que entrara en su corazón.

Adam recordó aquel día en que oró con Emily, y se aferró a él. Sí.

Había hecho algo *bien* como padre.

—Saben que nuestra esperanza se encuentra hoy en el hecho de que Jesús ya no está enterrado. Él vive. Y porque Él vive, Emily vive. Y porque Él vive, el corazón roto y dolorido tiene esperanza y una razón para regocijarse. La pequeña Emily amaba a Jesús. No tengo la menor duda de que ella está con Él.

Media hora después del culto, Victoria había dado y recibido consuelo de más gente de la que creía conocer. Cuando la abrazó alguien a quien con toda certeza no había visto nunca antes, se agarró al brazo de Adam y dijo:

—Tengo que salir de aquí.

Adam buscó a Dylan. Los padres de un amigo le dijeron que su hijo se había ido con él. Se llevó a Victoria hasta el coche y los dos se sentaron allí. Adam apoyó la cabeza sobre el volante.

—¿Nos devolverán todas las cosas de las mesas? —preguntó—. ¿Todas las fotos y los cuadernos y los trofeos de fútbol de Emily?

Victoria no parecía entender la pregunta. Adam se sentía infantil. No sabía por qué le había preguntado. Ella necesitaba su ayuda, pero él no tenía nada que ofrecerle.

Se sentía como si flotara en un mundo irreal, desconectado. Lo sentía todo… pero no sabía nada.

Adam había visto morir a mucha gente, niños incluidos. Pero esta no era la hija de otra persona. Era la suya. Adam no estaba viendo las noticias. Él y su familia *eran* la noticia.

La tarde del funeral de Emily duró un mes, un mes en el que Adam envejeció tres años. Se sentía hambriento, pero no de comida. Era un vacío que no podía llenar.

¿Quería seguir viviendo en un mundo sin Emily? No. ¿Alguna vez querría? No podía imaginárselo.

Adam Mitchell tenía algunas cosas que quería decirle al Todopoderoso.

Vamos a la iglesia; ponemos dinero en la bandeja de los donativos.

Intentamos llevar vidas honradas. ¿Es así como recompensas a la gente que cree en ti? Era mi pequeña. ¡No tenías derecho a arrebatármela!

El día siguiente fue confuso. La gente seguía trayendo comida, flores, tarjetas.

Cuando se fue la última visita, se retiró a la habitación de Emily… la de una niña pequeña, con la boa de plumas morada sobre el pie de cama y la colcha de retales de color rosa y morado. Vio el cartel encima de la cama como si fuese la primera vez, y lo invadieron nuevas oleadas de dolor: *Mi príncipe llegó… Se llama Papá.*

¿Dónde estaba tú príncipe cuando de verdad lo necesitabas? ¿Y dónde estaba Dios?

Victoria entró por la puerta arrastrando los pies y encontró a Adam apoyado en la cama, sujetando una foto de Emily. Pasó y se sentó con las piernas cruzadas como hacía cuando era adolescente. Pero las líneas que se habían grabado en su cara en los últimos cuatro días la hacían parecer mayor de treinta y cinco.

Tras un silencio largo y vacío, dijo:

—Haz que esto tenga sentido por mí.

Adam no sabía qué decir.

Victoria lloró.

—Me siento como si estuviera en medio de la niebla o en algún tipo de agujero negro, y de verdad, quiero salir.

Los ojos vacíos de Adam mostraron finalmente empatía.

—¿Hicimos mal en dejarla ir a esa fiesta? Si le hubiese dicho que no, aún estaría aquí. —Victoria estaba destrozada.

Adam negó con la cabeza.

—¿Cómo íbamos a saberlo, Victoria?

—¿Por qué tuvo que ser ella la que muriera? ¿Por qué ese borracho aún sigue vivo?

Adam miró fijamente la foto de Emily. Al final, sus pensamientos se abrieron paso hasta su voz.

—Hay tantas cosas que no dije. Debería haber sido un mejor

padre.

Victoria volvió sus ojos cansados hacia él. En cierto modo, esperaba que ella lo tranquilizara diciendo: «No, fuiste un buen padre». En su lugar, Victoria dijo otra cosa, algo inesperado:

—Adam, *aún* eres padre.

Él sintió la puñalada. Pero se dio cuenta de la verdad que encerraba. Le quedaba un hijo. Solo uno.

En lugar de sujetar la foto de su hija, que no estaba allí, ¿por qué no sujetaba a su hijo, que sí lo estaba?

Adam se levantó y recorrió el pasillo hasta la habitación de Dylan. Trató de girar el pomo, pero estaba cerrado. Llamó tres veces. No hubo respuesta.

Se volvió hacia el marco de la puerta al otro lado del pasillo, alargó la mano y notó una llave pequeña y normal. La metió en el pomo de la puerta de Dylan y abrió la cerradura.

Dylan estaba en el suelo, con los cascos puestos, jugando a un videojuego.

En un espejo de la pared, Adam vio la cara de su hijo reflejada. Un rostro estoico tan vacío como Adam se sentía. Entró en la habitación y se sentó junto a él.

Dylan se giró, paró la partida, y se quitó los auriculares.

—¿Cómo has entrado aquí?

—Sé dónde está la llave.

—¿Me has llamando?

—Solo quería ver cómo estabas. ¿Estás bien?

—¿Hay alguien que esté bien por aquí?

Adam estaba sentado en silencio, intentando escoger las palabras adecuadas.

—¿Hay algo de lo que quieras hablar?

—¿Por qué quieres hablar? Todo el mundo que entra a esta casa no para de decir las mismas cosas una y otra vez.

—Solo intentan ayudar, hijo.

—Bueno, pues no lo están haciendo.

Adam sintió no solo el dolor de su hijo, sino también su dureza. *Nadie te enseña cómo llorar la pérdida hasta que tienes que hacerlo, y entonces, ya no quieres lecciones.*

—Dylan, todos estamos pasándolo mal. Nos necesitamos el uno al otro.

Dylan tenía la mirada puesta en la imagen congelada de su videojuego.

—Tú no me necesitas.

¿Mi hijo acaba de decir eso?

Adam miraba a la nada.

—¿Puedo seguir ya jugando la partida?

Adam sintió una oleada de desesperanza. Finalmente, sin saber qué mas decir, contestó:

—Sí.

He perdido a mi hija y a mi hijo.

Se levantó y salió por la puerta. Tras él, Dylan se puso los auriculares y regresó a un mundo en el que él tenía el control. Un mundo en el que el bien derrotaba al mal, y no moría la hermana de nadie.

Adam miró dentro de la habitación de Emily y vio a Victoria tumbada sobre la cama, abrazada al perro de peluche de Emily.

Se quedó solo en el pasillo, apoyado en la fría pared.

Sentía que debía abrazar a alguien.

Pero necesitaba que alguien lo abrazara él.

CAPÍTULO CATORCE

La Gangster Nation se reunió a las afueras del parque Gillespie con los Rollin' Crips en mente. Uno de sus gánster, Ice Man, había sido asesinado por un Crip. TJ lo tomó como algo personal.

Convocó a la banda allí para planear movimientos, tácticas y estrategias para patear a una banda rival. Acudieron treinta miembros, no toda la banda, pero TJ no podía permitirse sacar a sus traficantes de la calle aquella noche. Los yonquis buscarían sus dosis, y no quería que acudieran a la competencia.

Derrick analizó los diferentes estilos, qué gorras de béisbol llevaban, si estaban hacia atrás o inclinadas a un lado, y si era así, cuál era el ángulo. Vio una variedad de pañuelos para la cabeza, un veterano con una redecilla... el tío parecía tener unos treinta y cinco, viejo para un pandillero. Algunos tenían el pelo largo cepillado hacia atrás en una coleta o trenzado por encima del cuello.

Derrick vio muchos tatuajes, variaciones de las marcas de la Gangster Nation y algunos soldados serios vestidos con ropa militar negra para camuflarse por la noche. Aunque ya casi había anochecido, la mayoría llevaba gafas de sol.

Las chicas, dobladas en número, vestían variaciones de la ropa de los chicos, la mayoría en colores más oscuros. Llevaban un montón de maquillaje con excesiva sombra de ojos oscura.

Alguien tenía puesta a todo volumen una música que celebraba el sexo y la violencia y el asesinato de policías.

El padre de TJ había formado parte de la Gangster Nation hacía veinte años, pero su hijo no llegó a conocerlo. Supo de la reputación de su padre por su madre. El padre de TJ nunca se casó con ella. Lo enviaron a la prisión estatal de Lee cuando tenía veintidós años. Fue puesto en libertad tres años después y murió en una pelea callejera a las seis semanas.

TJ, de veintiocho años, era un superviviente, un veterano con un carismático atractivo, un empresario con un próspero negocio de drogas basado en el crack que ahora lo abarcaba todo, desde la marihuana hasta el lucrativo negocio de las recetas de medicamentos.

Alrededor del cuello de TJ colgaba una pesada cadena de eslabones de oro; el colgante en forma de corona con diminutas piedras de diamante resplandecía incluso en la oscuridad, a juego con su enorme hebilla de oro del cinturón.

Diablo estaba detrás de él, al lado de Antoine, el ministro de defensa de TJ. Llevaban guantes de trabajo de color gris para manejar las armas y hacer el trabajo… que hoy implicaba liquidar a gente.

—¿Hay soldados vigilando por si viene la pasma? —preguntó TJ—. Tenemos que imponer algo de disciplina.

Antoine agarró a un chico más joven que Derrick, de unos dieciséis años tal vez.

—Alguien nos ha dicho que nos estás delatando, chico —dijo TJ a Pete.

—Qué va, tío —contestó Pete con voz temblorosa.

—¿Los polis han estado hablando contigo?

—Han hablado pero yo no les he escuchado.

—Bueno, puede que hayas largado o puede que no. Así que vamos a recordarte lo que pasa si lo haces.

Derrick observó embelesado de horror cómo golpeaban y pateaban al chico hasta dejarlo casi inconsciente. No le parecía justo si no estaban seguros de que se hubiera chivado. Pero Derrick se ofreció y le propinó unos cuantos golpes, solo para asegurarse de que todos sabían que era parte de la familia. Que te brincaran significaba aceptar cualquier trato que los líderes de la banda decidieran aplicar.

TJ saludó a Derrick, mostró el emblema de la banda y observó que Derrick se lo devolvía. Asintió a modo de aprobación.

—Todavía te falta mucho para ser un GA. Aún eres un pequeño gánster, un pequeñajo. Tienes que darle publicidad a la banda, reclutar a gente para ella, comprar y vender para ella, estar dispuesto a morir por ella. ¿Está claro?

—Sí —dijo Derrick lleno de orgullo y terror.

—¿Tienes pipa, hermanito?

Derrick asintió.

—¿Has estado practicando con la .22? —preguntó TJ.

Derrick asintió de nuevo. Lo cierto era que solo la había usado cuatro veces cuando su abuela estaba en el trabajo. La había disparado sobre unos listines telefónicos en el sótano antes de que se encasquillara. Ver todas las armas aquella noche le había asustado. Pero sabía que no se atrevía a echarse atrás.

TJ le enseñó su escopeta recortada.

—La *boomstick* es fácil de llevar y dispara rápido, así que no tienes que ser demasiado preciso. El problema es que si tienes que disparar a más de cinco metros, no vas a conseguir ningún funeral. Pero aun así puedes hacer algo de daño, tío. Puede que la próxima vez la dispares. ¿Estás conmigo?

—Guay, tío. Estoy contigo. —La voz de Derrick se resquebrajó.

La patrulla llenó seis coches y se fue. Derrick tembló al sentarse junto a Antoine. Con las luces apagadas, se acercaron lentamente a una casa donde los Crips se colocaban y trapicheaban. Había unos doce en el exterior y otros tantos dentro; todos celebraban el entierro de uno de los GN.

TJ salió del coche. Apuntó rápidamente e hizo estallar dos farolas con su arma. Cayeron fragmentos de cristal alrededor de TJ que lo llenaron de júbilo.

Las imprecisas siluetas corrieron desconcertadas por el patio delantero. Un gánster lanzó algo que sonaba como un cañón. ¡Bum! ¡Bum! ¡Bum! Alguien gritó:

—¡Los Nation!

El enorme grave de una .45 retumbó. Derrick oyó otra escopeta. Los enemigos se dispersaron como ratas. Aterrorizado, Derrick disparó su .22 en dirección a los Crips sin apuntar. Después se retiró y se escondió detrás del coche de TJ.

TJ disparó de nuevo la escopeta, y los perdigones alcanzaron a dos Rollin' Crips, a ambos por la espalda. Uno cayó; el otro siguió corriendo, pero cojeando.

—Adelante —dijo Antoine.

Mientras los otros avanzaban, Derrick se agachó y se metió por la puerta trasera, después se tiró sobre el asiento. Tras unos minutos de tiroteo y gritos, las cuatro puertas se abrieron de golpe y el coche se llenó. Con las prisas, todos dieron por hecho que Derrick se había metido en el coche por el otro lado. Los neumáticos chirriaron cuando los coches se alejaron.

Antoine seguía de pie junto a una cabina telefónica, con su 9 mm apuntando a la casa.

Los Rollin' Crips, creyendo que la Nation se había ido, salieron de la casa. Dos Crips se levantaron justo a tiempo para que Antoine les apuntara. Disparó tres veces y los derribó a los dos.

Cuando la GN volvió a su territorio, a menos de tres kilómetros, la banda se retiró a una iglesia abandonada para contar batallitas, que con el tiempo se iban inflando. Derrick corrió hacia el fondo de la habitación y vomitó en el suelo. Algunos de los chicos se rieron de él.

—¡Has echado la pota, alumno destacado, pero al menos no te has rajado!

Era TJ. Le dio a Derrick una palmada en el hombro.

—¡Vamos a beber unos litros y a colocarnos! ¡Es hora de relajarse!

Después de que la manada se dispersara, TJ se llevó a Derrick aparte.

—Ven a esta esquina, hermano. —Casi parecía tierno—. Ser un pandillero no es algo a tiempo parcial. Ahora es tu vida, ¿me oyes? Los colegas son tu familia. Somos tus padres y tus hermanos. Las mujeres de la Gangster Nation son tus madres y tus hermanas, y más que eso también. ¿Sabes lo que te digo?

Derrick asintió, aunque no entendía la mayor parte.

Derrick fue a casa de TJ a limpiarse y dormir allí. Le dijo a su abuela que pasaría la noche en casa de Robert, estudiando para un examen de matemáticas.

Dieron casi las tres en punto antes de que TJ dejara de hablar, casi las cuatro antes de que Derrick se quedara dormido en un colchón libre. Realmente tenía un examen de matemáticas. Esta vez improvisaría. No pasaba nada. Ser un alumno destacado ya no era importante para él.

Ahora, esta era la familia de Derrick. ¿Por qué iba a tener que aparecer por el colegio siquiera? Su abuela estaba completamente equivocada. ¿Por qué iba a querer *salir* de aquella vida, ahora que tenía una oportunidad tan buena de encajar allí *dentro*?

Las imágenes atravesaban la mente de Derrick mientras dormía, alimentando sus sueños. Destellos de luz, sonidos apoteósicos y formas corpóreas grotescas se iban sucediendo.

Temblaba de forma incontrolable, intentando parar en vano. Su mente reproducía una y otra vez aquellos Crips que habían caído, en particular un chico que parecía tener unos catorce años. Derrick esperaba que no estuviera muerto. Sabía que como miembro de la Gangster Nation se suponía que tenía que desear que lo estuviera. ¿Pero acaso los otros chicos no eran como Derrick? ¿Si Derrick hubiese nacido en su barrio, no sería también un Rollin' Crip?

Derrick Freeman sentía un nudo en la garganta. Estaba allí tendido y se sentía orgulloso, excitado, avergonzado y aterrorizado.

CAPÍTULO QUINCE

Emily Mitchell, con un vestido blanco, corría hasta su padre, levantaba la vista hacia él y extendía los brazos. Adam la alzaba en un cálido abrazo. Ella lo estrechaba con fuerza, después se soltaba y sonreía. Adam la bajaba al suelo y ella comenzaba a girar y a bailar.

De repente, la pequeña desapareció y Adam se encontró mirando a Emily, con veintidós años, vestida de novia. Sus damas de honor la rodeaban, arreglándole el vestido, el pelo, el velo...

Adam llevaba un esmoquin. Emily levantaba la vista, sonreía y extendía la mano. El daba un paso al frente para tomársela, pero su mano atravesaba la de su hija como si ella no estuviera allí.

Los ojos de Adam se abrieron de golpe. Era plena noche. Tenía la camiseta empapada en sudor. Las lágrimas se deslizaban por su rostro. Se sentó en la cama y después llevó los pies a un lado intentando acallar los sollozos.

—¿Adam?

—Nunca podremos verla graduarse. Nunca podré llevarla hasta el altar. ¿Cómo se supone que voy a dejar que se vaya?

Victoria se incorporó y le acarició la espalda.

—Tendría que haber bailado con ella. ¿Por qué no bailé con ella?

Fue al armario de las medicinas y tomó un par de pastillas para dormir.

Incapaz de soportar más tristeza, su corazón pasó a la rabia. Durante la siguiente hora, permaneció tumbado en la oscuridad imaginando escenas en las que se enfrentaba al asesino de su hija. Cara a cara, invitaría al borracho a que intentara darle un puñetazo; después lo golpearía hasta derribarlo al suelo y le haría pagar por lo que había hecho.

Pero ¿cómo ayudaría eso a Victoria y a Dylan si iba a prisión? Adam creía que, en realidad, nunca haría daño a aquel hombre. Pero aparte de la desgracia que aquello supondría para su familia, en aquel momento no podía pensar en una razón convincente para no hacerlo.

Sentía que las pastillas para dormir intentaban hacer efecto, pero sus ojos se resistían y seguían abiertos de par en par.

★ ★ ★

Adam caminaba solo por el cementerio Riverside. Victoria no iba. No podía soportar pensar en Emily bajo el suelo frío y oscuro.

La noche anterior un viento fuerte había esparcido por el césped hojas nuevas, flores a medio abrir y pequeñas ramas. Los enormes robles, cubiertos de musgo, con sus largas ramas que llegaban hasta el último rincón, habían dominado aquellas tierras durante siglos.

Pasó las tumbas numeradas, alrededor de unas cien, sin identificar. Los ataúdes habían sido arrastrados, separados de sus lápidas, en la inundación de Albany de 1994.

¿Cómo sería no saber dónde fue enterrado tu ser querido? De todas formas, ¿acaso era mejor pensar que Emily estaba en la tumba que llevaba su nombre?

Adam caminó hasta el extremo del cementerio.

Algunas zonas estaban ordenadas y eran simétricas, como en un cementerio militar. Pero aquella sección en particular no parecía tener orden ni concierto, con sepulturas tan variadas, aleatorias e inclinadas como la vida misma.

Adam se fijó en el encanto de las flores junto a las tumbas. Inclinándose sobre un crisantemo morado, vio una gota de agua que reflejaba el último rayo de luz convirtiéndolo en un arcoíris en miniatura.

¿Cómo podían existir la vida y la muerte en semejante proximidad? ¿Por qué un mundo tan vivo y vibrante languidecía bajo la sentencia de muerte? *Todo está mal. Se supone que el mundo no es así.*

Adam pensó que, si el evangelio en el que había creído tanto tiempo era cierto, si la Biblia no mentía, si Jesús tenía razón, entonces Dios no había hecho el mundo de esa manera. En el principio, Él había hecho un mundo perfecto.

Adam pensó en las novelas que había leído, en las películas que había visto. Los principios eran a menudo positivos, los finales triunfantes, pero en mitad de las mejores historias había muerte y pérdida y desesperación, seguidas de redención. ¿Estaba él viviendo la mitad de la historia? Si era así, anhelaba que llegara el final.

Dios, Tú no sabes lo que es que tu hijo muera.

Diez segundos después cayó en la cuenta. El pilar de la fe que profesaba era que, de hecho, el Hijo de Dios había muerto. Y que Él había escogido hacerlo.

Entonces, si sabes cuánto duele, ¿por qué te llevaste a Emily?

Adam caminó hasta la sección de Emily en el cementerio. Por el camino miró una pequeña señal.

Eleanor Marie Davidson
Nacida el 3 de abril de 1873, fallecida el 12 de junio de 1876
Como Enoc, llevado antes de tiempo,
nuestra hija está ahora en manos del Redentor.
Le dijo Jesús: «Yo soy la resurrección y la vida.
El que cree en mí vivirá aun después de haber muerto».

Adam se preguntó qué diría su propia lápida. Victoria sería buena. ¿Pero, y si era honesta? ¿Escribiría: «Adam Mitchell, un buen policía pero un marido no tan bueno»? ¿Y si obligaban a Dylan a que escribiera algo? ¿«Adam Mitchell, mi padre, que amó a su hija y su trabajo más que a mí»?

Finalmente, Adam llegó a la tumba de Emily. Había ido con la intención de visitarla. Pero cuando llegó, fue totalmente consciente de que Emily no estaba allí. Era un monumento *a* ella, no un lugar de descanso final *para* ella. Si su fe era falsa, ella había dejado de existir. Si era verdadera, había ido a vivir a otro lugar. De cualquier forma, no estaba allí.

Creer que la fe cristiana era cierta nunca había sido más importante para él. Pero aparte de asistir a la iglesia, algo que podía hacer hasta dormido, y algunas veces así lo había hecho, había dedicado poco tiempo y energía a cultivar la fe de la que ahora intentaba sacar fuerza. Siempre había estado rodeado de la fe cristiana, pero nunca se había metido de lleno en ella, nunca se había llenado de ella.

Tal vez esa era la razón por la que en aquel momento se sentía incapaz de encontrar más consuelo en ella.

★ ★ ★

Adam limpiaba a menudo el revólver en el dormitorio, lejos de la familia. Aquel día, mientras deslizaba un paño sobre el arma, pensó en que Victoria y Dylan estarían mucho mejor sin él. En que él *mismo* estaría mucho mejor sin él. Podía hacer que pareciera un accidente.

«Estaba limpiando su revólver, y se disparó».

Hazlo ya, parecía que decía una voz. *La pena desaparecerá.*

Decidió cargar el revólver con una bala. Solo una.

En su mente, se vio a sí mismo llevándoselo a la cabeza. Parecía sentir en realidad la boca del cañón contra la sien derecha.

—¡Adam! ¿Qué estás haciendo?

Sobresaltado, levantó la vista hacia Victoria. No había apuntado en realidad la Glock hacía sí mismo, pero de alguna manera ella percibió sus pensamientos.

—Solo estoy limpiando mi revólver.

—¿Estás bien?

—No.

Victoria no salió de la habitación hasta que le vio dejar el revólver y guardarlo en la parte alta del armario.

Aquella voz en su interior le preocupaba. Nunca antes había tenido esos pensamientos. Pero claro, nunca antes había muerto su hija.

Pensó en su antiguo compañero Jeff con más empatía esta vez.

Adam deambuló hasta la sala de estar, probó con la televisión, no encontró nada, después hojeó desinteresadamente revistas de caza. Maggie aullaba y arañaba la puerta.

—¿Podría callar alguien a ese perro? —dijo más alto de lo que pretendía.

—Lo he intentado —respondió Victoria.

Maggie era inconsolable. No había comido casi nada. Ahora aullaba sin parar. Algunas veces dejaba escapar un aullido de profunda tristeza, y eso hizo en aquel momento.

Adam fue hasta la puerta trasera dando grandes zancadas y la abrió.

—¡Cállate!

Maggie chilló como si le doliera algo.

Adam vio en sus ojos lo que él sentía en su corazón: *¿Dónde está Emily?* La pobre criatura no lo entendía.

Bienvenida al club.

Adam se sentó en los escalones del porche trasero. Inmediatamente, Maggie metió la cara en su hombro.

—¡No, abajo, Maggie! Abajo.

Ella retrocedió, arrastrándose.

—Lo siento, Maggie. Está bien.

Esta vez dejó que se acercara. Maggie metió la nariz en su oreja y le lamió el lado de la cara.

Al poco, Adam estaba sumido en sus reflexiones y Maggie era un salvoconducto para sus pensamientos. Al final, se levantó para ir adentro.

Se giró y vio los ojos de Maggie cuando cerraba la puerta. El silenció perduró solo un momento antes de que el perro dejara escapar un pequeño gemido. Adam miró a su alrededor; puesto que no veía a Victoria, abrió la puerta. Maggie entró corriendo antes de que pudiera cambiar de opinión. Corrió por el pasillo hasta la habitación de Emily y se giró rápidamente para entrar en ella golpeando el quicio de la puerta como una bola de billar.

Victoria oyó el alboroto y fue rápidamente al pasillo.

—¡Maggie… fuera!

—No, no pasa nada —dijo Adam. Cuando llegó, Maggie estaba tumbada sobre la cama de Emily, con la cabeza apoyada en la colcha que cubría la almohada. Adam se sentó junto a la cama de Emily, como hacía a menudo desde el accidente. Maggie se colocó junto a él. La primera vez que le lamió la cara, él se resistió. Después lo toleró. Y más tarde le gustó.

La respiración rítmica de Maggie y sus ocasionales suspiros discordantes lo tranquilizaban. Lo miraba con ojos conmovedores y a Adam se le ocurrió que Maggie no solo quería que él la consolara. Quería consolarlo.

Victoria fue hasta la puerta y vio a Adam con la cabeza de Maggie apoyada sobre la suya; ambos parecían estar más en paz de lo que Victoria podía recordar en aquella sucesión de días infernales.

—No pasa nada, Maggie —Victoria oyó decir a Adam—. No pasa nada, pequeña.

CAPÍTULO DIECISÉIS

—¡Todo el mundo sabe que esto no es una cita! Lo único que hacemos es sentarnos en el aparcamiento del colegio, escuchar música en este magnífico equipo y tomar comida de Taco Bell. He ido yo en el coche a recogerla; ¡tú ni siquiera has salido del colegio! Lo único que has hecho es caminar hasta el aparcamiento. ¡Si eso es una cita, entonces yo soy LeBron James!

Jade se rio. Derrick tenía hoy mejor humor, no estaba tan preocupado ni estresado. Ella apartó sus sentimientos de culpabilidad. *¿Qué hay de malo en escuchar música bajo el sol en un maravilloso día de primavera?*

Derrick la miró fijamente, esperando una respuesta.

—Solo quiero poder decirles a mis padres que no estoy teniendo ninguna cita. Me alegra que no te enfades por eso.

—No me enfado. Solo digo que tú respetas el derecho de tus padres a vivir su vida, y ellos deberían respetar tu derecho a vivir la tuya.

Jade terminó su chalupa de pollo y miró el reloj.

—Tenemos veinte minutos —dijo Derrick—. ¿Qué quieres hacer?

—Podemos estudiar para el examen de economía.

—No me importan los exámenes.

—¡Pero tú eres el que me ganó en aquel primer examen de economía! Después sacaste un simple aprobado en el último, y ni siquiera entregaste la hoja.

—Eso era entonces. Esto es ahora. Ahora me dedico a otras cosas, cosas importantes.

—¿Qué cosas?

—De eso podemos hablar después. Ahora, vamos a relajarnos, ¿eh?

Él le preguntó sobre Atlanta, por qué se había trasladado y quiénes eran sus amigos allí. Ella se quejó por haber tenido que dejarlos atrás. No le parecía justo, por parte de sus padres, que se la llevaran de allí. Derrick le preguntó sobre las bandas de Atlanta, de las que sabía muy poco. Ella se preguntó por qué le interesaba eso.

Mientras hablaban, Derrick le cogió la mano. Al principio Jade parecía indecisa, pero se acostumbró. Derrick la estrechaba y ella le devolvía el gesto. Era agradable. Él se inclinó y la besó en la mejilla.

—¡Derrick! —dijo Jade, pero podía haberse apartado. Y no estaba enfadada.

—No ha estado tan mal, ¿no?

Ella bajó la mirada.

—Supongo que no.

—¿*Supones* que no? Venga ya, un poco de respeto, ¿no?

Jade lo miró.

—No, no ha estado mal.

Ella abrió la puerta.

Él abrió la suya y se dirigieron a sus clases.

De camino, Derrick la rodeó con el brazo por un instante. Cuando llegaron al pasillo en el que tenían que separarse, Jade se despidió con la mano. Él echó un vistazo por encima del hombro, y ella seguía mirándolo.

La tengo en el bote.

★ ★ ★

David pasó noventa minutos en el ordenador mirando Google Earth, contemplando la vista aérea y después las fotos de las zonas menos conocidas de Albany, calle por calle. Hacía aquello la mayoría de los días, decidido a no volver a quedar en evidencia fallándole a su compañero.

A medida que avanzaba la noche, David se sentía cada vez más solo. Todas las luces estaban apagadas. Como habría dicho su abuelo, estaba tan oscuro como el interior de una vaca. David se recostó en su puf, automedicándose con una botella de vino barato. Al principio le gustaba el sabor, pero acababa entumecido. Su tristeza profunda persistía, como siempre. El vino nunca mantenía sus promesas.

Un terror impreciso rondaba a David Thomson. Se decía a sí mismo que no tenía nada que temer, pero cuando miraba al mundo y dentro de sí mismo, sabía que no era así. De manera subconsciente, se daba cuenta de que enfrentarse a la vida significaba enfrentarse a sus fracasos. Por eso pasaba los días en un trabajo que los compensaba y las noches, perpetuándolos.

Beber no le hacía feliz; solo le ayudaba a olvidar momentáneamente su tristeza. Después, cuando estaba sobrio, eso le daba algo más por lo que sentirse triste y otra razón para beber de nuevo.

En Valdosta State había vivido en la residencia; allí siempre había algo que hacer y alguien con quien hacerlo. Acudía a sus compañeros de fútbol americano de la universidad incluso fuera de temporada, y tenía a montones de chicas que merodeaban alrededor de los jugadores. Pero en Albany no conocía a muchas personas. Y no era el tipo de persona que pudiera llegar a conocerlas.

En lugar de irse a la cama, decidió echarse agua fría a la cara, hacer unas gárgaras, y ver una película en los cines Carmike de Nottingham Way. Con dieciséis salas y el aparcamiento a rebosar, imaginó que debía haber algo interesante. No lo había. Pero eso no le disuadió de ver otra película poco memorable. Tan poco memorable que cuando un tipo grande y calvo entró andando como un pato diez minutos tarde y se sentó delante de él bloqueándole la visión, David ni se movió.

Cerca de la medianoche, David salió de la sala en dirección a su destartalado y viejo Chevy Cavalier, que estaba aparcado solo, a unos treinta metros de distancia, junto al contenedor de basuras de un negocio contiguo.

Cuando se encontraba a metro y medio de su coche, escuchó una voz grave que salía de detrás del contendor.

—Eh, maderito. ¿Qué pasa?

La voz salió de la oscuridad, y David se llevó la mano al bolsillo delantero derecho de sus pantalones militares.

TJ nunca se acobardaba. ¿Aquel blancucho creía que podía sacarle una pipa a la Gangster Nation? Antes de que el policía pudiera tocar su revólver, Antoine le agarró la muñeca desde atrás y le sacó el arma del bolsillo.

—Qué bien. Parece que tenemos una 19C. A la pasma le encantan las Glocks.

David no recordaba que en la academia hubiesen hablado de ninguna emboscada fuera de servicio en la parte segura de la ciudad.

Los pandilleros llevaban pañuelos negros cubriéndoles la nariz y la boca.

—Te crees que eres alguien, ¿verdad, universitario?

Mientras Antoine lo inmovilizaba, TJ no paraba de intimidarle, observándolo de la cabeza a los pies y agrediéndole con los ojos.

—¡Yo y mi perro callejero vamos a romperte los dientes, blanquito! —TJ empujó a David—. Vamos a darte una buena, ¿qué te parece?

Volvió a empujarle, con más fuerza. Al tercer empujón, David se cayó hacia atrás. Se golpeó la cabeza en el contenedor haciendo un ruido seco. Mientras estaba en el suelo, TJ le dio dos patadas en el estómago.

TJ puso en pie a David y lo miró a los ojos.

—A lo mejor te dejo vivo para que puedas darle este mensaje al traidor de tu compañero negro que echó a perder mi 211. Me quitaron a mis colegas Clyde y Jamar, así que a lo mejor yo dejó al *sheriff* sin ustedes dos. ¿Te importa que use tu 19C, eh? O quizás simplemente empiezo calentando los puños y los pies.

Soltó un derechazo que hizo temblar los dientes de David, que volvió a caer al suelo, aturdido y dolorido.

—Le he dado bien a este tío —fanfarroneó TJ.

—No me necesitas —dijo Antoine mirando a su alrededor—. Larguémonos de aquí antes de que alguien se dé cuenta.

—Ve a por el coche mientras yo acabo.

Antoine atravesó corriendo el callejón y entró en el aparcamiento contiguo mientras TJ se quedaba de pie junto a David.

Golpeó a David de nuevo como dos ráfagas de una taladradora. David trataba de escabullirse en el suelo, como un cangrejo, intentando desesperadamente encontrar el equilibrio. Al final, se cayó hacia atrás, impotente, con las piernas abiertas y apenas consciente.

—No eres nada, tío. ¿Sabes qué? En este momento tu vida está en mis manos. Yo decido si vives o si mueres.

David nunca había sentido aquel pánico. Corría por su cuerpo como agua congelada, paralizándolo casi por completo. La sangre de su boca sabía a muerte.

De repente, una camioneta Toyota Tundra de color gris ceniza con un cabrestante frontal y llantas descomunales chirrió hasta pararse a unos dos metros de ellos. A través de la luz cegadora de los faros delanteros, David vio que algo enorme aparecía de repente.

Los agresores de David solían ser los barcos más grandes del puerto; no aquella vez. El recién llegado irrumpió en escena como un rinoceronte enloquecido. Se enfrentó a TJ y lo derribó. Pero el gánster se levantó del suelo de un salto, como lanzado por un muelle roto. TJ gritaba y maldecía al mismo tiempo que daba puñetazos en el gigantesco plexo solar de su oponente. Aquel hombre enorme primero retrocedió y, a continuación, de repente, en un instante entre puñetazo y puñetazo, se echó hacia adelante sobre los dedos de los pies y agarró a TJ por las orejas. Lanzó su frente contra la del gánster e hizo que este se derrumbara a sus pies.

Aturdido, TJ se levantó al mismo tiempo que Antoine llegaba con el coche.

Un sonido agudo agujereó el aire. Un coche de policía local de Albany llegó a toda velocidad con las luces encendidas y la sirena atronando. TJ corrió hacia el Caddy y se metió de un salto; Antoine salió chirriando ruedas.

El hombre enorme se giró hacia los policías.

—¡Llamen a una ambulancia! Este chico necesita ayuda. —A continuación se giró en la dirección en la que los matones se habían alejado y gritó—. Si quieres volver a pelear conmigo, grandullón, mejor será que lleves comida y… ¡tráete una linterna! ¿Quieres mi dirección? Te estaré esperando, gamberro. ¡Soy peor que un perro de desguace!

Se acercó a los agentes limpiándose la sangre de la comisura de la boca.

—Somos ayudantes del *sheriff*, condado de Dougherty.

El oficial de policía de Albany preguntó:

—Te llamas Bronson, ¿verdad?

—¿Cómo lo sabes?

—Las noticias vuelan.

El agente se volvió hacia su compañero.

—Comunícalo por radio. Di a centralita que se dirigen al sur por Nottingham Way. Y que envíen una ambulancia aquí. Tenemos dos heridos. —Miró a David, tirado boca arriba.

David permanecía inmóvil mientras luchaba por recobrar la compostura. Le habían dado una paliza y su corazón aún iba a mil por hora.

Bronson miró a David, que se incorporó para sentarse.

—Estás hecho un asco.

David lo miró.

—¿De dónde venías?

—He visto la misma peli asquerosa que tú. Cuando llegué a mi coche, vi a esos tipos que iban a por ti.

—Has dado aviso, ¿no? —preguntó uno de los agentes—. ¿Cómo es que no ha aparecido ningún policía del condado?

—Estamos fuera de servicio. No necesitábamos refuerzos.

—Entonces habéis tenido suerte de que pasáramos por aquí y lo viéramos. ¿Algo que queráis contarnos de los sospechosos?

—Sí —dijo Bronson—. El tipo que *sospecho* que estaba pateándole el hígado a Thomson aquí presente iba puesto de crack. *Sospecho* que su sistema nervioso central iba a todo gas.

—¿Algo más?

—Bueno, *sospecho* que no tenía que haberse metido conmigo. Pero la estupidez no se cura.

La cara de David estaba hecha picadillo, pero parecía que no había nada roto. Se puso de pie y le restó importancia aunque los agentes le dijeron que se lo tomase con calma hasta que llegara la ambulancia.

—Realmente le has pillado por sorpresa con ese cabezazo, sargento. Gracias.

Bronson sonrió, usando su manga para limpiarse un hilo de sangre de la frente.

—Como mi antiguo compañero Ollie solía decir: «Meterse conmigo es como llevar ropa interior de queso en un callejón lleno de ratas».

Capítulo diecisiete

—No hay motivo para que esté en este hospital —le dijo David a Nathan a primera hora de la mañana siguiente.

—Les preocupaba una posible conmoción cerebral. Dejarán que te vayas en un par de horas. Tuviste suerte, David. Cuando los miembros de una banda persiguen a un poli, van en serio. Lo tratan como a un pandillero rival. ¿Nunca has visto enfrentarse a dos bandas?

—He visto a los Bulldogs jugar con los Yellow Jackets.

Nathan se echó a reír.

—Ponles en las manos armas letales en el último cuarto, y esa es la idea.

—Bronson pilló a ese tío por sorpresa con el cabezazo. ¡Fue un buen coscorrón!

David echó una ojeada por el lado de la cama para ver el pequeño petate que había junto a la silla de Nathan.

—Hay algo que huele bien y no es comida de hospital.

Nathan miró a ambos lados y después sacó una bolsa de papel.

—No estoy seguro de poder hacer esto.

Abrió la bolsa. Solo por el olor, David dijo:

—¿Pearly's? ¿Panecillos de salchicha?

Nathan fue hacia la puerta.

—Yo haré guardia mientras te encargas de eso.

Durante los diez minutos siguientes, David visitó un mundo mejor.

—Gracias, Nathan. Casi merece la pena que te den una paliza solo por eso.

Después de charlar un rato, David miró a Nathan y se aclaró la voz.

—¿Puedo hacerte una pregunta? ¿Cuando te arrastraban mientras te agarrabas al lateral de tu camioneta, estabas asustado?

Nathan se echó a reír.

—¡Claro que estaba asustado!

—Entonces, ¿te da miedo morir?

—Bueno, sí y no. Tener cierto miedo a la muerte es sano. Pero creo que cuando muera, estaré en el cielo con Jesús. Así que puede que tenga miedo a morir, pero no de adónde me llevará la muerte. ¿Eso tiene sentido?

—No mucho.

—¿Por qué lo preguntas?

—Porque anoche creía que era hombre muerto. ¿Sabes eso que dicen de que tu vida pasa por delante de tus ojos?

Nathan asintió.

—Parecía que era eso lo que estaba ocurriendo. No sentía que estuviera preparado para abandonar este mundo. Antes, hay algunos asuntos que tengo que arreglar.

—Ese sentimiento viene de Dios, David.

—Ya sabía yo que dirías eso.

—En la Biblia, Salomón habló de cómo la riqueza no te hace feliz, de cómo el estatus no te da la felicidad. Hay un vacío en tu interior. En un libro llamado Eclesiastés, dice que Dios ha puesto la eternidad en nuestros corazones.

—¿Qué significa eso?

—Que hay más por vivir de lo que podemos ver, y que la vida sobrevive a este mundo y continuará en otro.

—No estoy seguro de creer eso.

—Yo pienso que sí, David. Solo que aún no lo sabes. —Nathan hizo una pausa para pensar—. A veces tenemos que recorrer unos cuantos callejones sin salida antes de estar preparados para tomar el camino que lleva hasta Dios. A eso se refería Jesús cuando dijo: «Yo soy el camino, la verdad y la vida; nadie puede ir al Padre si no es por medio de mí».

—Eso es un poco arrogante, ¿no?

—Sí, puede. A menos que sea cierto. En cuyo caso, me alegra que Jesús nos lo haga saber.

—Es una forma de verlo.

—Sí, así es. ¿Cómo lo ves tú?

—No he pensado mucho en ello.

—Merece la pena pensarlo. Es la pregunta más importante del mundo.

—¿Cuál?

—La pregunta de quién es Él. Si lo haces bien con Jesús, puedes permitirte hacer algunas cosas mal. Pero si lo haces mal con Él, al final dará igual qué cosas hayas hecho bien.

—Pareces muy seguro de ti mismo.

—¿De mí mismo? No. —Nathan se rio—. Del único que estoy seguro es de Jesús. Lo de anoche fue un recordatorio, David... nuestras vidas penden de un hilo. A ver, piensa en la hija de Adam Mitchell. Un día seremos tú y yo. Nos arrancarán de este mundo. Si resulta que Jesús tenía razón y le has ignorado, te arrepentirás.

—¿Te refieres al infierno?

Nathan asintió.

—¿De verdad te crees todo eso?

—Sí, por supuesto. Jesús tenía mucho que decir sobre el infierno; habló de él como si fuera un lugar real. Y creo que Él sabía de lo que hablaba.

—Haces que parezca que Jesús es real, como si estuviera vivo.

—Exacto. Él se hizo cargo de todo lo que hemos estropeado…
hizo borrón y cuenta nueva cuando murió en la cruz; después se
levantó de entre los muertos, y ahora está vivo en el cielo. Ha prometido que volverá para levantar Su Reino. Nos ama, David… tiene
cicatrices que lo demuestran. Se ha ganado mi confianza.

David sintió que su mente empezaba a dar vueltas. No estaba seguro de lo que creía. Pero después de vérselas cara a cara con la muerte, puede que fuese el momento de averiguarlo antes de la revancha.

★ ★ ★

A las nueve de la mañana, Adam, vestido con unos pantalones chinos
marrón oscuro y una camisa verde, se sentó en una silla de oficina. El
pastor Jonathan Rogers, con una camisa de color azul claro con las
puntas del cuello abotonadas, un chaleco gris y pantalones de vestir,
se sentó frente a él en una habitación forrada con estanterías de madera oscura con libros y fotos.

Después de que Adam le llamara dos veces «pastor», dijo:

—Por favor, llámame Jon.

Adam abrió las manos.

—Un hombre no debería tener que sobrevivir a su hijo.

—Tiene que ser muy duro —dijo Jon—. Mis hijos ya son mayores, y tengo nietos; no puedo imaginar nada peor que lo que estás
pasando, Adam. Lo siento de todo corazón.

—Es tan absurdo. Era mi pequeña. Dios no tenía derecho a arrebatármela.

Jon meditó su respuesta.

—Tienes razón, es absurdo para *nosotros*. Pero sabemos que Dios
tuvo una razón para justificar la muerte de su propio Hijo. ¿Crees
que es posible que Él tuviese una razón para la de tu hija? —Hizo una
pausa antes de continuar—. Pero te equivocas en una cosa. Emily *no*
te pertenecía.

Adam levantó la vista bruscamente.

—¿A qué te refieres? Era mi hija.

—Sí, y siempre será tu hija. Pero nuestros hijos no nos pertenecen. Son de Dios. El nos confía su cuidado.

—¡Pero solo tenía nueve años! —Percibió la rabia de su propia voz y pensó en cómo reaccionaría Victoria si le oyera hablar así a un pastor. Se llevó las manos a la cara.

—Adam... ¿has pensado en quitarte la vida?

Adam se sobresaltó.

—¿Te ha dicho algo Victoria?

—No. Solo me lo preguntaba.

Durante un minuto, reinó el silencio.

—Cuando mi antiguo compañero, Jeff Henderson, se mató, yo lo desprecié por tomar la salida de los cobardes. Pero por primera vez, entiendo por qué la gente lo hace.

Jon se echó hacia adelante.

—Tu misión no habrá acabado hasta que no lo haga tu vida, y no es cosa tuya decidir cuándo suceda. Eso es jugar a ser Dios.

—Pastor... Jon... No me voy a quitar la vida, ¿vale? Pero... sí, se me pasó por la cabeza una noche.

—Obviamente, eso me preocupa, Adam. Pero no es solo el suicidio. Mucha gente se da por vencida. Siguen respirando pero dejan de vivir.

Adam lo entendía.

—Tiene que haber un periodo de duelo. Cuando mi esposa murió, no sabía qué hacer. Y la única cosa en la que podía pensar era: «¿Cómo supero esto?». Pero aprendí que no lo superas; simplemente lo pasas. El Señor es el que te ayuda a pasarlo.

—¿Cómo se supone que te recuperas cuando pierdes a alguien que amas?

—He oído que dicen que es como aprender a vivir con una amputación. Te recuperas, pero ya nunca eres el mismo. Pero los que pasan por esto y confían en el Señor encuentran un consuelo y una cercanía con Dios que otros nunca experimentan. Ahora tienes que darte tiempo para pasar el duelo. Pero también tienes que hacer esfuerzos por seguir adelante con tu vida.

—No puedo dejar de pensar en ella.

—No tienes que hacerlo. Gracias a lo que Dios hizo por ella en la cruz, ahora está con Él. Tengo una pregunta que hacerte. Si tuvieras poder para traerla de nuevo aquí, ¿lo harías?

—Ahora mismo.

—Si entendieras lo feliz que ella es con Jesús, ¿de verdad le harías regresar de un mundo sin pecado y sin muerte? ¿Que volviera a un lugar en el que un día tendrá que morir otra vez?

Adam lo pensó, pero no respondió.

—No creo que lo hicieras, Adam. Sería egoísta. Una vez que alguien se encuentra con Jesús en el otro lado, creo que lo último que querría hacer es volver aquí.

—Sabes que soy policía, ¿no?

Jon se echó a reír.

—Hace cinco años me paraste por exceso de velocidad. ¿Lo recuerdas?

—Sí, esperaba que *tú* no. En cualquier caso, veo más muerte de la que me corresponde. Siempre ha sido en la familia de otra persona. Esta vez no era la hija de otro… Era la mía. Y ahora tengo un nudo en el estómago que no desaparece. No sé qué hacer.

Jon Rogers se echó hacia adelante y escuchó.

—No logro darle sentido a nada, ¿entiendes? Siento que estoy a oscuras. Pero es más que eso. Estoy enfadado. Pienso en ese borracho… en que quiero ir detrás de él.

—Ese borracho tiene nombre.

Adam se echó sobre el respaldo.

—Se llama Mike Hollis —dijo Jon—. Lo conoces, ¿no?

—Solía comprarle el combustible para la calefacción. Lleva un tiempo en paro, creo.

—Exacto. Es un buen hombre que ha pasado una época difícil. Algunos se dan a la bebida. Está mal, pero con tu sufrimiento, deberías entender lo desesperada que llega a estar la gente cuando no puede librarse de él.

—Me vas a decir que le perdone, ¿no?

—Lo que yo te diga no importa. Solo importa lo que te diga Dios. Y sí, Él nos dice que perdonemos. Que Mike Hollis le dé a la bebida es comprensible. Y también tu ira hacia Dios. Pero eso no significa que esté bien.

—¿Quién ha dicho que yo estoy enfadado con Dios?

—Nadie. Lo he oído en tu voz.

—¿Acaso no quiere Él que sea sincero?

—Dios sabe cómo te sientes, así que no tiene sentido fingir. Pero no creas que el que te *sientas* enfadado te da derecho a *estar* enfadado. Siéntete mal, Adam, por supuesto. Llora. Jesús lloró cuando su amigo murió. Pero eso no es lo mismo que culpar a Dios. No tenemos derecho a culpar a alguien que no puede equivocarse. Alguien que nos quiere tanto que pagó el precio de nuestros errores.

Adam se removió en su silla. Una parte de él se rebelaba contra aquel discurso franco del pastor. Pero otra parte de él lo agradecía. Los policías se hablan claro, pero no hay mucha gente que les hable claro a ellos. Le gustaba que Jon Rogers no temiera decirle la verdad.

—Quiero estar ahí por Victoria, pero mis emociones están esparcidas por todos lados. Y Dylan no quiere hablar conmigo. No sé qué hacer. —Adam apretó los ojos intentando detener las lágrimas.

El pastor Rogers pensó durante un momento.

—Una crisis como esta no hace que nuestras relaciones vayan mal, pero tiene una forma de mostrar dónde son débiles. Muchos matrimonios no sobreviven a la pérdida de un hijo. Tienes que aferrarte a tu familia y superar el duelo con ellos.

Rogers hizo una pausa.

—¿Sabes cómo mataron a mi esposa?

—Sí, me acuerdo. Yo no estuve en el lugar, pero un amigo sí. Para serte sincero, Jon, por eso accedí a hablar contigo cuando Victoria lo sugirió. No quería que me sermoneara alguien que no lo entendiera.

—Perder a Abby fue terrible, lo peor que me ha pasado nunca. No diré que fue fácil perdonar a aquel adolescente, Ryan, por estar fumando marihuana y jugueteando con su reproductor de CD cuando la atropelló en el paso de peatones.

—¿Cómo lo superaste?

—El tiempo ayuda, siempre que lo utilices bien y te centres en lo que te proporciona consuelo. Y aun así, a veces es duro. No lo habré superado del todo hasta que llegue al mundo en el que Dios dice que Él enjugará las lágrimas de cada ojo.

—¿Qué te ayudó?

—La Palabra de Dios. La misma Biblia que había enseñado a los demás se hizo más real para mí. Y la iglesia me ayudó, igual que te ayudarán a ti si se lo permites.

—Bueno, si la cantidad de comida indica amor, entonces nos quieren.

—¿Les dieron alguna lasaña?

—¿Cómo lo sabes?

—Si mirara en el fondo de mi congelador, apuesto a que *todavía* podría encontrar alguna.

Adam sonrió.

—A Victoria le gustará oír eso.

—Sé que es duro escuchar esto, pero el Señor ama a Emily más que tú. Para ti, la elección más difícil es o estar enfadado por el tiempo que no pasaste con ella o estar agradecido por el tiempo que sí pasaste.

—Yo quiero estar agradecido. *Estoy* agradecido.

—¿Cómo te gustaría que te ayudara, Adam? Dime lo que más necesitas.

—Pues, quiero saber lo que Dios espera de mí como padre. Y quiero saber cómo ayudar a mi esposa y a mi hijo.

—Puedo decirte cómo encontrar algunas respuestas. Pero llevará tiempo y energía. Si continúas hasta el final, te convertirás en un mejor padre y marido... e incluso en un mejor hijo de Dios, tu Padre. Tengo dos sugerencias. Primero, hay algunos libros y un programa de ordenador que quiero darte. Si de veras quieres conseguir ayuda y hallar la perspectiva, será mejor que te conviertas en un estudiante de la Palabra de Dios.

—¿Y cuál es la segunda sugerencia?

—Hay alguien a quien quiero que visites.

Capítulo dieciocho

Se puede regresar a algunos trabajos sin estar totalmente recuperado. El de ayudante del *sheriff* no era uno de ellos. Lo llamaban «aptitud para el trabajo». Los superiores de Adam le pidieron que se tomara todas sus vacaciones acumuladas como permiso. Solo tenía doce días, así que el departamento invitó a los agentes a transferir tiempo de su saldo al de Adam. Consiguieron treinta días extra de permiso con sueldo. Cuando Adam oyó aquello, estuvo llorando durante una hora. Sí, ser policía era duro para la familia. Pero los policías harían lo imposible por ayudar a un compañero que atravesara una crisis familiar.

Adam pasó los primeros días de su permiso en modo de descompresión. Pero se tomó muy en serio la recomendación de Jon Rogers de estudiar las Escrituras para averiguar lo que decían acerca de ser un padre y un hombre. Y una vez que empezó a indagar, se encontró cada vez más inmerso en la verdad de las Escrituras.

Ahora, seis semanas después, su permiso se había agotado, pero Adam no había dejado de estudiar. Se sentó a la mesa de la cocina y se puso a escribir en su portátil junto a una Biblia abierta y una pila de libros.

Victoria entró y miró por encima de su hombro.

—Cualquiera diría que vas a doctorarte.

—Me siento como si lo hiciera. Este programa de la Biblia que me dio el pastor es increíble. He buscado por todas las Escrituras, y he encontrado todos esos pasajes sobre padres e hijos.

Victoria se puso los zapatos y agarró sus llaves.

Adam la miró.

—¿Dónde está Dylan?

—En la ducha. Acaba de correr ocho kilómetros. Dice que necesita unas zapatillas nuevas. Tengo que ir a la tienda a por unas cosas, ¿vale?

Adam se echó hacia atrás en su silla y se estiró.

—No creo que yo pueda correr ocho kilómetros.

—¿Quién dice que tengas que hacerlo?

—He estado pensando en lo de correr con él.

Adam no recordaba haber visto nunca la mandíbula de Victoria caer como lo hizo en aquel momento.

—¿En serio?

—Me estoy dando cuenta de que tengo que aprender a hacer las cosas difíciles. Nunca me ha gustado correr. Pero puede que sea la mejor forma de pasar tiempo con Dylan.

Victoria retrocedió y miró la pantalla del ordenador.

—¿Cómo *va* tu investigación?

—Aleccionadora. He estado haciendo más o menos la mitad de lo que debería haber hecho como padre. Hay mucho en las Escrituras sobre ser padre. Nunca dediqué tiempo a buscarlo.

—¿Como qué?

—Pues, esto es lo que acabo de leer. —Pasó las páginas de su Biblia—. El último versículo del Antiguo Testamento, Malaquías 4:6. Se cita en Lucas 1 acerca del Mesías: «Sus predicaciones harán volver el corazón de los padres hacia sus hijos y el corazón de los hijos hacia sus padres. De lo contrario vendré y haré caer una maldición sobre la tierra».

—Eso es algo muy solemne.

—De eso se trata. O Dios vuelve los corazones de los padres hacia los hijos y de los hijos hacia los padres, ¡o nuestra cultura será destruida! Los políticos no pueden cambiar los corazones. Todo empieza en la familia.

El teléfono móvil de Adam sonó. Miró la identidad de la persona que llamaba.

—Es el *sheriff*. Hola, señor. Sí, señor, me alegra volver. Lo haré. Gracias, señor.

Victoria besó a Adam en la cabeza al salir, susurrándole un «te quiero».

Adam se giró y, con el teléfono aún pegado la oreja, le dijo a Victoria.

—Te quiero. Adiós.

Volvió a hablar al teléfono.

—Señor… ¿Hola? ¿Sigue ahí?

Una vez más, Adam Mitchell le había dicho al *sheriff* que le quería.

Golpeó la mesa con el puño.

—¡Adam!

★ ★ ★

Adam llamó a la puerta de Dylan.

—¿Puedo entrar?

—Sí.

Dylan estaba sentado en la cama, con el pelo mojado. Llevaba una camiseta y unos vaqueros azules, tenía los deberes en las rodillas y el mando del videojuego cerca.

Adam quitó algunas prendas de ropa de una silla y se sentó.

—¿Tienes muchos deberes?

—No demasiados.

—¿Tienes tu permiso de conductor en prácticas?

Dylan miró su cartera, que estaba sobre el mueble.

—¿Por qué?

—Porque necesito que me lleves al centro comercial a comprarte unas zapatillas nuevas. Puede que yo también me compre unas.

En ese momento, Dylan dejó caer la mandíbula, y Adam se dio cuenta de lo mucho que se parecía a su madre. *Parece que hoy los estoy pillando a todos por sorpresa.*

—¿Lo dices en serio?

Adam tendió las llaves. Dylan las agarró al mismo tiempo que daba un salto de la cama.

Noventa minutos después, cuando regresaron a casa, Victoria estaba en la sala de estar con los brazos en jarras.

—¿Dónde han estados mis chicos y por qué no contestaban al móvil?

—Vaya —respondió Adam—. Supongo que el mío estaba en silencio.

—¡Nunca lo pones en silencio!

—Yo me lo dejé en casa —dijo Dylan.

Victoria los miró fijamente.

—Bueno, papá me pidió que fuese con él a comprar zapatillas. Supongo que no estaba pensando. Después nos detuvimos en un Starbucks.

Victoria agarró la bolsa y abrió una caja de zapatos.

—Sientan genial —dijo Adam—. Vamos a salir a correr.

—¿A correr? —Victoria miró a Dylan—. ¡Ya has salido a correr esta tarde!

—No pasa nada. No me voy a cansar.

—Ya lo veremos —dijo Adam—. Voy a buscar unos pantalones cortos.

—Mira en el fondo del último cajón —le gritó Victoria—. Creo que hay un par con cintura elástica.

★ ★ ★

Al día siguiente, después de sus rondas de patrulla matutinas, Adam y Shane llegaron a la fábrica de Coats & Clark, donde Javier les esperaba afuera.

—¡Eh, Javi! —lo llamó Adam. Javi subió y se dirigieron al este por Clark.

Javi examinó el asiento trasero.

—Nunca he estado en la parte trasera de un coche de policía.

Shane soltó una sonrisita.

—Sí, claro, eso dicen todos.

—Te traeremos de vuelta en una hora —dijo Adam—. Así que, ¿qué quieren almorzar?

—Estoy pensando en Moe's, compañero —dijo Shane—. Ya sabes lo que dicen: «Siete días sin un burrito de pollo hacen que Juan esté débil».

—Sigues con los chistes malos —dijo Javi.

La voz de la centralita retumbó por la radio:

—Oficina del *sheriff* a 693c.

—693c, adelante.

—Unos ayudantes necesitan asistencia en referencia a un 10-95 en la intersección de Plantation y Foxfire. —Recibido —respondió Shane. Se giró hacia Adam—. Eso va a tener que ver con bandas.

—Javi, almorzaremos después de esto. Si te digo que te agaches, agáchate, ¿de acuerdo? —Adam dio la vuelta bruscamente y pisó el acelerador con las luces girando y sin encender la sirena.

—¿Qué clase de banda? —preguntó Javier.

Shane se encogió de hombros.

—No hay mucha diferencia. Todas son carne de prisión.

—Yo monté una banda una vez —dijo Javi.

—¿Qué? ¿Tú estabas en una banda?

—Éramos los Reyes de las Serpientes.

—¿Los Reyes de las Serpientes?

—Sí, teníamos un montón de serpientes en nuestro barrio, así que les tirábamos piedras e intentábamos matarlas.

Se rieron.

—¿Cuántos eran en tu banda? —preguntó Adam.

—Tres. Mis hermanos y yo.

—¿Y mataron muchas serpientes?

—Solo una. Pero era muy grande. Pensábamos que éramos héroes.

En dos minutos pisaron el freno detrás de otro coche patrulla, donde dos oficiales sacaban de la casa a tres chicos esposados.

—Javi —dijo Adam—, necesito que te quedes en el coche. Volvemos en un minuto.

Adam y Shane caminaron hacia los otros agentes.

—¿Qué tenéis por aquí?

—Tres. Posesión con intención de distribuir. Posesión. Posesión —dijo el ayudante Craig Dodson señalando a cada uno de los sospechosos—. Es un 10-95, necesitamos que vayáis a la cárcel con uno de ellos. Hay que separarlos. ¿Podéis arreglarlo?

Shane miró a Adam y susurró:

—Con Javi detrás, no.

—Espera aquí; tengo una idea.

Adam fue al coche y abrió la puerta trasera.

—Javi, necesito un favor.

Hablaron en voz baja; después Adam volvió junto a Shane y los dos llevaron al pandillero al coche.

Lamont era más alto que Adam y llevaba una gorra azul a cuadros echada hacia un lado. Intentaba aparentar por todos los medios que nada de aquello le preocupaba.

Adam se volvió hacia él antes de abrir la puerta del coche patrulla.

—¿Has oído hablar de los Reyes de las Serpientes?

—¿Los qué?

—Los Reyes de las Serpientes. ¿Nunca te has cruzado con ellos?

—Yo no he oído hablar de ningún Rey de las Serpientes —dijo Lamont con un tono que parecía indicar *y si yo no he oído hablar de ellos, no son nada.*

—Bueno, pues tenemos al cabecilla en la parte trasera. Si intenta tirarse a tu cuello, grita y pararé el coche.

—Un momento. Espera. Yo no me voy a meter detrás con ningún asesino.

—Solo quédate en tu lado. No le mires. No hables con él y no te pasará nada.

Adam abrió la puerta y miró a Javi, que tenía las manos a la espalda como si estuviera esposado. A Adam le sorprendió su expresión fría y distante. Aquel hombre se tomaba en serio su papel.

—Martínez, si le haces algo a este chico, te meteré a la cárcel. ¿Está claro? ¡No lo toques! Muy bien, métete.

—Espera, tío. No me voy a meter en el coche con ningún Rey de las Serpientes.

—Métete en el coche. Quédate en tu lado y no te pasará nada —indicó Shane.

Adam empujo a Lamont dentro del coche y cerró la puerta. El delincuente miró detenidamente a Javi, que le devolvió una mirada fría y amenazadora. Lamont miró al frente tragando saliva.

Adam y Shane se sentaron delante, manteniendo apenas la compostura. Cuando Adam arrancó el motor, Shane agarró la radio.

—Centralita, aquí el 693c. Vamos con un 10-95 de camino a la prisión. Hora estimada de llegada en diez o doce minutos.

—Recibido, 693c.

Javi se giró hacia Lamont y comenzó a gruñir en español.

—*Vamos a almorzar.*

El español de instituto de Adam estaba oxidado, pero reconoció la palabra *almorzar*. Estaba claro que Lamont no entendía ni una palabra porque lo único que hacía era temblar.

Javi hizo que cada inofensiva sílaba sonara lo más amenazadora posible.

—*Voy a comprar un bocadillo de pollo… y una limonada.*

Adam sonrió. ¡Voy a comprar un bocadillo de pollo y una limonada!

Lamont no sabía dónde meterse.

—Eh, tío, ¿qué está diciendo?

—¡No le hables! —dijo Adam—. Quédate en tu lado.

Javi atravesó a Lamont con una intensa mirada.

—*¡Quizás papas fritas... y un batido!*

¿Patatas fritas y un batido? ¡Javi, eres el mejor!

—¡Me está amenazando! Creo que quiere matarme. ¡Lo veo en sus ojos!

—¡Tranquilízate! —dijo Shane—. ¡Si quisiera matarte, a estas alturas ya estarías muerto!

Javi se calló por un momento y después miró a Lamont. Javi hizo como si se estuviera quitando las esposas y entonces, de repente, sacó la mano izquierda, levantándola de modo amenazador y siseando las palabras «¡Reyes de las Serpientes!».

Lamont se retorció desesperado.

—¡Se ha soltado! ¡Se ha soltado! ¡Va a matarme! ¡Para el coche!

Adam y Shane ya no podían hacer más para evitar estallar de risa. Pero tenían que guardar las apariencias frente a Lamont, que no pudo llegar a la cárcel lo suficientemente rápido.

Capítulo diecinueve

Aquella noche, Adam, Victoria y Dylan se sentaron alrededor de la mesa para cenar. Adam les contó la historia de Javi:

—Ha sido lo más divertido que he visto nunca. Pero aún queda lo mejor. Javier ha sacado una mano de detrás como si se hubiese librado de las esposas, y yo creía que Lamont iba a mojarse los pantalones. Decía: «¡Me va a matar!».

Adam se rio tan fuerte que tuvo que sujetarse el estómago. La risa de cada uno de ellos era contagiosa, cada ataque llevaba a otro. Lentamente, se fueron calmando. Adam se secó los ojos.

—Lamont no dejaba de suplicarme que parase el coche. Así que le he dicho: «Dame algunos nombres de los que han estado suministrándoles las drogas y pararé el coche». Y entonces ha dicho tres nombres de carrerilla, y Shane los ha apuntado.

—¿Habéis parado el coche?

—¡Sí, treinta segundos después, cuando hemos llegado a la comisaría!

—¿Se ha dado cuenta de que todo era un montaje? —preguntó Dylan.

—Qué va. Puede que en estos momentos les esté contando a los tipos de la cárcel lo de los Reyes de las Serpientes. Solo le pedí a Javi que fingiera ser el líder de una banda. El resto fue idea suya. —Adam sonreía de oreja a oreja—. ¡Nunca he visto a nadie tan ansioso por llegar a la cárcel!

—Javi tiene un lado divertido —dijo Victoria—. Una vez que se siente cómodo contigo.

Adam hizo una pausa.

—A los chicos les gusta Javi. Es como si lo hubiésemos adoptado en nuestro grupo. Y eso es bueno para los policías. Es decir, lo de tener alguien que no sea poli en el grupo.

Victoria jugueteaba con su cena.

—Todavía no me puedo creer que Carmen nos trajera aquellas tres comidas después del funeral. Fue muy amable.

Adam miró a Victoria y dejó su tenedor.

—¿Sabes qué? Acabo de darme cuenta de una cosa. Hoy he tenido un buen día.

Victoria analizó su cara. Se percató de que su día no había estado mal, y acababa de ir a mejor.

—Vamos a estar bien, ¿verdad? —continuó Adam—. Quiero decir que esta familia va a estar bien.

Adam se volvió hacia Dylan.

—¿Tú estás bien, chico?

Dylan miró fijamente y después asintió. Empujó la comida por su plato, su cara se enrojeció y, finalmente, de forma inesperada, dijo:

—Ojalá hubiese sido mejor hermano.

De repente, el dique se rompió; las lágrimas brotaron de los ojos de Dylan. Adam y Victoria se encontraron llorando también. Adam se levantó, se puso detrás de Dylan y lo estrechó con fuerza con el brazo derecho. Victoria se unió a ellos.

Adam sujetaba a Dylan y le hablaba al oído, sintiendo una cercanía y un compromiso con su hijo más fuerte que cualquier cosa en los últimos años.

—Te quiero, chico. Eres mi hijo y estoy orgulloso de ti. No lo olvides nunca, ¿vale? Nunca lo olvides.

Adam levantó la vista.

—¿Qué nos pasa? Nos desternillamos de risa un segundo y al siguiente estamos llorando. ¿Somos casos perdidos?

—Siempre que nos perdamos juntos, no me importa —dijo Victoria.

Adam miró a su esposa y a su hijo y sintió una oleada de esperanza. Hasta entonces no había sabido reconocer cada hecho importante de su vida en su momento. Pero aquel parecía inequívoco. La recuperación había comenzado sin que él se diera cuenta.

★ ★ ★

Después del trabajo, Adam entró en la residencia Whispering Pines aún con el uniforme. En muchos lugares prefería la vestimenta de civil, pero los mayores respetaban la placa. *¿Por qué a los jóvenes y a los mayores les encantan los policías, mientras que la gente que está entre unos y otros a menudo no los soporta?*

Tan pronto entró por la puerta, escuchó una voz que le llamaba:

—¡Adam, por aquí! —Era Tom Lyman. Tom estaba en su silla de ruedas disfrutando de la luz del sol en el atrio, rodeado de plantas y flores.

Adam le dio la mano a Tom y un pequeño abrazo. Era la sexta vez que se reunían. Había ido casi todas las semanas desde que el pastor Rogers les presentó. Al principio, Adam pensó que el pastor solo quería mantenerlo ocupado ayudando a otros para que olvidara su dolor. Con sus ochenta y un años, Tom podía necesitar algo de aliento. Pero Adam entonces no tenía ni idea de cómo se volverían las tornas.

—¡Hoy tienes buen aspecto, Adam!

—Gracias, Tom. Tú también.

La complexión rubicunda de aquel hombre rebosaba vida. La posición por defecto de su boca era una sonrisa.

—¿Preparado para contarme lo que has aprendido?

—He imprimido algunas de mis anotaciones. —Adam le pasó a Tom unas seis páginas a ordenador.

—Muchas Escrituras, por lo que veo —dijo Tom ajustándose las gafas—. ¿Podrías traer unos cafés mientras empiezo a leer?

Adam dobló la esquina sonriendo a varios de los trabajadores, y se sirvió él mismo el café. Solo para él, y con un montón de crema para Tom. Se sentía como si conociera a Tom desde hacía veinte años y deseaba que hubiese sido así. Tom le había presentado a veteranos de la Segunda Guerra Mundial, hombres que le contaron historias de otro tiempo. Eran viejos como estatuas de bronce, parte de la historia. A menudo hablaban de cualquier cosa que recordaban. Arrancado del presente, Adam había descubierto la riqueza del pasado en las historias de la gente. Un hombre de unos noventa años le habló del «viejo *sheriff*», refiriéndose al *sheriff* de Albany en los años treinta.

Adam se tomó su tiempo y visitó a unos cuantos residentes, porque a Tom le gustaba leer las reflexiones de Adam antes de que ambos hablaran.

Regresó con el café en el mismo instante en que Tom terminaba la última página.

—Gracias, Adam. —Tom le dio un sorbo y sonrió—. Justo como me gusta.

—He leído un par de libros de los que me diste. —Adam sacó un volumen estropeado que Tom le había prestado—. *El conocimiento del Dios Santo* es realmente bueno: «Lo que nos viene a la mente cuando pensamos en Dios es lo más importante de nosotros».

—Muy bien. ¿Ves como alimenta tu mente y tu corazón como ni el periódico ni la televisión lo harán nunca?

Adam asintió.

—Pero no soy ningún teólogo.

—Todos somos teólogos, Adam. Buenos o malos. Yo preferiría ser uno bueno, ¿tú no?

—¿Sabes el tiempo que tardé en memorizar esa línea de *El conocimiento del Dios Santo* solo para poder impresionarte? He intentado memorizar las Escrituras, pero no creo que se me dé bien nunca. Mi mente no es de las que memorizan.

—Nombra la línea defensiva del año pasado de los Falcons.

Adam recitó los nombres, posición tras posición, incluyendo a dos jugadores que sustituyeron a defensas lesionados.

—¿Cuántos *home runs* hizo Hank Aaron?

—755.

—Cántame la letra de *La isla de Gilligan*.

—¿Cómo?

—Lo digo en serio.

Después de asegurarse de que el micro de su hombro estaba apagado, cantó la letra entera y Tom se unió en el último verso. Los dos se rieron.

—¿Ves? Tu cerebro puede recordar más de lo que imaginas. La cuestión es que no estás acostumbrado a memorizar las Escrituras, pero cuanto más lo hagas, más sencillo te resultará.

Tom se inclinó y puso una mano en el brazo de Adam.

—Adam, creo que tú y Victoria deberían considerar asistir a algunas clases de duelo. Yo hice una tres meses después de que Marianne muriera. Era escéptico. Al principio, lo hice por mi hija. Pero ella tenía razón. Lo necesitaba. Habla con el pastor Rogers.

—Mencionó una, pero no creía que fuese adecuado para nosotros.

—Podría ser de gran ayuda. Una pareja de esa clase aún sigue viniendo a visitarme, y traen a sus hijos. Uno de ellos, Kyle, ahora está en el instituto. Él y yo tenemos una sesión semanal de estudio de la Biblia.

—¿Estudias con un chico de instituto?

—Desde luego. Memorizamos las Escrituras.

—¡Así que no soy el único al que mantienes ocupado!

Tom se echó a reír.

—No considero esta residencia como un lugar para ver la tele y jugar al bingo hasta que muera. La veo más bien como un centro de operaciones desde el que puedo tocar el mundo para la eternidad a través de mis oraciones y mis conversaciones. Mi modelo a imitar es Caleb, en Josué 14. A los ochenta y cinco años le pidió a Dios que le diera el monte en la Tierra Prometida para que expulsara a los gigantes que vivían allí. ¡Pues bien, era cuatro años mayor que yo! Si él se enfrentaba a gigantes, seguro que yo puedo reunirme contigo. Y con Kyle, mi amigo del instituto. Y con George, Bruce, Benny, Nick. Y Javier.

—¿Javier? ¿Cómo es?

—De estatura y peso normal. Tiene diecisiete años. ¿Por qué lo preguntas?

—Da igual. Escucha, Tom, tengo que llegar al encuentro de atletismo de Dylan. Pero recuerda, el próximo jueves te recogeré para que vengas a conocer a Victoria y a Dylan.

—Lo estoy deseando. ¡Me voy a librar del bingo! —Se echó a reír. Adam pasó el brazo alrededor del hombro de Tom, oliendo su colonia Old Spice y sintiendo el débil cuerpo que rodeaba aquel corazón enorme.

Cuando Adam salió por la puerta, sus pasos eran menos pesados que a la llegada.

Tom Lyman, de ochenta y un años y confinado a una silla de ruedas, estaba realmente feliz y contento. Y era una de las personas más influyentes que Adam había conocido jamás. Tom hacía más cosas trascendentales en aquella residencia que el 95 por ciento de los hombres hacían fuera de ella. Y al menos hasta hacía poco, Adam había formado parte de ese 95 por ciento.

Adam Mitchell suponía que debía estar a la mitad de su vida en este mundo. Quería que la mitad que le quedaba se pareciera más a la de Tom Lyman.

Capítulo veinte

Adam y Shane recorrieron sesenta y cuatro kilómetros por la ruta 82 en dirección al este entre Albany y el Centro de Formación de Seguridad Pública de Georgia, en Tifton. Aquel personaje descomunal iba sentado detrás de ellos, ocupando todo el asiento trasero.

El pasajero no era un delincuente. Daba mucho más miedo. Y estaba allí a la fuerza. Un prolongado olor a humo de puro hacía que Adam no parara de mirar si había comenzado a arder.

—Qué pérdida de tiemplo. —Los carrillos del sargento Brad Bronson temblaron como una masa de pastel doblada.

—Cuando estabas en periodo de formación —dijo Adam—, ¿no querías oír hablar a policías con experiencia?

—Tengo mejores cosas que hacer que ser la niñera de un puñado de aspirantes en pañales.

—Se trata solo de una sesión de preguntas y respuestas. Lo harás genial. —Shane le guiñó un ojo a Adam, retando a su compañero a bromear frente al rango de Bronson y su imponente presencia.

—No me digas cómo voy a estar, ayudante. —Compartir un coche con Bronson era como ocupar una pequeña caseta con un toro enorme.

Adam emprendió el sexto intento de entablar conversación.

—Sargento, sé que te gusta conducir tu propio coche. Solo. Pero hoy te han colocado con nosotros. ¿Te han dicho por qué?

—¿Nos están castigando? —dijo Shane en voz baja.

—A ustedes no, payaso, es a *mí* a quien están castigando. Me han dicho que no quieren que vaya solo. Si no dejo de saltarme las reglas, me van a poner un compañero a la fuerza. Qué más da que haya encerrado a más apestosos que ustedes dos y que cualquier trío de ayudantes serviles y formalitos juntos.

—No eres el único al que le fastidiaría eso —dijo Shane sonriendo.

—Fuller, falta poco para que pierda la paciencia, y estás acabando con ella. —Bronson agitó sus manos carnosas y blandas por todas partes excepto en las palmas, donde no había más que callos—. Tú eres exactamente la razón por la que no quiero a ningún atontado en el asiento del acompañante conmigo.

Adam estudió a Bronson, o un porcentaje alarmantemente pequeño de él, en el retrovisor. Agradecía que en el espejo no pusiera *Los objetos están más cerca de lo que parece.*

—Desde que yo estoy en el cuerpo, siempre han dejado que los sargentos vayan sin compañero —dijo Adam.

El toro pateó el polvo, preparado para embestir.

—Sí, les he recordado que esa es la política. Y entonces me han dicho: «Nosotros hacemos las reglas, y podemos cambiarlas». Son un puñado de burócratas llorones que escuchan a una civil *feminazi* antipolicías.

—¿El *sheriff* Gentry es un burócrata llorón?

—Yo digo lo que veo.

Después de otros veinte minutos así, entraron por la puerta principal de la academia. Enseñaron sus credenciales en el mostrador de la entrada y una joven rubia y pecosa les condujo por las puertas interiores.

El capitán Claudio Grandjean, director de formación de la academia, estaba en forma y tenía las facciones duras y la cabeza afeitada.

—Les agradezco la visita, caballeros. Tenemos una clase de reclutas listos para oír a nuestros expertos.

—Hace que parezcamos importantes —dijo Shane.

—Bueno, puesto que en realidad hacen aquello para lo que nosotros les estamos entrenando, ustedes *son* importantes para estos alumnos. Si tienen unos minutos después de clase, pueden verlos realizar algunos ejercicios de entrenamiento.

—Yupi —refunfuñó Bronson entre dientes.

—Lamento que le hayamos pillado de mal humor, sargento.

Adam y Shane miraron al capitán, y ambos sacudieron la cabeza.

—En realidad está más risueño de lo normal —dijo Shane.

Los ayudantes en formación, hombres en un 80 por ciento, eran increíblemente jóvenes. Adam se recordó a sí mismo que algunos de ellos solo tenían cuatro años más que Dylan.

El capitán Grandjean se puso delante de la clase.

—Cadetes, permítanme que les presente a tres oficiales que trabajan en Albany en el departamento del *sheriff* del condado de Dougherty. El ayudante Fuller, el cabo Mitchell y el sargento Bronson.

Shane sonrió. Adam asintió. Bronson los fulminó con la mirada.

—Es su turno —dijo Grandjean a la clase—. Se admite cualquier pregunta.

Adam sintió que su estómago daba un vuelco al asumir lo que había intentado alejar de su mente. Prefería que le abdujeran unos extraterrestres antes que estar delante de un grupo de personas.

Un cadete de aspecto atlético de veintipocos dijo:

—He oído que el sueldo inicial de un ayudante en el condado de Dougherty es de 26,000 dólares. Así que, si estás casado y tienes hijos, ¿eso significa que la mayoría de los policías tienen que tener un trabajo extra o algo así?

Shane asintió.

—Es una pregunta magnífica. Una de las ventajas de lo que te pagan como policía en Georgia es que... ¡definitivamente no te puedes permitir tomar drogas!

Se rieron… o algo así.

—No tiene ninguna gracia —dijo Bronson—. Los policías tendrían que cobrar más que los médicos. Pero eso nunca ocurrirá, así que, ¿para qué quejarse? Ser policía es el trabajo más duro del planeta. Si eres un policía débil, le fallarás a tu compañero, y puede que lo mates. Tu trabajo es mantenerlo con vida; es decir, solo si eso te importa. Si no, también puedes ponerle la pistola en la cabeza y matarlo… quitártelo de encima. Si no pueden arreglárselas, simplemente abandonen y dedíquense a vender aspiradoras.

La clase miraba fijamente en silencio.

A Bronson le quedaba una bala más en la recámara:

—Lo de ahí fuera no es ningún juego. Si dudas, te matan. ¿Lo entienden?

Grandjean tosió incómodo.

—Muy bien… siguiente pregunta.

Un joven hispano y enjuto preguntó:

—A mí me parece que los policías tienen que acabar con los traficantes de drogas. Pero ustedes saben quiénes son; conocen a muchos de ellos por su nombre, ¿no?

—Eso es cierto —dijo Adam.

—¿Entonces por qué no pueden simplemente encerrarlos?

—Es complicado —dijo Shane—. Los juzgados…

Bronson le interrumpió.

—El malhechor que encierres esta noche estará libre mañana. El sistema judicial es un tiovivo, pero menos divertido.

Shane intentó continuar.

—Los traficantes…

—Son una pérdida de protoplasma —dijo Bronson—. Vender drogas a niños debería estar castigado con la pena de muerte. Acaba con un asesino y quizá salves media docena de vidas. Acaba con un traficante y puede que salves cien. A los camellos habría que dispararles, ponerles una inyección letal, colgarlos y después encenderles la silla eléctrica durante veinte años a baja intensidad.

Siguió una variedad de preguntas sobre procedimientos, beneficios, el aumento de robos y drogas. Lo que hay que hacer y lo que no en persecuciones a pie. La persecución de Holloman proporcionó material reciente para contar anécdotas. Adam aún estaba nervioso pero agradecía no estar allí solo.

—He oído que cada distrito policial tiene sus propias reglas, y que los departamentos de policía y del *sheriff* pueden ser muy distintos. ¿Eso no es confuso?

Shane asintió con la cabeza.

—Yo tengo mi propia lista de reglas, y una de ellas es: «Nunca hagas un registro de armas en un almacén oscuro con un policía cuyo apodo sea Torpedo».

Todos se relajaron y sonrieron. Shane era bueno. Para Adam era un mago todo aquel que pudiera devolver algo de aire a una habitación en la que Bronson lo había succionado todo.

Shane continuó.

—Es bueno pensar con antelación las respuestas que la gente te dará cuando les pares. A mí me gusta decir: «Claro, tenemos un cupo. Dos multas más y mi novia se lleva un horno tostador». O: «Antes teníamos un cupo, pero ahora podemos poner todas las multas que queramos». Otro que usaréis a menudo es: «Señor, ¿y de qué tamaño *eran* esas dos cervezas?».

—Muy bien —dijo el capitán Grandjean sonriendo—. Está claro que el ayudante Fuller podría continuar. ¿Alguna pregunta más?

Un chico de poco más de veinte años dijo:

—Me voy a casar este verano.

—Enhorabuena —dijo Adam, principalmente para evitar que Bronson hablara—. ¿Cuál es la pregunta?

—Hablan de la alta tasa de divorcios en el cuerpo policial. ¿Es realmente cierto?

Adam asintió.

—Por desgracia, sí. Echando la vista atrás, diría que tres de cada cuatro de los chicos que llegué a conocer bien en la academia y durante mi primer destino están divorciados.

—Están fijándose en una parte de las estadísticas. Pueden sobrevivir como Adam y su esposa. —Shane señaló a su compañero—. Pero no es fácil.

—Tengo una pregunta —dijo un chico grande y de aspecto fuerte.

Adam lo reconoció. Había sido una estrella en la Academia Cristiana Shiloh en Albany, una pequeña escuela privada que ganó el campeonato estatal de fútbol. Adam aún recordaba cómo el legendario entrenador Bobby Lee Duke casi se tragó su marca Tootsie Pop cuando Shiloh derrotó a sus Richland Giants. El chico había entrado a formar parte de la historia de Albany por arrastrarse noventa metros con los ojos vendados y un jugador de setenta y dos kilos a la espalda.

—Eres Brock Kelley, ¿verdad? —preguntó Shane.

Brock sonrió.

—Sí, señor. En las clases de mi universidad, varios profesores me enseñaron que no hay absolutos morales. La mayoría de la gente con la que fui a la universidad probablemente no traficará con droga. Pero muchos de ellos no creen en el bien y el mal fundamentales. ¿Tiene eso relación con toda la basura a la que se tienen que enfrentar?

—Yo no soy graduado —anunció Bronson. Nadie en aquella sala parecía sorprendido por aquella revelación—. Solo soy alguien que trabaja duro intentando evitar que otra persona sea atracada o violada o asesinada por gente que… ¿sabes qué?… no cree en absolutos morales. —Miró a su alrededor—. ¿Por qué iba a ser policía si no existiera el bien y el mal? En las calles, róbale el equipo de música o la novia o la pistola a alguien, y de repente, todos creerán en absolutos morales.

—Entonces, ¿cómo combinan seguir la política del distrito y evitar los problemas con los medios de comunicación y los juzgados, con seguir con vida, simplemente? —preguntó alguien.

—En las calles, los policías tienen un dicho: «No existe la justicia. Solo existimos nosotros» —dijo Shane.

—¿Qué significa eso?

—No podemos controlar lo que decidan los juzgados o lo que hace que los medios de comunicación estén contentos. Tenemos un trabajo que hacer, y nadie más tiene las agallas o los conocimientos suficientes para salir ahí fuera y hacerlo de verdad.

—Somos policías, no trabajadores sociales sensibleros ni políticos hipócritas. No puedo preocuparme ni dudar de mí mismo. Intenté ser amable una vez, cuando era un agente joven. Acabé con la nariz rota. No volví a cometer de nuevo ese error —dijo Bronson.

Cuando faltaban cinco minutos para el final de la clase, Brock Kelley dijo:

—Tengo otra pregunta. Soy cristiano. ¿Es muy difícil para los policías cristianos no desviarse de su fe?

Adam admiraba la franqueza del chico.

—Ahí fuera ves lo peor. Te vuelves cínico. Para un cristiano, esa negatividad podría alterar la forma en la que ves a los demás y tal vez interponerse en tu fe.

Bronson carraspeó y empezó a arrastrar material dentro de la hormiguera de su boca.

—Los cristianos son blandos, y los policías blandos no son buenos policías. Un tipo que estás persiguiendo da la vuelta y se mete la mano en la chaqueta. Un cristiano querría darle el beneficio de la duda. Si dudas, él te disparará a ti o a tu compañero, y uno de los dos acabará sin cara. Que me den un compañero ateo. Si el tipo que tengo al lado quiere ir al cielo, yo lo siento, pero prefiero quedarme aquí.

—Siempre he querido ser policía —dijo Brock—. Y no voy a disculparme por ser cristiano. Me preocupa la justicia y me preocupa la gente, y creo que eso debería convertirme en un policía mejor, no en uno peor. —Lanzó una mirada a Bronson, y después centró su atención en Adam y Shane—. Quiero defender a la gente débil. El trabajo de un policía parece una vocación acertada para un cristiano. ¿Están de acuerdo?

—Te diré algo, Brock —dijo Shane—. Es un trabajo duro. Siendo policía rara vez escuchas que una multitud te aclame. Más bien oyes a la gente abuchearte. Y cuesta asimilarlo. No es solo que te paguen poco. También estás infravalorado. Si puedes asumir eso, estarás bien.

Mientras Shane hablaba, Adam observó a un joven de complexión delgada al fondo de la clase. Bajaba la mirada evitando el contacto visual. Adam sintió que le pasaba algo.

El capitán Grandjean miró el reloj de la pared.

—Bueno, esto ha sido todo lo que yo esperaba. Y bastante más.

Miró a Bronson, sin sonreír, y después se dirigió a la clase.

—El trabajo para el que han sido reclutados no es sencillo. Requiere muchas horas, dedicación y sacrificio. Harán un juramento y con él vendrá una gran responsabilidad. Ahora han de tomar la determinación de no abusar de ella.

Después de despedir a los cadetes, Grandjean volvió y estrechó la mano a Adam y a Shane. Se giró hacia Bronson.

—La próxima vez, sargento, no dude en decir todo lo que se le pase por la cabeza. —No le extendió la mano. Bronson tampoco lo hizo.

Cuando llegaron al vestíbulo, oyeron el sonido de unos tacones altos sobre linóleo. Una mujer vestida de manera impecable avanzaba decididamente hacia ellos acompañada por un joven asistente cuyos mocasines trataban de mantener el ritmo.

—¿Qué hace *ella* aquí? —preguntó Bronson en un tono demasiado elevado.

La mujer se dirigió directamente al capitán Grandjean.

—¿Qué hace él aquí?

—Voy a dejar que esto lo solucionen ustedes dos. —Grandjean se alejó.

Adam se dio cuenta de que aquello los dejaba a Shane o a él de árbitro, y sabía lo que Shane pensaba de ella.

Vestida de punta en blanco con un traje azul marino hecho a la medida, la oficial de relaciones públicas Diane Koos sonrió a Bronson, pero solo con los dientes.

—Estoy aquí para informar a los reclutas acerca del enfoque moderno sobre el trabajo de la policía, mostrando moderación y siendo el tipo de policías que sirven a la comunidad y son respetados por los medios de comunicación, y la importancia de seguir las reglas. —El perfecto recogido de su cabello daba la impresión de que su pelo caoba obedecía todas y cada una de esas reglas.

Bronson se abstuvo de escupir en el suelo. Por los pelos.

—Sí, para dar una respuesta barata a una pregunta absurda nadie mejor que un oficial de relaciones públicas. Y una antigua cara bonita de los medios de comunicación.

Shane sonrió, ganándose con ello una mirada de odio de Koos, que volvió la vista hacia Adam como si él fuese su única esperanza de encontrar empatía.

—Ahora trabajo para la oficina del *sheriff*. Estamos en el mismo equipo.

—A otro perro con ese hueso —dijo Bronson.

—¿Qué se supone que quieres decir con eso?

—Que antes podíamos hacer nuestro trabajo, pero ahora la señorita quiere jugar a Xena, la princesa guerrera. Les vas a enseñar a estos reclutas a ser cobardes lloricas y a que traten a los delincuentes como si fueran reyes mientras dos matones de pacotilla gobiernan las calles.

Con las manos en las caderas y unas protuberantes uñas del calibre .50 con la manicura recién hecha, Koos espetó:

—Eres *imposible*, Bronson.

—*Sargento* Bronson. Soy un oficial con cargo. ¿En la cadena de televisión te hicieron jurar que arriesgarías tu vida para proteger a los demás? ¿O solo te echaron maquillaje en el careto y te enseñaron a tirar piedras a los polis que ponen en peligro sus vidas?

—Eres un dinosaurio, Bronson, y vas directo a la extinción. Los tiempos han cambiado y te han dejado atrás.

Bronson miró a Adam y a Shane y dijo:

—Ya no es la misma desde que aquella casa se derrumbó sobre su hermana.

Koos puso la mano sobre el hombro de Bronson, sin suavidad.

—Tendría que…

Aunque una pelea habría sido divertida, Adam se interpuso entre los dos para prevenir la pérdida de algún ojo o un cabezazo.

Grandjean apareció de nuevo.

—Ustedes dos, acaben de una vez o salgan a la calle. Señorita Koos, su clase está por ahí, la segunda a la izquierda. Empieza dentro de diez minutos. Estaré allí en cinco para presentarla.

★ ★ ★

Adam pensaba que a Shane Fuller no se le iría nunca la sonrisa de la cara. Diez minutos después del enfrentamiento entre Bronson y Diane Koos, su compañero seguía embobado.

Un lugarteniente de la academia de formación se acercó a Adam y sus compañeros.

—Los observadores tienen que estar a contraviento en este ejercicio.

Varios instructores se pusieron máscaras de gas.

El instructor del ejercicio habló por el megáfono:

—Muy bien, reclutas, ayer tuvieron tres horas de clase sobre agentes químicos. Espero que estuvieran atentos. Tienen que entender lo que experimenta la gente, delincuentes o civiles, cuando se exponen a un gas. En primer lugar, pulverizaremos espray de pimienta y otros agentes químicos de Plexiglas, que irán a parar a sus caras; esa es la forma típica en la que se verán expuestos a ellos. No será agradable, pero sobrevivirán. No corran o les placaremos. No se tapen la cara con la manga; solo conseguirán empeorarlo.

Los siguientes minutos consistieron en nubes de gas OC o DOC o CS. Adam no estaba seguro de cuál de ellos se trataba. Los reclutas no podían respirar y caminaban lentamente; a algunos les iba mejor que a otros. Los que habían dicho «adelante con ello» ahora respiraban con dificultad y parecían tan desorientados y miserables como se sentían. Se pusieron en fila junto a los grifos de agua y se lavaron la cara.

Adam se dio cuenta de que el recluta que peor lo llevaba era el chico delgaducho y preocupado del fondo de la clase. Estaba sentado, exhausto y abatido, junto a la fuente de agua más alejada del trasiego. Brock Kelley se acercó, le dio una palmada en la espalda y le dijo algo.

Después de que los reclutas se dirigieran a los vestuarios, Adam le pregunto al lugarteniente:

—¿Cómo es en general esta clase?

—¿Extraoficialmente? Solo decente. Brock Kelley es la estrella.

—¿El fanático de Jesús? —Bronson hizo retumbar su garganta.

—Creo que dijo que era cristiano —corrigió Adam.

—Es una clase pequeña y algunos están en la cuerda floja. En un año con un montón de buenos candidatos, algunos de estos chicos suspenderían. Pero para ser sincero, tendremos que aprobar a cualquiera que esté incluso en los mínimos —dijo el lugarteniente.

—¿Y hacer que su compañero pague el precio? —preguntó Bronson.

—¿Cuál es la alternativa? ¿Menos policías en las calles? No podemos reclutar a gente de otras partes del país y hacer que dejen su casa para pagarles la mitad de lo que cobrarían si se quedaran. E incluso si vinieran, no tendríamos a los mejores.

—¿Quién es ese chico de allí? —Adam señaló al joven delgaducho que seguía sentado junto a la fuente.

—Bobby Shaw —respondió el lugarteniente.

—¿Va a aprobar?

—Él es uno de los que estaba hablando. De los últimos de la clase.

Bastante agradable. He oído que el padre murió en combate. Su madre lo crió. De hecho me llamó para ver cómo iba.

—Supongo que tengo que darle la razón al sargento en lo de que no podemos permitirnos tener chicos en el cuerpo a menos que estén preparados. Ponemos en riesgo nuestras vidas. —Adam miró a Shane—. Es decir, ¿tú querrías ser su compañero?

—Nathan sigue cargando con David, y David es mucho mejor que ese chico. Los blandos y huérfanos de padre no son mis preferidos para ayudarnos a arrestar a jóvenes duros y sin padre.

—Pues entonces, Shane, no vayas a comprarte un barco de pesca ni a retirarte pronto. Trabajemos juntos veinticinco años más.

—Vale, tal vez para entonces tenga el barco —dijo Shane. Levantó su taza de café y, plástico contra plástico, dos policías brindaron por ser compañeros.

Cuando salían al aparcamiento, Bronson farfulló entre dientes:

—Estos mocosos de la academia son más ignorantes que nunca.

—Sargento… —Adam se giró hacia Bronson—… ¿tú no fuiste a la academia?

Bronson estudió a Adam.

—Sí. ¿Y qué?

—¿Eras ignorante entonces?

—Sí, lo era. No querría haberle fallado a nadie como compañero.

—Un chico tiene que empezar en algún sitio.

—No será conmigo.

—¿Alguna vez tuviste un compañero que fuese tan bueno como tú? —preguntó Adam.

—Sí. Mi primer compañero, hace treinta y cinco años. Ollie Chandler. Me enseñó cómo derribar a un tipo de un cabezazo. Solíamos practicar el uno con el otro.

Adam se tocó la frente e hizo un gesto de dolor.

—¿Sigues en contacto con Chandler?

—No demasiado. Vive en Oregon. En Navidad intercambiamos

fotos de su perro, Mulch, y mi Marciano. Tres de los mejores amigos que he tenido nunca eran perros. Chandler es el cuarto.

Durante un instante, Adam vio el lado humano de Brad Bronson.

—Te lo digo, estos gamberros de la academia no tienen clase.

Había sido un breve instante.

Aquel tipo no reconocería la clase ni aunque se chocara de frente con ella.

—Brock Kelley tiene que haberte impresionado —dijo Shane.

—¿Crees que yo quiero un héroe del fútbol de instituto? —preguntó Bronson—. Pensará que es alguien importante. ¿Cargó a un tipo a la espalda? ¡Venga ya! Va a hacer que se carguen a alguien. Y no seré yo.

Mientras Adam salía del aparcamiento, Shane dijo:

—Sargento, entre Diane Koos y tú saltan chispas. Deberías invitarla a salir.

Bronson masculló algo ininteligible.

Shane volvió la cabeza.

—Teniendo en cuenta que creías que era una pérdida de tiempo venir hoy aquí, está claro que tenías un montón de consejos para esos reclutas.

—No tiene nada que ver —dijo Bronson—. Los jóvenes son tontos.

Shane miró por el espejo. Sonrió y le susurró a Adam en un tono más bajo que antes:

—En ese caso, el sargento, definitivamente, no es tonto.

Pasaron cinco segundos antes de que Bronson dijera:

—Fuller, necesitarías tres ascensos para empezar a ser tonto.

Capítulo veintiuno

Adam, Nathan, David, Shane y Javier estaban sentados en el patio de Adam. Platos de papel usados y latas vacías de Coca-Cola abarrotaban la mesa.

—Ese pollo estaba muy sabroso, cabo Rey de la Parrilla —le dijo Nathan a Adam—. ¿Cuál es el secreto?

—Untar la parrilla con aceite, dejar el pollo destapado, ponerlo un poco alejado del centro de la llama, y no añadir la salsa hasta dos minutos antes de que esté hecho.

—Las hamburguesas también estaban estupendas —añadió David. Shane asintió.

—Si quieres ser un hombre de verdad, novato, tienes que conseguir la mejor ternera y ver cómo la pican. Pero no ayer, ni esta mañana, sino mientras esperas.

—Hijo —dijo Nathan—, la clave para un filete es sazonarlo bien. Si lo haces, aunque la carne no sea perfecta, la sal se impregnará y conservará su sabor.

David observó a sus mayores y dijo:

—¿Saben qué? Ustedes sí son alguien de verdad.

—Gracias —dijeron los tres hombres casi al unísono. David no lo había dicho con la intención de que fuera un cumplido.

—Algún día este joven tendrá su propia familia —dijo Nathan—. Y les contará historietas de las tardes que pasó en el patio de los Mitchell, empapándose de sabias teorías sobre la parrilla. Y cuando lleve a sus hijos a un partido de los Falcons, les enseñará cómo hacer un buen picnic en el aparcamiento del estadio. Eso no tiene precio.

Shane se rio.

—Con nuestros sueldos, ¿quién puede permitirse ir a un partido de los Falcons?

—Muy bien —dijo Adam intentando cambiar de tema—. Si todos han acabado, chicos, quiero contarles por qué les he invitado hoy. Tengo que pedirles un favor.

Adam le dio a cada uno de ellos una hoja. La curiosidad de Javier se despertó.

Shane sabía que Adam tenía algo en mente aquel día, pero lo que vio le sorprendió.

Nathan miró la hoja que tenía en las manos.

—¿Una resolución?

—Sí. Peleo continuamente con la clase de padre que fui con Emily y la clase de padre que he sido con Dylan.

—No seas tan duro contigo mismo —dijo Shane—. Has sido bastante bueno como padre.

—No quiero ser un padre «bastante bueno». Tenemos apenas unos cuantos años para influir en nuestros hijos y, probablemente, cualquier modelo de conducta que les transmitamos pasará a sus hijos.

Los chicos se preguntaban adónde quería llegar Adam.

—Tenemos la responsabilidad de modelar vidas. Y no creo que deba hacerse con indiferencia. La mitad de los padres de este país están fracasando, puede que muchos más. Y en el tiempo que me queda, no quiero ser uno de ellos.

—Mira —dijo Shane—, estoy totalmente de acuerdo en que hay que pasar más tiempo con los hijos, pero ¿no crees que estás llevando esto demasiado lejos?

—Shane, lo de pasar tiempo con nuestros hijos debería darse por hecho. Tenemos que actuar estratégicamente. Nuestra misión es ayudarles a convertirse en las personas que Dios quiere que sean… fijar los valores a los que pueden aspirar.

—¿Qué tipo de valores? —preguntó David.

Adam hizo una pausa.

—Veamos, ¿cuándo te viste por primera vez como un hombre?

Shane se echó a reír.

—No puedo creer que estemos hablando de esto.

—No, chicos, háganme caso un segundo. Piensen en ello.

Javier escuchaba atentamente mientras Nathan terminaba de leer la resolución de Adam en silencio.

—Vale —dijo David—. Probablemente fue la primera vez que viví solo. O quizá cuando cumplí los veintiuno. Hacia el final de la universidad.

—Entonces, cuando fuiste mayor de edad. Vale, ¿y tú, Shane?

Shane suspiró.

—Tal vez cuando conseguí la licencia de conducir o mi primer trabajo. ¿Qué importa eso?

—¿Javi?

Javier supo su respuesta al instante, con el recuerdo aún vívido.

—Cuando mi padre me dijo que lo era.

Todos lo miraron.

—Cuando tenía diecisiete años, tuvo que irse tres meses para un trabajo. Me dijo que pensaba en mí como en un hombre… quería que cuidara de mi familia. Me preguntó si estaba preparado. Cuando yo dudé, me dijo que él *sabía* que estaba listo.

—Miren, chicos, he aprendido que Dios quiere que le enseñe a mi hijo cómo amarle y confiar en Él, y que es mi responsabilidad llamar al hombre que hay en el interior de mi hijo. No puedo permanecer pasivo ante eso —dijo Adam.

—¿De dónde los has sacado? —preguntó Nathan, que seguía concentrado en la hoja.

—Estudiando las Escrituras. Es una resolución sobre qué tipo de padre quiero ser. Cada uno de ustedes tiene permiso para pedirme cuentas. De hecho, *quiero* que me pidan cuentas.

Todos hicieron como Nathan y lo leyeron.

—¿Podría firmarlo yo también? —dijo finalmente Javier.

—Si tú vas a firmarlo, Adam, tal vez todos deberíamos hacerlo —dijo Shane.

—No, no. No les estoy pidiendo que firmen nada. Hago esto porque lo necesito y porque mi familia lo necesita. Si creen que deben hacerlo, al menos tómense un par de días para pensarlo.

★ ★ ★

A TJ le había hecho daño el cabezazo de aquel Poppy Fresco gigante. Pero lo que más daño le hacía era que le humillaran delante de su ministro de defensa. TJ estaba furioso. En su lista de enemigos, ahora los maderos del condado de Dougherty estaban por encima de la policía local de Albany… al mismo nivel que los Rollin' Crips.

Antoine advirtió a TJ:

—Si matas a un policía, te encerrarán para el resto de tu vida.

Los policías podían hacer la vista gorda cuando se trataba de drogas. Pero no mirarían hacia otro lado cuando supieran la identidad de alguien que iba tras ellos.

Pero el comandante en jefe de la Gangster Nation había sido pisoteado… dos veces, y eso era demasiado.

Aquel poli negro había recuperado la furgoneta que TJ robó y había arrestado a su colega Clyde. Se la devolvería algún día. Pero aquel enorme policía blanco había tirado a TJ al suelo, y eso le retorcía las entrañas. Y si no se vengaba de alguna forma, Antoine y la Gangster Nation podían perderle el respeto. Y para el líder de una banda, la falta de respeto era el primer paso hacia la muerte.

Tenía que hacerlo. Y quería hacerlo.

Estás muerto, gordo.

★ ★ ★

Después de acostar a los niños, Kayla se apoyó en la encimera de la cocina y examinó detenidamente la resolución. Nathan se sentó frente a ella, observando las expresiones de su rostro.

—Vaya. ¿Estás diciendo que tú también quieres hacer esto?

—Eso es lo que estoy diciendo. Siempre he pensado que era bastante bueno porque lo estoy haciendo mejor que mi padre. ¿Pero qué tiene que ver eso? No es que él dejara el listón muy alto. Esta resolución me ha hecho que lo viera claro.

Kayla sonrió.

—Cariño, hay días en los que estoy feliz por haberme casado contigo. Y hay otros en los que estoy muy, muy feliz por haberme casado contigo. Este es uno de ellos.

—Entonces, ¿de verdad que es un día feliz?

—Ajá. Y cuando te veo hacer lo que solo un hombre bueno hace, me dan ganas de darte las gracias. —Alargó la mano hasta el hombro de su marido.

—¿Quieres darme las gracias? —Nathan sonrió.

—Claro que sí. Pero tengo una pregunta. ¿Cómo es esa resolución que van a firmar?

—¿A qué te refieres? Acabas de leerlo.

—Ya sé lo que dice. Pero estoy segura de que esto no es lo que van a firmar. Esto es un papel escrito a ordenador. Me refiero a que no escribieron la Declaración o la Constitución en un borrador para firmarla, ¿no?

—Supongo que no.

—Creo que esta resolución es algo que un padre debería enmarcar y colgar en la pared.

—No sé si Adam ha llegado a pensar en eso.

—¿Y cómo lo van a firmar? ¿Con vaqueros y una camiseta? Un alcalde o un policía juran su cargo en una ceremonia, ¿verdad? Y no van en pantalón corto, ¿no? ¿Acaso es menos importante comprometerse a ser mejor marido y mejor padre?

—No.

—Yo veo a un grupo de hombres bien vestidos con sus esposas y sus hijos haciendo que esto sea oficial. Es uno de esos días importantes, como una boda o un bautizo.

Nathan consideró sus palabras. Kayla se apoyó junto a él, clavando sus ojos oscuros en los de Nathan.

—Cariño, si van a hacer esto, entonces háganlo bien.

★ ★ ★

Adam y Dylan salieron juntos a hacer *footing* después de que la cena del domingo se hubiese asentado. Mientras corrían, Dylan aceleró el paso. Él respiraba con normalidad, pero Adam solo fingía hacerlo.

—¿Y qué tal el atletismo?

Adam lo preguntó por dos razones. Primero, porque un padre debería preguntarle a su hijo por las cosas que son importantes para él. Segundo, porque si Dylan hablaba, tal vez iría más lento.

—Aún no sé en qué carreras me dejará participar el entrenador Kilian.

—¿En cuáles quieres correr?

—Me gusta correr larga distancia, pero también quiero hacer los 400.

Dylan mantuvo el ritmo sin ningún problema, así que, al final, Adam ralentizó hasta acabar caminando.

Dylan comprobó su reloj.

—Pero si solo hemos corrido cuatro kilómetros.

—¿Qué quieres decir con *solo* cuatro? Va a llevar un tiempo que te alcance. Al final, mis genes atléticos harán su aparición. Ya lo verás. Pero por ahora, necesito tu ayuda para ponerme en forma y acabar con los malos.

—Tener una pistola eléctrica ayuda, ¿no?

—Sí, una vez que los alcanzas.

—Si me alcanzas, puedes darme una descarga.

—Sí, claro. ¡Eso dímelo cuando vaya armado!

—No importaría. No hay peligro de que me alcances.

Dylan sonrió con la mayor sonrisa que Adam recordaba haber visto en años.

Adam miró a Dylan y movió su dedo, a continuación echó a correr y, rápidamente, bajó el ritmo hasta caminar. Adam aún no le veía la gracia a correr. Tal vez nunca lo haría. Pero la alegría de hablar y reír con su hijo pesaba mucho más que el dolor.

★ ★ ★

Dos días después, Adam estaba sentado junto a un refrigerador de agua después de hacer ejercicio en el gimnasio de la oficina de *sheriff*. El tiempo que pasaba con Dylan le hacía querer ponerse en forma. Le pareció oler que algo ardía; entonces hubo un eclipse de sol.

—¿Qué hay, sargento?

—Estoy pensando en sacar a pasear a la Koos.

—Bueno, imagino que los dos son un buen partido, pero no creo que un ordenador los emparejara.

—¡No quiero salir con ella! Quiero *sacarla de aquí*.

—¿Qué ha hecho esta vez?

—He recibido dos memorandos, uno del *sheriff* y otro de la Koos. Parece que uno de los traficantes que arresté no estaba contento con mi servicio.

—¿Qué hiciste?

—Solo le pellizqué la nariz por ser insolente.

—¿Se la pellizcaste?

—Doy unos pellizcos bastante buenos.

—Me lo puedo imaginar.

—Así que me han dicho que si recibo alguna queja más, me iré de permiso sin sueldo. El primer paso para despedirme.

—Siento oír eso.

—He pensado en estrangular a la Koos, sencillamente, pero una cosa la salva.

—¿Y qué es?

—Tendría que tocarla para hacerlo.

—Pero parecía que estabas dándole vueltas a algo, sargento. ¿De qué se trata?

—Tengo novedades sobre Mike Hollis.

Adam se puso tenso.

—¿Ha terminado su juicio?

—Aún no, pero el fiscal encontró algo que no sabíamos.

—¿Y qué es?

—Resulta que el análisis de sangre no solo mostró alcohol, sino también cocaína.

—¿Iba colocado con cocaína?

—Sí. Con el olor a bebida que despedía en el lugar del accidente, nadie pensó en otra cosa. La cocaína apareció en los análisis, aunque por alguna razón, nadie se dio cuenta. Pero la oficina del fiscal del distrito, sí. Eso significa más tiempo en prisión.

—Con el alcohol habría sido suficiente —dijo Adam—. En lo que respecta a Emily, supongo que da igual.

—Excepto que si solo hubiese sido alcohol, tal vez no habría ocurrido. Un borracho conduce mal; un borracho colocado conduce peor. Sabía que te enterarías. Podía ser difícil de asimilar con otros hombres alrededor.

Adam asintió.

—Gracias, sargento. Ha sido… muy amable por tu parte.

Bronson se alejó incómodo. Adam se preguntó si alguien lo habría acusado alguna vez de ser amable.

Capítulo Veintidós

En el campo de tiro del departamento del *sheriff*, Nathan Hayes realizaba un simulacro disparando a los objetivos que formaban parte de un recorrido de obstáculos con fuego real mientras que el capitán de campo gritaba órdenes sobre qué tenía que hacer a continuación. Nathan alcanzó con éxito la mayoría de sus blancos al primer disparo. Cuando terminó, los oficiales que estaban presenciándolo lo aclamaron.

David hizo el mismo simulacro disparando a los blancos. Durante un rato no fue mal, pero todos empezaron a refunfuñar cuando le dio al objetivo en el que ponía «*sheriff*».

—Buen trabajo —le dijo el capitán a Nathan—. Sigues estando entre los tres primeros del departamento.

Se giró hacia David y dijo:

—Ayudante Thomson, tienes que enfocar, hijo. Le has vuelto a disparar al *sheriff*. —Señaló a un recortable con una placa—. Esto te va a costar un informe detallado, y lo quiero limpio. Vuelve para practicar más. Tienes que hacerlo bien.

—Ponen la placa en un blanco distinto todo el tiempo —se quejó David a Nathan.

—Esa es la idea.

—Bueno, sé cómo es el sheriff y *no* le dispararía.

Mientras el sargento de formación desmontaba los blancos, Nathan y David limpiaron sus revólveres. Nathan se ocupaba de su Glock 22, una calibre .40 con quince balas, mientras que David se encargaba de su Glock 23, también de calibre .40 e igual de potente, pero un poco más pequeña.

Nathan percibía que David le estaba dando vueltas a algo. Decidió seguir callado y darle a David la oportunidad de hablar si estaba preparado y solo cuando lo estuviera.

Finalmente David habló.

—El tema de la resolución se ha convertido en algo muy importante, ¿verdad?

—Decidimos hacerlo oficial y memorable. Tal vez así le haremos más caso.

David trabajaba en silencio, después le preguntó a Nathan:

—¿De verdad crees que te arruinó la infancia... no tener padre?

—Más de lo que te imaginas. Gran parte de tu autoestima viene de lo que tu padre piensa de ti. Yo me enfrenté a quién era durante toda mi infancia. Intentaba ponerme a prueba. Casi me meto en una banda. Si los padres hicieran lo que se supone que tienen que hacer, la mitad de la basura a la que nos enfrentamos en las calles no existiría.

Después de una larga pausa, Nathan dijo:

—David, le estás dando vueltas a algo. ¿Qué es?

David se encogió de hombros.

—¿Estás nervioso por si un día eres padre?

David dudó.

—Ya lo soy.

Nathan lo miró fijamente.

—¿Tienes un hijo?

—Una niña. Ahora tiene cuatro años.

—¿Mi compañero tiene un hijo y yo no lo sabía?

—Salí con una animadora en la universidad. Se quedó embarazada. Le dije que se deshiciera de aquello, pero no me hizo caso. Me enfadé y dejé que se hiciera cargo ella sola. Vive a solo treinta minutos, pero en todos estos años no he sido capaz de ir a verla.

—Y «aquello» de lo que no se deshizo era en realidad «la niña» a la que lleva cuidando cuatro años, ¿verdad?

David tenía la mirada clavada en sus manos.

—¿Cómo se llama? Tu hija.

—Olivia.

—¿Cómo se llama su madre?

—Amanda.

—¿Se llegó a casar?

—No.

—¿Cómo lo sabes?

—Por un amigo que fue con nosotros a la universidad. La llama para saber cómo le va. Cómo les va.

Nathan decidió contener las preguntas y ver si David seguía hablando. Después de un minuto, el silencio pasó a ser más incómodo que aquella conversación.

—Yo nunca la quise. Pero escuchándoles a ustedes hablar sobre cómo el hecho de que los padres no estén perjudica a los hijos… Yo no quiero ser uno de esos tipos.

—David, una parte de ser hombre consiste en asumir la responsabilidad. Cualquier idiota puede tener un hijo, pero hace falta coraje para *ser* padre de un hijo. Para estar a su lado.

—Antes pensaba que era un buen tipo. Estoy cansado de sentirme culpable.

Nathan lo miró.

—Déjame que te lo diga: eres culpable.

David suspiró.

—Escucha, un día tú, yo, y todos los demás estaremos ante Dios. Y Él hará lo que hacen los buenos jueces.

—Entonces espero que las cosas buenas que he hecho pesen más que las malas.

—No es así como funciona. —Nathan trató de encontrar un ejemplo—. Te lo explicaré de otra manera… ¿Quién es la persona a la que te sientes más unido?

—Probablemente mi madre.

—Vale, imagina que fuese brutalmente agredida y asesinada. Atrapan al tipo y lo mandan a juicio. Pero él dice: «Oiga, señor juez, cometí este crimen, pero he hecho un montón de cosas buenas en mi vida». Tal vez ayudó a los indigentes cuarenta veces, y puede demostrarlo. Entonces, si el juez le deja en libertad, ¿dirías que es un buen juez o un mal juez?

—Un mal juez.

—Exacto. La Biblia dice que Dios es un buen juez. Y él castigará a los culpables, no por lo que han hecho bien, obviamente, sino por lo que han hecho mal. Todos somos pecadores, David. No darte cuenta de hasta qué punto eres un pecador forma parte de serlo.

—Vale, he pecado. ¿En qué se supone que ayuda saber eso?

—Tienes que darte cuenta de lo desesperado que estás en realidad. Un hombre que no cree que esté ahogándose no va a agarrar el salvavidas cuando se lo arrojen. ¿Por qué te vas a preocupar si crees que estás bien?

—Vale. Solo que yo no creo que esté bien.

—Entonces, genial, has captado la mala noticia. Ahora queda la *buena*. Puesto que Dios nos ama, envió a su Hijo, Jesucristo, para recibir el castigo que nosotros merecemos. Por eso Él murió en la cruz.

—Eso crees realmente, ¿verdad?

—Estoy totalmente convencido de ello. Él pagó el precio de nuestro pecado. Pero eso solo sirve si lo aceptas. Dios te ofrece un presente, aunque no será tuyo hasta que lo aceptes.

David procesó las palabras de su compañero.

—David, si pudiéramos ser lo suficientemente buenos como para llegar al cielo por nosotros mismos, Jesús no habría tenido que aceptar nuestro castigo. Tú y yo necesitamos desesperadamente lo que solo Jesús puede darnos.

—¿Y qué se supone que tengo que hacer? ¿Ir a la iglesia?

—La iglesia no puede salvarte. Una vez que acudes a Cristo, puede ayudar, pero es a Jesús a quien necesitas. Por eso le pedí que me perdonara y me salvara.

—¡Pero aun así no eres perfecto!

Nathan se echó a reír.

—Ni siquiera estoy cerca de serlo. Pero Jesús es perfecto, y es su perfección la que me protege, por eso ahora soy bueno a los ojos de Dios. Eso quiere decir que cuando muera, iré al cielo y no al infierno. Soy un hombre nuevo gracias a Cristo. ¿Entiendes lo que te digo?

—Creo que sí, la verdad. Sé que estoy cansado de la culpa, cansado de sentir que soy un fracaso.

—¿Entonces qué te retiene?

David pensó durante un largo minuto y, al final, dijo:

—Nada.

★ ★ ★

Un hombre negro de aspecto rudo y piel curtida, con múltiples cicatrices en la cara y en el cuello, llamó a la puerta.

La abuela de Derrick contestó.

—Pasa. Se está preparando para salir.

—¡Derrick! —gritó el hombre—. Ven aquí.

Derrick salió de la habitación del fondo. Hacía un año que no veía a aquel visitante inesperado.

—¿Tío Reggie? ¿Qué haces…?

—Vamos a dar un paseo.

—Imposible, me esperan unos amigos.

—Entonces les vas a fallar. —Sacó a empujones a Derrick por la puerta principal.

Caminaron con decisión por la calle; Reggie agarraba como un torno el brazo de Derrick.

—Has estado por ahí con pandilleros y trapicheando con drogas.

—La abuela no se entera de nada.

—Ella sabe el doble de lo que tú vas a saber en toda tu vida, gamberro.

—¿Dónde vamos?

—A hacer una pequeña excursión. Te voy a enseñar lo que te harán las bandas y las drogas.

A tres manzanas de allí, llegaron a un callejón escondido del que Derrick se había mantenido alejado. Tres drogadictos yacían en el suelo contra la pared. Reggie se detuvo.

—Mira.

Derrick, a regañadientes, le hizo caso. Habían perdido la mitad de los dientes. Parecían zombis, muertos vivientes.

El olor abrumaba a Derrick. Tuvo náuseas. Había pasado junto a tipos así pero nunca tan cerca. Estaban sentados, arañándose, intentando librarse de lo que fuera que se arrastraba bajo su piel.

—¿Ves sus cicatrices?

Derrick no dijo nada.

Reggie le empujo el hombro con fuerza.

—He dicho que si *ves las cicatrices.*

—¡Sí, las veo!

—No son solo de las drogas. Les han dado palizas y les han robado una y otra vez. ¿Ves su piel?

—Sí. —Parecía lívida y enfermiza. ¿Cómo un negro podía estar tan pálido?

Reggie señaló a un hombre con la mirada perdida y la cara tan inexpresiva como una máscara. Avanzaron hasta un par de cocainó-manos, unidos por la droga que habían escogido y por su absoluta ruina. Parecía que conversaban, pero ninguno de los dos entendía al otro. Eran ajenos a Reggie y a Derrick. Un par de veces dirigieron la vista hacia donde estaba Derrick pero sus miradas lo atravesaron como si estuviera en otro plano de existencia.

—¿Ves a esos hombres, Derrick? ¿Qué aparentan, setenta? Puede que no tengan más de cuarenta. No son viejos, simplemente están arruinados. ¿Has tomado ya crack? Acabará contigo. Estarás igual que ellos… muerto o deseando estarlo. Tal vez hagas que muera alguien. ¿Es eso lo que quieres? ¿Pudrirte en la cárcel? ¿Ser un muerto viviente?

—Lo único que quiero es irme con mis colegas. Solo eso.

Cerca de la tienda de bebidas de la esquina, una de las doce que había en un radio de tres kilómetros, dos hombres mayores y un joven estaban sentados con las manos extendidas, como mendigos en las calles de Delhi.

—¿Ves a esos tipos? Ellos también empezaron yendo por ahí con sus colegas sin más. La mayoría de ellos no tienen vida a tres manzanas de esta tienda de bebidas. Eran pandilleros y camellos y estafadores de poca monta. Ahora mendigan dinero. Comen crack y respiran alcohol; eso es todo lo que hacen. Fíjate bien, chico. Así es como vas a ser.

¿Este tío cree que me conoce? Ni siquiera ha hablado conmigo en un año.

—Yo nunca voy a ser así.

—Eso creían ellos. Algunos eran también alumnos destacados.

Reggie se detuvo otra vez y señaló.

—Ese es Kenny. No sabe cuántos años tiene. Lo único que hace es dar la lata para que le den algunos céntimos y mendigar a las ancianitas. Sigue tratando de ir a la última, con los faldones fuera y la gorra echada hacia atrás. En una adolescencia permanente. Horrible, ¿no? Como un chico de doce años que aún lleva pañales. Cualquiera que te ofrezca tan solo una calada a un porro te lleva directo a esto. Recuérdalo, chico.

Derrick tenía la mirada fija en el asfalto.

—La semana pasada le pregunté a Kenny qué pensaba de su vida. ¿Sabes qué me dijo? «Puede que no esté todavía en el infierno, pero puedo verlo y olerlo». ¿Eso es lo que quieres, chico? Respóndeme.

—No. Pero tú no sabes lo que tengo con la Gangster Nation.

—¿Que *no lo sé*? —Se subió la manga para descubrir un prominente tatuaje de la Gangster Nation y empujó a Derrick contra la pared—. Yo era un GN en las calles antes de que tú nacieras y estuve siete años en una prisión federal. Los federales no se andan con bromas. Tendría que darte una paliza por decirme lo que no sé. Por respeto a tu madre no te romperé los dientes.

—Llevas mucho tiempo fuera de la banda. No conoces a TJ.

—No tengo que conocerlo. Yo era el número dos en la mayor banda de Albany, y mira dónde me llevó. —Agarró a Derrick por la camisa y tiró de él hasta otro callejón. Olía a letrina.

—Fíjate bien, Derrick. Respira profundo y huélelo. Si esta es la vida que quieres, aquí la tienes. Si tienes suerte. Despierta, chico. Nuestros ancestros eran esclavos. Sus manos y sus pies estaban encadenados, pero aprendieron a usar la cabeza. Tus manos y tus pies están libres. Dios te bendijo con una buena cabeza, pero estás haciendo de ti un esclavo.

—No soy ningún esclavo.

—Las drogas te llevan a la cárcel. Las bandas te llevan a la cárcel. No sabes nada de ese mundo; yo sí. Siete años en prisión. ¿Sabes cómo es? Sin intimidad, siempre con ruido, con la televisión y la radio acribillándote hasta que te metes los dedos en las orejas y quieres gritar. Amenazas y peleas y golpes. No es vida. Te han brincado ya, ¿verdad?

Derrick iba a mentir, pero ¿por qué tenía que esconderlo? Estaba orgulloso de ser de la Gangster Nation.

—Sí.

—Bueno, te he dicho que yo era el número dos, un gánster auténtico. Tenía una reputación. Después me enviaron a un reparto de drogas y a una revancha. Fui a la cárcel y ¿después, qué? Pasas todo el tiempo solo; no hay nadie que te ayude. Crees que son tus amigos, pero se aprovechan de ti.

—No voy a ir a ninguna cárcel.

—Escúchate. Intentas ser el tío más guay, pero eres el más estúpido. Yo ya he pasado por el camino que tú estás empezando a recorrer, y sé adónde conduce. Solo hay una forma de retroceder. Si quieres saberla, te la diré. Pero mientras sigas mintiéndote a ti mismo, la verdad no te va a servir de nada.

—Es mi vida.

—En eso tienes razón. Puedes desperdiciar tu vida, tirarla por la borda, o dar media vuelta ahora. Te lo diré una vez... y no volveré a decírtelo: sal ahora que todavía puedes.

Dieron la vuelta y regresaron a casa por un camino distinto, atravesando otro laberinto de vidas rotas.

Permanecieron en silencio hasta que volvieron a la puerta de la casa de Derrick.

—Tú madre ya no está, Derrick. Yo nunca fui un buen hermano para ella. Durante un tiempo creí que estabas haciendo que tu madre se sintiera orgullosa. Ya no, chico. Pero aún estás a tiempo.

Derrick miró a su tío Reggie. Su cara le recordaba a una foto de su madre. Por un momento sintió una conexión, como si aquel hombre tal vez supiera de qué hablaba. Pero los pensamientos de Derrick regresaron de nuevo a lo que significaba pertenecer a la Gangster Nation.

Reggie vio que el momento pasaba, vio en los ojos de Derrick que nada de lo que dijera le haría cambiar de idea.

—Quiero lo mejor para ti, hijo. Con tu mamá muerta, alguien tiene que meterte las cosas en la cabeza. Pero no quieres escucharme; está bien, no voy a regresar. Hay gente que quiere ayuda. No puedo perder tiempo con alguien que está escogiendo arruinar su vida.

Reggie parecía un abogado que terminaba su alegato final frente a un jurado que ya había tomado una decisión.

—Es tu elección, Derrick. Si te vas con los pandilleros, entonces solo pueden ocurrir tres cosas: que acabes quemado en la calle, arruinado en prisión o tirado dentro de un círculo de tiza. No hay más opciones.

★ ★ ★

Como siempre, el legendario Pearly's de Slappey Boulevard, la madre de todas las cocinas caseras, estaba atestado y bullicioso. Era *el* lugar para desayunar. Y para almorzar. Los críticos gastronómicos refinados nunca reconocerían haber comido en el Pearly's; se limitaban a ir allí clandestinamente siempre que querían comida de verdad.

Pearly's combinaba la eficacia de un puesto de comida rápida de Nueva York, maximizando cada centímetro cuadrado, con el ambiente colegial y sencillo de una vieja barbería del sur.

El menú principal estaba colgado en la pared, y Adam lo miraba de la misma manera que un tirador observa su blanco. Con las largas colas del Pearly's, Adam intuía una prolongada espera para pedir y que le sirvieran, pero eso nunca sucedía. Aunque hubiese diez personas delante, nunca tenía tiempo suficiente para elegir qué acompañaría su perpetuo panecillo de salchicha.

Cinco minutos después, el camarero apareció por arte de magia con un panecillo dorado cocinado a la perfección y una apetitosa salchicha que sobresalía por ambos lados. La oración de Adam, muy escueta, contenía la palabra «gracias» repetida tres veces.

—¿Cómo está lo tuyo? —preguntó Adam a Shane entre bocado y bocado.

—Esto es un infarto en bandeja y aun así merece la pena. —Tragó el filete y el huevo de su tenedor y suspiró—. Este sitio no tiene nada malo.

—No estoy de acuerdo —dijo Adam—. No abren las veinticuatro horas.

Adam desviaba su atención al aparcamiento, donde un chico blanco de poco más de veinte años y con una mochila se acercaba a otro que aparentaba unos diecisiete. Ambos, como era rutinario, miraron a su alrededor para asegurarse de que nadie los observaba. Si Adam hubiese estado en la calle, no habría pasado nada. Pero debido al reflejo del sol en la ventana era invisible para traficante y comprador.

El tipo cree que si él no puede ver a nadie, entonces nadie puede verlo a él. A Adam se le ocurrió que él también había vivido de esa forma algunas veces.

El traficante parecía un estudiante universitario. Balanceó su mochila para colgársela contra el pecho. Abrió la cremallera y sacó una bolsa de bocadillo enrollada con una sustancia verdosa del tamaño de un puro, después un par de bolsas en miniatura con cierre de clip, una transparente, la otra verde translúcido. La bolsa grande era de marihuana y las más pequeñas de metanfetamina y cocaína. Adam suspiró. Sabía que aquellos intercambios tenían lugar en todas partes, a todas horas.

Shane también miró.

—Vi a ese camello en Hilsman Park hace una semana cuando estaba allí con Tyler. ¿Qué hace en el Pearly's? ¡Por Dios! Si buscas cien testigos…

En ese instante, cuando el comprador se metía la mano al bolsillo para sacar el dinero, Adam le vio la cara.

—Jeremy.

—¿Lo conoces?

—Jeremy Rivers. Es amigo de Dylan. Del equipo de atletismo. Vale, esto se ha convertido en algo personal. Vamos, compañero. —Adam tiró del brazo de Shane.

Shane se metió el último trozo de filete en la boca, diciendo adiós a los restos de panecillo de su plato, que, en un mundo perfecto, habría lamido hasta dejarlo limpio.

—693c informando de tráfico de drogas con un menor en North Slappey y… ¿Qué estoy diciendo? Estamos en el Pearly's. En el aparcamiento. El cabo Mitchell y yo nos acercamos.

Adam avanzó hacia los sospechosos.

—Las manos fuera donde yo pueda verlas.

Adam tomó las drogas de la mano del chico más joven y el dinero de la del traficante.

—Encárgate tú de este tipo mientras yo hablo con Jeremy —le dijo a Shane.

Cuando el chico oyó su nombre, levantó la vista del asfalto y miró al agente a la cara, en la que reconoció al padre de Dylan.

Aquello se había convertido en algo personal también para él.

CAPÍTULO VEINTITRÉS

El turno se reunió en la sala, Shane a la izquierda de Adam, Bronson al otro lado del pasillo, a su derecha, y Nathan y David delante de ellos, como de costumbre.

El sargento dio paso al *sheriff*, que estaba de pie en el podio con un memorando en la mano.

—Señores, a partir de hoy voy a poner en marcha un nuevo código de conducta para todo el departamento del *sheriff*. Es complicado, pero tenemos que abordarlo, así que escúchenme.

Había captado la atención de Adam. ¿Qué es esto?

—Independientemente de lo que piensen acerca de otro empleado, quiero que se guarden sus sentimientos personales para ustedes. No quiero oír lo mucho que me quieren a mí o a cualquier otro miembro del personal. Es inapropiado. Es incómodo. ¡Y es inaceptable!

Adam bajó la cabeza. No recordaba haberse sentido nunca tan avergonzado. El silencio se hizo interminable.

—Y, cabo Mitchell…

El *sheriff* señaló a Adam, que levantó la vista horrorizado.

—¡Ya lo sé!

La sala explotó en una carcajada. Los que estaban cerca de Adam le daban palmadas en la espalda. Adam se puso colorado y sacudió la cabeza. Se giró y sus ojos toparon, por una cuestión de probabilidad estadística, con Brad Bronson.

El planetoide se llevó la mano a los labios y le sopló a Adam un beso.

★ ★ ★

Javier Martínez dejó su corbata y su traje nuevos, aún envueltos en plástico, sobre la cama. Era el primer traje que había tenido nunca.

—¡Javi! ¡Es perfecto!

—No sé, Carmen. Ha sido una buena oferta, y Adam insistió en colaborar, pero aun así he pagado dos tercios del precio. Puedo devolverlo.

—No vas a devolverlo. Póntelo.

—¿Ahora?

—Ahora mismo. Quiero verte con él.

Carmen lo agarró y le retiró el plástico. Javier se puso los pantalones y la camisa, y a continuación, la chaqueta. Agarró la corbata y se la puso debajo del cuello de la camisa, y después se detuvo.

—¿Y ahora qué hago?

—Solía hacerle el nudo a mi padre los domingos. A ver, deja que pruebe. Así. Perfecto —dijo Carmen al tiempo que le daba palmaditas en el pecho y le arreglaba la solapa.

Isabel y Marcos entraron corriendo en la habitación y abrieron los ojos como platos cuando vieron a su padre.

—¡Qué guapo! —dijo Isabel.

—¿Eres tú, papi? —preguntó Marcos.

—Sí —dijo Carmen—. Es el traje que papá llevará a nuestra reunión especial. Todos llevaremos nuestros mejores trajes.

Javier se giró para mirarse en el espejo y sonrió tímidamente, sin querer parecer vanidoso.

—Me siento como un hombre rico.

Carmen le agarró del brazo y le miró a los ojos con ternura.

—Javi, *eres* un hombre rico. Tienes una gran fe, dos niños que te quieren, y una esposa que te adora.

La cara de Javier se contrajo y, al bajar la mirada, sus ojos se empañaron.

—Ya vale, Carmen. Me vas a hacer llorar delante de los niños.

★ ★ ★

Adam y Nathan hablaban con David en una sala vacía contigua a la oficina del *sheriff*. David estaba apoyado en un oscuro banco de madera, miraba fijamente el suelo y se frotaba las manos sudorosas a los lados de sus pantalones de uniforme de color marrón oscuro.

—Quiero hacer esto, chicos, pero... estoy muerto de miedo.

—David, sabes que esa pequeña es tu responsabilidad, ¿no? —dijo Adam.

—Sí. Pienso en ella todo el tiempo. Parece que Dios ha cambiado de marcha mi consciencia.

Nathan se inclinó hacia David.

—Ahora eres una persona nueva. Él vive dentro de ti. Te está impulsando a hacer lo correcto.

—Pero esto va a ser como lanzar una bomba. Amanda lleva unos cinco años sin tener noticias mías y Olivia no me ha visto nunca.

—Entonces ya es hora de que madures, ¿no? —dijo Adam.

David miró a los dos hombres y se pasó los dedos por el pelo, corto y rubio. Estaba de acuerdo.

—Cuando estoy solo, todas las razones para no hacerlo ganan terreno. Pero, con ustedes aquí, es difícil razonar la forma de librarme de esto.

—Te entiendo —dijo Adam—. Desde que les dije que estaba decidido a dejar de ver tanto la televisión, me siento en la sala de estar y pienso: «No quiero tener que decirles que he malgastado otra noche». Así que la apago. Tal vez no sea el mejor motivo, pero da buenos resultados.

—Es presión de grupo, ¿no? —dedujo Nathan—. Nunca la superamos. La otra noche le dije a Jade que ella no es la única cuyas decisiones se ven afectadas por los que la rodean. Las personas con las que Kayla y yo estamos afectan también a nuestras decisiones.

—«Pensemos en maneras de motivarnos unos a otros a realizar actos de amor y buenas acciones» —ofreció David.

Adam sonrió.

—Citando las Escrituras, ¿eh? Eres todo un hombre, David.

—Esta va a ser una de las cosas más duras que he hecho nunca.

—Lo correcto es a menudo lo más duro —dijo Nathan—. Pero cuando obras con valor, hay una enorme recompensa.

★ ★ ★

Adam, vestido con vaqueros y una camiseta, estaba al otro lado de la puerta abierta. La cara de Sam Rivers era como una calavera con piel. Todo yeso, sin nada de aislante. En otra cara, sus ojos habrían parecido normales, pero en aquella no. Sobresalían como huevos metidos en plastilina.

—¿Qué quiere?

—Señor Rivers, cuando hablé con usted antes en la oficina del *sheriff*, fue como policía. Ahora le hablo como padre. Mi hijo, Dylan, y su hijo Jeremy son amigos.

—¿Sí? ¿Y qué?

—Bueno, yo querría que alguien hablara conmigo si mi hijo consumiera drogas. Por eso estoy hablando con usted.

—Muy bien. Entonces hable. —Rivers manipulaba su iPhone. Adam apenas pudo resistir el impulso de arrancárselo de las manos.

—Hay que buscar indicios para saber si su hijo consume drogas.

—Conozco los indicios.

—¿Sabía que su hijo consumía drogas?

Rivers miró como si le hubieran sacado un diente sin anestesia.

—La mitad de la escuela toma drogas. Sus amigos de sexto curso le hicieron que fumara cigarrillos. Y después hierba. En el patio del colegio... ¿se lo puede creer?

—Y eso le llevó a las otras drogas. Siempre pasa con la marihuana.

—No siempre.

—Jeremy también compró metanfetamina.

—Presuntamente. —Rivers lo miró—. Está fuera de servicio y ha dicho que no me estaba hablando como policía. Así que esto es extraoficial, ¿de acuerdo?

—De acuerdo.

—Si utiliza algo de lo que diga para ir a por nosotros, mi abogado se lo merendará. ¿Lo entiende, señor?

Mientras Adam fijaba la vista en los ojos abultados de Rivers, Adam intentó que su cara no revelase lo que pensaba su cerebro.

—A mi esposa le recetan OxyContin. Para el dolor. Totalmente legal. Jeremy empezó con el Oxy. Entonces, cuando ya no pudo conseguir más y descubrió lo que costaba, le entró el pánico. Le dijeron que podía conseguir la cantidad equivalente de metanfetamina o cocaína por la mitad de precio.

—Parece muy tranquilo al respecto.

El señor Rivers se encogió de hombros.

—Saldrá de ello.

—¿Qué le hace pensar eso?

—Yo lo hice. Es decir, ya no tomo drogas de verdad. Solo bebo y fumo un poco de hierba de vez en cuando. —Sus ojos se abrieron más—. Esto es extraoficial... lo ha prometido.

Adam suspiró.

—¿Ha hablado de ello con Jeremy?

—Le dije que no comprara droga, sí, pero que si lo hacía no fuese tan idiota como para hacerlo en el Pearly's. Podría haber robado también en una tienda de donuts y esperar que lo polis no se dieran cuenta.

—¿Le dijo que las drogas le arruinarán la vida?

—Yo acabé bien, ¿no?

—Así que se ha dado por vencido con él.

—Mi labor no es interferir en la vida de mi hijo.

—¿Acaso no es esa *precisamente* su labor?

Puso los ojos en blanco como si Adam definitivamente no entendiera para qué estaban los padres.

—Vale, compró metanfetamina y cocaína en polvo. ¿Y qué pasa con el crack?

—No lo sé.

—¿Le ha preguntado? ¿Ha mirado en su habitación?

—Respeto su espacio, Mitchell. Derecho a la intimidad. ¿Le suena?

—No me hable de moralidad cuando está abandonando a su hijo.

—En lugar de arrestar a mi hijo, ¿por qué no va a perseguir ladrones y gamberros, Barney? Gracias a usted, vamos a perder nuestro tiempo en los tribunales. He conseguido un abogado. Haremos que mi hijo se libre. Nos costará, pero oiga, ¿para qué sirven los policías? Nunca están cuando los necesitas, y siempre aparecen cuando no hacen falta. Puedo hacer que me traigan una pizza más rápido de lo que tardo en lograr que aparezca un policía.

—¿Va a buscar asesoramiento en drogas para Jeremy?

—Como he dicho, saldrá de ello.

—Mucha gente no sale nunca. Puede convertirse en un hábito de cien dólares al día.

—Él no se lo puede permitir.

—Y por eso tendrá que robar o vender para costeárselo.

—¿Está diciendo que mi hijo es un ladrón?

—Podría convertirse en uno. ¡Especialmente si usted no interviene!

La indignación de Adam hacia Sam Rivers plasmaba lo que pensaba de todos los padres despreocupados que habían ondeado una bandera blanca a la cultura y que habían cedido a sus hijos como rehenes.

—El abogado se encargará de todo.

—Jeremy no necesita un abogado. Necesita un padre.

—En lugar de sentenciarnos a mí y a mi familia, ¿por qué no mira más de cerca la suya?

—¿A qué se refiere? ¿A Dylan?

—Sí, superpapá. ¿Ha hablado con *su* hijo? ¿Ha registrado *su* habitación?

★ ★ ★

Adam condujo hasta casa. Dylan estaba en el entrenamiento de atletismo y tardaría una hora en llegar. Adam entró en su habitación y miró en los lugares evidentes en los que sabía que nadie que fuese inteligente escondería algo. Y Dylan era inteligente. Pensó en el mueble, pero Victoria retiraba la colada.

Examinó la estantería, con más videojuegos que libros. Miró en el anaquel del armario lleno de zapatos viejos, videojuegos viejos y algunas cajas. ¿Debajo del colchón? No, Dylan sabía que su madre quitaba la ropa de la cama para lavar las sábanas.

Adam echó un vistazo por la habitación. Si él fuese Dylan, ¿dónde escondería algo? Recordó los sitios en los que él había escondido cosas a sus padres. En el fondo de una caja de cómics encima de su armario. Estaba fuera del alcance de su madre. Y a ella le eran indiferentes los comics; una combinación perfecta... no los tiraría, y tampoco los hojearía.

Así que Adam alcanzó lo que Dylan sabía que menos le interesaba... los videojuegos. Los agarró y los abrió uno por uno. Finalmente, llegó a una caja de Madden vieja y gastada, una reliquia de los videojuegos, y la abrió. Allí estaba. Una bolsa de marihuana con unos cuantos papeles de liar y una pinza de sujetar porros.

Pensó en Sam Rivers, el padre negligente, tan desconectado del mundo de su hijo. La negligencia de aquel hombre como padre y el desconocimiento de la vida de su hijo habían indignado a Adam. En un instante, Adam se dio cuenta de que él mismo era el hombre al que despreciaba.

CAPÍTULO VEINTICUATRO

Cuando Victoria llegó a casa treinta minutos más tarde, encontró a Adam en el sofá de la sala de estar, con la cabeza entre las manos.

—¿Qué ocurre?

—Dylan. Ha estado fumando marihuana.

—¿Qué? —Victoria casi se desplomó.

Adam le contó toda la historia, empezando por el Pearly's, el arresto, Jeremy Rivers, y el enfrentamiento con el padre de Jeremy. Victoria quería ver la droga. Cuando lo hizo, rompió a llorar.

—Llegará a casa en cualquier momento —dijo.

—Puesto que me he enfrentado a Jeremy y a su padre y he registrado la habitación de Dylan, creo que esto debería comenzar como una conversación padre e hijo. ¿Tiene sentido?

Ella asintió.

Adam no había visto a Victoria tan mal desde la muerte de Emily. Se dio cuenta de que aquello también era como una muerte, una más pequeña, pero una amenaza mortal para el único hijo que a Victoria le quedaba.

Adam estuvo hablando con ella en el dormitorio hasta que oyeron que Dylan entraba por la puerta principal.

—Voy a orar —susurró Victoria.

Adam fue hasta la cocina, donde Dylan atracaba el frigorífico.

—¿Dylan?

Dylan, con una jarra de zumo de naranja en la mano, se dio la vuelta y miró la caja de Madden que su padre sostenía y de la que sobresalía la bolsa. La jarra se cayó al suelo. El zumo de naranja les salpicó los zapatos y las patas de los pantalones.

—¿Has registrado mi habitación?

—Sí, lo he hecho.

—Son mis cosas privadas.

—No soy yo el que está metido en un lío. Eres tú.

—Yo no registro tus cosas. Puede que ahora lo haga.

—No me vaciles, Dylan. Quiero algunas respuestas.

—¿Qué quieres saber?

—¿Cuánto tiempo llevas consumiendo?

—En una fiesta en casa de Drew Thornton. Cuando iba a octavo. Todo el mundo estaba fumando hierba. No quería estar solo.

—¿El año pasado? ¿En casa de los Thornton? ¡No me lo puedo creer! ¡Van a nuestra iglesia!

—Créete lo que quieras. Siempre lo haces.

—¿Qué quieres decir con eso?

Cuando Dylan apartó la mirada, Adam levantó la mano para tranquilizarse y calmar a Dylan.

—Mira, ¿y si limpiamos el zumo y nos cambiamos? Después podemos hablar.

Durante los cinco minutos siguientes, limpiaron el suelo de la cocina con paños húmedos. Sin mediar palabra, Dylan se levantó y fue a su habitación. Adam se cambió de pantalones y se sentó en el suelo del cuarto de Dylan.

—¿Cuánta hierba has fumado?

—Puede que unas cuantas veces al mes. No soy un porrero. No es todos los días.

—Sé como huele, Dylan. ¿Cómo es posible que nunca haya notado ni el más mínimo olor?

—No fumo en mi habitación. No soy tan tonto.

—¿Qué más has usado? ¿Metanfetamina?

—No.

—¿Cocaína?

—¡No!

—¿Cosas con receta? ¿Cómo OxyContin?

Dylan bajó la mirada. No hubo negación.

—¿Oxy?

—No. Está por todos lados en el colegio. Algunos chicos simplemente la toman del botiquín de sus padres y la pasan. Yo no la uso.

—Dylan, has dudado. Creo que hay algo más, ¿no?

—Es legal. No es nada malo.

—¿Qué es?

Suspiró.

—El parche. Solo lo usé una vez. Después de que Emily muriera.

—¿Te refieres a un calmante con receta?

—Fentanyl. Solo hace falta un médico para conseguirlo.

Adam sacudió la cabeza.

—Solo es legal para la persona a la que el doctor se lo receta. Va contra la ley que tú lo uses.

—Solo es un calmante, papá. ¿Qué puede tener de malo? La gente normal lo utiliza; no es lo mismo que ser un adicto al crack en la calle.

—Dylan, esas medicinas funcionan con la gente a la que de verdad le duele algo. Pero si no te duele nada, te perturban. Son alucinógenos.

La mirada de Dylan lo decía todo: *De eso se trata.*

—Jeremy te dio el parche, ¿verdad?

Dylan no respondió.

—Mira, ¡no soy adicto! Quiero decir… No fumo hierba tan a menudo. Solo a veces, cuando estoy estresado y quiero realmente algo que me ayude a olvidar.

Adam respiró profundamente. Si perdía la calma, la conversación se iría a pique rápidamente.

—Dame nombres de la gente con la que fumas marihuana.

—Entonces los arrestarás.

—No si no trafican.

—Pero los vas a interrogar. Y se lo dirás a sus padres.

—Interrogarlos no. Pero decírselo a sus padres… probablemente. ¿Le has comprado alguna vez a un adulto?

Dylan no contestó.

—Eso significa que sí. ¿Cuántas veces?

—Un montón de chicos le compran.

—Quiero su nombre.

—No.

—No estás en situación de resistirte.

Dylan no sabía dónde meterse. Un instante parecía avergonzado y al siguiente, enfadado.

—¿Sabías que tu hermana está muerta porque un tipo tomó drogas? La cara de Dylan cambió en un instante.

—¿A qué te refieres? Dijeron que había bebido.

—Sí, pero también consumió cocaína.

Dylan bajó la cabeza.

—Hijo, toda esta basura es realmente mala. Pronto tendrás tu permiso de conducir. Un solo colocón y podrías matar a la hija de alguien, a la hermana de alguien.

Dylan no respondió.

—¿Sabes lo estúpido que es tomar drogas? Se empieza con la marihuana, pero normalmente no acaba ahí. Veo los resultados todo el tiempo. Veo a chicos que roban para pagar su adicción. Roban a sus padres y a sus hermanos y hermanas…

—Yo no tengo un hermano ni una hermana.

Adam se detuvo. Las lágrimas se abrieron paso. ¿Cómo había ocurrido aquello? Levantó la vista. Dylan también estaba llorando.

—Después de que muriera, fumé algo más de hachís. Entonces Jeremy me vendió el parche. Me quería morir. No quería que me doliera más. Por eso lo usé.

Adam se levantó, se sentó en la cama junto a Dylan y lo abrazó.

—Yo también me sentía como si quisiera morir, hijo. Eso lo entiendo. —Adam se apartó—. ¿Por qué no me lo dijiste, chico?

—¿Decirte que tomaba drogas? Sí, claro, eso habría ido *realmente* bien.

—Te habría ayudado.

—No es cierto. Me habrías obligado a dejar el atletismo. Me habrías quitado los videojuegos. ¡Y me habrías encerrado en mi habitación mientras jugabas con Emily al Yahtzee!

Adam respiraba hondo, tratando deliberadamente de controlar su genio. Aunque las palabras de Dylan hacían daño, lo último que necesitaba ninguno de los dos era que Adam atacara en su propia defensa. Pero después de analizar decenas de respuestas posibles, ninguna de ellas le pareció adecuada. Siendo sincero, ¿acaso estaba seguro de que no habría reaccionado de la manera que Dylan describía?

—Tenemos que hablar más. Pero mi relación contigo es más importante para mí que nada de lo que tenga que decirte.

Permanecieron sentados en silencio. Por fin, Adam dijo:

—¿Te apetece una carrera?

Dylan barajó sus opciones.

—Vale.

—Bien. Vamos.

★ ★ ★

Después de correr, Adam y Dylan se sentaron en la entrada de la casa y conversaron durante otros treinta minutos. Mientras Dylan iba a la ducha, Adam entró en la cocina y se alegró al ver que Victoria ya no estaba pálida.

—Tú y Dylan no deberían considerar la limpieza del hogar como un posible negocio —dijo Victoria, limpiando manchas pegajosas del suelo.

—Lo siento. Le he dicho que tiene que contarte lo de las drogas. Yo también estaré presente.

—Te lo agradezco.

Las lágrimas de su madre conmovieron a Dylan. Se disculpó y le pidió que lo perdonara. Los tres se abrazaron. Adam oró.

Más tarde, Victoria estaba apoyada en el tocador de su habitación.

—¿Cómo has sabido dónde mirar?

—He pensado en dónde solía esconderles cosas a mis padres.

—¿El mismo sitio en el que me escondes cosas a mí?

—¿Qué? —La cara de Adam se enrojeció.

Victoria abrió la puerta del armario, se puso de puntillas y sacó una caja de la estantería.

—Entonces, ¿qué hay aquí?

—Es la caja de un revólver. A ti te dan miedo los revólveres, ¿no?

—Eso es lo que lo convirtió en el escondite perfecto.

Abrió la caja y sacó lo que Adam creía a salvo. Lo sostuvo en la mano y lo agitó delante de su cara.

Adam bajó la mirada.

—¿Desde cuándo lo sabes?

—Puede que unos dos años. Lo compruebo varias veces a la semana, y veo lo que entra y lo que sale. Supongo que debía haber vigilado a mi hijo como hice con mi marido.

Él levantó la vista.

Victoria lo sujetó de nuevo frente a él.

—¿Tenías que esconderme esto? —Le dio un bocado.

—Oye, no —dijo Adam.

—No está mal —dijo Victoria—. ¿Qué es?

Adam arrastró los pies.

—Un donut de frambuesa.

—¿De Donut Factory? —Le dio otro bocado grande.

—De la oficina.

—¿Y dónde los compran?

—En Krispy Kreme.

Victoria lo terminó, se relamió los labios y se chupó los dedos.

—Eres una tacaña —dijo Adam.

—¿Esto es todo lo que escondes?

—Sí.

—Entonces, supongo que no pasa nada.

—¿En serio?

Victoria sonrió burlonamente.

—Yo he guardado un alijo de chocolate negro durante años.

—¿Dónde?

—¿Por qué te lo iba a decir?

—¡Yo te he contado lo mío!

—No es así. Lo encontré yo solita. Y tampoco lo he tocado nunca. —Dudó—. Bueno, una vez tomé una barrita de arce.

—¡Sabía que la había metido ahí! Miré en otras tres cajas. ¡Ladrona!

—Y después fue aquella caña de crema, pero la repuse.

Adam sonrió.

—Al parecer Dylan adquirió su hábito de esconder cosas honradamente. O tal vez debería decir *naturalmente*.

—Sí, solo que lo que él esconde es mucho más peligroso. Por no decir ilegal. —Buscó en los ojos de Adam—. Parece que es un consumidor ocasional, no un adicto, ¿verdad?

—Creo que eso es cierto.

—¿Crees que nos ha entendido?

—Después de correr, me ha dicho que es difícil cuando muchos otros chicos hablan acerca de experimentar con drogas.

—Tiene sentido. Para los chicos, es duro ir en contra de la corriente.

Adam respiró hondo.

—Esto es duro. Más duro de lo que esperaba cuando escribí los puntos de la Resolución. Una cosa está clara, no podría hacerlo si ti.

Después de unos minutos de silencio, ella preguntó:

—¿En qué piensas?

—¿Sinceramente?

—Sí.

—Que estoy entrenado para buscar y confiscar. Y voy a poner patas arriba este lugar hasta que encuentre tu chocolate negro.

—Nunca lo encontrarás.

—Si no lo hago, traeré a casa a Chopper, el perro detector de drogas. Haré que su adiestrador lo familiarice con el olor a chocolate negro. Chopper lo encontrará antes de que puedas decir *chocolate caliente*.

Victoria sacudió la cabeza.

—No si yo me lo como primero.

Capítulo veinticinco

De espaldas al río Flint, cinco hombres y sus familias se congregaron sobre un magnífico césped recién cortado a la espera de la ceremonia de la Resolución. Todos vestían sus mejores galas.

Adam se acercó a su pastor.

—Me alegra que hayas venido, Jon. Si no me hubieses animado a estudiar lo que la Biblia dice sobre la paternidad, no estaríamos aquí hoy.

—No me lo perdería por nada. ¡Me encanta esta Resolución! Mis hijos ya son mayores, pero los principios también son válidos para abuelos y mentores de hombres jóvenes. Esto no debería limitarse a ustedes cinco. Debería proponerse a todos los padres.

—¿Pero cómo lo haríamos? Estamos en Albany, Georgia… no es un sitio desde el que se pueda llegar a los padres del mundo.

—Y David el pastorcillo tampoco era la mejor elección para ser rey. Pero con Dios, nada es imposible. Quiero comentarte algunas ideas acerca de la Resolución. Pero primero veamos lo que Dios hace hoy.

Al otro lado del césped, Nathan Hayes hablaba y reía con el que había sido su mentor desde hacía veinte años, William Barrett. William, en silencio, recordaba cómo estuvo a punto de perder la esperanza con Nathan. Ya era bastante difícil criar a su propia familia. Y «ese chico de los Hayes» no siempre había parecido una buena inversión. *Volviendo la vista atrás, aquella decisión fue una de las más estratégicas que he tomado nunca… y ahora afecta a generaciones futuras.*

Cuando llegó la hora de empezar, William Barrett tomó solemnemente su lugar delante del grupo, junto a una mesa con un mantel blanco. Sobre ella había cinco documentos, cada uno con un marco negro debajo.

—No puedo expresar con palabras el honor que esto representa para mí —dijo William—. Me abruma escuchar la postura que están adoptando por su fe y por sus familias. Que Dios bendiga el compromiso que realizan hoy. Nathan Hayes, me gustaría que te pusieras frente a mí y que tu esposa y tus hijos se coloquen a mi lado.

Nathan caminó hasta el centro del semicírculo de hombres con sus familias. Se preguntó cuántas de las canas de William Barrett las había causado él mismo. Pensó en lo diferente que sería su vida si aquel hombre hubiese perdido la esperanza con él. Nathan sabía que William lo había preparado para creer en Dios Padre haciendo que la propia palabra *padre* le resultaba grata por primera vez en su vida.

—Nathan… mi hijo en la fe —comenzó William. Nathan pudo ver que las emociones del señor Barrett estaban muy cerca de la superficie—. Fue una gran dicha para mí convertirme en tu mentor cuando eras joven. Hoy es una gran dicha bendecirte como padre devoto. ¿Estás preparado para asumir este compromiso ante Dios y ante tu familia?

—Sí, señor, lo estoy.

—Entonces, me gustaría que repitieras después de mí…

Uno tras otro, con sus familias y su Dios como testigos, los cinco hombres se presentaron ante William y repitieron las palabras de su Resolución.

*Decido solemnemente ante Dios
asumir toda la responsabilidad por mí mismo, por mi esposa y por
mis hijos.
Les amaré, les protegeré y les serviré
y les enseñaré la Palabra de Dios como líder espiritual de mi hogar.*

Adam miraba de reojo a Victoria y a Dylan mientras hacía su promesa.

*Seré fiel a mi esposa, para amarla y honrarla
y estaré dispuesto a dar mi vida por ella, como Dios hizo por mí.
Enseñaré a mis hijos a amar a Dios con todo su corazón, su mente y
su fuerza.
Les enseñaré a honrar la autoridad y a vivir de manera responsable.*

Cuando Shane Fuller ocupó su lugar, solo estaba allí su hijo para ser testigo de las promesas que hacía. Shane miró fijamente a Tyler a los ojos y pronunció las palabras de su compromiso.

*Me enfrentaré al mal, perseguiré la justicia y amaré la misericordia.
Oraré por los demás y les trataré con amabilidad, respeto y compasión.*

Al llegar su turno, Javier Martínez, con orgullo, dio un paso al frente vestido con su primer traje nuevo. Estaba orgulloso de mirar a la cara a su familia y prometer ser siempre el hombre que ellos necesitaban que fuese.

*Trabajaré con diligencia para proporcionar a mi familia todo lo que
necesite.*

Para David Thomson era un honor estar entre aquellos hombres mayores que él. No había familia a su lado, pero durante un fugaz instante, David imaginó que una mujer y su hija estaban allí, queriéndolo y buscando en él liderazgo.

Seré sincero y mantendré mis promesas.
Perdonaré a aquellos que me han ofendido y me reconciliaré con aquellos a los que yo he ofendido.

Cada uno de los hombres repitió la Resolución entero con un aire de seriedad y dignidad.

Aprenderé de mis errores, me arrepentiré de mis pecados y caminaré con integridad como un hombre responsable ante Dios.
Trataré de honrar a Dios, ser fiel a su iglesia, obedecer su Palabra, y hacer su voluntad.
Trabajaré con valentía con la fuerza que da Dios para cumplir esta Resolución durante el resto de mi vida y por su gloria.

Finalmente, en nombre de todos, Adam citó las palabras de las Escrituras que había escrito debajo de la Resolución: «Elige hoy mismo a quién servirás… Pero en cuanto a mí y a mi familia, nosotros serviremos al Señor».

Después de que los cinco terminaran de hacer su declaración, se dirigieron juntos a las Resoluciones impresas que había sobre la mesa. Cada uno agarró una bonita pluma de madera que Kayla había escogido y firmó su Resolución. Nathan fue el último, sopesando cada palabra antes de poner su nombre por escrito. Se detuvo con especial interés en una afirmación en particular: «*Perdonaré a aquellos que me han ofendido y me reconciliaré con aquellos a los que he ofendido*».

William Barrett dijo:

—Ahora que cada uno de ustedes se ha comprometido a vivir según esta Resolución, yo les bendigo en el nombre del Señor. Que su bendición caiga sobre ustedes y les dé fuerza y gracia.

Los hombres se relajaron, pensando que la ceremonia había terminado, pero William volvió a hablar, y todos prestaron atención por su tono solemne.

—Pero también les advierto algo. Ahora que saben lo que tienen que hacer y se han comprometido ante Dios y ante estos testigos, tendrán de rendir cuentas por partida doble. Puede que ahora confíen en su determinación. Pero tengan clara una cosa, mantenerlo requerirá *valor*. Y no serán capaces de conservar el valor sin la ayuda de Dios Todopoderoso.

★ ★ ★

De vuelta a casa, junto a la encimera de la cocina, Adam quiso hablar con Victoria.

—El pastor Rogers ha dicho que no creía que debiéramos mantener la Resolución solo para nosotros. Dice que otros padres tal vez querrían firmarlo.

—Creo que tiene razón —dijo Victoria—. Cualquiera que presenciase lo que yo he visto hoy sentiría lo mismo.

Adam lo meditó.

—No seremos capaces de mantener estas promesas sin la gracia y el poder de Dios. Y sin la ayuda de cada uno de nosotros. Pero significa mucho que mi esposa me apoye.

—Es cierto; no me mereces. —Victoria lo acercó a ella.

Señaló la Resolución.

—Bueno, ¿vas a colgarlo?

—Lo cierto es que me gustaría colgarlo ya… en un lugar que sirva de recordatorio para mí, para ti y para Dylan.

—Hoy parecía que estabas repitiendo tus votos matrimoniales. Solo que esta vez, creo que ha significado más para mí.

—¿Por qué?

—Cuando juramos nuestros votos éramos sinceros. Pero no creo que entonces entendiéramos lo que significaban. «Para lo bueno y para lo malo» es muy amplio, ¿no?

Él asintió.

—A veces he pensado: «Si Adam hubiese sabido cómo era realmente el matrimonio, no se habría comprometido a ello». Pero ahora estás haciendo esto con los ojos bien abiertos. Has decidido volver a comprometerte. No sé cómo decirlo, pero… supongo que me has hecho sentir querida. Gracias.

—Siento haber sido un estúpido egoísta y que tuvieras que dudar de mi compromiso contigo.

—Bueno, no *siempre* has sido un estúpido egoísta.

—¡Gracias!

Victoria apoyó la cabeza en su hombro.

Adam llamó a Dylan y señaló la Resolución que estaba sobre la mesa.

—Esto es lo que quiero hacer, hijo. Es quien quiero ser. Algunas veces fallaré. Cuando eso ocurra, perdóname, por favor. Con la ayuda de Dios, *seré* un mejor padre. ¿Podrías firmar aquí abajo como testigo de mi compromiso?

Dylan firmó.

Adam sintió la cautela de su hijo sobre si aquel sería un cambio real. *Es justo. Tiene derecho a esperar y a ver. El tiempo lo dirá.*

—¿Victoria?

Ella lo firmó y, a continuación, levantó las cejas.

—¿Con esto se supone que debo recordarte tu compromiso cuando crea que no lo estás cumpliendo?

—Sí. Preferiblemente con respeto y dulzura. Necesitaré tu ayuda para esto. Así que *quiero* de verdad que me lo recuerdes. Tú también, Dylan.

Ellos accedieron.

—Vamos a enmarcarlo, y lo colgaremos.

—¿Lo vas a poner en la pared? —preguntó Dylan.

—Por supuesto.

—¿Dónde? No hay sitio.

Adam bajó un prominente cuadro de la pared, y después señaló el hueco que había dejado.

—Justo ahí.

Dylan miró con los ojos como platos.

—¿Vas a quitar a *Steve Bartkowski*?

—Simplemente, tendremos que encontrar un lugar menos destacado para Steve.

—¿Dónde?

—No estoy seguro.

—¿Puede trasladarse a mi habitación?

Adam iba a contestar que no. Entonces, dijo:

—Claro, chico. Sería todo un honor para Steve estar colgado en tu habitación.

Dylan sonrió e inmediatamente se fue con la foto.

—Un chico listo —dijo Victoria—. No te ha dado tiempo para que cambiases de opinión.

—En realidad, me siento muy bien por el mero hecho de que lo quisiera. Bartkowski era mi héroe, no el suyo.

—Sigue así y puede que tenga un nuevo héroe.

CAPÍTULO VEINTISÉIS

Había gran expectación en el hogar de los Hayes puesto que se había preparado un banquete de enormes proporciones en honor a William Barrett y Nathan Hayes. Jackson, aunque era demasiado pequeño para entenderlo, captó algo del entusiasmo de un día que marcaría su vida. Jordan, de cinco años, solo sabía que su madre estaba contenta, que preparaba una cena muy elaborada, y que su hermana la ayudaba en la cocina, demasiado ocupada como para molestarse si Jordan jugaba con sus cosas, lo cual le quitaba la gracia.

Kayla estaba muy contenta de recibir al mentor de Nathan en su casa. De nuevo era consciente de que la mayor parte de su vida, tal y como la conocía, se debía a la influencia de aquel hombre.

A Kayla William Barrett siempre le había recordado a su propio padre. Así que decidió preparar una tradicional cena sureña como solía hacer su madre. Kayla compartía sus secretos de cocina con su pinche, Jade, que estaba disfrutando con la experiencia aunque no lo admitiera.

Kayla puso en la olla codillos de cerdo y añadió un poco de tocino.

—¡Madre mía! Esos olores bastan para que crea que he muerto y he ido al cielo.

William Barrett y Nathan Hayes aspiraron hondo. A Kayla le encantó pero, fiel a la tradición, les enseñó un estropajo y los echó de la cocina.

Kayla le enseñó a Jade cómo lavar y cortar las verduras al modo en que solía hacerlo la tía Flora. Mezcló la harina de maíz y en el momento oportuno añadió las verduras a la olla de codillos de cerdo y tocino. Chisporrotearon gotas de agua, la grasa comenzó a absorberse y el aroma era sensacional.

Cuando Kayla vio que Nathan y William volvían a mirar a hurtadillas, adoptó el papel de su madre.

—¡Nathan Hayes! ¡Cómo es posible! Y William Barrett, ¿qué clase de ejemplo están dando? ¡Saquen sus manazas de hombre fuera de mi cocina, ¡y dejen de torturarse!

William Barrett se reía como un niño pequeño. A Kayla le complacía que lo estuviese pasando tan visiblemente bien. Había preparado casi todos los platos que más le gustaban a William y observaba cómo él inspiraba los aromas con un placer evidente. La historia de cocina negra sureña de Nathan había sido más breve y no tan rica, pero ella sabía que, aun así, se le hacía la boca agua.

Cuando todo estuvo listo, Kayla desfiló hasta el comedor con la guarnición, cargada de cebollas, pimientos y apio, y lo colocó en el centro de la mesa. Uno tras otro, fueron llenando la mesa con enormes platos: coles silvestres, judías blancas y guisantes.

William Barrett se inclinó sobre la mesa.

—¡Mm, mm, MMM!

—Eso sí que es un hombre con las ideas claras —dijo Kayla.

Jade trajo un abundante acompañamiento de macarrones con queso, y después boniatos confitados. Kayla llevó un plato colmado de bagre frito y unos recipientes más pequeños de quingombó y maíz.

—Esto me recuerda a Jackson, en Mississippi, donde el cartel del Mama's Kitchen dice «Cuando no puedas ir a casa de mamá, ven a vernos». Pero Kayla, querida, ¡esto huele aún mejor! —dijo William Barrett.

Nathan miró a su esposa y sonrió. La mención a Mama's le hizo pensar en su madre. Había muerto demasiado joven, agotada por haber criado a todos aquellos niños ella sola. Habría estado orgullosa de Kayla y de sus nietos. Y encantada al saber que William Barrett aún era el mentor de su hijo. Nathan sabía que le había dado gracias a Dios porque aquel hombre se interesara por Nathan. A menudo, mamá decía que ojalá hubiese existido un William Barrett para cada uno de sus hijos.

—En fin, creo que me he quedado corta con el pollo frito y las chuletas de cerdo —dijo Kayla—. Pero va a haber un montón para llevarte a casa, William. ¡Espero que a todos les guste la comida porque van a estar comiéndola durante los próximos cuatro días!

William parecía un niño en una tienda de golosinas.

—Fríelo y así no te equivocarás, decía siempre mi mamá.

—Esperen, olvidé una cosa.

Volvió con un cesto que le pasó a Nathan.

—¡Bolas de maíz fritas! ¡Estoy en el paraíso de los glotones!

Kayla estaba de pie junto a la mesa como si fuese un púlpito.

—En fin, si una mujer sureña se toma la molestia de preparar una comida, tienen que comérselo todo hasta que les salga por las orejas, y si pregunta si quieren más, contestan «sí, señora», y no hay más que hablar.

Se dieron la mano y Nathan dio gracias a Dios por la maravillosa ceremonia y oró por ser un marido y un padre mejor de lo que había sido nunca.

A continuación, le pidió a William Barrett que orase.

—Oh Dios y Padre Todopoderoso, te damos las gracias de nuevo por la Resolución y por todo lo que representa para que cambie la vida de estas familias. Te doy las gracias por mi hijo Nathan y por su compromiso con su mujer y sus hijos, que son preciosos. Y te doy las gracias por Kayla y Jade y por todo lo que han trabajado preparando esta comida. En el nombre de Jesús. Amén.

Después de llenarse el plato, Nathan agarró pan de maíz y lo deshizo con los dedos para mezclarlo con las coles silvestres. Las sabrosas verduras, que habían absorbido la grasa, atraían las migas descarriadas igual que un imán atrae las limaduras de hierro. Se relamió. Aquello sí era comer. Entonces miró a Kayla y gesticuló con los labios un «te quiero».

Ella le devolvió la mirada y Nathan vio en sus ojos una lealtad y un amor tan intensos que casi lo dejaron sin respiración.

Capítulo veintisiete

Adam y Shane subieron los escalones del porche delantero de una casa pequeña y destartalada al suroeste de Albany. Nathan y David aparcaron detrás. Nathan estaba en la esquina posterior izquierda de la casa, y David se colocó dentro de su campo visual en la esquina derecha, al pie de los escalones del porche trasero.

—¿Estás preparado esta vez? —preguntó Nathan por su radio, bromeando solo a medias al recordar la casa de los hermanos Holloman.

—Aquello no volverá a ocurrir. —David susurró su respuesta sin apartar la vista del punto de salida.

Adam llamó a la puerta principal. No contestó nadie. Intentó girar el pomo y la puerta se abrió. La empujó lentamente, echó un vistazo al interior, y entró con cautela. Shane le siguió de cerca.

—Departamento del *sheriff*. Tenemos una orden de registro. Departamento del *sheriff* —repitió. En los tribunales servía de ayuda que pudieras asegurar que te habías identificado dos veces.

Silencio. Miró en la sala de estar y se percató de unos agujeros rectangulares que había en la moqueta naranja apelmazada, justo en el lugar en el que estaban las salidas de la calefacción.

Shane vigilaba las puertas delantera y trasera.

Un periódico cubría algo sobre el sofá. Adam lo retiró. Una caja de zapatos abierta contenía unas diez bolsas de plástico pequeñas con polvo blanco.

—693c a la oficina del *sheriff*, necesitamos un inspector en la manzana 400 de Wayland. Número 419, narcóticos.

—Recibido, 693c.

Adam siguió por la casa; los pocos muebles que había parecían artículos de saldo defectuosos. Se acercó al dormitorio listo para apuntar con su arma y gritar una advertencia. Lo único que vio fue un colchón sucio, una manta raída y ropa desparramada. Miró a izquierda y derecha, y después salió por la puerta trasera hasta donde David aguardaba al pie de los escalones.

—Parece despejado —dijo Adam.

—¿Estás seguro? —preguntó Shane por la radio—. No me cuadra. Creo que no se irían dejando la droga en el sofá a menos que estuvieran cerca.

—Lo he comprobado, pero volveré a hacerlo —dijo Adam.

Entró de nuevo en la casa; Nathan le indicó a David con la mano que lo siguiera.

Adam entró al baño y, con cautela, se aproximó a la cortina de la ducha, que estaba corrida. Le vino a la mente una escena de película. Parecía que debía estar sonando una música espeluznante.

Temiendo una escena invertida de *Psicosis*, Adam tomó aire y abrió la cortina de la ducha de golpe.

Vacía.

David entró en la sala de estar y miró la caja de zapatos sobre el sofá.

—No la toques, novato —gritó Shane—. Hay que fotografiarla primero.

—¿Cocaína?

—Sí. Sigo diciendo que no la habrían dejado aquí si no estuvieran cerca.

—¿Habéis revisado toda la casa? —preguntó David.

David se dirigió a la puerta del armario del recibidor. Al abrirla, algo le hizo retroceder con fuerza y lo golpeó contra la pared. Un hombre musculoso enorme salió de una embestida, agarró a David y lo arrojó al suelo del vestíbulo. David se puso en pie inmediatamente. Se encontraba entre aquel hombre y la puerta.

—Voy a dispararte una descarga —advirtió Shane y disparó la pistola eléctrica en el mismo momento en que el hombre empujaba a David de nuevo contra el sofá. El confeti con los números de identificación de la pistola saltó por los aires, pero solo uno de los dos proyectiles dio en el blanco, y eso hizo que no sirviera de nada.

El agresor agarró una silla y se la arrojó a Shane, que se agachó, metió otro cartucho en la pistola y disparó de nuevo. Le dio la descarga de cinco segundos completa, pero solo consiguió que el tipo se cabreara.

Adam saltó sobre su espalda, llevándolo contra la pared. Intentó inmovilizarle la cabeza, pero el hombre se giró. Las piernas de Adam chocaron contra un viejo sillón abatible.

—¡Otra descarga! ¡Otra descarga! —gritó Adam. David sacó su pistola, que tenía guardada, y disparó al tiempo que el hombre se giraba. Adam recibió la descarga, con el confeti volando de nuevo.

Adam se retorció de dolor.

—¡A mí no! ¡Al otro tío!

El agresor arrojó a Shane sobre una mesa, rompiéndola.

David disparó su segunda descarga, y esta vez acertó de lleno en la parte alta de la espalda. Aturdido, el hombre embistió a David y lo empujó contra Shane. Los tres cayeron al suelo. El hombre gritó pero se puso en pie y se dirigió a la puerta principal.

Nathan arremetió contra él y lo derribó al suelo. Ambos lucharon, pero cuando se liberó, Shane aplicó su pistola eléctrica directamente sobre la parte inferior de la espalda del hombre y realizó una descarga máxima. Hizo su advertencia al mismo tiempo que disparaba. El hombre gritó y cayó al suelo sobre su estómago.

Nathan saltó sobre él apretando su propia pistola.

—Las manos a la espalda. ¡Ni un movimiento más o te estaremos dando descargas hasta que las ranas críen pelo!

El hombre luchó por levantarse. Nathan apretó el gatillo y lo retuvo, haciendo que cayera de nuevo contra el suelo. Esta vez no se movió.

Mientras Shane tiraba hacia atrás de una de las muñecas y Adam de la otra, David le puso rápidamente las esposas.

—¿Lo tenemos? —preguntó Adam sin respiración.

—Debería ser luchador de la UFC.

—Yo creo que lo es.

—Podría levantar 150 kilos.

—Mejor subir esos cálculos. —Shane estaba apoyado contra el sofá—. Han hecho falta cuatro de nosotros para reducirlo.

David asintió.

—Yo diría que 200.

Adam hizo una mueca.

—¿Estás bien? —preguntó Nathan.

—No siento nada en la espalda. Lo peor es el cuello. Donde tu compañero me ha dado una descarga.

David utilizó una silla para levantarse.

—Le di al tipo al segundo disparo.

Nathan se puso de rodillas y le dio la mano a Adam.

Adam la agarró pero se movió lentamente.

—Despacio. Dame un segundo.

De repente, el sargento Bronson irrumpió por la puerta, un milisegundo antes que el olor de su puro.

Se paró y les echó una ojeada.

—¿Qué hacen en el suelo, señoritas?

—Hemos tenido una pelea —dijo Adam.

—Perdieron. Muy mal.

—No somos nosotros los que estamos esposados.

—Con todo este confeti parece un desfile de Disneylandia. ¿Has sido tú el jefe, Mitchell? —Miró los montoncitos de confeti—. ¿Tres disparos de pistola eléctrica? ¿Cuatro?

—Cuatro, creo —dijo Shane, gruñendo.

—¿Quieren un consejo? Prueben con una descarga, si no funciona, adviértanle, y si se resiste, dispárenle en el centro de la masa corporal. Díganse a sí mismos: «Esta noche voy a ir a casa». Si lo hacen por lo civil, que así sea. Prefiero que me juzguen doce a que me lleven seis a hombros.

—Para llevarlo a él harían falta más de seis —susurró Shane.

Bronson puso los dedos en el cuello de delincuente, buscándole el pulso.

—Menuda casa han escogido para jugar a las cocinitas. —Tocó las placas de yeso—. Podrías atravesar estas paredes con un gato. Tal vez sea mejor que me lleve a este tipo a la cárcel para asegurarme de que llegue.

Adam sacudió la cabeza.

—De ninguna manera te vas a llevar tú el mérito de este arresto.

Bronson se arrodilló para examinar las pruebas de droga esparcidas por el suelo detrás del sofá.

Shane levantó las cejas a Nathan.

—¿Te daremos descargas *hasta que las ranas críen pelo*?

—Es una vieja expresión de mi madre.

—¿Tu madre solía darte descargas?

—Ella habría dicho: «Te estaré *dando azotes* hasta que las ranas críen pelo».

—¿Funcionaba?

—No.

Bronson, que seguía detrás del sofá volcado, dijo:

—Tu madre tenía que haber usado pistola eléctrica.

CAPÍTULO VEINTIOCHO

Victoria estaba sentada en la cama, junto a Adam, examinando su cara hinchada.

—Pareces reventado.

—Solo porque lo estoy.

—¿Seguro que no quieres cancelar lo de esta noche?

—En absoluto. Los Holt llevan semanas en el calendario.

Victoria le agarró la mano.

—¿Sabes qué? Estoy contenta con Dylan. Desde que descubrimos las drogas, es como si se hubiese quitado un peso de encima. Me alegra tanto que estuviese en la ceremonia. Está orgulloso de ti. Y le has dado ejemplo… le has dado algo a lo que aspirar.

—Ahora, de todas formas, toca la hora de la verdad. William Barrett tenía razón. Hará falta valor. Y no podemos ser valientes sin la gracia y la fuerza de Dios. —Sus ojos buscaron los de Victoria—. Me gustaría que empezáramos a orar juntos y a compartir lo que aprendamos de la Palabra de Dios.

—De acuerdo —dijo Victoria—. Supongo que eso significa que será mejor que aprenda algo de la Palabra, ¿verdad? ¿Cuándo lo haríamos?

—¿Podíamos intentarlo después del desayuno, cuando Dylan se haya ido al colegio? Si estamos vestidos y listos, tendremos treinta minutos antes de que me vaya al trabajo.

—¿Todos los días?

—¿Qué te parece lunes, miércoles y viernes?

—Lunes por la mañana está bien.

—Me estás sonriendo.

—Me acabo de dar cuenta de algo. ¡Si vas a ser el líder espiritual, necesitarás que te siga!

—¿Estás preparada?

—Oye, si tú vas a ser todo un hombre, ¡yo puedo ser toda una mujer!

Parecía que Adam quería decir algo más.

—¿Qué ocurre?

—¿Recuerdas cuando me decías que con los años me había vuelto cada vez más cínico?

—Sí, ¿y?

—Pues eso me hizo ponerme a la defensiva.

—Me di cuenta.

—Tenías razón. Estoy decidido a superarlo. Pero quiero que entiendas por qué soy cínico para que puedas ayudarme.

—Creo que lo entiendo, pero cuéntamelo, por favor.

—Veo lo peor del comportamiento de las personas. La gente miente a la policía acerca de todo. Al final, asumes que todo el mundo miente. ¿Recuerdas cuando decías que yo era un idealista?

—De eso hace mucho tiempo.

Adam hizo un gesto de dolor al apoyarse contra la cabecera de la cama.

—Los otros policías se reían de mí. Yo no pensaba mal de la gente, pero poco a poco fui cambiando. Cuando tus expectativas son limitadas, no te sientes tan decepcionado.

—Y los demás policías no creen que seas crédulo e ingenuo.

—Exacto. Jeff decía: «Confiamos solo en Dios; los demás son sospechosos».

Victoria sacudió la cabeza.

—Jeff dejó de confiar en Emma. Revisaba los números a los que ella llamaba.

—Cuando los Keller vinieron a nuestra iglesia por primera vez e invitaron a Dylan a pasar la noche en su casa, hice una investigación de antecedentes. Piensas: «¿Qué hay de malo?». ¿Y si después descubro que el tipo es un delincuente? Cuando soy cínico, no hay nadie en el trabajo que me anime a dejar de serlo. Shane es más cínico que yo. Vemos el mundo a través de la lente de nuestro trabajo.

—Los padres deben ser protectores, por supuesto. Pero hay un límite. Como cuando el hombre de la banda de mariachi le tocó el hombro a Emily. Casi te levantas de un salto.

—Todavía me duele el tobillo en el sitio donde me golpeaste —señaló Adam.

—Pero tenía que atraer tu atención. Todos estos años he mencionado cosas así, tú has abusado de tu autoridad diciendo que eras policía, y por eso sabías cómo era la gente, y que yo no lo sabía.

—Tienes razón. Lo he hecho. Y lo siento. ¿Me perdonas?

Victoria lo miró a los ojos.

—Te perdono.

—De todas formas, he tomado una decisión.

—¿Vas a dejar la policía para presentarte a una prueba para entrar en los Atlanta Falcons?

—No, pero es casi igual de… inverosímil. He decidido que me gustaría hablar más contigo sobre… lo que me pasa.

—Suena bien. La Biblia dice que, supuestamente, debo ayudarte. Pero no puedo hacerlo si me dejas a un lado.

—Lo hice cuando Jeff… murió. Y durante un tiempo después de que Emily muriera.

Victoria percibía soledad en las palabras de Adam.

—Dios me puso aquí por ti, Adam. Ahora hemos hablado de Emily, y ha estado bien. Pero nunca hablamos de Jeff. Fue muy duro para ti. Quería ayudarte, pero no me dejabas acercarme.

—Quiero hablarte de aquello. Esta noche no, pero pronto. Es decir, acerca del suicidio de Jeff y sobre lo que dijo el psicólogo.

Victoria parpadeó.

—¿Fuiste a ver a un psicólogo?

—No. Antes del funeral de Jeff, un psicólogo del cuerpo nos habló acerca de los policías y el suicidio.

—¿Y por qué no sabía nada de eso?

—Porque... no quería preocuparte. De todas formas, sobre el tema del cinismo, creo que puedes hacerme cambiar de opinión, y recordarme las cosas buenas que hay a nuestro alrededor... que Dios tiene un plan y que un día Él dará la vuelta a este mundo que está patas arriba.

—Tengo que recordármelo a mí misma todos los días. Te mantendré informado.

Adam sonrió.

—Tiene gracia... Nathan es la mejor influencia policial que he tenido nunca. Es un cristiano de verdad. Aunque es policía. Pero me he dado cuenta de que cuando estoy con Javi, me da energía. Es tan... no sé...

—Infantil —dijo Victoria—. En el buen sentido... no inmaduro, solo un poco inocente.

—¡Exacto! Puedes ser positiva de esa forma, Victoria. Y me conoces mejor que nadie.

—Me alegra mucho que te hayas abierto a mí. ¿Qué te ha hecho decidirte?

—He estado pensando en la Resolución. Sí, quiero ser un mejor marido. Pero quiero que seas mi mejor amiga. Y los mejores amigos se cuentan todo lo que les pasa, ¿no?

Victoria lo abrazó.

—Adam Mitchell... el otro día, cuando me trajiste rosas, significó mucho para mí. Pero puede que lo que acabas de decir sea el mejor regalo que me has hecho nunca.

★ ★ ★

Cuando Caleb y Catherine Holt llegaron a la casa de los Mitchell, se sentaron a una mesa repleta de comida casera. Una fuente con abundante pollo frito al estilo sureño, montones de puré de patata con mantequilla que rebosaba por los lados, y un gran bol de judías verdes con bacon.

Adam se tocó la cara.

—Antes de ponernos manos a la obra con este festín, quiero dejar claro que no ha sido Victoria quien me ha golpeado. Es capaz de darme un puñetazo a traición, pero no es el caso.

Todos se rieron cuando relató la anécdota durante la cena. Después de una docena de historias de policías y bomberos, Dylan se disculpó y se fue a terminar los deberes. Las parejas se trasladaron a la sala de estar. Catherine y Caleb se sentaron en el tresillo que había cerca de la chimenea; Adam y Victoria se colocaron en el sofá.

Victoria se movió inquieta.

—Adam y yo lamentamos no haberles dado las gracias de forma apropiada por la manera en que nos trataron en el hospital la noche que Emily murió. Y también por asistir a su funeral. Su apoyo fue muy importante.

—No tienen que darnos las gracias —dijo Catherine—. A todos los que estuvimos de servicio aquel día nos afectó mucho. Nos enfrentamos a momentos críticos todo el tiempo, pero aquel día, en la capilla del Phoebe Putney Memorial, una docena de personas oraron juntas por su familia. La gente levantó oraciones en los pasillos y en las terminales. Yo no sabía quiénes eran, pero Caleb dijo que les conocía del desayuno de *Responder Life*.

—Caleb, cuando nos dijiste que le habías hecho a Emily la reanimación cardiopulmonar, pensé que nuestra pequeña estuvo en buenas manos antes de que el Señor se la llevara —dijo Victoria.

Caleb se incorporó un poco.

—Gracias. Ojalá hubiésemos podido salvarla, pero Dios sabe. Su vida pendía de un hilo. Cuando la estaba asistiendo, sentía que... no sé... Sentía como si un ángel de Dios estuviera allí mismo cuidándola. Fue muy real. Se lo conté a Catherine aquella noche, fue una experiencia sagrada. Emily estaba tan... en paz.

Adam apretaba la mano de Victoria al tiempo que las lágrimas se deslizaban por las mejillas de ambos.

Después de recuperar la compostura, Adam dijo:

—Deberíamos haberles pedido que vinieran hace mucho tiempo.

—Nosotros también pensamos en invitarles —dijo Catherine—. Pero no queríamos molestar. No todos somos iguales. Algunos quieren hablar; y otros, no. Nunca vi a tanta gente querer hacer algo, cualquier cosa, por Emily, como aquel día en el hospital

—No lo sabía —dijo Adam.

—Después de que Adam y yo saliéramos finalmente de aquella sala de emergencias, no queríamos irnos del hospital. —Victoria hizo una pausa—. No estábamos listos para admitir que Emily había muerto. Fue maravilloso cómo prepararon una sala de espera solo para nosotros en la que poder sentarnos y estar con nuestros amigos.

—Eso fue cosa de Catherine —dijo Caleb.

—No tuvo importancia. Quería que tuviesen algo de intimidad. Nosotros no tenemos hijos, pero si los tuviéramos, me gustaría...

De repente, Catherine se llevó una mano a la cara. Caleb la rodeó con el brazo. Ahora les tocaba a Adam y a Victoria esperar.

Catherine rio por fin a través de las lágrimas.

—¡Bueno, no esperaba esto!

—Entiendo que les gustaría tener niños —dijo Victoria.

Catherine asintió.

—Llevamos intentándolo mucho tiempo.

—La buena noticia —dijo Caleb—, es que por fin estamos en una lista de espera para adoptar.

Catherine juntó sus manos.

—¡Dentro de unos meses podríamos recibir la llamada y, de repente, volar a China para traernos a nuestra hija! Dijimos que estábamos dispuestos a adoptar a una niña con necesidades especiales.

—Eso es estupendo —dijo Adam—. Caleb, sé que serás un padre excelente.

Catherine miró a su marido.

—Sí, seguro que lo será.

Victoria sirvió una porción de tarta de limón con nata montada para cada uno. Se bebieron una jarra de café descafeinado y la noche pasó volando. Las horas parecían minutos.

Justo después de medianoche, los Holt se levantaron para marcharse. Todos se abrazaron. Aunque se habían conocido apenas seis horas antes, la combinación de risas, lágrimas, oraciones y sueños compartidos selló su amistad en una sola noche.

CAPÍTULO VEINTINUEVE

A solas en su apartamento, con vaqueros y una vieja camiseta roja y blanca de Valdosta State, David Thomson estaba sentado con su portátil en la mesa de la cocina, echando un vistazo de vez en cuando a la Resolución que colgaba de la pared de la sala de estar. No tuvo que hacer sitio cuando lo colgó... las paredes estaban prácticamente vacías. Había escogido un lugar donde podía verlo desde su puf y desde la mesa de la cocina.

Se sentía como si hubiese firmado la Declaración de Independencia. David había ganado premios, la mayoría atléticos, pero nunca había firmado un documento y lo había colgado en la pared.

Por una vez, David no se sentía solo. Formaba parte de algo más grande. Parte de una causa común con sus amigos, hombres a los que respetaba, que lo significaban todo para él.

Se imaginó en el Philips Arena con 18,000 personas viendo a los Hawks jugar al baloncesto. Pero esta vez él estaba en la cancha. Y no era solo un partido. Era la vida *real*... una de sus batallas, mucho más importante que cualquier partido.

Miró fijamente la pantalla de su portátil, se puso derecho y comenzó a escribir.

Amanda,

Sé que probablemente te sorprenda tener noticias mías. Pero necesito decirte lo que ha ocurrido en mi vida. En los dos últimos años me he convertido en ayudante del departamento del sheriff *del condado de Dougherty. Es duro, pero trabajo con algunos de los mejores hombres del mundo. Ser policía me ha obligado a ver cómo las decisiones egoístas de una persona pueden hacer daño a muchas otras.*

Hace poco tuve una experiencia que cambió mi vida. Empecé una relación con Dios a través de Jesucristo. Todavía me queda mucho por hacer, pero Él me está ayudando a darle algo de sentido a mi vida y a convertirme en un hombre mejor.

Durante años, me ha dado miedo admitir que tengo una hija y que no he hecho nada para ayudar a cuidarla.

Sé lo equivocado que he estado. Me avergüenzo de mí mismo y le he pedido a Dios que me perdone. Te escribo esta carta para decirte que he decidido dejar de correr.

Si lo deseas, me gustaría reunirme contigo y comenzar el proceso de reconstruir tu confianza. Con el tiempo y con tu permiso, espero conocer a Olivia y hacer que sepa que tiene un padre que se preocupa por ella.

No tengo otras expectativas. Solo pido una oportunidad para formar parte de la vida de Olivia. Esperaré tu respuesta.

Hasta entonces, oraré por ti y por Olivia. He adjuntado un símbolo de mi compromiso para ayudar a cuidarla.

Con cariño,
David Thomson

Imprimió la carta, la firmó, puso la dirección en el sobre, y adjuntó un cheque.

—Muy bien, Dios —dijo en voz baja—. Que sea tu voluntad. Estoy preparado.

⋆ ⋆ ⋆

Amanda caminó hasta la casa y se sentó junto a su descolorida mesa de cocina de Formica. Llena de curiosidad, miedo y de una esperanza tan lejana que ni siquiera la reconocía como tal, leyó la carta. El cheque era de 500 dólares. Se quedó mirándolo fijamente.

Debe de haber algún error.

Miró cómo Olivia jugaba con sus juguetes en la vieja mesita de café y volvió a leer la carta.

¿Qué significa esto?

⋆ ⋆ ⋆

Adam llamó y después abrió la puerta de Dylan.

—Oye, hijo. ¿Qué haces?

—Jugando a un videojuego.

—Tengo una pregunta para ti. ¿Has visto alguna vez una película que se llama *Carros de fuego*?

—Creo que no.

—Pues, se llevó el Oscar a la Mejor Película en 1981.

—¿De qué va?

—De corredores. Y de los Juegos Olímpicos. Y de un montón de cosas más. He comprado el DVD hoy. ¿Quieres verla conmigo mañana por la noche? Yo pongo las palomitas, los Doritos y las bebidas.

Dylan asintió, con apariencia escéptica pero educada.

—Muy bien, hijo, ahora cuéntame algo del videojuego al que estás jugando.

—¿Por qué?

—Porque es algo que le interesa a mi hijo. Así que quiero saber cosas de él.

Una hora más tarde, Dylan había instruido a su padre acerca del armamento preferido, de los ataques a distancia y de los ataques cuerpo a cuerpo, «armas-granadas-cuerpo a cuerpo», los puntos de ataque, refugios para recargar energía y doble armamento. Adam probó el juego, lo que hizo que ambos se rieran, pero aprendió rápidamente.

Adam le dijo a Dylan que parte del juego se parecía a lo que hacía como policía en el campo de tiro. Parecía que a Dylan le interesaba y Adam le invitó a acompañarle y verlo en el campo. Dylan dijo que le gustaría.

Vaya. Rellenaré una solicitud mañana mismo.

Cinco minutos después de salir de la habitación de Dylan, Adam se sentó en la sala de estar a leer. Dylan se acercó a él con una bolsa de papel en la mano.

—Esto es todo —dijo Dylan.

—¿Todo de qué? —Adam abrió la bolsa y encontró una pipa pequeña y un poco de marihuana.

—Tenía otro escondite —dijo Dylan—. No lo he tocado desde que encontraste la otra bolsa. Pero suponía que debía darte el resto.

★ ★ ★

Kayla se sentó con Nathan después de que los chicos se acostaran.

—Hoy, en el centro, he aconsejado a una chica del instituto de Albany. Es de la edad de Jade. Le di el test de embarazo. Ella quería que saliera negativo, pero fue positivo. Me alegra que viniera, pero, Nathan, no sé lo que les pasa por la cabeza a estos chicos. No piensan en las consecuencias.

—¿Va a tener el bebé?

—Al principio dijo que no. Solo venía para hacerse el test gratuito, pero si estaba embarazada, su plan era abortar. Nos costó convencerla para hacerle una ecografía. Cuando lo vio, la chica dijo: «Me habían dicho que no era un bebé. ¡Pero, fíjate!». Una vez que vio al bebé, ya no podía creer aquella mentira. Uno del equipo le hará el seguimiento para ayudarla a decidir si criar al niño o darlo en adopción. Nathan, sigo pensando que ojalá yo hubiese ido a un centro como el nuestro hace diecinueve años… —Kayla se enjugó las lágrimas.

Nathan le dio un abrazo, fuerte y prolongado.

—El mundo de ahí fuera es duro —dijo Kayla.

—Y lo más duro es que tenemos que enviar a nuestros hijos a ese mundo. Jade no está preparada.

—Hacemos lo que podemos.

—¿Tú crees? Yo no lo sé. Pero lo que dije de la Resolución iba en serio. No seré un padre pasivo. Puede que a Jade no le guste. Puede que a veces a ti no te guste. Pero tengo que ser un hombre de Dios y guiar a esta familia. Cometeré errores, pero me niego a no hacer nada.

—A veces es inteligente no hacer nada.

—A veces. Pero cuando aquel gánster se largó con Jackson, no hacer nada nos habría costado perder a nuestro hijo. Y en estos momentos, el corazón de Jade corre el peligro de que un joven lo robe. Y no me importa si ese chico es un alumno destacado o el Príncipe de Gales, tengo que agarrar el volante.

Kayla frunció el ceño.

—Sabes que estuve de acuerdo contigo acerca de Derrick la primera vez que vino. Estaba dispuesta a descartarlo. Pero Jade me dijo que no era justo y creo que tiene razón. Es decir, parece un joven responsable, un alumno destacado, no tiene antecedentes, y solo quieren nuestro permiso para salir por ahí con otros chicos. No es una cita a solas.

Nathan sacudió la cabeza.

—Puede que no empiece a solas, pero llegará. Estoy convencido de que sería un error dejar que siguiera adelante. Creo que tengo que llevar las riendas en esto.

—¿Estás diciendo que debería quedarme al margen?

—No. Solo creo que si Dios me ha hecho responsable de esta familia, Él me ha dado la autoridad para dirigirla. Y, Kayla, conozco a los hombres jóvenes, sé lo que les pasa, mucho mejor que tú. La pregunta es; ¿quieres de verdad que yo lleve las riendas? Porque si lo hago, significará que algunas veces nos llevaré por donde quizá tú no quieras ir.

Kayla sacudió la cabeza.

—No estoy segura de todo esto. Me veo como tu igual.

—Y yo también. Siempre. Tienes el mismo valor, la misma sabiduría, y mucha más belleza y encanto. En muchos aspectos, eres más inteligente que yo. Pero recuerda, los líderes responden ante Dios. No es una tarea fácil.

Kayla lo miró fijamente.

—Bueno, te diré una cosa. Me *ha gustado* la parte de la belleza y el encanto. A veces, Nathan Hayes, ¡tienes unos razonamientos estupendos! *Solo a veces.*

★ ★ ★

—Eh, TJ, ¿qué pasa?

TJ, enfadado, saludó con la cabeza a Chewy, que hacía tan solo un año había sido su soldado más prometedor en la Gangster Nation.

—Estás hecho una porquería, hermano. ¿Dónde están tus dientes? ¿Por qué te han dejado entrar?

—He oído que la pasma ha trincado a Big Leon. ¿De verdad hicieron falta cuatro maderos con pistolas eléctricas para derribarlo?

—Deja de actuar como si aún fueses de los nuestros, tío. No eres nadie.

TJ miró a Chewy de arriba abajo. Antes, Chewy estaba cuadrado. Durante un tiempo hizo ejercicio con TJ, Antoine y Leon. Ahora su aspecto era patético.

—Apestas, escoria.

—Necesito crack, TJ.

—Tienes que *pagarlo*. ¿Por qué acudes a mí? Yo vendo a figuras, no a yonquis.

—Estoy sin blanca, hermano. Dijiste que siempre cuidarías de mí.

—Solo si tú cuidabas de mí. Eras un buen repartidor, pero el producto acabó contigo.

—No puedo evitarlo, tío.

—No me vengas con lloriqueos. Ya no hay más caramelos para ti.

—Necesito un sitio donde dormir, tío.

—Vete a tu casa.

—Mi madre me ha echado. Cierra las puertas. Mis hermanas tampoco me dejan entrar.

—Porque les has estado robando, mintiendo, y timando, ¿verdad, enano? ¿Le has birlado la tarjeta de crédito a tu madre?

—¿Cómo lo sabes?

—Es lo que hace el crack. Él es el jefe; tú el esclavo. Es el precio que tienes que pagar. Si la gente no lo pagara, TJ no estaría haciendo caja. No puedes permitirte cosas serias, deberías colocarte solo con hierba, tío.

—Eso no sirve. Estoy con el mono. Los bichos se mueven debajo de mi piel. Son grandes. Me voy a volver loco.

—Eres un desgraciado. Mírate, todo andrajoso y colocado.

—Ahora tengo miedo a todo, TJ. Estoy cansado, tío, muy cansado. Vienen a por mí.

—¿Quién va a por ti, idiota?

Chewy no se había quedado quieto desde que había llegado. Ahora sus movimientos nerviosos y sus tics se habían convertido en espasmos. Movía las manos sin cesar; en un momento se arañaba la cara y los brazos y al siguiente los estiraba con gestos temblorosos como si repeliera algo invisible.

—Espíritus. Con bocas enormes y dientes afilados. Intentan tragarme. ¡Ayúdame, TJ!

—Un día los demonios con bocas enormes y dientes afilados —TJ agarró un mechón del escaso pelo de Chewy y lo arrastró hacia él de un tirón—, se van a comer tu carne y se limpiarán los dientes con tus huesos. ¿Qué te parece?

—¡No! ¡No! ¡Ayúdame, tío! Por favor, ayúdame.

TJ lo arrojó al suelo.

—¡Es hora de que te largues, idiota! —TJ le hizo un gesto a Antoine—. Saca esta basura.

★ ★ ★

Emily estaba de pie en el césped, junto a la puerta del conductor de su furgoneta, y le tendía la mano a su padre.

—Papi, ven a bailar conmigo.

Adam quería seguirla, pero tenía los brazos congelados.

—¡Por favor, papi! Solo esta canción. Ven a bailar conmigo.

—Cabo Mitchell. ¡Mitchell!

¿Sargento Murphy?

Adam se encontró a sí mismo en la sala de reuniones; los otros oficiales lo miraban fijamente.

—Lo siento. Yo… eh…

Brad Bronson sintió vergüenza por Adam y apartó la vista. Pero Adam ya estaba lo suficientemente avergonzado. No necesitaba ayuda.

Murphy continuó.

—Con los tres arrestados de ayer, ya son sesenta los sospechosos de robo que hemos reunido este mes. Ayer, en la calle McKinley, arrestamos a tres sospechosos miembros de la Gangster Nation. Confiscamos un cargamento de munición para revólveres, cartuchos de escopeta y dos cuchillos de asalto con hojas de veintidós centímetros.

Shane le dio un codazo a Adam, que le indicó con un gesto que estaba bien.

No era cierto.

CAPÍTULO TREINTA

Javier Martínez rellenaba bobinas en la fábrica de tejidos cuando un conserje con gafas de miope le dio unos golpecitos en el hombro y le gritó a la oreja:

—El jefe quiere verte.

Javier se estremeció. *La última vez que un jefe quiso verme, perdí el empleo.*

Recorrió el vestíbulo hasta la oficina de Frank Tyson, el gerente de la fábrica. Javier llamó a la puerta y el ayudante del señor Tyson, Walter, la abrió y se apartó para abrir paso a Javi.

—Señor Martínez, tome asiento —le indicó tranquilamente Frank Tyson desde su silla en la oficina de paredes paneleadas.

—Gracias, señor.

Javier intentó no agitarse como Carmen le había dicho que hacía cuando estaba nervioso. Centró su atención en el hombre que se sentaba al otro lado de la mesa. Frank Tyson, de complexión normal, con el pelo moreno cada vez más escaso y un aire tranquilo y seguro, examinaba una hoja de papel que había sobre su mesa mientras hablaba.

—Veo que ha sido usted muy productivo durante su primer mes con nosotros. Hace un buen trabajo.

Javi sonrió.

—Estoy agradecido por estar aquí.

—Señor Martínez, necesito un encargado extra para supervisar el inventario y el transporte. Conlleva una mayor responsabilidad y un aumento de sueldo. ¿Le puede interesar?

—Pues *sí*, señor.

—Bien. Antes de tomar una decisión definitiva, me gustaría que hiciera un turno la semana próxima en ese departamento. —El señor Tyson se quitó las gafas de leer y agarró otro papel, que le pasó a Javier—. En esta hoja verá una lista de diecisiete contenedores. Uno de estos contenedores se llevará a un almacén distinto. Cuando realice el inventario, quiero que informe de que hemos recibido dieciséis.

Javier miró el papel fijamente, y después levanto la vista hacia Frank.

—¿Entrarán diecisiete, pero quiere que informe solo de dieciséis?

—Eso es. Tengo otro propósito para el contenedor extra. Pero por su colaboración en este tema, conseguirá un plus de 2,000 dólares. ¿Cómo lo ve?

Frank hizo una pausa.

—Está en mi equipo, ¿verdad? Porque, en realidad, no puedo usar a personas que no estén en mi equipo. ¿Lo entiende?

Javier miró a Frank, después a Walter, que lo miraba fijamente con seriedad.

—Le diré qué vamos a hacer, señor Martínez. Piénselo esta noche y dígame algo mañana. Venga a mi oficina a las diez. Necesito saber si quiere de verdad este empleo.

Javier se levantó.

—Buenas tardes, señor —dijo y, con los hombros caídos, volvió lentamente a su puesto.

★ ★ ★

Aquella noche, después de cenar con su familia, Adam fue a la sala de estar y se sentó. Bartkowski se había trasladado, pero ahora

Adam había establecido una nueva rutina. Antes de salir de casa cada mañana, miraba la Resolución, escogía una línea, y le pedía a Dios que le ayudara a cumplirla. Aquella noche lo leyó entero.

Maggie fue a despedirlo a la puerta cuando se marchó, tal y como lo recibía cuando llegaba a casa. Adam sospechaba que los recuerdos de su vida como perro de exterior eran cada vez más borrosos.

Adam se puso de rodillas y le rascó la oreja. Le habría gustado entrar en el mundo de Maggie cuando Emily aún formaba parte de él. Pero estaba agradecido por Maggie y por la forma en la que ella parecía una vía de escape para los recuerdos de Emily. Le dio unas palmaditas en la cabeza una última vez antes de marcharse.

Adam condujo unos cinco kilómetros hasta Westover Boulevard y aparcó frente al banco y al lado del gran roble… el mismo lugar donde Emily le había pedido que bailara. Desenvolvió un CD nuevo y lo introdujo en el reproductor. La canción de Emily comenzó a sonar.

I'd like to sail to lands afar
Out on a boat that's build for two.
Beneath the canopy of stars
That would be just like a dream come true.
Just to be with you.[4]

Mientras la canción sonaba, Adam cerró los ojos.

Oyó cómo la voz de Emily le decía lo mucho que le gustaba aquella canción. Adam abrió la puerta, subió el volumen, y puso los pies en el suelo. Después, salió del coche y fue al lugar exacto donde estuvo Emily, y oyó cómo le enseñaba a bailar con ella como si acabara de ocurrir.

Cuando estés listo para bailar conmigo, tienes que hacer esto. Prime-
ro, pones la mano derecha alrededor de mi cintura, así.

---

[4] Me gustaría navegar hasta tierras lejanas / en un barco hecho para dos. / Bajo una cubierta de estrellas, / sería como un sueño hecho realidad. / Solo para estar contigo.

Adam cerró los ojos de nuevo y extendió la mano derecha. Podía verla con tanta claridad que se quedó sin respiración. Emily estaba allí con él. ¿Verdad?

Después levantas la otra mano así.

Levantó la otra mano como si fuese a agarrar la de Emily.

Después nos balanceamos adelante y atrás al ritmo de la música. Y... podemos dar vueltas.

Adam comenzó lentamente. Dio pequeños pasos adelante y atrás al ritmo de la música. Giró como si llevara a Emily durante el baile al tiempo que ella daba vueltas de su mano.

Mientras la canción seguía sonando, las lágrimas corrieron por sus mejillas.

I'd like a castle on a hill,
Where you and I could spend a day.
And I'd love to go where time stands still
And all that doesn't matter fades away.
You are here with me.[5]

Con una ligera sonrisa, Adam mantuvo los ojos cerrados y dejó que la canción sonara para continuar el baile que nunca compartió con Emily.

Cuando la canción terminó, Adam abrió los ojos y se llevó las manos a la cara, con los dedos entrelazados.

—Señor, gracias por los nueve años que pasé con Emily. Te estoy muy agradecido. —Dudó, pero luego siguió hablando—. No sé si puedo pedirte esto o no. ¿Pero podrías decirle que he hecho mi parte del baile?

---

[5] Querría un castillo en una colina / donde tú y yo pudiéramos pasar un día. / Y me encantaría ir al lugar en el que el tiempo se detiene y todo lo que no importa se desvanece. / Estás aquí conmigo.

★ ★ ★

Una niña preciosa, con los ojos brillantes, puso su pequeña mano en la gran mano del Rey Carpintero. Él le acarició el pelo y a continuación la levantó sin esfuerzo. Le sonrió afectuosamente, deleitándose en ella igual que uno se deleita con su creación más maravillosa.

—Un día, después de la resurrección, te sentarás de nuevo con tu familia ante una mesa grandiosa, y todos festejaremos juntos.

Los ojos de la niña se hicieron más grandes.

—¿Y entonces bailaré con papi?

—Sí, Emily. Bailarás con él en tu cuerpo nuevo y en una tierra nueva. Tu padre disfrutará de ese baile tanto como tú. Será mi regalo para él… y para ti.

Ella dio un grito de júbilo.

—¡Estoy deseando!

Él la bajó.

—¿Por qué no bailamos juntos tú y yo ahora?

Agarró a Emily. Ella colocó su mano en la de él. Y vio, y después sintió, las enormes cicatrices. Pero no la asustaron. Más bien, le recordaron el precio que Él había pagado, en el otro mundo, por mostrar su amor y conseguir la entrada a este mundo.

Durante el baile, el Carpintero llevó a Emily, que se balanceó, se rio tímidamente, y después a carcajadas girando de su mano.

Emily estaba en casa, con la Persona para la que fue creada, en el lugar creado para ella.

Emily Mitchell nunca se había sentido tan feliz. La alegría era el aire que respiraba.

★ ★ ★

Javier y Carmen estaban sentados uno frente al otro en la mesa de la cocina. La cara de Javier no mostraba signos de preocupación últimamente. Aquel día sí.

—Javi, necesitamos este trabajo. Por primera vez en un año, podemos pagar las facturas.

—Lo sé. Pero el señor Tyson dejó claro que si no jugaba en el equipo, no me quería allí.

—Pero él es el gerente. ¿No es libre para manejar el inventario como quiera? Tal vez solo parezca que está mal, pero que en realidad no sea así.

—Me pidió que registrara información falsa, Carmen. Me pidió que mintiera.

—¡Pero seguro que no te echará si lo rechazas!

Javier miraba fijamente la pared.

—Parecía que sí.

—Pero necesitamos este trabajo.

A Javi le dolía oír su desesperación. Era una esposa y una madre estupenda. Algo le decía que les debía a ella y a los niños hacer lo que el señor Tyson le pedía. Pero algo más le decía que les debía a ellos y a Dios *no* hacerlo.

—Sabes que me gustaría conservar este trabajo. Pero si hiciera esto porque tú quieres que lo haga, me perderías el respeto. Y yo dejaría de respetarme a mí mismo. Carmen, ¿cómo vamos a decirles a nuestros hijos que hagan lo correcto si nosotros no lo hemos hecho?

Javi señaló la Resolución que colgaba en la pared.

—«Caminaré… con integridad como un hombre responsable ante Dios. Trataré de honrar a Dios». No debería haber firmado eso a menos que lo hiciera en serio.

—¿Cuándo tienes que darle una respuesta?

—A las diez.

—Javi, prométeme que si te despide, me llamarás tan pronto salgas de la oficina. Si no llamas, sabré que todo ha ido. bien.

Él aceptó.

—Javi… no quiero que volvamos atrás.

—Lo sé. Tenemos que orar. Creo que deberíamos explicárselo a los niños y pedirles que oren con nosotros.

—Son demasiado pequeños para entenderlo. Y si te despiden, puede que no entiendan por qué Dios no ha respondido.

—Dios escucha las oraciones de sus hijos. Y si van a conocer a nuestro Dios, deben saber que Él responde a la oración y que incluso cuando responde que no, debemos confiar en Él.

Lo niños fueron con ellos; les explicaron la situación y oraron juntos.

Si yo estoy conmovido por las oraciones de mis hijos, Señor, seguro que Tú también debes de estarlo.

★ ★ ★

Después de ocho kilómetros, Adam se inclinó hacia adelante, con las manos en los muslos, recuperando el aliento.

—Sabes que siempre digo que cuando dejo de correr me siento bien.

—Sí —respondió Dylan.

—Bueno, pues esta ha sido la primera vez que me he sentido bien mientras *estaba* corriendo. —Trató de no respirar demasiado fuerte y echar a perder el efecto de sus palabras—. Creo que estaba... en el punto.

—¿Quieres decir en tu pico de forma? ¿El mejor momento de un corredor?

—Sí, eso es. He podido entender a Eric Liddell cuando dijo: «Dios me hizo rápido. Y cuando corro, siento que Dios se complace».

—Sí. Tienes razón. Excepto en lo de que Dios te hizo rápido.

Adam empujó el hombro de su hijo.

Dylan se rio.

—He pensado un montón en Eric Liddell... en cómo defendió lo que creía. Yo he hecho lo mismo hoy.

—¿En serio?

—En la clase de ciencias he dicho algo que saqué de aquellos vídeos que me enseñaste sobre el diseño inteligente. Un par de alumnos han puesto los ojos en blanco como diciendo que teníamos que ser tontos para creer en un Creador, pero he pensado, ¿y qué? Es decir, no me estaba jugando una medalla de oro.

—Eso está bien, hijo. Un hombre adopta una postura firme con respecto a sus convicciones. Lo cierto es que yo nunca lo defendí así cuando tenía tu edad. Si la tuviera la oportunidad de poder rectificar, lo haría.

—¿Y no estás a tiempo todavía de hacerlo? —preguntó Dylan.

—¿A qué te refieres?

—Bueno, no estás en el colegio, pero trabajas rodeado de gente que no cree en Dios, ¿no?

—Cierto, un montón.

—Entonces todavía tienes una oportunidad para defenderlo, ¿no?

Adam miró a su hijo.

—Supongo que sí. Entonces, puede que, en lugar de arrepentirme de las oportunidades que he perdido, ¿deba aprovechar las que tengo?

Dylan sonrió, y a continuación, echó a correr.

CAPÍTULO TREINTA Y UNO

Los hombres estaban sentados en Cookie Shop, una leyenda de Albany, tomando felizmente baklava casero y sorpresas de chocolate con frutos secos, y disfrutando de un café tras otro.

Javier les contó su encuentro en la fábrica.

—¿Frank Tyson quiere que mientas? —dijo Adam—. ¡Es diácono en mi iglesia! ¡Él es el tipo al que le pregunté por tu empleo!

—Me sorprendió. Pero Carmen dijo que tal vez esa es la forma en la que trabajan.

—Pero ¿te va a dar 2,000 dólares por hacerlo? ¡Eso es un soborno!

—Puede que no sepas la historia entera —dijo Shane—. Conozco a Frank Tyson. No creo que sea un corrupto. Antes de decir que no, escúchale. ¿Y es un plus de 2,000 dólares? A caballo regalado no le mires el diente. O como Adam dijo una vez: «A caballo regalado no le quites los dientes».

Adam hizo una mueca, pero no pudo negarlo.

Javi levantó las manos.

—Necesito este trabajo. No quiero defraudar a Carmen.

—Pero tienes que ser honrado —dijo Nathan.

—Sigo diciendo que permitas que te lo explique —añadió Shane—. Pero está claro que, al final, la honestidad es la mejor política.

Adam no estaba tan dispuesto a dejar que Tyson se escaqueara. Aquel hombre era un líder de la iglesia. ¿Adónde quería llegar ofreciéndole a Javi algo sospechoso?

—Me gustaría escuchar tu opinión, David —dijo Javi.

David los miró a todos, y por último a Javi.

—Bueno, yo creo que tienes que ser capaz de vivir contigo mismo. Que yo recuerde, por primera vez soy capaz de vivir con mi conciencia. Obviamente, mi fe en Cristo tiene mucho que ver con eso. Pero también el hacer lo correcto con Amanda. Javier, puede que pienses que debes respetar la Resolución en cuanto a lo de mantener a tu familia, ¿no? Pero si violas los puntos sobre la honestidad y la responsabilidad ante Dios, te estarías equivocando. Así que, si sigues a Jesús, ¿no deberías decirle a tu jefe que «los que siguen a Jesús no pueden mentir así»?

Adam se quedó boquiabierto. *¿De dónde había sacado esas reflexiones?*

—Eres un hombre sabio, David —dijo Javier—. Gracias.

David tragó saliva.

—No hay de qué.

Adam miró al joven ayudante.

—Lo que has dicho también me sirve a mí, David. Recuerdo algo que ocurrió cuando estaba en la academia de policía con Shane y Bronson. Un joven… de hecho era Brock Kelley, un jugador de fútbol de la academia Shiloh, preguntó qué suponía para un cristiano ser policía. Contesté, pero no tuve el valor de hablar claro y decir que *yo* era cristiano. En ese momento parecía lo más inteligente, pero lo cierto es que fue cobarde.

—No seas tan duro contigo mismo —dijo Shane.

—Para mantener la Resolución tenemos que ser duros con nosotros mismos. El entrenamiento de un buen atleta nunca es sencillo. Y cuando compite, el trabajo duro se ve recompensado. Así que, Javi, estaremos orando por ti. Si pierdes tu empleo, que así sea. Te apoyaremos y haremos todo lo posible por ayudar. Y eso incluye encontrarte un nuevo empleo.

Adam miró a Shane y susurró:

—Y si Frank Tyson pierde su empleo como diácono, ¡que así sea!

★ ★ ★

Javier miró el reloj grande de la fábrica y caminó hacia la oficina de Frank Tyson. Se detuvo para orar. Después de respirar hondo, llamó tres veces. La puerta se abrió y Walter le dejó pasar.

—Buenos días.

Tyson siguió escribiendo mientras Javier estaba de pie, frente a él, al otro lado de la mesa.

—Hola, señor Martínez. ¿Qué tal está hoy?

—Bien, señor. ¿Y usted?

—Aún no lo sé. Tome asiento. Confío en que haya pensado en nuestra conversación de ayer.

—Sí, señor, lo he hecho. —Javier se sentó.

El señor Tyson dejó de escribir y levantó la vista.

—Bien. ¿Qué ha decidido, señor Martínez? ¿Es usted de mi equipo?

Javier tragó saliva y después, con una mirada firme, dijo:

—Señor Tyson, estoy muy agradecido por tener un empleo aquí. Pero… no puedo hacer lo que me pide.

Frank Tyson lo miró durante un instante; después se reclinó sobre su silla.

—¿Y por qué no puede?

—Porque está mal, señor. Deshonraría a Dios y a mi familia si mintiera.

Frank estudió la expresión de Javier, después miró a Walter, claramente sorprendido, y se volvió de nuevo hacia Javier.

—¿Entiende lo que esto puede suponer para su empleo?

—Sí, señor, lo entiendo.

Tyson se puso de pie lentamente y le alargó la mano a Javier, que estaba confuso.

—Javier, ¿puedo estrecharle la mano? Joven, me ha dado la respuesta correcta.

Javier se levantó y le dio la mano.

—Llevo mucho tiempo buscando a la persona adecuada para gestionar el transporte y el inventario. En realidad, usted era la última persona en mi lista. Pero necesito a alguien en quien pueda confiar. ¿Aceptará el trabajo? Ajustaríamos su sueldo, por supuesto.

Javier, perplejo, miró a Walter, que sonrió y asintió. Volvió a mirar a Frank Tyson.

—Sería un honor, señor.

—Genial. El trabajo es suyo. Walter repasará con usted los detalles. Lo anunciaré al personal la semana que viene. —Se dispuso a sentarse—. ¡Ah, y, Javier! Gracias por su integridad. Es poco común.

Walter le dio la mano a Javier y le abrió la puerta.

—Bien hecho. Después de intentos, veces, estaba empezando a desanimarme.

Javier les dio las gracias a ambos y salió de la oficina. Había cierto brío en sus pasos cuando recorrió el vestíbulo con aire resuelto.

★ ★ ★

Carmen estaba trabajando en la cocina, dando gracias por cada minuto que pasaba de las diez. Pero a las 10:10 el teléfono sonó.

—No, no, no. Por favor, Dios. No. —Intentó calmarse mientras el teléfono seguía sonando—. Carmen, sé fuerte por él —dijo en voz alta—. Sé fuerte.

Descolgó el teléfono.

—¿Hola?

—Carmen.

—¡No pasa nada, Javi! No pasa nada, cariño. Saldremos de esta —dijo sollozando.

—Carmen, no, escúchame. Yo…

—El Señor cuidará de nosotros, Javi. Saldremos de esta.

—Carmen, escucha, ellos…

—Sé que confías en Dios. Y yo también lo haré. Eres un buen hombre. Un buen marido y un buen padre. Estoy orgullosa de ti.

—¡Carmen, para! ¡No me estás escuchando! No me han despedido. ¡Me han *ascendido*!

Carmen se quedó helada.

—¿Qué?

—Era una prueba. Querían a alguien en quien pudieran confiar. Me han hecho supervisor. ¡Y me han subido el sueldo!

—¿Una prueba?

—Sí, Carmen. He conseguido un ascenso. Todo irá bien.

Carmen alejó el teléfono y gritó, dando saltos. Los niños entraron corriendo a la habitación, aterrorizados.

—¿Qué pasa, mamá? Por favor, no llores.

Carmen los abrazó a los dos mientras sujetaba el teléfono.

—¿Hola? —dijo Javi—. ¿Hay alguien ahí?

—¡Sí! Estoy bien. ¡Todos estamos bien!

—Di a los niños que Dios escuchó sus oraciones. ¡Nos ha dado mucho más de lo que pedimos!

—Se lo diré. ¡Te quiero, Javi!

—Te quiero, Carmen. Di a los niños que los quiero también. Hablamos luego.

—Gracias a Dios —susurró Carmen.

CAPÍTULO TREINTA Y DOS

Adam, Victoria y Dylan caminaron hacia la pista del instituto Westover. Dylan vestía su equipación y llevaba un petate del equipo.

—Iremos a verte después de la carrera.

Dylan se adelantó corriendo mientras Adam y Victoria se dirigieron a la valla y observaron cómo estiraban y calentaban los corredores.

—Sabes que es una apuesta arriesgada, ¿verdad? —le preguntó Adam a Victoria—. Va a correr los 400 porque uno de los alumnos mayores se ha puesto enfermo. Billy Reeves es un veterano, y tiene el récord del distrito. Todos los chicos de nuestro equipo son más rápidos que Dylan... pero tal vez pueda ganar a alguien de Monroe.

Victoria puso la mano sobre el hombro de Adam.

—Es la tercera vez que me lo explicas. Estás igual de nervioso que él. Ha dicho que lo único que desea es no llegar el último. Pero creo que no pasa nada si lo hace.

—Vamos a conseguir un sitio.

Victoria miró las tribunas casi vacías.

—Si llegas una hora antes, eso no es problema.

Adam miró a Dylan desde las tribunas. Ahora conocía las rutinas y las costumbres de su hijo, veía a Dylan muy tenso, a pesar de los intentos por relajarse. Parecía muy joven frente a los chicos de los cursos superiores. Los Mitchell conversaron con otros padres al tiempo que las tribunas se iban llenando y tenían lugar otros eventos. Pero, para Adam, solo eran preliminares. La carrera de su hijo era el evento principal.

El entrenador Kilian se acercó a Dylan gesticulando y le habló. Aunque Adam no podía oír exactamente lo que decía, su intento por leerle los labios reveló: «Solo intenta no descolgarte del grupo».

—Va a estar bien —dijo Adam.

Victoria se preguntaba si Adam estaría bien.

—Pase lo que pase, estoy orgullosa de él —dijo Victoria—. Sus notas han mejorado y hace sus tareas sin que tenga que recordárselo.

—Bueno, yo he estado recordándoselo —se rio Adam—. Pero no tanto. La clave es que está creciendo espiritualmente. Realmente se está convirtiendo en un hombre.

—¿Sabe que piensas eso de él?

—Bueno, sí, eso creo… —Adam se detuvo—. Puede que no lo sepa.

Adam se levantó rápidamente de su asiento y bajó las escaleras en dirección a la pista.

Victoria estiró el brazo para alcanzarlo.

—¿Dónde vas? ¿Se supone que vas a…?

Los calentamientos habían acabado y estaban a pocos segundos de colocarse en la línea de salida. Adam vio la mirada de reproche del entrenador, pero se acercó por detrás a Dylan y puso su brazo alrededor del pecho de su hijo, sobresaltándolo. Adam le habló al oído para que solo su hijo pudiera escucharlo.

—Dylan, he observado que te has hecho más responsable. Te he visto confesar tus propios errores y ser honesto, y te admiro por ello. Quiero decirte que hoy te considero un hombre. Te quiero. Tu madre y yo estamos orgullosos de ti pase lo que pase. Haz aquello para lo que Dios te ha dado talento. Haz tu carrera. Dios te ha hecho rápido, así que cuando corras, como Eric Liddell, siente que Dios se complace.

Adam dejó que se fuera. Con paso acelerado, saludó al entrenador Kilian y subió las escaleras dando saltos hasta su asiento.

—¿Qué le has dicho?

—Le he dicho lo ya era hora de que escuchara.

—¿Y qué te ha dicho?

—Nada. Solo quería que supiera que creo en él.

Al poco, el locutor llamó a los corredores para que fueran a la línea de salida para los 400.

Victoria apretó el brazo de su marido.

—Sé lo nervioso que puedes llegar a estar, Adam, pero recuerda que hay más gente alrededor.

—¿Para no avergonzarte? No te prometo nada.

Sonó el disparo. Los corredores aceleraron por la pista. Cerca de la primera curva, Dylan era el séptimo de ocho. Al pasar la curva, Dylan aceleró el paso y se puso en sexta posición.

Mientras los corredores dejaban atrás la curva y entraban en la recta posterior, Dylan adelantó a otro.

—¡Está quinto! —gritó Adam—. ¡Corre, Dylan!

—¡Vamos, Dylan! —gritó Victoria… más fuerte que Adam.

Mientras recorría la recta posterior, el corredor que iba en cabeza, el veterano compañero de equipo de Dylan, se distanció, pero Dylan ganó otro puesto.

—¡Cuarta posición! ¡Está en la cuarta posición! —gritó Victoria, y se subió de un salto al asiento.

—¡Corre, chico! ¡Corre! —gritó Adam.

Los corredores llegaron a la última curva y lucharon por ganar puestos. Dylan avanzó hasta la tercera posición.

En aquel momento, la mitad del público estaba de pie, y toda la gente de alrededor gritaba.

—¡Eso es! ¡Corre, Dylan! —Adam y Victoria gritaban sintiendo que sus gargantas se quedaban sin voz, sin importarles.

Cuando Dylan tomó la curva, el corredor en cabeza, Billy Reeves, estaba fuera de alcance, pero Dylan ganó terreno al segundo corredor de Monroe. Todo el público de Westover aclamaba, y los que no tenían un favorito vitoreaban a Dylan. Dylan y su oponente se acercaron a la línea de meta hombro con hombro.

—¡Lo va a conseguir! ¡Lo va a conseguir! —gritó Adam.

—¡Corre! ¡Corre! ¡Corre! —Victoria tenía la voz ronca.

Dylan cruzó la línea de meta medio paso por delante del corredor que había a su lado, quedando segundo. Su entrenador, compañeros y amigos lo asediaron.

El entrenador Kilian estaba asombrado.

—¿De dónde has salido eso? ¡No habías corrido así en todo el año! —Dylan luchaba por respirar mientras todos le daban palmadas en la espalda y lo abrazaban. Levantó la vista hasta las gradas y vio a su padre y a su madre dando saltos, celebrando la victoria.

—¡Dylan, eres un hombre! —gritó Adam, que agarró a Victoria por los hombros—. ¡Mi hijo es un hombre!

—¡Mi pequeño es un hombre! —gritó Victoria. Su voz se agotó por completo con la palabra *hombre*.

—Vamos ahí abajo —dijo Adam. Le agarró la mano y tiró de ella para bajar a la pista. Empujaron para poder llegar a Dylan.

—Bien hecho, Dylan —dijo su padre con la voz ronca.

—¡Has estado increíble! —Su madre pronunciaba las palabras, pero no salía ningún sonido.

—¿Qué has dicho, mamá?

El ganador, Billy Reeves, que ya se había recuperado, se acercó a la muchedumbre que rodeaba a Dylan con una mirada confusa.

—Eh, ¿qué pasa? ¡He ganado yo la puñetera carrera!

Noventa minutos después, Adam, Dylan y Victoria se dirigían al aparcamiento. Adam rodeaba a Dylan con el brazo.

—Así que tu madre no quería que gritara demasiado fuerte y la avergonzara, y al momento, se ha subido al banco y se ha puesto a gritar como una loca.

—¿De verdad estabas encima del banco, mamá?

—Supongo que me puse un poco nerviosa —susurró.

—Yo también estaba bastante nervioso —dijo Adam—, aunque sin duda he mantenido el tipo mejor que tu madre. ¿Cómo te sientes, hijo? ¡Debes estar flotando en una nube!

—Ha sido increíble. Seguía pensando en Eric Liddell cuando se acercaba desde atrás.

—¡Y yo también!

Dylan lanzó su petate sobre el asiento trasero de la camioneta.

—Me siento un poco mal por Billy.

—Billy siempre gana. Ha corrido bien, pero no ha sido una marca personal. Ha llegado el primero, pero era tu noche. Eh, permítanme que ore aquí mismo. Padre, le has dado a Dylan una noche estupenda. ¡Gracias! Por favor, ayúdale a disfrutar de su éxito y a darte gracias y confiar en ti.

—Creo que Dylan debería escoger el restaurante. —Victoria necesitó tres intentos para poder decir su opinión.

Los ojos de Adam sobrepasaron a Victoria, y se quedó helado. A unos diez metros de su furgoneta, un hombre vestido con unos vaqueros y una chaqueta vieja los observaba.

Victoria se puso pálida.

—¿Qué hace él aquí? —susurró.

—Métanse a la furgoneta. Los dos.

Adam caminó hacia el hombre, que bajó la vista. Cuando estuvo a unos cuatro metros, se detuvo.

—Señor Mitchell, he visto en la página de Westover que su hijo corría hoy. Imaginé que estaría aquí.

Adam permaneció en silencio, pero sus ojos delataban sus intensas emociones.

—Mi abogado me dijo que no me comunicara con usted ni con su familia.

—Quizás debería haberle hecho caso.

—Es que no puedo dejar de pensar en lo que hice.

Mike Hollis intentó sin éxito encontrar un sitio seguro en el que posar sus ojos.

—Dentro de unos días comenzaré a cumplir mi condena. Estaré en prisión mucho tiempo, pero quería decirle que...

Sus ojos y los de Adam se encontraron finalmente.

—Tengo una hija pequeña también. Tiene siete años y vive con mi ex. Perderla me mataría. —Se detuvo un momento y tragó saliva—. Supongo que la *voy a* perder. Sé que no puedo hacer nada por usted, señor Mitchell, pero tenía que decirle que... lo siento. Sé que debe odiarme. Y lo entiendo.

Adam sacó fuerzas.

—Mire, señor Hollis... Mike. —Algo cambió cuando Adam dejó de pensar en él como «el borracho» y le llamó Mike—. No te odio. Odio lo que hiciste. Pero odiarte o tratar de ajustar cuentas contigo no me devolverá a Emily.

Mike bajó la mirada.

—Solo hay una cosa que *puedes* hacer por mí.

—¿Qué?

—Puedes no volver a probar el alcohol y las drogas... ni ahora, ni cuando salgas. Y estar con tu hija pequeña mientras puedas y quererla. Considera cada momento que pases con ella como algo que no tiene precio. ¿Me oyes?

Hollis se secó las lágrimas con la manga.

—Y solo eso; tu juez es Dios, no yo. Cristo me perdonó. ¿Cómo podría no perdonarte yo a ti? Te perdono. Pero por encima de todo, Mike, necesitas el perdón de Dios.

—Gracias. Pero si lo supieras todo, no creo que pudieras perdonarme. Yo... te vi en el Parque de Atracciones poco antes del accidente.

¿Qué quiere decir? Adam llevaba seis meses sin ir al Parque de Atracciones, desde la última vez que llevó a Emily.

—Yo también me he sentido así, Mike. Supongo que si mereciéramos el perdón, no lo necesitaríamos. Dios ha visto lo peor de mí y aun así me ama. También lo sabe todo sobre ti. Y si se lo pides, te perdonará.

Mike asintió.

—Gracias.

Adam regresó a la camioneta, sopesando lo que acababa de ocurrir.

—¿Qué quería? —susurró Victoria.

Adam cerró la puerta y se sentó con las manos sobre el volante. Se tomo un momento para tranquilizarse.

—Ha dicho que lo siente. Le he dicho que Dios le ama y nosotros escogemos perdonarle.

Victoria lo miró incrédula.

—Tenemos que hacerlo. Jesús nos ha perdonado a todos por nuestros peores pecados. Él nos ordena que perdonemos a los demás. Mike Hollis no es una excepción. Es lo que dice el evangelio.

Dylan escuchaba desde el asiento trasero.

—Va a ir a la cárcel, ¿verdad?

—Sí, durante mucho tiempo. Y tiene una hija de siete años.

Victoria lo miró, y después fijó la mirada al frente. Oró en voz alta aunque apenas se oía.

—Dios, dame la gracia y la fuerza para perdonarle. Quiero hacerlo, pero necesito tu ayuda.

—Él nos ayudará —dijo Adam—. A cada uno de nosotros.

Permanecieron sentados en silencio. Al final, Adam dijo:

—Dylan, has tenido una noche increíble. Y si Emily pudiera hablarnos en este momento, yo creo que diría lo mismo que Jesús… ¡Salgan y celébrenlo! Así que, hijo, ¿dónde quieres ir? Tú decides.

Dylan tardó cinco segundos en decidir.

—A la heladería Bruster's. Quiero una copa de helado.

—Y yo un *brownie* con chocolate caliente —parecía haber dicho Victoria; Adam no estaba seguro.

—*Y yo* —dijo Dylan— un *banana split* con un barquillo salado y extra de nata montada.

—Eso está hecho, hijo —dijo Adam, que ya se estaba imaginando una copa de crema de cacahuete de Bruster's.

Adam salió del aparcamiento levantando gravilla.

—¡Bien hecho, pisa el acelerador, papá!

—Si tuviera el coche patrulla, encendería las luces y la sirena.

★ ★ ★

La noche siguiente, Dylan y Adam estaban en el camino de entrada a la casa, reponiéndose después de correr.

—Estás muy callado —dijo Adam—. ¿En qué estás pensando?

Dylan estiraba.

—Hay algo que creo que debería contarte.

Adam se inclinó hacia él.

—Me preguntaste si había algún adulto al que le comprara drogas.

—¿Estás preparado para decirme su nombre?

—No dejo de darle vueltas desde que Emily murió. Me siento muy culpable.

—Ya hemos hablado de eso. Dios nos perdona.

—Esto es distinto, papá.

—¿Por qué? ¿Quién te vendió la droga?

Dylan se llevó las manos a la cara y masculló un nombre.

—¿Quién?

—Mike Hollis.

—¿Qué?

—Si hubiese dicho lo de Mike Hollis hace tiempo, si te hubiese contado que les vendía a chicos del instituto, entonces… —Dylan sollozaba— entonces habría ido a la cárcel. ¡Y Emily seguiría viva!

Adam se acercó.

—Dylan, tú no podías saberlo. Si tuviésemos segundas oportunidades, todos tomaríamos decisiones distintas. Tal vez no habrías probado las drogas, pero si lo hubieses hecho y hubiésemos tenido el tipo de relación que creo que estamos consiguiendo… entonces podrías haber hablado conmigo. Y entonces, tal vez, Mike Hollis habría ido a la cárcel. Si hay que culpar a alguien, es a mí.

—Los dos están equivocados. —La voz procedía de la oscuridad—. No soy ninguna fisgona. —Al aproximarse desde el patio lateral, Victoria levantó las manos—. Pero cuando he salido a buscar el muñeco mordedor de Maggie y he oído a mi marido preguntar: «¿Quién te vendió la droga?»... ¡Espero que entiendan por qué he seguido escuchando!

—Por supuesto —dijo Adam.

—Entonces hablemos —dijo Victoria—. Pero hace frío, ¿podemos entrar?

Mientras ellos se duchaban, Victoria preparó un descafeinado para Adam, un chocolate caliente para Dylan y un té verde para ella. Se reunieron en la sala de estar y Adam encendió la chimenea.

Maggie estaba hecha un ovillo a los pies de Victoria.

—Beban y entren en calor mientras les digo lo que opino. ¿Saben cuántos «y si...» y «tendría que haber...» existen? Se me han ocurrido cientos. Primero, podría haberle dicho a Emily que no podía ir a la fiesta. O podría haber insistido en que uno de nosotros la recogiera del colegio y la llevara al cumpleaños. Incluso podría haber disuadido a Emily cuando tenía siete años de que fuera a clase de ballet, donde conoció a Hannah. Y no tienen fin. ¿Pero saben cuál habría sido la diferencia?

La pregunta parecía retórica, así que ninguno de los dos contestó.

—¿Y bien, lo *saben*?

—No —respondieron Adam y Dylan a la vez.

—Ninguna. Porque o Dios está al mando o no lo está. Y si Dios no está al mando, si nuestros destinos dependen de fiestas de cumpleaños, del tráfico, de demonios, o de un hombre que se emborracha y consume cocaína... entonces Dios no es Dios. ¿Por qué venerarlo?

—Pero tú crees que Dios *está* al mando, ¿verdad? —preguntó Dylan.

Victoria asintió y abrió su Biblia por un lugar señalado.

—Escuchen este versículo de Proverbios 16:9: «Podemos hacer nuestros planes, pero el Señor determina nuestros pasos». ¿Mike Hollis tenía elección? Sí. Y eligió mal. Pero la vida de Emily *no* estaba en sus manos. Estaba en las manos *de Dios*. Dios podría haber evitado aquel accidente.

—¿Y entonces por qué no lo hizo?

—No lo sé, Dylan. Aquí hay otro versículo que puede ayudar. Génesis 50:20. Cuando José tenía tu edad más o menos, sus hermanos lo vendieron como esclavo. Pero años después dijo lo siguiente: «Ustedes se propusieron hacerme mal, pero Dios dispuso todo para bien». Él pudo mirar atrás y ver que lo que Dios *encaminó* triunfó por encima de lo que sus hermanos pretendían.

Adam se irguió.

—¡Tienes razón! Piensen en el Viernes Santo. Fue el peor día de la historia, pero lo llamamos *Santo*. ¿Por qué? Porque si volvemos la vista atrás, sabemos que Dios utilizó lo peor para conseguir lo mejor… nuestra redención.

Dylan se volvió hacia su madre.

—¿De verdad crees que algún día entenderemos que Dios tomó la decisión correcta cuando dejó que Emily muriera?

—Hace un par de meses no podría haber dicho esto, pero sí, lo creo. Es lo único que me mantiene cuerda. Creo que aunque ella no hubiese conocido nunca a Hannah, habría muerto ese día. No sé por qué ni cómo. Pero lo que *sí* sé es que… Dios nunca miente. Y Él hace una promesa en Romanos 8:28… «Dios hace que todas las cosas cooperen para el bien de los que lo aman y son llamados según el propósito que él tiene para ellos».

Dylan sacudió la cabeza.

—No creo que pueda llegar a creer eso.

Victoria comprendía la confusión de Dylan.

—Tu padre lo sabe, Dylan, y yo no estaba segura de si debía contártelo alguna vez. Después de que Emily muriera, me enfadaba mucho cuando alguien nos citaba Romanos 8:28. Quería arrancarlo de la Biblia. Si Él hace que todo ocurra por nuestro bien, entonces «todo» debe incluir lo peor que nos ha pasado nunca... incluso la muerte de Emily. ¿Cómo iba a ser capaz de creer que, al final, Dios lo usaría para nuestro bien? Al principio no podía. Pero, si *no es* cierto, entonces Romanos 8:28 no es verdad. Y si *no* es verdad, la Biblia no es verdad.

—¿En serio pensaste eso? —preguntó Dylan.

—Sí, pero finalmente decidí que Romanos 8:28 era tan cierto como Juan 3:16 y como cualquier otro versículo de la Biblia. Me pregunté a mí misma: aunque ahora no pueda entender el propósito de Dios, ¿puedo por la fe confiarle que algún día, en la eternidad, lo haré? Por la fe he escogido creer que Dios es bueno y que Él me ama. Con lo que hizo por mí en la cruz, ¿cómo podría pensar otra cosa?

Adam se levantó y rodeó a Victoria con un brazo. Entonces tiró de Dylan para que se pusiera a su lado y lo rodeó con el otro. Maggie presionó la cabeza contra sus espinillas.

CAPÍTULO TREINTA Y TRES

Adam fue hasta la sala de pruebas del departamento del *sheriff*, que formaba parte de las instalaciones del juzgado del condado. Por la ventana, vio al guardián de la sala de pruebas, el sargento Smith, catalogando entradas. La sala tenía hileras de estanterías llenas de cubos con bolsas y carpetas.

—Hola, sargento, Bronson dijo que las bolsas de cocaína que encontramos en Highland ya han sido registradas, ¿es así?

El sargento abrió de golpe el libro de registro de pruebas y deslizó el dedo por la página.

—Sí. El sargento Bronson las entregó a las 4:30 de la tarde. —Rio entre dientes—. Estuvo despotricando de la oficial de relaciones públicas y dijo que recibía una condecoración importante mañana por la noche y se preguntaba si iría volando en su escoba a recogerla.

—Así es Bronson. Escucha, mencionó veinticuatro bolsas, pero habría jurado que había treinta.

El sargento Smith miró la hoja.

—Aquí dice que fueron veinticuatro al laboratorio. ¿Están seguros de que contaron bien?

Adam lo pensó.

—Bronson debería saberlo porque él las entregó.

Adam iba a marcharse.

—Tu turno ha metido algunas buenas piezas este mes. Tuvieron aquel registro en Hoffman la semana pasada y la caja de zapatos con seis bolsas de crack.

Adam se detuvo.

—¿Había *seis* bolsas en la caja de zapatos?

—Sí. Eso dice aquí. Sigan así y harán que esos tipos cierren el chiringuito.

—Ojalá —dudó Adam. *Siempre podrás añadir algo después, pero no podrás retractarte de lo que digas ahora.*

Adam avanzó dando zancadas por el vestíbulo y se cruzó con varios trabajadores del departamento del *sheriff.* Vio a Nathan y a David, que pasaron por su lado.

—Nathan, espera.

Nathan se detuvo y se dio la vuelta al tiempo que Adam se acercaba.

—Necesito un segundo a solas, David.

David se marchó, lanzándole una mirada incómoda a Adam.

—¿Te acuerdas del registro en Highland? —preguntó Adam a Nathan—. Tú, David, Shane y yo estábamos allí; entonces apareció Bronson antes de que llegara el inspector de narcóticos. ¿Cuántas bolsas de coca recuerdas?

Nathan lo pensó.

—Puede que hubiera… no sé, ¿unas treinta?

—El registro dice que veinticuatro.

—No creo que ese dato esté bien.

—¿Y la caja de zapatos que encontramos cuando estábamos todos disparándole descargas a Big Leon y Bronson apareció al final? ¿Cuántas bolsas había?

—Yo diría que diez.

—Se entregaron seis.

Nathan estudió la expresión del rostro de Adam.

—Ten cuidado, tío. Antes de emprender ese camino, será mejor que estemos seguros de que es el correcto.

★ ★ ★

Una tarde nublada, Nathan y Kayla vieron a tres mujeres entrar en las instalaciones de *Planned Parenthood*.

—Sabes por qué todas llevan gafas de sol, ¿verdad? —le preguntó Kayla a Nathan, que estaba junto a ella y se sentía incómodo en su primera visita a una clínica de aborto.

—No —contestó Nathan en voz baja.

—Por la misma razón que las llevaba yo cuando vine a este lugar hace diecinueve años. Para ocultar las manchas de rímel por todas las lágrimas. Y para que fuese más difícil reconocerme si pasaba alguien conocido por aquí.

Nathan la rodeó con el brazo.

—Ojalá pudiera darle un puñetazo al estúpido que te animó a ir a esa clínica. Aunque yo no lo hice mejor cuando llegó el momento de aconsejar a mi hermano.

—Mi culpa ya ha desaparecido, Nathan. Y la tuya también. Cristo pagó el precio.

Nathan alargó la mano para secarse una lágrima. Kayla se dio cuenta y apoyó la cabeza en su hombro.

—Has dedicado tiempo a ver lo que hago en el Centro de Recursos para el Embarazo. Y eso significa mucho para mí.

—Tendría que haber venido antes, Kayla. A los dos sitios. Si el departamento del *sheriff* supiera que están matando a niños en cualquier otro lugar del condado de Dougherty, nos enviarían con las sirenas atronando y las luces encendidas. Y aun así, aquí mueren niños todos los días delante de nuestras narices.

Kayla asintió.

—Estamos ciegos. Pero Jesús no lo está. Él se preocupa por estos niños. Dice que cualquier cosa que hagamos por ellos, la habremos hecho por Él.

Nathan señaló a la entrada.

—Todos los niños que mueren aquí tienen padres y aun así, son huérfanos. Si sus padres no los defienden, ¿quién lo va a hacer?

Un Acura MDX de color granate entró en el aparcamiento. Conducía un hombre y había una mujer en el asiento del acompañante. Ambos se quedaron dentro del coche.

—Ora por ellos —dijo Kayla—. Si no salen del coche, imagino que están reconsiderando su decisión.

Finalmente, el hombre salió. Miró con indecisión a Nathan y a Kayla y después se inclinó y habló con dulzura a la mujer que había en el interior. Al final, ella abrió la puerta.

La mujer llevaba unas gafas de sol negras y grandes; tenía el pelo de color caoba y le llegaba por los hombros. A Nathan le resultaba familiar, pero no era capaz de ubicarla.

Los dos se dirigieron a la puerta de la clínica y Kayla avanzó hacia ellos.

—Señora, mi nombre es Kayla Hayes. Quería darle este panfleto que muestra el desarrollo de su bebé nonato. También tiene un número de teléfono en el que puede concertar una ecografía gratuita para que pueda ver cómo es su hijo o su hija.

La mujer gesticuló nerviosa al tomar el panfleto de la mano de Kayla.

—¿Por qué están aquí? —preguntó el hombre—. No facilitan las cosas.

—Yo tuve un aborto. Y me arrepiento desde entonces.

—No creo que…

Kayla señaló a Nathan, que seguía en la acera, a unos tres metros de distancia.

—Señor, este es mi marido, Nathan Hayes. Le contará una historia que tiene que oír.

—Hola —Nathan se acercó un poco, pero preguntó—, ¿les importaría venir aquí conmigo? —No quería tener que explicar en el departamento del *sheriff* por qué se metía en una propiedad privada para intentar salvar una vida que la ley no protegía.

La mujer miró al hombre y asintió, y fue junto a Kayla hasta donde se encontraba Nathan.

Nathan tragó saliva.

—Seré sincero. Es la primera vez que vengo a un sitio así. Pero tengo remordimientos desde hace veinte años; yo aconsejé a mi hermano que pagara un aborto. Ese niño era mi sobrino o mi sobrina. No defendí la vida de aquel bebé. Debería haber hecho todo lo que hubiese estado en mi mano, incluso ofrecerme para criarlo. Kayla y yo nos arrepentimos de nuestras decisiones. No queremos que ustedes tengan que vivir con ese dolor.

—Ya tenemos dos hijos. El más pequeño tiene siete años. —La mujer se fijó en la cara de Nathan por primera vez. Lo estudió como si intentara ubicarlo—. Ahora trabajo a tiempo completo. Tenemos los gastos de la casa y… del coche. —Ella miró el Acura—. Simplemente, no podemos permitirnos tener otro hijo.

—Pero ya *tiene* otro hijo —dijo Kayla—. Dentro de usted.

—Mire, señor —dijo Nathan—. No le conozco. Pero usted quiere ser un buen padre para sus hijos, ¿no?

El hombre miró a Nathan, y asintió.

—Puede que algún día tenga que explicarles por qué le quitó la vida a su hermano o a su hermana. En mi opinión, ningún niño tendría que morir por ser inoportuno. Sinceramente, creo que su padre debería ser el primero en defender su derecho a vivir.

—Ustedes no saben nuestra situación económica.

—Sí sé una cosa —dijo Nathan—. Si dejan que este niño viva y piensan que no pueden permitirse criarlo, Kayla y yo les ayudaremos a pagar para darlo en adopción a un hogar en el que sea querido. No les costará ni un centavo.

La mujer sacudió la cabeza de forma violenta.

—¡Nunca daría a mi propio hijo en adopción! ¿Qué tipo de persona cree que soy?

Kayla dejó aquellas palabras suspendidas en el aire durante unos segundos, y después dijo dulcemente:

—¿Y entonces de verdad quiere que maten a ese mismo hijo?

La mujer miró a Kayla, después a Nathan otra vez y, de repente, exclamó:

—¡Sé quién es usted! Lo vi cuando se cayó del lateral de aquella camioneta en Newton Road. Estaba con mi amiga, y ella detuvo el coche. Bajé para ver si podía ayudarle.

Se quitó las gafas de sol.

—Claro —dijo Nathan—. Me sonaba su cara.

La mujer miró a su marido, incrédula.

—Mark, ¡este es el hombre! El que iba agarrado al volante y no se soltaba. —Miró a Kayla—. Cuando salió despedido de la furgoneta, no se quedó quieto a esperar a la ambulancia. Al verlo tan preocupado por su coche, pensé que estaba loco. Nunca olvidaré el momento en el que abrió la puerta trasera y aquel niño pequeño rompió a llorar.

En aquel instante, las lágrimas brotaron y Kayla la rodeó con el brazo.

—Jackson —dijo Kayla dulcemente—. Nuestro pequeño se llama Jackson.

Su marido miró a Nathan.

—Se pasó semanas hablando de aquello. ¡Me gustaría pensar que yo habría hecho lo mismo por mi hijo!

Y aun así, aquí estás, a punto de…

—Señor, ahora tiene la oportunidad de hacer lo mismo. Jackson es mi tercer hijo, y sabía que merecía que lo salvara. Este es su tercer hijo, y también merece la pena que lo salve.

—Pero… no sé cómo haríamos frente a los pagos.

La mujer echó una mirada a su coche.

—Señora, ¿recuerda lo que me dijo cuando me arrastraba para ver a mi hijo? Dijo: «Señor, no se preocupe por el coche».

Ella miró a su marido y fue como si un haz de luz irrumpiera de repente en la oscuridad.

—Mark, ¿qué hacemos aquí?

—Pensé que era lo que querías.

—Pensé que era lo que *tú* querías.

Su marido sacudió la cabeza.

—No creo que ninguno de los dos quisiera esto realmente. Parecía que no teníamos otra opción. Pero… la tenemos.

Ella dijo entre sollozos:

—Quiero irme de este sitio. —Se dio la vuelta y se fue corriendo hacia el coche.

Nathan extendió la mano al marido y dijo:

—Mark, permítame que le dé la enhorabuena por agarrarse al volante para salvar a su hijo. Le garantizo que no se arrepentirá de la decisión que ha tomado hoy.

CAPÍTULO TREINTA Y CUATRO

Adam deambuló hasta la sala de estar, donde Victoria estaba sentada con su portátil.

—¿Estás ocupada?

Ella levantó la vista.

—Solo estoy comprobando Facebook. ¿En qué piensas?

—Pensaba en el desayuno del martes con los chicos para hablar de la Resolución. Por primera vez en mi carrera, creo que mi relación con otros policías está ayudando de verdad a mi familia, en lugar de hacerle daño.

—Y hablando de relaciones familiares, el domingo es el cumpleaños de tu padre. Si le escribes una carta, la enviaré.

Adam suspiró.

—Una vez me dijiste que me he pasado la vida intentando complacer a mi padre. No me gustó. Pero creo que es verdad.

—Sí.

—Me refiero a que él consiguió una Medalla de Honor porque salvó a su sección en Vietnam. Se retiró como teniente coronel. ¿Cómo puedo competir con eso? Cada vez que lo veo, dice: «¿Todavía eres cabo?». Las dos distinciones de mi uniforme impresionan a un ayudante raso, pero para él no significan nada. Si fuera sargento, él querría que fuese capitán o *sheriff*. Nunca estaría satisfecho.

Victoria sacudió la cabeza.

—Si te preocuparas menos por lo que tu padre piensa de ti, mejoraría su relación.

—De eso no estoy seguro. Pero he pensado en pedirle que venga a pescar con Dylan y conmigo. O incluso que venga a la carrera de los cinco kilómetros.

Dylan estaba a punto de salir a correr cuando oyó a su padre decir aquello. Se sentó al otro lado de la esquina y escuchó.

—Sabes que no le gusta viajar. Puede que tengas que ir a por él.

—Le escribiré la carta, pero también le llamaré el día de su cumpleaños. Tengo que hablar con él, de hombre a hombre.

—Sería bueno para los dos. —Victoria estudió el rostro de Adam—. Te preocupa algo más, ¿verdad?

Adam hizo una pausa durante un momento, tratando de escoger la mejor forma de decirlo, y entonces le contó las discrepancias con las drogas registradas en la sala de pruebas.

—¿Qué vas a hacer, Adam?

—Tengo que hacer lo correcto. Si otro policía roba drogas, debo informar de ello.

—Pero no estás seguro de quién es.

—Aparte de mí, solo pueden ser Shane, Nathan, David o Bronson. Los cinco estuvimos en ambos escenarios. Los informes los presentaron personas distintas. Si otra persona robó las drogas antes de que el tipo que hacía inventario las viera, nadie lo sabría.

Victoria se inclinó hacia él.

—Vale, tú no has sido. Y Shane es honrado, ¿no?

—Tan honrado que admitió que no había advertido a Holloman antes de darle la descarga. El sargento le dio la oportunidad de mentir para librarse de aquella amonestación.

—Y no creo que pienses que es Nathan.

—No estoy seguro de qué creer. Y eso me preocupa. Bronson

apareció en los dos registros. ¿Por qué? A menos que...

—Está claro que Bronson es un bruto inflexible. Pero siempre ha sido honrado, ¿no?

—Eso creo.

—¿Y qué hay de David? ¿Alguno de los chicos compra cosas o realiza pagos que no deberían poder permitirse?

A la mente de Adam acudieron pensamientos que no quería considerar.

—Simplemente, no creo que ninguno de esos hombres pudiera hacerlo —dijo Victoria.

—Espero que no. Pero todos sentimos la tentación a veces.

—¿Tú te has visto tentado?

—Entregué dinero en efectivo de un registro de drogas hace tres años, cuando Dylan tuvo aquel problema de colon. ¿Lo recuerdas? El seguro debía haberlo cubierto, pero se negaron. Y pensé: «Es dinero que procedente de la droga que va a ser confiscado por el condado y, probablemente, malgastado de forma ilícita por algún pez gordo». Había miles de dólares en aquella bolsa. Si me hubiese llevado mil, nadie se habría enterado.

—¿Y qué hiciste?

—Nada. Me dije a mí mismo que no podía hacerlo.

—¿Y qué te hizo cambiar de idea?

—Sabía que estaba mal. Me gustaría decir que hice lo correcto por lo mucho que amo a Dios. Pero lo cierto es que no lo hice porque sabía que Él me observaba, y le temía.

—Bueno, si eso evitó que robaras, probablemente fue un buen motivo.

Adam se llevó las manos a la cara.

—No quiero llegar hasta donde este tema de las drogas robadas me está llevando, Victoria.

—Lo sé. —Le apretó el hombro—. Pero tienes que hacerlo, ¿no? Porque amas a Dios. Y porque le temes.

Adam asintió.

Dylan entró en ese momento en la sala.

—¿Quieres salir a correr, papá?

—Claro, chico. Es una noche agradable.

Adam se cambió de ropa y se encontró con Dylan en el porche delantero. Emprendieron la marcha a un ritmo tranquilo. Mientras corrían, Dylan se metió la mano en la chaqueta y sacó algo.

Adam se esforzó para verlo a la luz de las farolas.

—¿Qué es?

—Un testigo.

—Eso es lo que creía. ¿Para qué es?

—El entrenador Kilian me pidió que lo llevara cuando corriera.

—¿Por qué?

—Quiere que corra en el equipo de relevos de 4 x 400.

—¡Eso es fantástico, Dylan!

—Dice que como terminé segundo en aquella carrera, merezco una oportunidad.

—¿Estás nervioso?

—Sí. Pero… ¿y si…? Ya sabes…

—¿Y si qué?

—Bueno, si lo hago mal cuando corro solo, me defraudo a mí mismo principalmente. Pero en relevos, si se me cae el testigo o hago un mal pase, puedo arruinarles la carrera a todos. Hay mucho en juego.

—Puedes hacerlo, Dylan. Sé que puedes.

—El entrenador me ha enseñado cómo pasar y recibir, y mañana voy a probar con el equipo. Pero nunca lo he hecho corriendo de verdad.

—¿Me puedes enseñar?

—Supongo que sí. ¿Por qué?

—Bueno, mientras corremos, podemos practicar. Yo te lo paso a ti; tú me lo pasas a mí.

—Podríamos probar. Será como practicar a cámara lenta.

—No, puedo salir corriendo.

—Exacto.

Adam le pasó el relevo a Dylan, que lo tomó y salió disparado. Adam se quedó sorprendido por la aceleración de Dylan. Sabía que su hijo bajaba el ritmo cuando corrían juntos, pero nunca lo había visto a esa velocidad. Le hacía tratar de correr más rápido cada vez que ponía el relevo en las manos de su hijo.

Los treinta minutos siguientes fueron de arrancar y parar, dar y tomar. Sacaron lo mejor el uno del otro.

Mientras recorrían el camino de entrada a casa, Dylan dijo:

—Gracias, papá. Me ha ayudado mucho, de verdad. Creo que estoy preparado para mañana.

—No hay de qué, hijo. —Adam sonrió—. ¿Para qué están los padres, eh?

★ ★ ★

Era un acto de etiqueta en una enorme sala de banquetes del Centro Cívico de Albany, y Diane Koos estaba nominada para recibir el Premio a la Valentía en el Servicio Comunitario que se entregaba anualmente en la ciudad.

Aquella noche, Koos se superó a sí misma. Pelo perfecto, maquillaje profesional, manicura francesa recién hecha, vestido de seda sin tirantes, y llamativos zapatos de tacón de diez centímetros de altura. Brillaba y resplandecía, y estaba preparada para cualquier ángulo que una cámara pudiera encontrar. Su sonrisa no daba muestras de fatiga. Cómo podía caminar sobre aquellos tacones, por no hablar de cómo podía permitírselos, era todo un misterio.

El presentador honorario era Darrin Gallagher, que había sido coanfitrión de Koos en las noticias de la noche de la WOIA-TV durante catorce años. Gallagher, un aspirante a la portada de la revista *GQ* con su bronceado artificial y cada cabello en su lugar, llevaba un traje que parecía haberse materializado sobre su cuerpo directamente desde la percha.

Gallagher se dirigió a la audiencia:

—No puedo pensar en nadie que merezca este premio más que Diane Koos. A lo largo de su brillante carrera, estuvo en primera línea de fuego día tras día. Cubrió las noticias más importantes de la ciudad de Albany, tanto las de última hora sobre corrupción o brutalidad policial, como los escándalos en el gobierno local. Era la voz del pueblo. Echamos de menos a Diane en la WOIA, pero ahora le estamos agradecidos por servir como defensora del pueblo en el departamento del *sheriff* del condado de Dougherty. Cada noche dormimos un poco más tranquilos al saber que ella está desempeñando su trabajo y cumpliendo con su deber para mantenernos a salvo. En nombre de la familia de la WOIA y de los ciudadanos de la estupenda ciudad de Albany, es un honor otorgarle este prestigioso premio a mi colega de toda la vida y compañera en calidad periodística, ¡Diane Koos!

La gente dio un caluroso aplauso. Cuando la oficial de información pública de la WOIA-TV se puso en pie, los ejecutivos y empleados de la cadena se levantaron. A continuación, los siguieron el *sheriff* y su plantilla. Los que permanecían sentados, cohibidos por ello, se levantaron, por lo que, al final, todos participaron en una ovación en pie no muy espontánea.

Darrin Gallagher le dio a Diane Koos una pesada placa de palo de rosa. Su nombre estaba grabado a la perfección sobre la lámina de oro de veinticuatro quilates.

Diane pronunció un discurso que hubiera hecho que los de *Toastmasters* se sintieran orgullosos: corto, conciso e inteligente, con la dosis justa de humildad que cualquier pilar de la comunidad estaría orgulloso de poseer.

Cuando el evento concluyó, después de innumerables fotos, abrazos y apretones de mano aduladores y de múltiples rondas de cócteles para festejarlo, eran las 11:30 de la noche, hora de que Darrin

Gallagher escoltara a Diane Koos hasta su coche. Tomaron el ascensor que llevaba al aparcamiento subterráneo. Darrin rodeaba con un brazo a Diane y con la otra mano sostenía el mando para abrir la puerta.

De las sombras salieron dos hombres blancos jóvenes, vestidos con tirantes y botas negras de grandes suelas y gruesos cordones. Uno de los hombres era bajo y enjuto, el otro era alto y fornido. Ambos iban rapados y sus brazos musculosos estaban cubiertos con tatuajes de la esvástica.

El grande arrojó a Gallagher al suelo de un empujón mientras que el otro agarraba el bolso de Diane.

—Dame tu cartera, tío, y las llaves del coche. ¡Rápido!

Gallagher tiró la llave a los pies del joven, sacó la cartera y la arrojó también.

Diane Koos no se mostró tan dispuesta a colaborar. Tiró de su bolso y la delgada correa se rompió.

Su enjuto agresor la empujó brutalmente contra una columna de hormigón.

—Dame el collar, la pulsera y el anillo.

—¡No! —gritó—. ¡Ayuda! ¡Ayuda!

El hombre le dio un puñetazo en la mandíbula. Diane se tambaleó hacia atrás, pero cuando se recuperó, blandió la pesada placa chapada en oro. Su afilada esquina hizo que la sangre brotara al instante y dejó un profundo corte en la mejilla del agresor. La placa se cayó al suelo. Él agarró el collar y Diane arremetió contra su cara, clavando las uñas en la carne.

El hombre, cuyo ojo había sido alcanzado por una uña afilada como una cuchilla, gritó.

El delincuente más alto corrió a ayudar a su camarada herido. Darrin Gallagher estaba sentado en el asfalto, inmóvil. Cuando tuvo claro que se habían olvidado de él, se escabulló hasta la calle, donde sacó su teléfono móvil y marcó el 911. Justo cuando alguien respondía, un coche patrulla con las luces encendidas entró en el aparcamiento. Darrin se apartó de su camino.

El coche frenó chirriando y un conductor enorme pero ágil salió de un salto. En aquel momento, uno de los hombres sujetaba a Diane Koos por el cuello mientras el otro le había arrancado el collar y la pulsera e intentaba hacer lo mismo con el anillo. Ella consiguió morderle el dedo y él sacó un cuchillo.

Como un rayo, el enorme oficial agarró al agresor por los hombros, lo levantó un palmo del suelo y después estrelló su frente contra la del hombre, más pequeña. Este se derrumbó con un golpe violento.

El tipo enjuto puso el cuchillo contra la garganta de Diane Koos.

Sin dudar, el oficial sacó su enorme Smith & Wesson y apuntó a la frente del agresor.

—Tira el cuchillo o estás muerto —gruñó.

El agresor, con la voz temblorosa, dijo:

—Tira la pistola hacia la calle y dejaré que se vaya. Si no lo haces, la mataré.

—No, no lo harás. Porque no quieres darme ninguna otra razón para meterte una bala en el ojo izquierdo, seguida de una bala en el ojo derecho y otra más en la boca mientras caes al suelo. ¿Quieres algo de polvo blanco, amiguito? ¡Te voy a dar más del que puedas soportar!

—¡Le voy a cortar el cuello!

—Hazle una sola gota de sangre, escoria de la Aryan Nation, y estarás muerto y ardiendo en el infierno antes de que puedas decir «cumpleaños de Adolf Hitler».

El hombre, curtido en la escuela del odio, miró al oficial a los ojos y supo, sin la menor duda, que aquel coloso con uniforme marrón estaba listo, por no decir ansioso, para matarle en el acto. Miró a su colega, que estaba en el suelo con el cráneo abollado, y tiró el cuchillo.

—Buen chico. Ahora suéltala. Al suelo boca abajo, nazi, y besa el asfalto como si fueran los pies de Hitler.

El agresor obedeció rápidamente.

—Las manos a la espalda. —A pesar de su volumen, el policía esposó rápidamente a los dos hombres y dio el aviso.

—693a. Tengo a dos aspirantes a gamberros de la Aryan Nation detenidos en el aparcamiento del Centro Cívico. Hay una mujer herida; necesita una ambulancia.

—Estoy bien —dijo Diane Koos.

—Eso lo decidirán los paramédicos. Te han dado una buena, señorita. —Miró al tipo que estaba en el suelo con la cara destrozada—. Pero es obvio que él se ha llevado la peor parte.

Diane Koos lo miró.

—Creía que tenías el turno de día.

—Y así es. Frashour estaba enfermo y me ofrecí voluntario puesto que tenía que faltar a mi propio turno.

—¿Y eso por qué?

—Porque recibí un memorando que me ordenaba asistir a una sesión de sensibilidad durante todo el día. Me dijeron que era una recomendación del oficial de relaciones públicas.

—Bueno, estos tipos han tenido suerte de que acabaras de salir de tu sesión.

Darrin Gallagher apareció de entre las sombras.

—¡Diane! ¿Estás bien?

—Supongo que sí.

—¡Tío, ha sido una locura! Esos tíos estaban *chiflados*.

—Deberías haberte quedado a ayudar a la señorita —dijo el oficial.

—¡Podían haber ido armados! —contestó Gallagher.

—Exacto. Podían haberla matado, armados o no. Parece que han hecho que se te estropee el maquillaje.

Gallagher se tocó la mejilla en un acto reflejo.

—Fui a llamar a la policía. Eso es lo que se supone que tenemos que hacer.

El policía lo miró.

—Otra persona avisó primero. Tú llamaste cuando ya estaba entrando. ¿O llamaste a la cadena para que enviaran a un equipo de grabación?

El oficial se inclinó y recogió la placa de oro, la leyó, y se la entregó a Diane Koos. Cuando ella la agarró, Bronson vio que cuatro de sus uñas estaban rotas; tenía las yemas de los dedos manchadas con restos de sangre.

Koos le preguntó al oficial:

—¿Conoce a Darrin Gallagher?

—No. Lo he visto en la tele, en los laterales de los autobuses, y en un par de letrinas. Pero es la primera vez que lo veo con el maquillaje corrido. Recuerdo su reportaje de investigación sobre la brutalidad policial. De hecho, puede que hasta apareciera en él.

—¡Ya sabía yo que su cara me sonaba de algo! —Gallagher retrocedió.

—Sí, soy un poco difícil de olvidar. Bueno, ambos hemos hecho nuestro trabajo hoy, *Darrin*. El tuyo era correr como un cobarde. El mío, acudir y ayudar al único de ustedes que tiene agallas. Es una señorita valiente; quizá quieras aprender de ella para que no tenga que venir a la carga a rescatarte si alguna vez te asalta una banda de niñas de tercero.

—Eso está fuera de lugar. ¡Y además es insultante! —Gallagher sacó su *smartphone* y escribió con los pulgares furiosamente—. Se está cavando un agujero grande y gordo. ¡Voy a presentar una queja a sus superiores!

—Póngase a la cola —dijo el policía.

Koos fulminó a Gallagher con la mirada.

—Presenta una queja, Darrin, y llegará hasta mí. Y cuando lo haga, le contaré *todo* lo que ha pasado esta noche al *sheriff*. Y difundiré un sinfín de copias por la WOIA.

El oficial miró fijamente a la ganadora del premio y antigua presentadora de noticias, con el vestido rasgado, la cara y el cuello magullados, las uñas destrozadas y despeinada.

—Señora, ¿este pastelito es tu novio?

—¡No! Es decir, bueno, me ha traído hasta aquí y tenía pensado llevarme a casa.

—Hacen buena pareja. Uno de los dos podría llevar los pantalones en la familia, y a esa misma persona tampoco le sienta nada mal el vestido.

Tanto Gallagher como Koos se quedaron mirando al policía con expresiones totalmente distintas. A Gallagher le vinieron a la mente imágenes de documentales, revelaciones, tiroteos, pleitos civiles y de cómo hacer entrar en razón a su antigua copresentadora.

Diane Koos alargó su mano derecha ensangrentada y la puso sobre el brazo del policía.

—Gracias, sargento Bronson.

Él le dirigió una mirada dura y prolongada.

—Solo hago mi trabajo. —Hizo una pausa—. Y, señora, ha sido un placer.

CAPÍTULO TREINTA Y CINCO

Adam caminó hasta el lugar donde Tom Lyman esperaba en la residencia Whispering Pines.

—Llevo dos meses deseando conocer a Victoria y a Dylan. Ayúdame a ponerme el abrigo, ¿puedes?

Adam ayudó a Tom y le preguntó:

—¿Dónde está el hombre que siempre se sentaba en aquella esquina?

—¿Andy Worthington? Andy murió el sábado.

—¿En serio?

—Lamento decir que no creo que estuviera preparado para marcharse. Su resentimiento era cada vez mayor. Creía que sus hijos no se preocupaban por él. Ni siquiera conoció a la mayoría de sus nietos.

—Qué triste.

—Sí. Pero le dije a Andy una docena de veces que no puedes cambiar a los demás. La única vida que tenemos el poder de cambiar es la nuestra, e incluso para ello necesitamos la ayuda de Dios. Nunca pude conseguir que pensara en Jesús. Se negaba a buscar lo único que podría haberle dado alegría y esperanza.

—Me alegra que te preocuparas lo suficiente por Andy como para compartir el evangelio con él.

—Aquí es donde me ha puesto Dios. Tan cierto como que ha puesto a misioneros en África y a ti en el departamento del *sheriff*.

Adam estaba fascinado con la sabiduría de Tom. Lo que él pudiera aprender de Tom, otros... incluido Dylan... podrían aprenderlo de él. Los hombres devotos se pasarían el testigo unos a otros, generación tras generación. Adam estaba decidido a no volver a dejar caer el suyo.

—Hechos 17 dice que Dios estableció el momento y el lugar en el que cada uno de nosotros viviría. No estoy aquí por casualidad, Adam. Dios ha fijado el tiempo establecido para Tom Lyman y el lugar exacto en el que debería vivir. Y lo ha hecho para que yo y aquellos que me rodean puedan buscarle y encontrarle. Esa es la vocación de mi vida.

Mientras Adam lo empujaba hasta el exterior por la puerta principal, Tom preguntó:

—¿Piensas arrojarme a la parte trasera de tu camioneta?

Adam se echó a reír.

—Le he pedido prestada a un amigo su furgoneta con una puerta lateral corredera. Debería ser perfecta.

Adam subió a Tom al asiento trasero y después le pasó su Biblia.

—Un par de visitas al quiropráctico y estarás recuperado —bromeó Tom. Permaneció en silencio durante unos segundos, formulando las palabras mientras Adam cargaba la silla de ruedas y se deslizaba hasta el asiento del conductor.

—Adam, en las notas de tu diario que me dejaste la última vez, decías que parte de tu dolor es por no poder abrazar a tu hija otra vez. Quería hablar contigo de eso. ¿No crees en la resurrección?

—Sí, claro.

—Pero la resurrección significa que Dios levantará nuestros cuerpos y los unirá a nuestros espíritus y que viviremos con Él para siempre. Te diré algo, nada ha supuesto mayor aliento para mí. Y una vez que nos reunamos con la gente a la que amamos, estoy ansioso por hablar de nuevo con Marianne, pasear con ella, bailar con ella.

—¿Bailar con ella? ¿Eso crees? —La voz de Adam se quebró ante aquella idea—. Supongo… que no lo había pensado de esa manera.

Tom sonrió.

—¿Y por qué *no* íbamos a bailar?

—Hago lo que me sugeriste… me recuerdo a mí mismo que aunque el cuerpo de Emily está muerto, ella está viva en el cielo, con Jesús. Ayuda mucho.

—Exacto. Y un día, el alma de Emily se reunirá con su cuerpo. Eso es la resurrección. Así que, Adam, estoy profundamente agradecido por el tiempo que pasé con Marianne aquí. Pero también lo estoy por la eternidad que compartiremos en presencia de Dios. Tu relación con Emily no ha terminado; se ha interrumpido. Guarda todos los momentos valiosos que pasaste aquí con ella y recuerda que son solo el principio.

Adam se secó los ojos.

—Un día, los pensamientos de tu diario serán para ti un tesoro, Adam. A veces vuelvo atrás y leo lo que escribí el primer año después de la muerte de Marianne. Han pasado quince años, y aún la echo de menos, pero veo todo lo que Dios ha hecho conmigo. He aprendido a confiar en Él.

—Yo quiero confiar en Él. Pero sigo sin comprenderlo.

A veces, Adam se daba cuenta de que Tom permanecía en silencio antes de responderle. Recorría las cavernas de su memoria, que guardaban tesoros, algunos de ellos escondidos durante mucho tiempo. Él era un anciano en una cultura que valoraba a los jóvenes, a los atléticos y a los glamurosos… a aquellos que no habían adquirido sabiduría con décadas de vida desinteresada, de valor y de compasión. Tom Lyman nunca aparecería en una revista, ni laica ni cristiana. Y aun así… él era quizá lo más parecido a Jesús que Adam había conocido.

Tom tocó su Biblia con cariño.

—En Isaías 55 Dios dice que así como son más altos los cielos que la tierra, los caminos de Dios son más altos que los nuestros. Si pudiéramos entender siempre a Dios, significaría que Él es tan bobo como nosotros.

—Bueno, agradezco que no sea ese el caso.

Los dos rieron.

En el camino de entrada a la casa, Adam desplegó la silla de ruedas y ayudó a Tom a sentarse en ella.

Victoria abrió la puerta principal. Adam levantó la silla y empujó a Tom hasta el otro lado del umbral, donde Victoria esperaba preparada para abrazarle.

—Es un honor conocerte, Victoria —dijo Tom—. ¿Dónde está Dylan?

Dylan, tímidamente, apareció por una esquina.

—¡Así que esta es la estrella del atletismo! Tu padre me ha contado lo bien que lo estás haciendo. ¡Está muy orgulloso de cómo acabaste segundo en los 400!

Dylan sonrió.

Victoria sirvió un estofado de ternera con panecillos de maíz y una frondosa ensalada con queso *cheddar*, tomates, cebollas y picatostes caseros. Antes de que Adam orase, Tom les dio la mano a Victoria y a Dylan, que a su vez se la dieron a Adam.

—Padre, gracias por Tom. Gracias por toda la sabiduría que ha traído a mi vida. Y gracias por Dylan y por Victoria y por lo que se ha esforzado en esta comida. Te estamos muy agradecidos, Señor. En el nombre de Jesús. Amén.

—¡Amén! —Tom miró a Victoria—. ¿Te dijo Adam que me gusta el estofado de ternera?

—Sí, me lo dijo.

—Cuando mencionó lo bueno que está tu estofado de ternera, le lancé unas cuantas indirectas, pero no siempre lo pilla; ¿sabes a lo que me refiero?

—Sé *exactamente* a lo que te refieres.

Tom sonrió de oreja a oreja.

—¡Eres un hombre muy afortunado, Adam Mitchell! Por tener una esposa tan bella y encantadora y un hijo fuerte e inteligente. ¡Y ellos son muy afortunados por tener a un hombre que quiere a Dios y que les quiere a ellos! ¡Y si el resto de este estofado de ternera está como el primer bocado, tendré que hacer pedidos desde la residencia!

Dylan y Victoria parecían encantados de contestar las numerosas preguntas de Tom, y Adam estaba asombrado por lo mucho que había aprendido de ambos cuando Tom acabó.

—Ahora, tengo aquí un poquito de estofado de ternera y medio panecillo. Tengo entendido que hay un miembro de la familia que se llama Maggie. Me gustaría conocerla.

—¿Puedo dejarla entrar, Adam? —preguntó Victoria.

—Claro, ¿por qué no?

—Maggie entró corriendo por la puerta trasera y fue trotando directamente hasta el extraño que sujetaba un bol para ella. Lo acabó en diez segundos mientras todos reían.

La familia se retiró a la sala de estar, donde Maggie se sentó a los pies de Tom y apoyó la cabeza en una de sus rodillas.

—Sé que ha sido difícil para ustedes desde que Emily murió.

—Así es —dijo Victoria—. Pero hay que confiar en Dios.

—Sí. No siempre es fácil entenderle, pero siempre hay que confiar en Él. Cuando hace seis años tuve una grave caída, me dije a mí mismo que nunca volvería a caminar. Estaba abatido. Entonces, un día leí acerca de la resurrección de Cristo, y Dios encendió una luz.

Adam observaba cómo Victoria y Dylan escuchaban con atención las palabras de Tom.

—Pensé: «Por supuesto que *volveré* a caminar».

Se dirigió a Dylan.

—Después de la resurrección, te echaré una carrera, joven, ¡y tendrás que emplearte a fondo para alcanzarme!

—¡Sí, señor!

De repente, a Tom se le llenaron los ojos de lágrimas.

—Victoria, estoy deseando presentarte a Marianne. Le gustarás mucho. Y también estoy deseando conocer a Emily.

Victoria no podía hablar, pero sonrió. Fue a la cocina y cinco minutos después regresó con un pastel caliente de melocotón con helado de vainilla. Tom le ofreció ceremoniosamente a Maggie los restos de su plato de postre.

Victoria miró a Maggie, que tenía la cabeza apoyada sobre el tobillo de Tom.

—¡Estoy segura de que Maggie cree que está en el cielo en estos momentos!

Después de que Adam y Dylan regresaran de la residencia, Adam le dijo a Victoria:

—Tom ha tenido mucho éxito esta noche. Y no solo con Maggie. Dylan me ha dicho lo mucho que le ha gustado.

—Es un gran hombre, ¿verdad?

—Le conté a Tom lo de mi tendencia a pensar lo peor de la gente.

—Como Frank Tyson.

—Sí. Para empezar. Bueno, caí en la cuenta de que en aquel registro de drogas en el que tuvimos aquella pelea con el tipo enorme y el sofá se volcó hacia un lado, no habría sido muy difícil que unas cuantas bolsas cayeran por uno de los respiraderos abiertos, ¿no?

—Es posible.

—Por otro lado, tengo que estar seguro de que no estoy ignorando los hechos. Puede que uno de los chicos esté robando droga. Pero podría costarme mi relación con otros policías.

—¿Por qué?

—Porque los policías que largan sobre otros policías no son muy populares.

—No me gustaría estar en tu lugar.

—A mí tampoco.

Capítulo treinta y seis

Adam llegó al Pearly's con quince minutos de antelación.

La mesa preferida de los chicos estaba ocupada, y a pesar de que sacando su arma podía haberla desocupado, buscó otra alternativa. Se dirigía a una mesa vacía cuando escuchó una voz gutural de mujer que decía:

—¡Cabo Mitchell!

Se giró y vio la cara perfectamente maquillada de Diane Koos.

—Señorita Koos. Hola. ¿Qué la trae…? —Se detuvo en mitad de la frase. Su visión periférica le envió un mensaje demasiado extraño como para comprenderlo. Concretamente, que Diane Koos compartía mesa… o una fracción relativamente pequeña de ella… nada más y nada menos que con el planetoide humano.

—Mitchell —retumbó la hormigonera.

—Sargento —dijo Adam con voz débil. Estableció contacto visual con los ojos inyectados de sangre de Bronson—. ¿Qué hacen ustedes dos… aquí?

—Eso es cosa nuestra —gruñó.

Koos se echó a reír y aplastó el brazo de Bronson.

—Ay, Brad. ¡No seas ogro! —Ella miró a Adam—. Le he dicho a Brad que yo pagaba el desayuno. Cuando le he preguntado adónde quería ir, ¿sabes lo que ha dicho?

—¿A Pearly's?

—Ha dicho: «Cuando estoy en Pearly's soy más feliz que un cerdo en un barrizal». ¿A que es graciosísimo?

—Eh… sí.

—Venga, Brad; enséñale lo que hay en la bolsa.

Bronson sacó a regañadientes una pesada placa chapada en oro. Decía: «Premio a la Valentía en el Servicio Comunitario». El nombre de Diane Koos estaba tachado. Justo debajo, grabado en letra negrita, ponía «Brad Bronson».

—He mandado hacerlo por lo que hizo por mí.

—¿Ves la esquina de la placa, que está hecha polvo? —dijo Bronson con una sonrisa de verdugo—. Por ahí es por donde Diane aporreó al gamberro en la cara.

—Sí, he oído la historia.

Koos sonrió.

—¿Conoces a Marciano, el rottweiler de Brad? Le llevé un kilo de carne picada y una bolsa de Cheetos. Somos amigos para siempre.

Brad dijo alegremente:

—Las galletas de mantequilla de cacahuete tampoco vinieron mal. —Miró a Adam—. Y adivina qué nombre le puso Diane a su Jack Russell.

Adam dedujo que no era Totó.

—¡Otis Spunkmeyer! —Bronson se rio con tanta fuerza que acabó tosiendo.

La expresión *Ahora ya lo he visto todo* cobró un nuevo significado para Adam.

Incómodo en aquel terreno peligroso entre una dimensión desconocida y los límites del espacio exterior, Adam dijo:

—Escuchen, tengo que encontrar una mesa para los chicos. Eh… que tengan un buen día.

Desde el lugar donde se sentó, Adam aún podía escuchar la voz de Bronson:

—... se lanzó hacia mí, y se encontró con mi frente a medio camino. Se desplomó como una piedra. Entré y limpié la casa, saqué a los gamberros de sus colegas pasmados. Dejé aquel barco de droga tan limpio que se podía comer puré de plátano sobre la cubierta.

Koos soltó una risita y se acercó inclinándose para murmurarle algo a Bronson. Adam se levantó y encontró una mesa en la esquina más alejada, donde no se les oía.

Con el *Albany Herald* delante, pasó la portada y los deportes y se fue a la sección de clasificados. Para estar al tanto de lo que pasaba en Albany, miró la sección 596, los anuncios legales, que ocupaban ocho páginas. El primero era del Tribunal de Menores del condado de Dougherty. Comenzaba con las iniciales de dos niños y sus fechas de nacimiento, e iba dirigido a tres hombres llamados Ronnie, Ernest y Willie, seguido de: «y cualquier otro individuo que pudiera ser el padre biológico de dichos niños, hijos de Gail Edwards».

Una demanda había sido interpuesta por un reputado trabajador social: «Demanda de privación de la patria potestad de los niños mencionados anteriormente».

Adam vio otro anuncio similar, y otro más, y otro. Sacudió la cabeza. Javi y Nathan llegaron, retiraron dos sillas y se sentaron a la vez.

—¿Quién ganó? —Shane se sentó junto a Adam.

—Estoy leyendo los anuncios legales. Los servicios sociales de menores están buscando posibles padres de menores detenidos para que reclamen a sus hijos en el tribunal.

—Como siempre digo —dijo Shane—, Roma se hunde.

—No podemos darnos por vencidos. Yo no me voy rendir. —Adam levantó la vista y vio que David llegaba con café y se dejaba caer sobre la silla que quedaba.

—Esto es grave —dijo David—. Anoche soñé con el Pearly's.

—Sí, he oído que te han nombrado empleado del mes. Está bastante bien, teniendo en cuenta que ni siquiera trabajas aquí —dijo Shane.

—Eso debería hacer que fuese más fácil encontrar aparcamiento.

David dio un sorbo al café para encontrar la voz.

—He descubierto algo sobre Amanda que es bastante difícil de asimilar.

—¿Qué ocurre? —preguntó Nathan.

—En realidad, no sé cómo decirlo.

Todos aguardaron.

—Pues… que es vegetariana.

Silencio.

Finalmente, Adam habló.

—¿Eso quiere decir que Olivia es vegetariana también?

—Yo diría que sí —contestó Shane—, a menos que tenga una fuente de ingresos en efectivo y transporte hasta el Burger King.

Adam se inclinó.

—¿Cuándo te enteraste?

—Cuando les llevé la cena a ella y a Olivia.

—¿De dónde?

—De la tienda de perritos calientes de Jimmie's.

El grupo emitió simultáneamente gruñidos de empatía.

—¿Le dijiste que tú eres *bacontariano*? —preguntó Shane.

—Me dijo que tenía una pegatina en el parachoques que decía «La carne es asesinato».

—Si la carne es asesinato, David, tú eres un asesino en serie. ¿Qué pensaría Amanda si supiera cuántos bueyes han dado sus vidas por hacerte feliz?

—Y también unos cuantos cerdos —añadió David.

Shane asintió.

—No digo que sea motivo para el divorcio, pero sería un factor de compatibilidad si se plantearan el matrimonio.

—En la mayoría de casos así sería —dijo Nathan.

—¿Qué quieren decir? —preguntó David.

—Bueno, tienen una hija en común. Eso significa que a menos que haya razones de peso para lo contrario, deberían estar casados.

David carraspeó.

—¿Y que ella sea vegetariana no cuenta?

—No.

—¿Aunque eso signifique que nunca podría hacer un filete en la barbacoa para ella?

—Aunque no pudieras *hacerte* tú un filete en la barbacoa —dijo Nathan.

David se estremeció.

—El compromiso puede ser duro, ¿verdad?

—Lo creas o no, David, a veces es incluso peor.

—En serio, chicos, he pasado algo de tiempo con Amanda. Respeto cómo ha criado a Olivia. Yo no habría sido capaz de hacer lo que ella ha hecho. Amanda es… increíble.

—David, si tuvieses que elegir entre comer carne el resto de tu vida o estar con Amanda y Olivia, ¿qué elegirías? —preguntó Adam.

David lo pensó seriamente durante un rato.

—¿Sinceramente? Creo que elegiría a Amanda.

Javi se convirtió en el portavoz del grupo.

—Está enamorado.

Después de la consiguiente combinación de felicitaciones y chistes, Adam se puso serio.

—Les diré lo que pienso… —dio unos golpecitos al periódico que tenía delante—… nadie habla de la plaga de niños sin madre. Solo de los niños sin padre. Sí, las madres luchan, pero son los padres los que no dan la cara. Estoy muy orgulloso de ti, David, por las decisiones que estás tomando. No es demasiado tarde para hacer las cosas bien.

—Me recuerda a lo que he estado leyendo en las Escrituras —dijo Nathan—. En Efesios, hay una orden dirigida específicamente a los hombres: «Padres, no hagan enojar a sus hijos con la forma en que los tratan. Más bien, críenlos con la disciplina e instrucción que proviene del Señor».

Adam se animó.

—En mi caso, ese era precisamente el problema. Desde que Dylan se convirtió en un adolescente, le he transmitido mensajes negativos. Solo me ha oído decirle que no o que venga a casa antes o que haga los deberes o que deje de jugar a los videojuegos. Hice que se enfadara porque nunca le di ánimos.

—Eso es algo que tengo que vigilar con Marcos —dijo Javi—. Le digo constantemente que esté quieto o que se tranquilice. Tengo que encontrar la manera de decirle que sí.

—Yo necesito ser más positivo —dijo Nathan—. Hablo con Jade de que deje el teléfono, que no envíe tantos mensajes, que se aleje de las malas compañías. Pero no le pido que comparta conmigo su música favorita o que me cuente lo que está leyendo. Si tengo que decirle que no apruebo algo, lo haré, pero no quiero desanimarla. Como has dicho, Javi, no quiero decirle que no sin encontrar la forma decirle que sí a algo que Dios apruebe.

—Cuando Dylan estaba creciendo, lo llevaba a campos de béisbol y de baloncesto. Era como si me molestara que tuviese sus propios sueños en lugar de los míos. Llegué a ser igual que mi padre, ¡y Dylan se enfadó conmigo como yo con mi padre! A él le encantaba correr, y como a mí no, eso quería decir que a mí no me parecía bien. ¿Por qué intenté hacer de él otro yo, en lugar de ayudarle a convertirse en el hombre que Dios quiere que sea?

—¿Y por eso ahora vas a todos sus encuentros de atletismo? —preguntó David.

—Tres seguidos. Ahora soy un padre del equipo de atletismo del instituto Westover. ¡Adelante Patriotas! Formo parte de su mundo. Invitamos a sus colegas de atletismo a que vengan a casa. ¿Qué mejor forma de saber lo que pasa? Anoche, uno de los amigos de Dylan dijo: «Señor Mitchell, ¿cómo es ser policía?». Así que pregunté si alguno quería ir a una jornada con la policía. Y entonces Dylan me miró y dijo: «¿Puedo ir yo?».

—¿No lo habías invitado nunca antes? —preguntó Shane.

—Nunca había mostrado interés. Debería habérselo preguntado hace años, pero él tenía su mundo y yo el mío, y la casa no era más que un hotel donde pasábamos la noche, para después regresar a nuestros mundos separados. Era como si tuviera una venda en los ojos.

—Creo que muchos de nosotros la tenemos —dijo Nathan.

—Se supone que el hogar es la base de operaciones —dijo Adam—. Deuteronomio 6 dice que pongas las Escrituras en las paredes, que les hables a tus hijos de Dios, y que hables con ellos de cosas espirituales por la noche y por la mañana, y al pasear. O, en mi caso, cuando corremos.

Adam sacó de su bolsillo un papel doblado.

—He traído una lista de preguntas que Caleb Holt utiliza en un grupo de responsabilidad para hombres para que nadie se escaquee por las grietas.

Adam desdobló el papel y lo señaló.

—Comparten al menos un versículo memorizado que han aprendido esa semana, como nosotros. Pero después, hacen algunas preguntas como: ¿Qué tal estás con Dios? ¿Cómo te estás comportando como marido? ¿Y como padre? ¿A qué tentaciones te enfrentas y cómo las abordas? ¿Cómo han ido tus reflexiones esta semana? ¿Has dedicado tiempo a la Palabra de Dios y a la oración? ¿Cómo podemos orar por ti y ayudarte?

—Buenas preguntas —afirmó Nathan—. Para mí ha sido divertido hablar con ustedes de algo más que de deportes y coches.

—Eso tiene que ver con un versículo que he memorizado esta semana —añadió Javi—. Proverbios 27:17… «Como el hierro se afila con hierro, así un amigo se afila con su amigo».

Adam asintió.

—Tenemos que decir: «Mi vida es asunto tuyo, y así quiero que sea». No podemos tener miedo de hacernos preguntas complicadas los unos a los otros.

—William Barrett solía decirme: «Nathan, mi misión no es ayudarte a que te *sientas* bien. Es ayudarte a que *hagas* el bien».

David anotó aquello.

—Pero ayudándome a *hacer* el bien, el señor Barrett me mostró el camino para *sentirme* bien.

Cuando la reunión acabó y Adam salía por la puerta, escuchó una risa que sobresalía de una esquina. Vio cómo Bronson se despedía cariñosamente de la mujer anteriormente conocida como «la Koos».

Justo cuando crees que comprendes algo en la vida...

★ ★ ★

Cuatro horas más tarde, Adam tenía algunos asuntos pendientes en el departamento del *sheriff*, así que Shane estaba solo para comer. Cuando se acabó el sándwich que había sacado de la máquina, Shane saludó al sargento Smith al tiempo que algunos ayudantes entraban en la sala de personal. Se marchó y se dirigió al vestíbulo contiguo al juzgado del condado y a la oficina del *sheriff*.

—Fuller —lo llamó el sargento Murphy, que estaba en el exterior de una de las salas. Sostenía una bolsa transparente de pastillas de droga blancas.

—Hola, sargento. ¿Qué ocurre?

—Aún siguen haciendo peticiones y tengo que testificar. ¿Te importaría dejar esto en la sala de pruebas por mí?

Shane levantó una ceja.

—No hay problema.

Shane tomó la bolsa y el sargento Murphy se marchó.

Qué extraño. El sargento suele insistir mucho en la cadena de custodia. ¿Y ni siquiera me ha pedido que lo firme?

Shane llegó a la sala de pruebas.

—¿Hay alguien?

Comprobó su reloj. La sala de pruebas no solía estar muy concurrida, especialmente a la hora de comer.

Shane miró al exterior, vio que estaba despejado, y después se sentó delante de una mesa con una pequeña lámpara. La encendió y colocó debajo las pastillas de crack, a continuación abrió un cajón y sacó unos guantes. Miró hacia la entrada antes de ponérselos y abrir la bolsa.

Shane traspasó dos pastillas de crack a una bolsa distinta que se metió en el bolsillo. Tomó un rotulador y escribió sobre la bolsa, alterando la información.

Shane actuaba de forma rápida y eficiente. E inteligente, o eso creía. No vio en ningún momento la cámara escondida.

Oyó movimiento tras él y al darse la vuelta rápidamente derribó la silla.

—¿Qué estás haciendo, Shane?

—¿Adam…?

—¿Eras tú? ¿Así que esto es lo que has estado haciendo?

—¿De qué estás hablando? Solo estoy comprobando de nuevo la cantidad antes de entregarlo.

—¡No me mientas! En este momento llevas droga en el bolsillo.

Shane miró fijamente a Adam durante un instante, después, lentamente, sacó la bolsa y la dejó sobre la mesa. Su expresión se endureció.

—No me vas a entregar. Solo sería un asunto muy feo y dejaría en evidencia a todo el departamento. Además, sería tu palabra contra la mía.

—No, no lo sería. —Nathan entró a la sala.

—Ah, ya veo. Dos policías hacen guardia para pillar a su amigo.

Las venas del cuello de Adam se hincharon.

—¿De qué hemos estado hablando durante el último mes? ¿A qué te comprometiste?

—¡No me eches eso en cara! ¡Trabajo duro, y treinta y seis mil al año no dan para mucho! Arriesgo mi vida todos los días para proteger a gente que no lo valora lo suficiente como para pagarme un sueldo

decente. Imaginé que no haría daño a nadie si me permitía un pequeño aumento con un dinero que no pertenece a nadie.

Indignado, Adam avanzó hacia Shane, que retrocedió hasta cho-
car contra la pared.

—¿Acaso tu palabra no significa nada para ti? Firmaste la misma
Resolución que nosotros, y la has tirado por el retrete, ¿por qué? ¿Por
mil dólares extra al mes?

—Adam. —Nathan intentó tranquilizarlo.

—¡Nos mentiste a todos, Shane! A tus amigos, a tu hijo, a Dios.
—Avanzó un paso más.

—¡Adam! —Nathan se interpuso entre los dos.

Adam retrocedió y miró a Shane como si no lo conociera.

Shane lo fulminó con la mirada.

—Soy un compañero y tu amigo. No quieres hacer esto.

—Tienes razón. No quiero.

El sargento Murphy, el sargento Smith y Riley Cooper entraron
rápidamente a la sala.

—Date la vuelta y pon las manos en la pared —dijo Murphy—.
Shane Fuller, estás arrestado.

—¡Esto es un error!

—Lo tenemos grabado —dijo Murphy.

—Nos salpicará a todos. ¿Es eso lo que quieren? *¿De verdad* es eso
lo que quieren?

Adam permaneció de pie, abatido, mientras ellos esposaban al
que había sido su compañero durante trece años y se lo llevaban.
Las palabras de Shane lo atormentaban. ¿Cómo podía haber pasado
aquello?

Nathan puso una mano en el hombro de su amigo.

—Todos estuvimos de acuerdo, Adam. Somos *doblemente* responsables.

CAPÍTULO TREINTA Y SIETE

Mientras Adam hacía unas hamburguesas a la parrilla, Dylan se acercó para hablar.

—¿Seis hamburguesas? Dos para ti, dos para mí, una para mamá. ¿Viene alguien más?

—No. —Adam añadió un poco de salsa Worcestershire y espolvoreó una generosa sacudida de sazonador Lawry. El aroma del fuego y la parrilla y el chisporroteo eran una terapia muy necesaria.

—Papá, ¿qué le pasará al señor Shane?

—Le aislarán del resto en la cárcel del condado de Dougherty. En una celda privada. No estaría a salvo rodeado de internos, especialmente de los que nosotros hemos metido allí.

Dylan percibió el desaliento en la voz de su padre.

—Tal vez dictarán su sentencia en un par de meses, y entonces lo trasladarán a prisión. También puede haber cargos federales. Hablamos de una buena temporada en prisión.

Adam dio la vuelta a las hamburguesas.

—¿Y Tyler?

—Le dije a Shane que lo tendría vigilado. —La voz de Adam se quebró, y se restregó los ojos fingiendo que era por el humo. Entonces se dio cuenta del pretexto y dejó de esconderle a su hijo las lágrimas.

—Dylan, sé que Tyler solo tiene doce años, pero… ¿te importaría que viniera alguna vez y pasara algún tiempo con nosotros?

—Qué va.

—No lo he visto mucho desde que Shane y Mia se separaron. Pero parece un buen chico.

—Cuando él tenía quizá unos ocho años y supongo que yo unos once, pasamos aquellas vacaciones juntos, ¿recuerdas? ¿El esquí acuático?

—Tal vez podría venir de camping o a pescar con nosotros. O simplemente a ver una película.

Dylan asintió.

—Podrías ser un buen ejemplo para él, Dylan. Podrías servirle de hermano mayor. Las decisiones de su padre ya han marcado su vida. A menos que alguien le ayude… —La voz de Adam se quebró de nuevo.

—Podemos ayudarle, papá. Yo también estoy en esto.

—Eso significa mucho para mí, hijo.

Victoria se unió a ellos con una ensalada de patatas y té helado. Después de que se sentaran a comer, Dylan se dio cuenta de que su padre dejaba caer bajo la mesa una hamburguesa para Maggie.

Cuando acabaron de cenar, Victoria limpió la mesa de la terraza mientras Adam limpiaba la parrilla.

Dylan daba vueltas por allí y finalmente preguntó:

—Papá, ¿cómo se metió en eso el señor Shane?

Adam sacudió la cabeza.

—Realmente no lo sé. Sigo pensando en la pregunta que me hizo: «¿Es esto lo que quieres?». Claro que no. Obviamente, tampoco era lo que él quería. Pero, aun así, él fue el que hizo su elección, sus pequeñas concesiones.

—Eran concesiones graves, ¿no?

—Al final, sí. Pero el resbalón más grande empieza con pequeñas elecciones. Cada una lleva a la siguiente. A menos que pares, las pequeñas piedras acaban convirtiéndose en una avalancha. —Adam miró a su hijo—. No solo fue la cámara escondida la que pilló a Shane. Él no se dio cuenta de que en cada uno de nosotros hay una cámara escondida, todo el tiempo.

—¿Qué quieres decir?

—Dios siempre nos observa, Dylan. No existe ningún momento privado. Nuestras elecciones tienen consecuencias y no nos libramos de nada.

—Eso da miedo.

—Sí. Pero recuerda cómo Él se preocupa por nosotros, tanto que murió por nosotros. Ha visto nuestra peor cara y aun así nos quiere. Eso es muy alentador, puesto que Él sabe lo malos que somos. Nos perdona cuando se lo pedimos. Solo tenemos que recordarnos a nosotros mismos que no podemos tener secretos para Dios. Eso evitará que finjamos como hizo Shane. Me pregunto hasta qué punto su fe es real.

—Solía ir a la iglesia, ¿no?

—Claro, pero eso no es lo mismo. Yo pensaba que sí. Ahora me he dado cuenta de que mi relación con Jesús no era muy profunda antes de que Emily muriera.

—¿No has sido siempre cristiano?

—Mis padres me educaron como cristiano y me llevaban a la iglesia, pero hace falta algo más que eso. El apóstol Pablo llama a la gente a seguir su ejemplo. A mí me gustaría ser un ejemplo para ti, Dylan. Pero no siempre he sido uno bueno. Por eso quiero pedirte perdón. No te he prestado mucha atención y no siempre te he tratado con respeto. Quiero cambiar eso.

—*Has* cambiado, papá.

Fueron adentro y continuaron su conversación en la oficina de Adam. Cuando le pareció que era el momento oportuno, Adam dijo:

—He estado pensando que tú y yo deberíamos memorizar juntos algunos versículos de la Biblia. Podríamos hablar de ellos alguna vez mientras corremos.

—¿Memorizar?

—Sí. Para mí también fue nuevo. ¿Te apetece?

—¿Qué versículos?

Adam tomó una lista con una docena de versículos.

—Este sería el primero, Juan 3:3: «A menos que nazcas de nuevo, no puedes ver el reino de Dios».

—He oído eso antes, pero nunca he sabido qué significaba realmente.

Hablaron durante otra hora más. Adam no vio la televisión. Dylan no jugó a los videojuegos. Ninguno de los dos se dio cuenta.

★ ★ ★

—¿Qué pasa, nena? —Derrick se sentó frente a Jade en la cafetería del instituto.

Derrick miró a Lisa, la amiga de Jade, que dijo:

—Los dejaré solos. —Agarró su bandeja y desapareció.

—¿Le has hablado a tu madre de nosotros?

Jade asintió.

—No le parece del todo mal que pasemos algo de tiempo juntos.

—¿Qué significa eso?

—Bueno, sabe que eres un buen estudiante.

—Eso está guay —dijo Derrick.

—Sigue pensando que fuiste grosero cuando pasaste por nuestra casa.

—Tu padre fue grosero. Solo estaba defendiendo lo mío.

—Tú sabes lo que él piensa.

—Bueno, nena, tienes que decidir lo que piensas *tú*. Me gustas, Jade. Pero no puedo estar esperándote un par de años hasta que tu papi deje que su niñita salga de la guardería.

—Podemos hablar aquí, en el instituto. Y aún podemos seguir enviándonos mensajes.

—¿Sabe tu padre que comemos juntos y nos enviamos mensajes?

—No. Supongo que no tiene por qué saberlo. Es decir, no estamos quedando ni nada.

—Pero yo *quiero* quedar contigo.

—Sí, pero...

—Pues hagámoslo, Jade. Di a tus padres que vas a pasar la noche en casa de Lisa el viernes. Te recogeré allí.

—Pero... no quiero mentirles.

—¿Qué importancia tiene? No hay nada de malo en que lo pasemos bien juntos, ¿no? No les perteneces, nena.

—No. Pero...

—Tienes que decidirte. He estado insistiendo por ti. No puedes esperar que me cruce de brazos y no tenga a una tía durante otro año. Me estoy haciendo mi hueco en el mundo. Me gustaría que tú te hicieras el tuyo conmigo. ¿No quieres eso?

—Claro que quiero. Pero...

—Sigues con el *pero*, nena. Tu papá tiene un problema. No dejes que se convierta en tu problema. Ahora estoy viviendo mi propia vida, tomando mis propias decisiones. Tienes que vivir tu vida también.

CAPÍTULO TREINTA Y OCHO

—¿Tomates verdes fritos? —preguntó Adam al sentarse en Aunt Bea's junto a Nathan, Javi y David.

—Kayla ha hecho que vuelva a aficionarme a ellos —dijo Nathan—. He estado pensando. Estamos aquí… un hombre negro y un mestizo y dos hombres extremadamente blancos… compartiendo esta mesa como hermanos. Eso fue exactamente lo que soñó Martin Luther King.

—¿Una cena en Albany? —preguntó David.

Nathan sonrió.

—En uno de los mejores discursos que se ha hecho nunca… Washington DC, 1963… King dijo: «Sueño que algún día en la colinas rojizas de Georgia, los hijos de los antiguos esclavos y los hijos de los antiguos propietarios de esclavos podrán sentarse juntos a la mesa de la hermandad». Bueno, pues yo soy descendiente de esclavos. Ustedes dos crecieron en el sur, así que es probable que sean descendientes de propietarios de esclavos.

—¿En serio? —David nunca había pensado en aquello. Por supuesto, nunca podría saber de quién descendía por parte de su padre.

—La bisabuela de mi madre era esclava —continuó Nathan—. Pablo dice en Efesios 2 que Cristo ha derribado las barreras que dividen a las razas. Si judíos y gentiles pueden ser uno, entonces blancos y negros, hispanos y asiáticos también pueden ser uno. El río Flint divide Albany, pero no tiene por qué dividir a su gente. Sabes, Adam, William Barrett me dijo que tu iglesia fue la primera en ayudar a la suya cuando ocurrió la última inundación. Y ellos nunca lo han olvidado.

Adam asintió.

—Hace solo unos años escuché que Martin Luther King fue arrestado en Albany, y después lo echaron de la ciudad. La policía cumplió sus órdenes. Me gustaría pensar que yo me habría negado a hacerlo por principios, pero teniendo en cuenta la época, dudo que lo hubiera hecho. Eso me preocupa.

Hablaron durante un rato más. Gracias a la gramola, tuvieron que levantar las voces por encima de los Beach Boys, Herman's Hermits y Three Dog Night. Finalmente, la conversación desembocó en la Resolución.

—Es una tarea difícil, ¿eh? —preguntó Nathan.

—A mí me lo vas a decir —dijo Adam. Todos asintieron y rieron, aliviados por poder expresarlo abiertamente.

—Es duro —añadió David—. Pero me gusta el reto. Es algo así como el fútbol. A veces me encuentro pensando igual que antes, y tengo que recordarme que ahora soy una persona nueva. 2 Corintios 5:17 lo dice.

—Y sin la fuerza de Dios no lo conseguiremos —dijo Adam—. No basta con nuestra propia determinación. Shane firmó la Resolución igual que nosotros. Ser consciente de que yo solo no soy mejor que Shane me da una lección de humildad. Podría caer, tal vez de manera distinta a como él lo hizo, pero definitivamente podría caer.

—Todos podríamos —afirmó Javi.

Nathan asintió.

—Escuché a Shane decir que Roma está cayendo y los bárbaros van ganando.

—Lo decía a menudo. Pero he oído que la propia corrupción moral de los romanos acabó con ellos. Si no se hubiesen permitido ser débiles moralmente, los bárbaros no les habrían derrotado. Y si no tenemos cuidado, nosotros podríamos autodestruirnos también.

Nathan cruzó las manos sobre la mesa.

—No podemos rendirnos a la cultura. Hemos minimizado el papel de los padres, por eso hemos creado una generación de bárbaros... de niños que se convierten en hombres sin haber crecido. Siguen anclados en la niñez a los veinte y a los treinta, y a veces toda la vida. Piensan primero en ellos mismos, caen en la pornografía, hacen lo que les apetece y dejan que sus esposas, su cultura y sus iglesias críen a sus hijos.

—A menos que nos levantemos y ganemos algo de terreno, perderemos esta guerra —dijo Adam—. Tal vez no podamos dar la vuelta a toda esta cultura... *podemos* tomar las riendas de nuestras propias vidas y de nuestras familias. Pero necesitamos el apoyo de cada uno de nosotros para seguir avanzando.

—¿Sabéis? Cuatro de nosotros hemos hablado de nuestros padres. Pero, Javi, no hemos escuchado mucho del *tuyo* —dijo Nathan.

Javi dudó.

—Me pongo nervioso al decir esto... Mi papá fue un padre estupendo.

—¿Y por qué estás nervioso?

—Puede que porque todos han dicho que sus padres no estuvieron ahí o que les decepcionaron. Y yo soy el único de esta mesa que no lleva un arma.

Todos rieron.

—Mi padre no era perfecto. Pero me quería, y a José y a Charro.

—¿Los Reyes de las Serpientes? —preguntó Adam.

Javi rio.

—Éramos los hermanos más duros del norte de México, o eso creíamos. Nuestro padre era amable y justo. Nos imponía disciplina, pero solo cuando lo merecíamos. No toleró una falta de respeto hacia nuestra madre. Nos enseñó lo que significaba amar a una mujer. Si hago algo bien como marido o como padre, es gracias a mi papá.

La mesa estaba en silencio. Cada uno de ellos deseaba que algún día sus hijos dijeran lo mismo de él.

—¿Tu padre te escuchaba? —preguntó David.

—Siempre. Y me hacía preguntas para saber mis sueños y mis planes. Nunca me desanimó. Cuando le conté que quería venir a América y trabajar para enviar dinero a casa y ayudar a la familia, me dijo que era un hijo honorable.

A David le costaba imaginar cómo sería una relación así.

—¿Cuándo encontraba todo ese tiempo para hablar contigo?

—Trabajaba con nosotros. Trabajando juntos, se habla.

Adam asintió.

—Como hicimos tú y yo trabajando en mi cobertizo.

—Sí. Me enseñó a trabajar con las manos. Y a estar orgullosos de lo que hacía. No solo era cosa de dinero. Hacías lo mejor para tu familia y para los demás.

—Yo puedo dar fe de lo bien que te enseñó a trabajar —dijo Adam.

—Gracias. —Javi bajó la cabeza—. También lo pasábamos bien juntos. Nos llevaba a pescar. Y siempre nos llevaba a la iglesia. Algunos de mis amigos… sus madres eran devotas, pero sus padres no iban a la iglesia. Y hoy en día aquellos amigos no siguen a Jesús.

Nathan asintió.

—He leído que si los chicos crecen con madres que asisten a la iglesia y padres que no, un gran porcentaje de ellos deja de ir. Pero cuando el padre sí va, aunque la madre no asista, la gran mayoría de chicos va a la iglesia cuando son adultos.

Javi dudó por un momento, después habló de nuevo.

—Un día, mi padre llegó a casa desanimado. Bebió mucho y se enfadó. No nos pegó, pero le gritó a nuestra madre y a nosotros.

Charro lloró. Y mi madre también. Al día siguiente, mi padre nos sentó y se puso de rodillas y lloró delante de nosotros. Nos contó que le había suplicado a mi madre que lo perdonara, y ella, bondadosamente, lo había perdonado. Y ahora nos pedía nuestro perdón. Quería oírlo de cada uno de nosotros. Ni una sola vez volvió a llevar alcohol a casa. Sabía que era un problema para él y no quería arriesgarse.

Hubo una larga pausa. Nathan dijo:

—Dios puede usar incluso nuestros fracasos para bien.

—He oído que la gente aquí, en Georgia, habla de crecer en la pobreza extrema. No estoy seguro de que sepan lo que eso significa. Pero mi padre sí lo sabe. A día de hoy, su vida no es fácil. Pero los últimos meses, ha servido de ayuda el hecho de que yo les haya podido enviar a mis padres la mayor parte de mi sueldo.

—¿*La mayor parte* de tu sueldo? —dijo Adam—. Debió de ser un buen aumento.

—Lo fue. Ahora tenemos más para nosotros, pero no evitaré que mi madre y mi padre tengan más también.

—«Honrarás a tu padre y a tu madre» —dijo Nathan. Las Escrituras no requerían ninguna explicación. Javi era su comentario.

David se prestó voluntario para llevar a Javi de vuelta al trabajo. Nathan tenía que ir a la comisaría, así que Adam lo llevó. David y Javi hablaron durante el camino y continuaron su conversación en el exterior de la fábrica de Coats & Clark.

—Cuando nos has contado que tu padre bebió aquella noche, me he sentido muy identificado. Por lo del alcohol, quiero decir.

—Eres muy valiente al admitir que tienes un problema, David.

—Pensé que simplemente desaparecería cuando me convirtiera en un verdadero cristiano. Va mejor, pero… algunas noches aún me cuesta.

—Algunas cosas siguen siendo tentaciones mientras las tengamos cerca. En los momentos de fuerza, mi padre sacaba de casa lo que en los momentos de debilidad le habría arruinado.

—Tiene sentido.

—Sé que algunas iglesias tienen reuniones de grupo para eso. Habla con uno de tus pastores. Sabrán cómo ayudarte.

—Gracias, Javi.

Javi le tendió la mano a David.

—Espero poder presentarte algún día a mi padre.

CAPÍTULO TREINTA Y NUEVE

Kayla estaba sentada en el sofá leyendo un trozo de papel.

Nathan se sentó en una silla frente a ella.

—¿Qué piensas? —preguntó.

—Sé que tiene quince años, ¿pero crees que es momento para esto?

—Kayla, lo que creo es que tenemos que ganarnos los corazones de nuestros hijos. Adam está recuperando el corazón de Dylan. Yo tengo que perseguir el de Jade. Y si su padre no se gana su corazón, es una invitación abierta a que una retahíla de chicos intente conseguirlo.

—Solo quiero asegurarme de que una persona de quince años va a cuidarlo.

—Y de que su hermano pequeño no lo echará al triturador de basura.

Kayla se estremeció.

—Tenías que poner esa imagen en mi mente, ¿verdad?

—Jade se está convirtiendo en una mujercita. Creo que lo cuidará. Además, lo más importante no es el símbolo en sí mismo. Es lo que simboliza. Y eso es algo que ni siquiera Jordan puede robar.

Kayla asintió.

—Vale. Estoy de acuerdo.

—Iré a invitarla ahora.

—Le dije que podía pasar la noche del viernes en casa de Lisa.

—¿Hasta qué punto conocemos a Lisa?

—Jade dice que es una buena chica.

—¿Y Jade es la más indicada para juzgar eso?

Kayla frunció el ceño.

—Tenemos que confiar en nuestra hija. De lo contrario, se rebelará.

—Está bien, yo preferiría viernes, pero si no, lo haremos el jueves.

—¿Por qué no el sábado?

—Porque… no lo sé. Simplemente, no quiero posponerlo.

Jade estaba enviando mensajes en su habitación cuando oyó que llamaban a su puerta.

—Vete, Jordan.

—Soy papá.

Jade fue hasta la puerta con el móvil en la mano.

—¿Pasa algo?

—No, solo quiero preguntarte una cosa.

El teléfono de Jade sonó. Mensaje de texto de Derrick.

—Jade, ¿podrías apagar, por favor, el teléfono durante unos minutos mientras hablamos?

—No pasa nada; no lo miraré.

—No, preferiría que estuviera apagado. —Nathan sacó su teléfono móvil del bolsillo, lo alzó en el aire y pulsó el botón de apagado—. ¿Te unes?

Jade accedió a regañadientes.

—¿Me puedo sentar?

—Sí.

—Jade, quiero invitarte a una cita conmigo el viernes por la noche.

—Pero… ¿qué quieres decir con una cita?

—Una cena en un lugar bonito de verdad. Solos tú y yo.

—Pero mamá ya me dijo que podía pasar la noche del viernes en casa de Lisa.

—Lo sé; pero tal vez podrías hacerlo el sábado por la noche. Y entonces Lisa podría ir contigo a la iglesia el domingo por la mañana.

—¿Y por qué no puedes llevarme tú a cenar el sábado?

—Ya he reservado para el viernes por la noche.

Jade lo pensó.

—Papá, tengo que estar de verdad en casa de Lisa el viernes por la noche. Un compromiso es un compromiso.

Nathan asintió.

—De acuerdo, lo respetaré. ¿Vendrías a cenar conmigo el jueves?

—Vale.

—Gracias.

Nathan salió de la habitación, volvió a mirar a Jade y sonrió, y después cerró la puerta.

Jade exhaló. Los planes del viernes seguían en pie. No es que a Lisa le hubiese importado, puesto que su plan era salir con su novio, Damon, mientras Derrick llevaba a Jade a cenar al centro comercial y al último pase del cine. Jade no quería ni pensar en tener que decirle a Derrick que no podría recogerla en casa de Lisa el viernes por la tarde porque iba a cenar con su padre. Se habría enfadado *de verdad*.

★ ★ ★

Victoria miró a Adam.

—¿Has llevado a Maggie al veterinario?

—No se encontraba bien.

—Yo tuve la gripe la semana pasada y a *mí* no me llevaste al médico.

—Si me hubieses mirado con ojos conmovedores lo habría hecho.

—¿Y le has hecho *gofres*?

—Comida casera. También le ha gustado la mantequilla.

—Huelo a bacon.

—No se pueden comer gofres sin bacon.

—¿Has echado gofres y bacon en su bol de comida?

—No exactamente. Se lo he… dado en la mano.

—Que se lo has dado en…

—¡No se encontraba bien!

—Ahora parece que está bien.

—¿Y no se te ha ocurrido que tal vez ahora está bien precisamente porque he cuidado de ella? Vale, *te haré* gofres y bacon el sábado.

—¿Y me lo darás en la mano? Trato hecho.

Los dos se rieron; entonces Victoria preguntó:

—¿Y cuándo tendrás un nuevo compañero?

—Espero que no sea pronto.

—¿Por qué?

—Porque me temo quién va a ser. Sustituyeron a Jeff, así que Riley Cooper está cubierto. ¿Y cuál es el único policía de mi turno, aparte de mí, que no tiene compañero?

—¿Bronson? Pero él es sargento.

—Los mandamases creen que tienen que ponerle a Bronson un compañero que lo controle.

—¿Y tú podrías hacerlo?

—Ni Iron Man podría controlar a Bronson. Te lo digo, Victoria, ese hombre… es…

—¿Qué?

—Me *asusta*. Hay cosas que tiene que oír pero… Me da miedo decírselas. No me resulta fácil admitirlo.

—Hace falta valor para admitir el miedo. —Victoria se inclinó hacia él—. Pero dijiste que Bronson rescató a Diane Koos, ¿no? ¿Y se llevan bien?

—Hasta el punto de que comparten dulces veladas juntos en Pearly's y de que son íntimos con los perros del otro. Pero eso no cambia el expediente de Bronson. Koos es solo una consejera. Los jefes del *sheriff* decidirán si le ponen un compañero o no.

—No pondrían juntos a un sargento y a un cabo, ¿no?

—Cosas más raras han pasado. Aunque no puedo pensar en nada más raro que tener a Bronson de compañero.

—¿Quién sabe? Tal vez forme parte del plan de Dios.

La cara de Adam se desinfló.

—Gracias. Es justo lo que no quería oír.

★ ★ ★

Bien entrada la noche, después de arropar a Isabel y a Marcos, Javi le dijo a Carmen:

—Tengo que escribirle una carta a mi papá.

—¿Por qué no escribes a tu madre?

—Mamá recibe noticias mías a menudo. Le pido que salude a papá de mi parte. Pero esta vez quiero escribirle a él directamente.

—Significará mucho para él. Buenas noches, mi amor. Me voy a la cama.

Javi se sentó a la mesa de la cocina, sacó un bloc y un bolígrafo e hizo unos cuantos garabatos sintiendo el placer de escribir en su lengua materna.

Querido papá:

Me reúno a menudo con los amigos de los que les he hablado a usted y a mamá; Adam y Nathan y David son hombres honorables. Como le conté a mamá, son ayudantes del sheriff. *Por favor, explíquele que no, no los conocí porque me arrestaran. Más bien, los conocí por algo milagroso que hizo Dios. ¡Los caminos de Dios son sorprendentes!*

Hemos hablado de nuestros papás. Me sorprendió saber que ninguno de ellos ha tenido una relación con su padre que le haya traído mucha felicidad.

Pero me sentí muy orgulloso hablándoles a mis amigos de mi papá.

Usted me enseñó la importancia de trabajar duro y de estar orgulloso de mi trabajo. Me enseñó a honrar a mi madre y a querer a mis hermanos. Por encima de todo, nos enseñó a mí, a Charro y a José a amar a Dios.

Sé que me dirá, papá, que estaba haciendo su trabajo. Y aunque yo diría lo mismo, lo cierto es que si no hubiese sido por su ejemplo y por sus palabras, no podría decirlo.

Mi Dios me ha bendecido mucho más de lo que merezco. Cuando pienso que Carmen no podría ser mejor esposa, ella vuelve a sorprenderme. Isabel es preciosa. Las fotos que Carmen les ha enviado no le hacen justicia.

¡Marcos es un chico que quiere conquistar el mundo! Creo que puede darme tantas complicaciones como yo les di. Si llego a ser la mitad de padre que fue usted para mí, papá, entonces mi hijo tendrá suerte.

Le conté lo de mi empleo y el ascenso y la subida de sueldo. Estoy obligado moralmente a compartir con usted y con mamá el dinero que me pagan. Sé que usan una parte para ayudar a sus vecinos y a la iglesia. Me alegra. Por favor, cómprese una caña de pescar nueva.

El señor Tyson me ha dicho que mientras su fábrica esté abierta, tendrá un lugar para mí. Así que después de muchos años soñando con esto, tengo algo que me gustaría proponerles. Quiero enviarles dinero a usted y a mamá para que tomen un autobús a Guadalajara. Compraré los billetes para que vuelen hasta Atlanta, en Georgia, donde les recogeré en el aeropuerto.

Sé que usted y mamá nunca han volado en un avión. Pero es una gran aventura que creo que les gustará.

Y no solo es por ustedes. Es por Carmen y los niños. Y por mí.

Y cuando estén aquí, les llevaré a la fábrica para que conozcan al señor Tyson y a nuestra iglesia, donde los oficios son en español. Después les presentaré a todos mis nuevos amigos y a sus familias.

Por favor, papá, diga que sí. Dígale a mamá que sus nietos aguardan sus abrazos.

Muchas gracias, papá, por ser el hombre que mis amigos desean que hubiesen sido sus padres.

Su agradecido hijo,
Javi

Brad Bronson pasó por el supermercado Harveys de North Slappey. Su misión era irrumpir allí y capturar artículos de los cuatros grupos primarios de comida… pizza congelada, cerveza, helado y bacon. Después estaban las exquisiteces de la naturaleza… las comidas en lata. Sin inmutarse siquiera por las reacciones de los clientes ante el estrépito, dejó que la gravedad hiciese su trabajo y fue arrojando latas de estofado de ternera Dinty Moore y de SpaghettiOs desde las estanterías hasta su carro.

Tenía que comprar Sweet Baby Ray's y Cheetos, o se las vería con su rottweiler. Marciano era muy puntilloso con el bacon y el de Harveys era su favorito. Bronson también agarró un cartón de dieciocho huevos.

Desde que el veterinario había declarado a Marciano intolerante a la lactosa, Bronson tomaba mucho cuidado en la sección de lácteos. El helado no contaba como lácteo porque estaba en la sección de congelados, así que Bronson echó Rocky Road para él y helado de mantequilla y pacana para su compañero.

Cuando entró en el aparcamiento, un montón de bolsas de plástico con comestibles colgaban de cada una de sus manos. Se detuvo un momento para que sus ojos se adaptaran a la luz tenue. A tres metros del coche, agarró el mando y abrió su Tundra 4x4 de color gris, que destacaba por encima de los vehículos raquíticos agazapados a su alrededor.

Con los comestibles aún en la mano, su visión periférica registró movimiento. Una imagen grande e imprecisa se acercó. En el preciso instante en que Brad se giró, un golpe fue a parar el lado derecho de su cuello, directo a la garganta.

Se derrumbó sobre el asfalto. Las latas de chile, que se alejaron rodando, repiquetearon. Bronson no estaba seguro de si el sonido que había oído procedía de su cráneo o de los huevos que habían caído. Levantó la vista y vio una cara cubierta con un pañuelo negro como la que había atacado a David en el cine. Y habría reconocido aquellos bíceps en cualquier parte. En la mano derecha enguantada del agresor había un bate de béisbol.

—¿Todavía estás despierto, gordo? Iba directo a la parte de atrás de tu cráneo; suerte que te has girado. Esta vez te voy a machacar la cabeza.

A Bronson le dolía mucho el lado derecho de la cara, y la parte de atrás de la cabeza no estaba mucho mejor.

Quería alcanzar su pistola, pero estaba tan mareado que sabía que podía matar a un transeúnte. En lugar de eso, agarró el tirador de la puerta.

Cuando TJ llevó hacia atrás el bate de béisbol, Bronson la abrió.

La peor pesadilla de Cujo salió de un salto de la furgoneta y arremetió contra TJ.

TJ se tambaleó ante el rottweiler de sesenta y cuatro kilos, que soltó un aullido cuando el bate le golpeó. Sin amilanarse, Marciano enseñó los dientes al gánster y se situó entre TJ y su dueño.

—¿Qué está pasando? —gritó alguien que salía de la tienda.

TJ sacó un revólver, apuntó a Bronson y de repente, Marciano se le abalanzó de nuevo y mordió el brazo derecho de TJ. El disparo impactó en el asfalto, a treinta centímetros de Bronson. El revólver salió disparado de la mano de TJ.

TJ corrió. Marciano salió disparado tras él. Cuando TJ se encaramó a una valla, Marciano le mordió la pantorrilla. TJ gritó. Sujetándose con una mano a la valla, le arrojó a Marciano el bate con la otra, pero no con la fuerza necesaria para repelerlo. Escaló la valla y el perro saltó a la parte superior, haciendo que casi se cayera y gruñendo ferozmente mientras TJ desaparecía en la oscuridad. Una vez que la amenaza había desaparecido, Marciano salió disparado por el aparcamiento hacia Bronson.

Un hombre y una mujer estaban de pie sobre Bronson. Marciano, enfurecido, gruñó y ellos retrocedieron. El perro se volvió hacia Bronson, gimoteó y empezó a lamerle la cara.

—No pasa nada, chico. Estoy bien.

—¡*No* está bien! —dijo el hombre.

El lado de la cara de Bronson era un amasijo de sangre e intensos cardenales. Tenía la madre de todos los dolores de cabeza.

Mientas Bronson, aún en el suelo, se apoyaba en su furgoneta, Marciano lamió las heridas de su cabeza, y después se subió a su regazo. Marciano era demasiado perro para un regazo, pero el de Bronson era bastante grande.

El encargado de la tienda salió.

—Viene una ambulancia.

En aquel momento, todos oyeron una ruidosa explosión procedente de la calle. Las ventanas delanteras de la tienda temblaron. Otras tres explosiones se sucedieron. Una bala se incrustó en el Tundra de Bronson, la otra en su hombro izquierdo.

La gente se asustó, se agachó y corrió de nuevo al interior de la tienda. Durante un minuto caótico reinó el pánico.

Al poco, las sirenas atronaron, las luces resplandecieron y una ambulancia entró en el aparcamiento. Dos paramédicos salieron de un salto.

—¡Nadie ha dicho nada de un tiroteo!

—Ha ocurrido después de llamar —dijo el encargado de la tienda.

El primer paramédico, en cuya placa ponía Paul Martin, se dirigió a toda prisa a Bronson. Marciano se interpuso entre ellos gruñendo. Cada vez que intentaba acercarse a Bronson, el gruñido del perro se intensificaba.

Bronson le gritó al paramédico:

—En esas bolsas hay una de Cheetos. Ábrala.

—Señor, está en *shock*; tiene que…

—Dele de comer al perro o se servirá él mismo de su trasero.

Paul Martin no estaba dispuesto a participar en la confirmación de aquella profecía. Así que abrió la bolsa y se la ofreció. Marciano, con delicadeza, tomó un único Cheeto, se lo comió, y a continuación se encargó del resto del contenido de la bolsa, que se desparramó por el aparcamiento. Los Cheetos que quedaban sobrevivieron, aproximadamente, unos siete segundos.

—Vale, pueden acercarse.

Cautelosamente, los dos paramédicos se acercaron con una camilla.

Llevaron a Bronson a la ambulancia.

El gruñido de Marciano se convirtió en un gemido.

—No me voy a ir sin mi perro.

—Espera. Ese perro está sangrando. —Se había formado un charco de sangre en el asfalto.

—¡Ayúdenle! —gritó Bronson con un pánico que rara vez había sentido su laringe. Ahora que la adrenalina de Marciano se había estabilizado, su estado se hizo evidente. Paul Martin se acercó a él.

—Le han disparado en el cuello. Ha salido por el otro lado.

—¡Tráiganlo aquí! —dijo Bronson desde la ambulancia.

—No estamos equipados para transportar animales…

—Métanlo en la ambulancia *ahora*. —Bronson puso una mano sobre la funda de su pistola.

Accedieron y guiaron a Marciano por la rampa porque estaba demasiado débil para saltar.

★ ★ ★

Bronson se despertó sobresaltado por la luz del sol. Adam y David estaban de pie cerca de su cama.

—¿Cuánto tiempo?

—Te operaron y puede que hayas estado inconsciente durante unas ocho horas.

Bronson se tocó el hombro.

—Solo es una herida superficial.

—Estás hecho un desastre —dijo Adam.

—Lo peor es la cabeza. Cuando me golpeó el bate, oí cómo se rompió.

Se encogieron.

—¡El bate, no mi cabeza!

Los ojos de Bronson mostraron una inquietud repentina.

—¿Dónde está Marciano?

—Ha pasado la noche con el veterinario. Keels, de la unidad canina, lo ha llevado a tu casa hace una hora. Es su día libre. Dice que se quedará allí el tiempo que haga falta.

—Mi perro está herido.

—Marciano está bien. El disparo le atravesó de forma limpia, no le alcanzó la tráquea.

—Marciano recibió un balazo por mí. Llama por teléfono a Keels.

—Sargento, no es necesario…

Los ojos de Bronson se clavaron en Adam como un sistema de misiles.

—Ahora.

Adam le pasó su móvil.

—¿Keels? Soy Bronson. Lo mío da igual. ¿Cómo está mi perro? —Escuchó—. Bien. Bien. Vale, enciende la 93.9 FM, ¿vale? Sí. Le gustan los clásicos. Y hazme un favor. Tengo todavía unos huevos y medio paquete de bacon. Fríe los huevos por ambos lados pero con la yema blanda, échales sal, pero no pimienta. Y cinco lonchas de bacon. Sí, *para el perro.* ¿Creías que estaba hablando del cartero? Y no le des leche, ¿vale? Tiene intolerancia a la lactosa.

Continuó durante otros tres minutos e incluyó instrucciones acerca de cerrar las persianas por la tarde porque a Marciano le gustaba dormir la siesta en el sofá. Bronson insistió en que Keels le pusiera a Marciano el teléfono en el oído y en que no escuchara. Adam y David se apartaron unos metros mientras él susurraba al teléfono.

Después de colgar, Bronson miró a Adam y a David.

—Tienen su revólver, ¿no? Marciano se lo arrancó de la mano.

—Sí —dijo David—. ¿Y a que no sabes qué? Es mi Glock 19C.

—Sabía que era el mismo tipo. Llevaba guantes. No hay huellas, ¿verdad?

—Exacto.

—¿Y qué hay de las balas?

—Mandaron a balística la bala de tu furgoneta. Es una .357. No hay procedencia. Pero está claro que es el mismo tipo.

Los ojos de Bronson ardían.

—¿Qué clase de hombre dispararía a un perro?

—También te disparó a ti, sargento.

—Eso es distinto. Estamos hablando de Marciano.

★ ★ ★

Una hora después, Bronson se despertó sobresaltado. Oyó el repiqueteo de unos tacones al mismo tiempo que Diane Koos irrumpía en la habitación del hospital.

—Merece un corazón púrpura, así que he traído uno… y también unos cuantos riñones, e hígado, y una docena de salchichas en ristra.

—Levantó una bolsa de papel enorme de la carnicería Carroll's.

—Los médicos están acabando con mi apetito —gruñó Bronson—. Pero gracias.

—No es para ti; es para Marciano. Recibió una bala en el cuello. ¡Lo tuyo no es grave!

Bronson se quedó mirándola, y después sonrió lentamente.

—Quería visitarte antes de que fuéramos a relevar a Keels. Pero Otis Spunkmeyer está en el coche, así que no puedo quedarme mucho. Estaremos con Marciano hasta que vuelvas a casa. No pasaremos hambre.

Estampó un beso rápido en la bola de billar de Bronson y desapareció.

Un sentimiento desconocido y parecido al agradecimiento brotó en su interior. *Va a cuidar a mi perro.*

Una pequeña lágrima apareció en su ojo.

Consideró lo que podía darle para expresar su gratitud. Tal vez una Glock grande para el cajón de su mesita de noche. Y una Glock pequeña para el bolso.

¿Qué más podía pedir cualquier mujer?

CAPÍTULO CUARENTA Y UNO

El jueves por la noche, Jade y Nathan se sentaron en una mesa para dos en el Mikata Steak House. Nathan llevaba tres años sin ir allí.

Había pasado a principios de semana para ojear el menú y los precios, calculando cuántas visitas a la tienda de perritos calientes Jimmie's podría hacer por el mismo precio.

Es el sitio perfecto.

No era opulento, pero la atmósfera era agradable y con clase, y había música suave de fondo. Jade llevaba su mejor vestido, de punto marrón oscuro, y Nathan llevaba traje y su mejor corbata de seda. Había negociado con éxito un acuerdo de «fuera móviles».

—Pide lo que quieras, Jade. De verdad.

—Pero, papá… este sitio parece caro.

—Para mí, te lo mereces, cariño.

El camarero se acercó.

—El filete es excelente, y esta noche nuestro plato especial son los langostinos Alfredo.

—Jade, ¿quieres probar los langostinos?

—Sí, por favor.

—Y yo tomaré el filete, al punto y con verduras.

El camarero retiró las cartas plegadas.

—Volveré en un instante con sus aperitivos.

Jade miró a su alrededor.

—Papá, no puedo creer que me hayas traído aquí.

—La primera vez que traje aquí a tu madre, le pedí que se casara conmigo.

Nathan tomó un sorbo de agua, después se inclinó hacia adelante y miró a Jade a los ojos.

—Esta noche es especial. Jade, te he traído aquí porque quería decirte lo agradecido que estoy por que Dios te haya encomendado a mí. Veo cómo mi hija se convierte en una mujer preciosa, y entiendo por qué cualquier joven se sentiría atraído por ti. Pero también quiero que sepas que, como padre, quiero lo mejor para ti. Ningún hombre te quiere como te quiero yo. Un día te entregaré a otro hombre, pero quiero que ese hombre ame a Dios más que a nada. Porque si lo hace, entonces te amará a ti.

Por primera vez en los últimos tiempos, Nathan vio a Jade sentada con los ojos clavados en los suyos, prestando atención a cada palabra.

—Jade, yo sé cómo piensan los jóvenes. Quieren ganarse tu corazón, pero no saben guardarlo como un tesoro. Así que voy a pedirte algo.

—¿Qué?

—Me gustaría llegar a un acuerdo contigo. Si me confías tu corazón y permites que dé mi visto bueno a cualquier joven que quiera tener más que una amistad contigo, entonces te prometo que cuidaré de ti y que te daré completamente mi bendición cuando Dios nos muestre a ambos cuál de ellos es el adecuado.

Ella siguió mirándolo y sonrió.

—Jade, ¿me confiarás tu corazón hasta que Dios nos muestre al hombre adecuado?

Jade asintió.

—Vale.

—Gracias, mi vida. Esperaba que lo hicieras. Te he traído algo que nos ayudará a recordar esta noche.

Metió la mano al bolsillo de su chaqueta. Jade observó atentamente cómo Nathan depositaba una cajita negra delante de ella. Él la abrió lentamente. Dentro había un anillo de oro con diamantes diminutos en forma de corazón.

Miró fijamente el anillo con los ojos como platos.

—Jade, ¿me das la mano izquierda?

Jade puso su mano sobre la de Nathan, que deslizó el anillo en su dedo.

—Papá, ¿es de verdad?

—Claro que sí. Es para que lo lleves hasta el día en que sea sustituido por tu anillo de matrimonio. Representa nuestro acuerdo y tu compromiso con la pureza para reservarte para tu marido.

Jade miró el anillo fascinada.

—Te quiero, cariño. Para mí no tienes precio, y a partir de esta noche, estoy decidido a tratarte como la mujercita que eres.

Los ojos de Jade se llenaron de lágrimas.

—Yo también te quiero, papá. Muchas gracias. —Volvía a parecer su pequeña otra vez—. ¿Tienes un pañuelo? —preguntó.

Nathan buscó en sus bolsillos.

—Vuelvo en seguida.

Se dirigió al baño sin terminar de creer lo que había pasado. Había salido exactamente como esperaba. Cuando encontró pañuelos en el baño, agarró un puñado para Jade, después miró al espejo y él mismo usó rápidamente tres.

Después de recobrar la compostura, Nathan regresó a la mesa. Las dos horas siguientes fueron sagradas. Hablaron de todo y de nada, rieron de cosas que importaban y de otras que no.

Finalmente, a las nueve y media condujeron en silencio hasta casa. Nathan había sido capaz de hablar con su hija de algo increíblemente importante. Sin mensajes. Sin Facebook. Ella había estado allí para él al cien por cien… probablemente, porque él había estado allí para *ella* al cien por cien.

Cuando entraron en la casa, Jade corrió hasta su madre para enseñarle el anillo. Kayla fue con su hija a su habitación y no salió hasta después de las once.

Jade envió un mensaje a cinco amigas para contarles lo que su padre había hecho por ella. Y a medianoche, estaba tumbada boca abajo en la cama, mirando fijamente su anillo a la luz de la luna.

★ ★ ★

—Buenos días, papá. —Jade lo abrazó con fuerza.

—Buenos días, mi vida. Podría llegar a acostumbrarme a esos abrazos. ¿Cómo has dormido?

—No he dormido mucho, pero no pasa nada.

Kayla se giró hacia Jade.

—No estarías despierta hasta tarde mandando mensajes, ¿verdad?

—Un poco. —Por primera vez desde que recordaba, a Kayla le hacía sentir bien lo que imaginaba que su hija había estado escribiendo a sus amigas.

Cuando Nathan atendió a una llamada en su móvil, Jade preguntó a su madre:

—¿Quieres ver mi anillo otra vez? —Y se lo enseñó a Kayla, que estaba pelando una naranja.

—Lo vi las tres primeras veces que me lo enseñaste. Pero me alegra verlo de nuevo. Sí, señora, sigue igual de bonito.

—Me encanta. Estoy deseando enseñárselo a Tasha y a CeCe.

—Jade, me alegra que se lo vayas a enseñar a tus amigas, pero asegúrate de que no lo haces para darles envidia. Ese anillo representa una promesa entre, tú, Dios y tu papá. Y yo también. No es solo una joya.

De repente, Kayla se tapó la cara.

—¿Qué te pasa, mamá?

—Estaba… pensando en lo distinta que habría sido mi vida cuando era joven si mi padre hubiese hecho por mí lo que el tuyo hizo por ti anoche. —Kayla se secó las lágrimas.

Nathan volvió a la mesa.

—¿Estás bien? —preguntó a Kayla mientras se sentaba junto a Jordan y agarraba una caja de cereales.

—Sí. Pelar naranjas hace que me ponga sensible. —Se rio—. Oye, ¿los policías con los que trabajas saben que comes Cap'n Crunch?

—¿Qué tiene de malo?

Kayla se giró hacia Jade.

—Muy bien, entonces la mamá de Lisa las recoge a ustedes dos después del colegio. Entonces, ¿a qué hora deberíamos ir a buscarte mañana a casa de Lisa?

Jade bajó la mirada.

—No voy a ir a casa de Lisa.

—¿Qué? Llevas toda la semana queriendo pasar allí la noche. ¿Qué ha pasado?

—He decidido que prefiero quedarme en casa.

—Pero, Jade, tu padre cambió sus planes para que pudieras ir a casa de Lisa esta noche. ¿Y ahora lo habéis cancelado?

Nathan se puso de pie y rodeó con el brazo a Jade.

—¿Sabes qué? La noche de ayer fue perfecta para nuestra cena. Y creo que esta noche sería perfecta para pasarla juntos en familia.

Jordan intervino.

—¿Por qué no ahora? ¿Tienes que ir a trabajar hoy, papá?

—Sí, hombrecito. Pero llegaré a casa con tiempo de sobra para ver una película y contar una historia de la Biblia. ¿Vale?

—¿Vas a detener a los malos hoy?

—Lo voy a intentar.

—¿Vas a llevar tu chaleco?

Nathan echó una ojeada al periódico y vio la previsión del tiempo. Treinta y tres grados.

—Hoy va a hacer calor.

Capítulo cuarenta y dos

Adam, con vaqueros y una camisa informal, aparcó su furgoneta en la cárcel del condado de Dougherty, unas instalaciones carcelarias imponentes con 1,244 camas y dos juzgados allí mismo que funcionaban los siete días de la semana. Cuando Adam miró a su alrededor en la sala de espera, vio más de veinte rostros desamparados y nerviosos. Intercambió algunos comentarios con la ayudante encargada del mostrador principal y le dieron paso.

Las puertas de la prisión se abrieron. Adam atravesó un detector de metales, pero cuando el ayudante somnoliento lo reconoció, pasó por alto el cacheo integral. Adam recorrió un pasillo parecido a un túnel, de bloques blancos y suelo de hormigón pulido.

Shane Fuller estaba en régimen de separación interior por su propia seguridad, en la celda de aislamiento 400 del edificio E, en el último rincón de las entrañas de la cárcel. Las puertas de acero se abrieron y un ayudante escoltó a Shane hasta la sala de visitas. Adam se sentó a un lado del cristal frente a Shane, que miraba al suelo.

—Hola, Shane.

—Adam, gracias por venir. Yo... no puedes imaginar lo que es estar a este lado del cristal.

—Lo siento, Shane.

—Hiciste lo correcto. Me llevó un tiempo admitirlo, pero merezco esto. Sabía lo que estaba haciendo. Supongo que pensé que tenía carta blanca.

—¿Qué pasó, Shane?

Su antiguo compañero, con el que había compartido cientos de aventuras y miles de risas, lo miró a los ojos:

—Eso mismo me pregunto yo todos los días. ¿Recuerdas cuando hablamos acerca de agarrarse, de no soltar aquel volante? Imagino que en algún punto del camino me solté. —Su voz se quebró—. Ahora mi vida está acabada. No podría recuperarla aunque quisiera.

—Tu vida no tiene por qué estar acabada. Pero tienes que estar en paz con Dios. Y después tienes que estar en paz con tu hijo.

—Lo he perdido, Adam.

—No. Tyler se siente herido, pero no lo has perdido. He hablado con él. No es demasiado tarde.

Shane se inclinó hacia adelante.

—Tienes que ayudarme con Tyler. Necesita a alguien que lo vigile.

—Dylan y yo lo hemos hablado. No lo perderemos de vista. Tienes mi palabra. De hecho, ya le hemos invitado a correr con nosotros en la carrera los cinco kilómetros.

—Iba a hacer eso con él. Gracias.

—Shane, ¿te puedo preguntar algo?

—Sí.

—¿Por qué decidiste decir la verdad acerca de que no advertiste a Jamar Holloman antes de dispararle la descarga?

Shane suspiró.

—Sabía que si declaraba haberle advertido antes de encender la pistola, volverían y estudiarían las secuencias para ver si eso era posible. Temía que pudieran darse cuenta si las miraban otra vez.

—¿Darse cuenta de qué?

—La bolsa de crack estaba allí mismo. Tenía que estar en el campo de visión de las cámaras. Y mientras él estaba boca abajo, yo la agarré, eché la mitad de las piedras a una bolsa y la metí dentro de mi camisa. Puede que fueran cincuenta piedras, unos mil dólares. Asuntos internos analizó la grabación por la descarga, no por las drogas. Pero si alguien comprobaba el informe y revisaba el vídeo, podría haber visto que había el doble de piedras en la bolsa de Holloman de las que entregué.

—Así que escogiste una amonestación antes que el riesgo a un delito grave.

Shane bajó la cabeza.

—Éramos compañeros, amigos. Por favor, perdóname.

El vigilante entró, se puso detrás de Shane e indicó con la cabeza a Adam que su visita había concluido.

—Te perdono, Shane.

Shane levantó la vista con la mirada angustiada.

—Adam, realmente te he decepcionado. Más de lo que imaginas. Lo siento mucho.

El vigilante agarró del brazo a Shane.

—No sueltes el volante —dijo Shane.

Adam asintió.

—Nunca.

Adam vio cómo se llevaban a Shane y la puerta se cerraba tras él.

Salió de la habitación y recorrió el largo pasillo que separaba a los cautivos de los libres. Sin embargo, reflexionó Adam, algunos eran libres de corazón en prisión mientras que muchos, en el exterior, eran esclavos de sus instintos.

Desde el edificio de aislamiento, durante su caminata solitaria de regreso al mundo libre, Adam se preguntaba: *¿A qué se refería Shane cuando había dicho: «Más de lo que imaginas»?*

★ ★ ★

El coche patrulla de Adam no arrancaba, así que Murphy lo asignó para que fuera con Bronson. A ninguno de los dos les gustaba la idea.

Adam temía ser absorbido por el agujero negro de la gravedad infinita de Bronson. Puesto que era el primer día del sargento después del tiroteo, Adam se ofreció para conducir y Bronson le dirigió una mirada que insinuaba que moriría o mataría antes de dejar que otro condujera su coche.

Aparcaron a media manzana de una conocida casa en la que se vendía droga y observaron a los clientes que entraban y salían. Bronson se comió su segundo perrito caliente de Jimmie's «completo», con mostaza, chile y cebolla en un panecillo tostado, un montón de ensalada de col y un tipo especial de chucrut que Bronson guardaba en el coche. La col era razón suficiente para que Adam tuviese la ventanilla bajada.

—¿Es así como pasas tu hora para comer? —le preguntó Adam—. ¿Has pensado alguna vez en leer un libro o escuchar la radio?

—¿Y tú has pensado alguna vez en dejar de parlotear y dejarme comer tranquilo?

Después de diez minutos, un hombre que llevaba una nevera azul subió los escalones hasta el porche y abrió la puerta sin llamar.

—Lleva esa nevera tres días seguidos. No creo que esté comprando. Creo que está vendiendo.

Al poco, el hombre volvió a salir con la nevera aún en la mano.

—Me deja helado, Mitchell. Sabemos cuáles son las casas en las que se vende droga y tenemos que esperar hasta que tengamos una orden. Yo digo que entremos y les cerremos el chiringuito hoy mismo. Sabemos lo que están haciendo. ¿Qué nos detiene?

—Bueno, está la ley. Y la Declaración de Derechos. Y también el hecho de que estás pidiendo a gritos que alguien te vuele la cabeza.

—A *mí* no me van a volar la cabeza.

Adam suspiró y recordó lo que Dylan había dicho acerca de las oportunidades para decir lo que uno piensa.

—Mira, nos enfrentamos constantemente a la muerte. Eso debería hacer que fuésemos más conscientes de nuestra mortalidad, no menos. Aunque nos retiremos y vivamos otros veinte años, algo que, a pesar de nuestros magníficos hábitos alimenticios, la mayoría de nosotros no conseguirá, todos vamos a morir. Eso lo sabes, ¿verdad?

Adam estudió el perfil de Bronson, buscando una manera de penetrar en aquel grueso cráneo.

—He burlado a la muerte decenas de veces.

—Brad, vamos, ¿vas a hacer como si nada? ¿Sabes lo cerca que has estado de la muerte en los dos últimos meses? Especialmente en el supermercado Harveys.

—Marciano me salvó.

—Sí, lo hizo. Y después te dispararon, y una bala te alcanzó en el hombro. Podría haber sido en el corazón. Aquel día podías haber muerto dos veces.

—Vale, *voy a morir*. Ya está, ya lo he dicho. ¿Contento?

—¿Y entonces, no tiene sentido estar preparado para ello?

—¿Preparado para qué? ¿Para que me coman los gusanos? ¿Cuánta preparación requiere eso?

—Has sido creado a imagen de Dios, sargento. Existirás en algún lugar para siempre.

—¿Tengo cara de idiota?

Adam, inteligentemente, se guardó su respuesta.

—Porque no me creo eso ni por asomo.

—Tu incredulidad no va a cambiar la realidad. Eres quien eres, y Dios es quien es. Y Jesús hizo lo que hizo por ti en la cruz. Nada de lo que pienses o digas cambiará eso. Tú y yo no tenemos voto.

Bronson lo miró fijamente, como un glotón a un conejo.

—Yo sigo mi camino. No quiero tu religión; eso es para estúpidos que se chupan el dedo y que necesitan algo a lo que aferrarse. ¿He hablado claro, cabo?

Adam le devolvió la mirada a Bronson.

—Sabes, Brad, prefiero que tú me juzgues como un estúpido

ahora a que Dios me juzgue como un estúpido para siempre. Y por favor, no digas que prefieres seguir tu camino. Puede que consigas lo que quieres. Se llama infierno.

—Mitchell, libera tu mente de esa trampa y haz tu trabajo. De lo contrario, mientras tú ves visiones, algún gamberro te va a mandar derechito al cielo antes de lo que pretendías de ir.

—Yo hago bien mi trabajo. Pero la vida es algo más que trabajar. Y si alguien me dispara, prefiero que me mande al cielo que al infierno. ¿Y tú?

Adam se enfrentó a Bronson mirándole a los ojos y esperó el siguiente estallido de sarcasmo humillante.

Bronson pestañeó primero.

—Sabes, Mitchell, no estoy de acuerdo contigo. Pero te diré una cosa… debes de creer en serio ese sinsentido para luchar por él aun sabiendo que rebatiría cada punto. Siempre pensé que eras un pelele, pero hoy me has demostrado algo.

Bronson arrancó el coche.

Fueron muy despacio hacia la casa en la que se vendía droga. Bronson hizo girar las luces sin encender la sirena. Adam vio que varias personas se daban la vuelta y ponían rumbo en dirección contraria o pasaban de largo como si no hubiesen pensado detenerse. Vio que alguien miraba por la persiana.

Bronson habló por el altavoz; la hormigonera sonó alta y clara.

—Sé quién eres, Gerald Ellis. Hay una cama con tu nombre en la prisión estatal de Georgia. Tira esas drogas. Quémalas ahora que aún estás a tiempo. Volveré a por ti.

Finalmente, apagó las luces y se dirigió hacia la calle Jackson.

—¿Dónde vamos? —preguntó Adam.

—Me comería otro perrito caliente de Jimmie's. Observar a traficantes me abre el apetito.

★ ★ ★

Al final de un turno de ocho horas que había sido como pasar dos días en una cárcel que olía a chucrut, Adam fue derecho a la oficina del *sheriff* Murphy.

—Dígame que no va a nombrarme compañero de Bronson.

—Eso no es decisión suya, ¿no?

—Solo he pasado un día con él. No podría soportar cinco días a la semana.

—Tal vez descubrirías que es un hombre más grande de lo que crees.

¿Bronson más grande? Esa era una idea espeluznante.

—Por favor, sargento. —Adam tenía la esperanza de no resultar tan patético como parecía.

—Siento que piense así, Adam. Me sorprende que tenga menos consideración por Bronson de la que él tiene por usted.

—¿Qué quiere decir?

—Bueno, ¿recuerda esos treinta días de permiso con sueldo que le donaron después de la muerte de Emily?

—¿Sí?

—Diez de ellos eran de Brad Bronson.

CAPÍTULO CUARENTA Y TRES

Nathan Hayes sabía que aquel era un viaje que debía hacer solo.

Estaba de pie de espaldas al cálido sol. Una suave brisa agitaba las hojas de los robles que salpicaban el paisaje. Bajo sus pies, la hierba olía a recién cortada. Miró una carta que llevaba en la mano y leyó en voz alta:

—«Me llamo Nathan Hayes y soy tu hijo. He perdido mucho tiempo enfadándome contigo, preguntándome por qué nunca estuviste ahí para mí. Siempre he pensado que tenía que demostrarte mi valía, preguntándome si merecía ser amado. Ahora me he dado cuenta de que tengo un Padre celestial que me ama, aunque mi padre terrenal no lo hiciera, y eso ha hecho que todo cambie. Mi Padre Dios es más que suficiente. Gracias a Él te he perdonado. Él es tu juez, no yo. Vivo con la esperanza de que le entregaras a Él tu vida cuando aún estabas a tiempo para que un día pueda encontrarme contigo cara a cara».

Nathan colocó la carta junto a una lápida descuidada y grabada con el nombre de Clinton Brown. Se alejó y no volvió la vista atrás.

★ ★ ★

Tres días después de la ronda que pasó Adam en el coche de Brad Bronson, este se le acercó al finalizar su turno. Adam se dio cuenta de que algo había cambiado. Su habitual intensidad había disminuido.

La hormigonera carraspeó.

—Hemos descubierto quién era el intermediario de Shane Fuller.

—¿Shane ha dicho a quién le vendía la droga?

—No. El comprador ha confesado. Sabíamos que era traficante; lo que no sabíamos es que vendía pruebas policiales robadas. Ya teníamos al tipo… condenado a prisión por otro cargo.

—¿Qué cargo?

—Homicidio imprudente con vehículo a motor. Bajo los efectos del alcohol y la cocaína.

Adam lo miró fijamente.

—¿Me estás diciendo que… Shane le vendió el crack de la sala de pruebas a *Mike Hollis*?

—Sí.

Adam lo pensó.

—Así que Shane se lo vendió a Hollis, a sabiendas de que lo vendería en la calle. A chicos. ¿Pero dónde le pasó Shane la droga a Hollis?

Bronson gruñó.

—No te lo vas a creer. En el parque de atracciones All American.

—No hablarás en serio. Lo dejé allí un día cuando su coche estaba en el garaje. Fue el mismo día que lo llevé al banco con Emily.

El día que ella bailó.

Adam se dio un puñetazo en la palma de la mano.

—¡Fue entonces cuando Mike Hollis me vio en el aparcamiento del parque de atracciones!

—¿De qué estás hablando, Mitchell?

—Aquel día Shane llevaba una mochila con cosas. Dijo que había comprado un par de camisetas Bulldogs para Tyler. Le pregunté si podía verlas, pero no me dejó. Le llevaba cocaína a Mike Hollis en mi furgoneta delante de Emily. Quizás la misma con la que Hollis iba colocado cuando…

Adam se dio la vuelta y se alejó.

★ ★ ★

Después de la cena, Adam y Caleb se sentaron en la sala de estar de los Holt mientras las mujeres seguían hablando en el comedor.

—Vi pasar a Dylan corriendo por la estación de bomberos un día y le saludé. Me dijo que corren juntos.

—Ha sido increíble. Una manera estupenda de pasar tiempo con mi hijo. Hablamos de todo.

Catherine y Victoria fueron con ellos café en mano. Catherine y Caleb intercambiaron una mirada de complicidad.

—Catherine y yo tenemos algo que pedirles y unas cuantas cosas que contarles —dijo él.

—¿Están pensando en trasladar una caravana a nuestro patio trasero? —preguntó Adam.

—No, pero gracias por el ofrecimiento —dijo Caleb—. Lo pensaremos.

Victoria los miró a los dos con un gesto fingido de desaprobación.

—¿Qué querían contarnos, Catherine?

—Bueno, ya es oficial… ¡vamos a adoptar a una niña de Chìna!

Victoria se levantó y abrazó a Catherine.

—¡Es una noticia maravillosa!

Caleb sonrió.

—Tiene tres años. Probablemente pasen unos cuantos meses más antes de que podamos volar hasta allí para traérnosla.

Catherine dijo:

—Lo que queremos pedirles es lo siguiente. Espero que no les importe, pero… bueno, ¿qué les parecería si llamásemos a nuestra pequeña… Emily?

Victoria miró fijamente a Catherine, y a continuación se cubrió el rostro con ambas manos.

—Lo siento —dijo Catherine.

Victoria sacudió la cabeza.

—No. Solo que… Estaríamos encantados, ¿verdad, Adam?

Adam miró a Caleb y a Catherine.

—Claro que sí.

Pasaron varios minutos celebrando aquello. Después, Caleb sonrió a Catherine.

—Y ahora, tenemos algo más que contarles. Nos hemos enterado hoy mismo. Aparte de la familia, son los primeros en saberlo.

—¿En saber qué? —preguntó Victoria.

Catherine sonrió.

—¡Resulta que vamos a tener dos niños!

Victoria aplaudió.

—¿Hermanos?

—Solo vamos a adoptar uno. El otro ya está con nosotros.

—¿Qué significa eso? —preguntó Adam.

Victoria miró a Catherine.

—¿Estás *embarazada*?

—¡Sí!

Victoria lanzó un grito y abrazó a Catherine por segunda vez.

Adam se echó a reír.

—¡No había visto a Victoria tan entusiasmada desde que Dylan acabó segundo en la gran carrera! Pero yo creía que ustedes no podían…

Caleb se encogió de hombros.

—¡Parece que los médicos se equivocaron!

—¡Vaya!

—Así que, es como si fuésemos a tener gemelos. ¡Solo que uno es de China y tres años mayor! Me alegra mucho que no supiéramos que Catherine se quedaría embarazada.

—¿Por qué?

—Porque no habríamos adoptado a Emily. Dios quiere que tengamos estos dos hijos, y Él ha orquestado los tiempos para que así sea.

Adam asintió.

—A veces es mejor que no sepamos sus planes con antelación, ¿verdad?

★ ★ ★

Adam echó un vistazo al grupo que había en su sala de estar, reunidos allí porque algunos temas de la conversación podían ser demasiado privados para el Pearly's. Cinco hombres. Shane se había ido, pero una figura de enormes proporciones había ocupado su lugar.

A pesar de que Adam conocía la opinión de Bronson con respecto a todo, había empezado a darse cuenta de que sabía muy poco del hombre que había tras aquellas opiniones. Por razones que Adam no llegaba a comprender, Brad Bronson se había autoinvitado a aquella reunión.

Desde la conversación que mantuvieron en el coche de Bronson, en el exterior de aquella casa en la que se vendía droga, Bronson había hecho referencias esporádicas a su mortalidad. Aunque Adam sabía que a Bronson no le gustaban nada los demás, por primera vez se le ocurrió que quizá el sargento no se había concedido a sí mismo una exención. Tal vez en algún lugar debajo de aquella fachada... aunque fuese *muy* por debajo... sabía que tenía que llevar a cabo algunos cambios antes de abandonar este mundo.

El intenso olor a plantación de tabaco en llamas no era la principal preocupación de Adam, aunque se preguntaba qué diría Victoria sobre el olor del sofá. Bronson echó un vistazo de forma hosca a los hombres que había a su alrededor mientras Adam le pasaba una Biblia. Tocándola solo con las yemas de los dedos, refunfuñó:

—Me siento como una chuleta de cerdo en un *bar mitzvah*.

—Chicos, Brad y yo acordamos que haríamos las cosas como si él no estuviese aquí. Puede escuchar y participar cuando quiera, si quiere.

—Me alegro de que haya venido, sargento. —Nathan le tendió la mano, al igual que hicieron los demás.

Lo cierto es que Bronson no tocó a nadie, pero asintió, una demostración de cordialidad efusiva y poco habitual.

—Es un honor conocerle, señor —dijo Javier.

Bronson miró a Javi. Su voz retumbó:

—¿Tienes papeles?

—Sí, señor.

—Bien.

—No tienes que llamarle señor, Javi —dijo Adam—. Bastará con sargento Bronson, aunque en realidad hemos dicho que el rango aquí no importa, así que es mejor que le llames Brad o Bronson. ¿Te parece bien, Brad?

—Como si quieres llamarme Little Bo Peep. Solo espero que no vayamos a sentarnos y a lloriquear porque la cigüeña nos tiró por la chimenea equivocada.

—Bueno, no solemos lloriquear, y creemos en Dios, no en la cigüeña, y Dios conoce sus chimeneas a la perfección. Por lo demás… estamos de acuerdo.

Adam analizó durante un instante los rostros inseguros de los chicos, y después entró en acción.

—Para empezar, escribí algo que Tom Lyman me dijo el otro día. —Adam abrió su Biblia por la página en blanco y leyó—. Al final de su vida, ningún hombre dice: «Ojalá hubiese pasado menos tiempo con mis hijos».

Nathan asintió.

—El lamento es siempre el contrario, ¿no? Deseando haber dedicado menos tiempo al trabajo, o al golf, o a proyectos, o a otro montón de cosas, y más a los hijos.

—Quiero leeros algo de las *Lecturas matutinas* de Charles Spurgeon —dijo Adam—. Spurgeon fue un pastor británico del siglo diecinueve. Escribe algo anticuado, pero aun así es relevante:

Sin temor a las consecuencias, deberás hacer el bien. Necesitarás el coraje de un león para buscar sin vacilar un camino que puede convertir a tu mejor amigo en tu más temible adversario; pero por el amor de Jesús debes así ser valiente. Arriesgar por la verdad la reputación y el afecto es un hecho tan heroico que, para hacerlo con constancia, necesitarás un nivel de moralidad que solo el Espíritu de Dios te puede otorgar; aun así, no vuelvas la espalda como un cobarde y sé un hombre. Sigue con valor los pasos de tu Señor, porque Él ha recorrido este duro camino antes que tú. Es preferible una batalla breve y el descanso eterno que una paz falsa y un tormento imperecedero.

Bronson se inclinó hacia adelante.

—¿Este tipo, Esturión, era un predicador?

—Spurgeon. Sí.

Bronson apoyó su barbilla en un puño.

—Siempre he creído que la iglesia era para las mujeres y los peleles. ¿Sin temor a las consecuencias? ¿El valor de un león? ¿Ser un hombre? Me gusta este tipo. Aunque *tenga* nombre de pez.

★ ★ ★

Las largas trenzas de Jade caían sobre los hombros de su camiseta de rayas azules y blancas; se sentó junto a CeCe, una amiga de la iglesia. La cafetería del colegio bullía, llena de estudiantes.

Derrick Freeman se acercó con una afectada fanfarronería y se plantificó al otro lado de la mesa.

—¿Qué pasa, Jade? Oye, ¿por qué no respondes a mis llamadas?

—Después de que cancelara el encuentro en casa de Lisa, estabas bastante enfadado, ¿te acuerdas?

—Te perdono. Pero deberías responder a mis llamadas.

—Te dije que ahora no respondo al teléfono ni mando mensajes después de las diez. Y además, tengo un acuerdo con mi padre. Tiene que dar su visto bueno a un chico antes de que pasemos mucho tiempo juntos, aunque sea en el colegio.

Derrick iba a hacer un comentario sobre el padre de Jade, pero se abstuvo.

—Pues he estado pensando un montón en ti últimamente, Jade.

—¿Sí?

—De hecho, te he traído algo.

Sacó una fina pulsera de oro y se la colocó en los dedos.

—Está guay, ¿eh?

—¿De dónde has sacado eso?

—Mi primo me la dio. Y ahora yo te la estoy dando a ti.

Supuso que ella la elogiaría. Derrick había visto lo que hacían las chicas cuando TJ las encandilaba con joyas.

—No puedo aceptarla.

—¿Por qué no?

—Porque somos amigos, Derrick. Eso es todo.

Derrick la miró fijamente y apartó la pulsera.

—Bueno, tú te lo pierdes.

Jade levantó una ceja.

—¡Eh! —Derrick vio la mano izquierda de Jade—. ¿De dónde has sacado el anillo?

—Me lo dio mi padre. —Jade dirigió una mirada a CeCe, sonrió y volvió a mirar a Derrick—. Es bonito, ¿eh?

Derrick levantó la pulsera, que brillaba bajo las luces de la cafetería. Varias chicas la vieron y se quedaron mirándola.

—¿Estás segura de que no la quieres?

—Estoy segura. —Se tocó el anillo.

El teléfono de Derrick vibró. Le acababa de llegar un mensaje: **Estoy contgo en 2 min.**

—Han venido a buscarme —dijo Derrick poniéndose de pie—. Tengo que irme.

—¿Sales antes? —preguntó Jade.

—Tengo un asunto personal. Nos vemos.

Derrick se fue pavoneándose, pensando que tendría que buscar un poco más para encontrar a la afortunada que recibiría la pulsera robada. Jade no tenía ni idea de lo que se perdía. Se arrepentiría.

Capítulo cuarenta y cuatro

Derrick salió por la puerta principal del instituto. Mientras intentaba simular que no le importaba quién estuviera mirando, echó un vistazo de reojo a los espectadores, deseando que todos vieran a los colegas de verdad que iban a recogerlo.

Derrick se metió en la parte trasera del Cadillac DeVille tuneado y de color verde oscuro de TJ. Antoine iba en el asiento del acompañante.

—¿Qué pasa, D? —dijo TJ—. Acabamos de pillar una mina de oro. Tenemos que llevarla a la casa y ver a Tyrone. Llevamos un buen lote encima.

—¿Cuánto? —preguntó Derrick.

—¡Cuarenta mil, hermano!

—¿Cuarenta mil? ¡TJ, eso es una locura, tío!

—No jugamos en la liguilla, D. Jugamos en *prime-time*. Eso significa más billetes de cien de los que puedes contar, genio de las matemáticas. Hermano, tengo dos kilos en el maletero.

—¿Dos kilos?

—Eso es. Lo único que tenemos que hacer es cortarla.

—Eso son cuatrocientos de los grandes.

—En efectivo. Me ayudas a hacer esto y vas estar forrado una temporada.

Derrick sonrió. *Forrado.* Tal vez le compraría a Jade una pulsera de diamantes. Eso la haría cambiar de opinión. La imaginó con él en el asiento trasero de un coche, luciendo orgullosa sus joyas. Y si no Jade, entonces Lisa o Doniece. Su sonrisa se hizo más grande. La vida estaba mejorando.

★ ★ ★

En aquel momento, Nathan y David patrullaban a las afueras de Albany.

David, con una mirada de terror en los ojos, dijo:

—Estaré allí con ustedes, chicos, pero hablar en público es mi mayor miedo. Morir es el segundo.

—Javier tampoco lo va a hacer. Quiere estar allí; todos queremos. Pero la Resolución fue idea de Adam. Debería hablar él.

Nathan contestó al móvil.

—Adam. Hola, precisamente estábamos hablando de ti.

—¿Dónde están, chicos?

—Estamos llegando a Denson.

—Voy unos cinco kilómetros por detrás de ustedes. Escuchen, tenemos que hablar del tema ese del Día del Padre. ¿Pueden venir a casa esta semana en algún momento?

—Ya lo hemos hablado. Hemos decidido que, puesto que la Resolución fue idea tuya, tú serás el portavoz.

—Es lo justo —gritó David.

—No, no, no. No fue eso lo que acordamos. Tenemos que votar.

—Ya hemos votado. David y yo te elegimos a ti, y sabes que Javi estará de nuestro lado.

—Tío, ¿ponerme delante de una iglesia entera? Miren, si lo hago me deben una cena. En Campbell's Steakhouse con todas las chicas, incluida Amanda. ¡Dile que tienen un montón de ensaladas!

—¡Trato hecho, tío! Yo me encargaré de David y Amanda. —Nathan aguzó la vista—. Hablaremos de eso más tarde. Tengo un

Cadillac verde con una luz trasera fundida. —Colgó el teléfono—.
Eh, David, enciéndelas.

—Hecho. —David puso las luces.

TJ vio las luces por el espejo retrovisor.

—¡Venga ya! ¿Qué está haciendo ese poli? ¡Ni siquiera voy rápido!
No puede ser, tío.

Antoine se giró hacia TJ.

—Nos trincan esta vez, y nos caen diez años automáticamente.

Derrick miró hacia atrás y vio el coche del *sheriff*.

—¿Diez años? ¿Qué vas a hacer, tío?

En el coche patrulla, Nathan frunció el ceño.

—¿Qué hace? Más vale que pare a un lado pronto o lo detendré
por algo más que una luz rota. Adelante, da aviso.

David agarró la radio para informar de su situación.

TJ apretó la mandíbula.

—Antes de volver a la cárcel me lo cargo. —Metió la mano entre
los asientos delanteros y sacó una escopeta recortada.

Derrick se quedó mirando la escopeta.

—¿Cargártelo? ¿Le vas a *disparar*?

TJ volvió la cabeza de repente hacia Derrick.

—Mira, ¿quieres ir a la cárcel? ¿Eh? Porque si registra este coche,
ahí es donde vas a ir.

—Tengo mi tres piezas bajo el asiento —dijo TJ a Antoine—.
Justo debajo, tienes la automática del .25. La .357 está debajo de mí
y el revólver, aquí. —Dio unas palmaditas en el asiento junto a su
pierna derecha—. Toma la que quieras, soldado.

Antoine metió la mano debajo del asiento.

—¿Tienes aquella nueve milímetros que te di? —preguntó TJ a
Derrick.

—Qué va, tío. ¡Vengo del colegio!

TJ se detuvo finalmente a un lado, pero dejó el motor encendido.

Nathan paró detrás de TJ, a unos tres metros, y sacó su bloc de
multas antes de que él y David bajaran del coche.

Delante de ellos, dentro del Cadillac, Derrick dijo:

—Espera, tío, no puedo hacerlo. ¡No puedo disparar a un poli!

—¡No tenemos elección, D! Mantén la calma. Yo me desharé del él; después haremos la entrega y abandonaremos del coche.

Derrick, sudando a mares, se giró y vio a Nathan y a David salir del coche.

—¡Son *dos*, TJ! ¡No puedes dispararles a los dos!

—¡Cierra el pico, tío! Haz lo que te diga.

TJ miró por el retrovisor lateral y vio que Nathan se levantaba las gafas para apuntar la matrícula.

—Oh, tío, conozco a ese poli. Está a punto de recibir lo que se merece. —Se puso la escopeta en el regazo y le metió una bala.

Derrick vio quién era.

—¡TJ, es el padre de Jade!

TJ colocó el dedo índice de la mano derecha sobre el gatillo de la escopeta.

David tenía un mal presentimiento. Él y Nathan seguían detrás del coche.

—No ha apagado el motor —dijo David—. ¿Quieres que me encargue?

Nathan sacudió la cabeza y caminó hacia la puerta del conductor, pero se detuvo a menos de un metro.

—Señor, necesito que pare el vehículo y ponga las manos en el volante.

TJ dejó la escopeta sobre las rodillas, fuera de la vista de Nathan. Apagó el motor y colocó las manos sobre el volante.

Nathan se acercó a la ventana.

—Le he parado porque…

TJ tomó la escopeta y la levantó rápidamente.

Un instante antes de que TJ disparara, Derrick agarró con ambas manos el bíceps derecho de TJ y tiró hacia atrás con todas sus fuerzas. Entonces sonó la explosión ensordecedora.

—¡Nathan! —gritó David al ver cómo su compañero caía despedido hacia la carretera justo delante de una furgoneta que se aproximaba.

El conductor pisó a fondo el freno. La furgoneta derrapó e iba directo hacia la cabeza del ayudante del *sheriff*. Nathan yacía inmóvil, hecho un ovillo.

David, con el sonido de aquel disparo explosivo aún en los oídos, pensó que habían alcanzado a Nathan. Pero sacó su Glock 23 calibre .40 y apuntó a la parte trasera del Caddy.

—¡Vamos, vamos, vamos! —gritó Antoine mientras TJ le daba al contacto y aceleraba el motor.

TJ le grito a Derrick:

—¡Voy a acabar contigo, enano!

Nathan, que estaba de lado, hizo un gesto de dolor. Sentía un dolor frío en el bíceps izquierdo.

En aquel momento, David logró apuntar y disparó una bala que atravesó la luna trasera del Caddy. Descargó otras seis balas más seguidas, cuatro de las cuales dieron en el coche.

—¡No! —gritó Derrick, tapándose la cara y agachándose en el asiento.

Los trozos de cristal cayeron sobre el cuerpo de Derrick, que estaba boca abajo.

Nathan se incorporó y realizó tres disparos, uno de los cuales alcanzó a TJ en el hombro izquierdo. TJ gritó y el coche giró bruscamente a la derecha, cayendo en una cuneta poco profunda y chocando contra una valla.

—¡Da marcha atrás, marcha atrás! —gritó Antoine, cuyo lado del coche quedaba ahora expuesto frente a David y a Nathan. TJ aceleró el coche. La gravilla y el polvo salieron disparados por todos lados, pero el coche no se movió. Antoine alargó la mano derecha y realizó con su nueve milímetros tres disparos que atravesaron el parabrisas de la furgoneta. El conductor se agachó justo a tiempo.

—¡Agáchese, señor! ¡Agáchese! —le gritó Nathan.

Al darse cuenta de que su coche estaba atascado, Antoine gritó:

—No podemos quedarnos aquí; ¡tenemos que largarnos! ¡Sal! ¡Sal!

TJ abrió su puerta y cayó al suelo, y Derrick hizo lo mismo. Antoine siguió disparando desde el asiento del acompañante.

Otros dos coches se detuvieron detrás de la furgoneta, pero al oír disparos dieron marcha atrás.

David agarró la radio de su hombro izquierdo.

—Aquí 693d. ¡Tiroteo en la calle Denson! Refuerzos, repito, ¡solicitamos refuerzos!

Adam estaba a menos de dos kilómetros cuando oyó el mensaje.

—¡693c de camino!

Antoine salió por la puerta del conductor y disparó desde el otro lado del coche.

TJ estaba sobre Derrick, agarrándole con fuerza la cara con la mano derecha.

—¿Qué crees que estás haciendo, tío? ¿Estás loco? ¿Intentas salvar a un policía? Estás acabado. ¡Debería matarte yo mismo!

Agarró la escopeta, se puso en pie, y abrió fuego contra los policías.

El retroceso de la escopeta contra el hombro herido lo echó hacia atrás y le hizo gritar de dolor. Le respondió una ráfaga de disparos. Agachado, golpeó la puerta del coche con el codo y soltó un alarido de frustración y dolor.

Dos coches más se acercaron por la carretera por detrás de los policías. Nathan hizo señales con las manos y gritó:

—¡No se acerquen, no se acerquen!

David se sacó del cinturón un cargador nuevo y recargó el arma. Oyó el ruido de una sirena tras de sí y respiró hondo.

—¡Viene Adam, Nathan!

Adam se aproximó a toda velocidad y localizó finalmente a Nathan y a David, agachados detrás de los vehículos y disparando contra el

Caddy. Pisó a fondo el acelerador, giró el vehículo bruscamente, echó el freno, y puso el coche de lado para proporcionar protección extra entre los gánsteres y los oficiales.

Cuando Adam se agachó y se arrastró para salir por la puerta del lado del acompañante, TJ y Antoine abrieron fuego varias veces contra el lateral de su coche, que no dejaba que TJ viera a David y a Nathan. Los cristales se esparcieron por todos lados cuando los disparos de la escopeta alcanzaron el coche patrulla.

Agachados en el suelo detrás del coche, Nathan lo puso al tanto de lo ocurrido.

—Tres tipos; uno con una escopeta, una 9 mm. Estoy casi sin munición.

—¡Antoine! —TJ se sujetaba el hombro con gesto dolorido—. Ven aquí, tío. ¡Tienes que disparar esta por mí!

—¡Tenemos que largarnos! Dámela. —Big Antoine agarró la escopeta mientras TJ empujaba a Derrick delante del coche—. ¡Apártate de nuestro camino!

Los gánsteres buscaron una posible escapatoria, pero había una valla a lo largo de lado derecho de la carretera y más allá, campo abierto. A la izquierda, el terreno era totalmente llano y despejado, hasta llegar a una casa, a unos cien metros, desde la que observaba una niña negra de unos nueve años.

Antoine disparó los dos últimos cartuchos.

Adam oyó una explosión de cristal y metal sobre su cabeza. El espejo y el metal volaron por los aires como si se tratase de un tiro al plato.

TJ señaló la carretera.

—Antoine. ¡La niña! Tenemos que presionarles. ¡Vamos!

—Voy, voy —gritó Antoine, soltó la escopeta y corrió detrás de TJ hacia la niña y la casa.

—Los tengo —gritó Adam; y entonces vio a la niña y se percató de que no podía disparar.

—Van a por la niña. ¡Vengan conmigo! —gritó Adam.

—Vamos —dijo Nathan.

David corrió junto a ellos.

—Delante del coche, delante del coche —avisó Adam.

Derrick gritó cuando rodearon el lateral del coche de TJ.

—Enséñame las manos —gritaron los policías apuntando con sus armas. Derrick movió las manos desesperadamente.

David hizo un gesto hacia la niña y los gánsteres.

—¡Yo me encargo de él! ¡Vayan!

Adam y Nathan salieron corriendo tras TJ y Antoine.

TJ fue a por la niña mientras que Antoine se escondió detrás de un árbol enorme, a la espera.

Adam corrió junto a Nathan, sorprendido por su propia velocidad y resistencia. Pensó en Dylan, la única persona con la que había corrido a aquella velocidad. En el instante en que Nathan adelantó a Adam, Antoine lo embistió y lo tiró al suelo.

TJ persiguió a la niña, que subió por la escalera de madera de una cabaña que había en un árbol. TJ subió detrás de ella y la agarró por el tobillo. La niña gritó, paralizada de terror. Nathan saltó, agarró a TJ y lo derribó. El gánster cayó al suelo, con Nathan encima.

—¡Papá! ¡Papá! —gritó la niña.

Adam luchaba con Antoine. Sacó su Glock, pero Antoine se la arrancó de la mano. Ambos intercambiaron duros golpes, cada uno de ellos directo a la mandíbula del otro.

TJ asestó dos puñetazos tremendos en la mejilla de Nathan tal y como había hecho meses antes, cuando Nathan resistió agarrado al volante.

Nathan estaba casi noqueado cuando alguien que apareció de repente golpeó a TJ, quitándoselo de encima. Entonces escucharon el estruendo de las sirenas y el chirrido de los neumáticos que anunciaban la llegada de más coches patrulla. Dos oficiales corrieron a por Antoine, que seguía machacando la cara de Adam. Lo derribaron y finalmente lo esposaron.

Otros dos oficiales se abalanzaron sobre TJ y lo redujeron. El padre de la pequeña dejó que los oficiales se encargaran de él. Se dirigió al pie de la cabaña del árbol y trató de agarrar a la aterrorizada niña, que descendió buscando la seguridad en los brazos de su padre.

Adam yacía en el suelo, con la cara magullada y ensangrentada. Uno de los oficiales se acercó hasta él.

—¿Estás bien, Adam?

—Ve a por la niña. ¡Ayuda a la niña!

—Está bien. Está con su padre.

Adam, con la cabeza sobre la hierba, pudo ver a la niña, que ahora estaba segura en brazos de su padre. Vio la mirada que había en sus ojos y pensó en Emily. Y de alguna forma, después de haber recibido una paliza de muerte, sintió un alivio increíble, e incluso felicidad.

Diez minutos más tarde, después de que TJ, Antoine y Derrick fuesen llevados a distintos coches patrulla, Nathan caminó costosamente hacia Adam, que estaba sentado bajo un árbol y seguía limpiándose la sangre de la cara.

—¿Estás bien?

—Ese tío era fuerte.

Nathan observó a Adam.

—Aparentas lo que yo siento.

—Me siento tal y como aparento.

Nathan tendió la mano a Adam.

—Gracias por el refuerzo. Ninguno de nosotros podría haber hecho esto solo.

—Has tenido suerte de enfrentarte al pequeño.

—¿*Pequeño*?

—¿Qué te ha pasado en el brazo? —Adam señaló justo por debajo de la manga izquierda de Nathan, donde una venda ensangrentada envolvía la parte superior del brazo.

—Una buena lección.

—¿A qué te refieres?

—¿Te acuerdas de que Jordan no hace más que darme la lata para que lleve chaleco?

—Sí, yo mismo lo he mencionado unas cuantas veces.

—Pues cuando mi amigo el gánster, que ahora ya me ha remodelado la cara dos veces, disparó la escopeta recortada, pensé que me había dado. Estaba tan cerca que pude sentir toda la fuerza de aquel disparo saliendo del cañón.

—¿Sí?

—Así que, hace unos minutos, cuando todas mis heridas han dado la cara, he sentido una punzada horrible en el brazo. Y ahí, clavado en la piel, tenía un solo fragmento del disparo.

—¿Uno?

—*Uno.* —Sacó del bolsillo el trozo pequeño de metal—. No es de gran calibre, pero te diré que me duele el brazo una barbaridad. Si hubiese estado tan solo unos centímetros más cerca habría recibido por lo menos decenas de estos. Si él hubiera logrado un disparo directo, me habría llevado tal vez cien en el pecho, a bocajarro.

Adam se encogió.

—Así que imagino que Dios me ha lanzado una advertencia. Es cierto que el chaleco no me habría protegido el brazo. Pero si me hubiesen dado en el pecho, me habría salvado la vida. *Si* lo hubiese llevado. Le diré a Jordan que tenía razón y que me equivoqué.

Adam miró a Nathan.

—Me alegro de que estés bien.

—Lo mismo digo.

Mientras Adam sacaba su móvil y llamaba a Victoria, Nathan se acercó al coche patrulla en el que estaba Derrick que, esposado e inclinado hacia adelante, miraba fijamente el suelo. Nathan abrió la puerta y se inclinó. Las lágrimas se deslizaban por la cara del joven.

—Derrick, ¿qué estás haciendo? ¿Por qué estabas con esos tipos?

El joven sacudió la cabeza como si se hiciera la misma pregunta.

—No tengo a nadie, tío. Simplemente, no tengo a nadie.

Nathan permaneció en silencio pero puso la mano sobre el hombro de Derrick.

Mientras, Adam se acercó a David, que estaba apoyado en su coche patrulla atravesado por las balas.

—Hoy has hecho un buen trabajo, David.

—Para ser un novato quieres decir, ¿no?

Adam sacudió la cabeza y le dio una palmada a David en la espalda.

—No eres un novato.

Capítulo cuarenta y cinco

Cientos de hombres, de entre seis y ochenta y seis años, ocuparon sus posiciones en Third Avenue, una de las calles más bonitas de Albany. Flanqueada por enormes robles, luces y sombras moteaban las hojas de finales de primavera; era espectacular.

Había una pancarta grande extendida de un lado a otro de la calle: *1ª Carrera Anual de 5 km Padre e Hijo*.

Los abuelos y mentores también estaban invitados. Diez minutos antes de la carrera, Adam se encontraba entre Dylan y Tyler.

Adam habló en voz baja.

—Dylan, adelántate cuando quieras. Yo me quedaré con Tyler. Te frenaríamos.

—No pasa nada, papá. Vamos a correr juntos. Ya habrá otras carreras de cinco kilómetros.

—¿Estás seguro? Te lo agradezco, chico. De verdad.

Se volvió hacia el chico de doce años con el pelo moreno y los ojos almendrados.

—Tyler, estamos muy contentos de que pudieras acompañarnos.

—Sí, tío. —Dylan le chocó la mano a Tyler—. Va a ser divertido.

Después de la salida y de que los corredores se dispersaran, Dylan se quedó junto a Tyler y Adam, pero unos pasos por delante para marcar la velocidad y sacar lo mejor de ellos. Tanto Adam como Dylan estaban impresionados con la habilidad de Tyler para mantener el ritmo.

Había algo mágico en correr con todos aquellos hombres y en ser aclamados por abuelas, esposas, hijas y hermanas.

Mientras corrían, Dylan le dijo a su padre:

—Me apetece animar a todos a mi alrededor, como si estuviéramos en el mismo equipo.

Les rodeaban caras familiares: Riley Cooper con su padre, Caleb Holt con un chico del instituto que Dylan conocía del grupo de *Young Life*…

Cuanto más corría Tyler, más se esforzaba, con los ojos clavados en Dylan y decidido a seguirle.

Cerca de la señal de los cuatro kilómetros divisaron a Victoria y a Mia, que saludaban y les tendían bebidas.

—¡Adam! —gritó Victoria. Cuando se desvió para pasar por allí, ella le dio algo que no esperaba.

Adam sonrió, se giró y lo agitó en el aire. Victoria y Mia se echaron a reír.

—¿Qué es eso, papá?

—Pues… es un donut de frambuesa de Krispy Kreme.

—¿Cómo sabes que es de Krispy Kreme?

—Créeme, hijo. Lo sé.

Partió un tercio, se lo pasó a Dylan y le dio otro tercio a Tyler. Jamás otro donut había sido consumido con tanta rapidez.

Cuanto más animaban Adam y Dylan a Tyler, más rápido corría él. A pesar de que la carrera era corta, Adam estaba tan dolorido por el incidente de la calle Denson que tuvo que esforzarse al máximo. Terminaron en el primer cuarto del pelotón, mucho más rápido de lo que Adam o Dylan habían previsto.

Cuando cruzaron la línea de llegada, Adam y Dylan chocaron la mano con Tyler.

—¡Bien hecho, Tyler! —dijo Dylan—. ¡Definitivamente, deberías hacer atletismo!

Una tras otra, las oleadas de hombres y chicos cruzaron la línea de llegada. Mientras recuperaban el aliento, reían y hablaban como viejos amigos. Era una reunión fraternal espontánea en las calles de Albany. Las calles de la ciudad plagadas a veces de las consecuencias de la falta de padres habían sido recuperadas para celebrar la paternidad.

Adam nunca había experimentado algo así. Le dio unos golpecitos a Dylan en la espalda.

—¿No te alegras de que te convenciera para correr los cinco kilómetros?

Se reunieron con Victoria y Mia y fueron a Cookie Shop, en North Jackson. Cuando acabaron de comer, Dylan y Tyler acordaron quedar dos veces por semana en la pista de atletismo del instituto Westover.

Dylan le dijo a Adam cuando se marchaban:

—Te advierto una cosa, papá… nuestra próxima carrera es de diez kilómetros.

★ ★ ★

Aquella noche Adam extendió su sillón reclinable… dados los últimos acontecimientos, creía que se lo había ganado. Con palomitas y té dulce, él, Dylan y Victoria hablaron y rieron durante una hora acerca de la carrera y el donut de frambuesa y de cualquier cosa que se les pasaba por la mente.

Cuando Adam recibió una llamada del sargento Murphy, se hizo a la idea de que tendría que ir a trabajar; era extraño que lo llamaran un sábado por la noche, pero no era la primera vez.

—¿Adam? Tengo buenas noticias para ti.

—¿De qué se trata?

—El papeleo ya está hecho, y el lunes por la mañana tendrás un nuevo compañero.

—¿Alguien que conozca?

—Recién salido de la academia. Un chico agradable. Creo que te gustará.

★ ★ ★

El lunes, Adam, que aún se sentía entumecido por la carrera y por el episodio de la calle Denson, entró en el departamento del *sheriff* y fue directo a la sala de reunión. Vio la cara familiar de un joven robusto sentado en un banco.

—¿Brock Kelley?

—Hola, cabo Mitchell. —Brock se levantó y se dieron la mano.

—Llámame Adam. Veo que llevas el glorioso uniforme del departamento del *sheriff* del condado de Dougherty.

—Tomo posesión del cargo.

—Eso es una buena noticia —dijo Adam—. ¿Te han dicho quién es tu compañero?

—No, señor. No tengo ni idea.

—Vete acostumbrando a eso. —Adam sonrió—. Pero deja de llamarme señor. Soy Adam.

—De acuerdo. Adam.

—¿Vienes para que pasen lista?

—El sargento Murphy me ha dicho que me quede aquí hasta que envíe a alguien a buscarme.

—Nos vemos dentro.

De camino a la sala de reuniones, Adam no pudo evitar sonreír.

Gracias, Señor, por responder a mi oración. Podré ayudar a Brock como policía y como seguidor de Cristo. Y él será estupendo para mí. A Dylan también le gustará. ¡Y estará impresionado por que el nuevo compañero de su padre sea la leyenda del fútbol local!

Adam se sentó detrás de David, bebiendo café y esperando a que pasaran lista.

—¿Cómo fue tu cena con Amanda y Olivia?

—¡Genial! ¡Increíble!

Adam sonrió.

—¡Parece que lo pasaste bien, David!

—Me siento cada vez… más cercano a Amanda, más de lo que podría haber imaginado. Y Olivia es como… no soy capaz de describirlo. —David tragó saliva—. Conocí a una familia en la iglesia, en ese grupo al que asisto de estudio bíblico en casa. Alquilan un apartamento bonito y pequeño.

—¿Sí?

—Así que le eché un vistazo. El alquiler es el mismo que Amanda está pagando ahora, y se encuentra mejor situado. Y… está a tres minutos de mi casa.

Nathan entró y se sentó justo antes de que el sargento Murphy se dirigiera al frente. Después de unos cuantos comunicados, el sargento dijo:

—Tenemos un nuevo novato. Demos una cálida bienvenida a Brock Kelley.

—Del campeonato estatal —oyó Adam que alguien susurraba.

Señor, utilízame en la vida de este joven.

—Y el ayudante Kelley tendrá el honor de ser el compañero de… Adam sonrió.

—El sargento Brad Bronson.

¿Qué?

Bronson gruñó de manera audible y fulminó a Brock con la mirada como si fuera un inspector de Hacienda con lepra.

Las risitas burlonas se mezclaron con las miradas de sorpresa y de compasión.

Murphy sonrió irónicamente.

—Lo único que podemos decirle, ayudante Kelley, es «buena suerte» y no espere que a Bronson le impresionen sus referencias de la academia de policía. Ni sus logros futbolísticos.

—Ni ninguna otra cosa —añadió Riley Cooper.

—Así que, da la bienvenida a tu nuevo compañero, sargento Bronson —dijo Murphy, que, obviamente, estaba disfrutando con aquello. Brock siguió la dirección que señalaba el dedo de Murphy, se dirigió hasta Bronson y le tendió la mano. Brad lanzó un gruñido e indicó con la cabeza la silla que había a su lado.

Adam estaba aturdido. Nunca se le había ocurrido que fueran a sacrificar al novato con Bronson.

Brock, sentado entre Adam y Bronson, le susurró a Adam.

—Recuerdo a Bronson de la academia. ¿Es posible que tenga algunos prejuicios?

—No —le contestó Adam susurrando—. Los tiene todos.

—Y ahora —dijo Murphy—, tenemos una segunda vacante que cubrir. Quiero presentarles al nuevo compañero de Adam Mitchell, también novato, recién graduado en la academia de policía. Bienvenido, Bobby Shaw.

Adam se quedó helado cuando vio entrar al chico flacucho, el que el entrenador había dicho que, de haber más candidatos, habría suspendido.

El corazón de Adam se hundió. Si se enfrentaban a una situación crítica, ¿aquella era la persona a la que confiaría su vida? Eso es lo que Adam *pensó*. Lo que hizo fue darle la mano a Bobby, y a continuación guiarlo hasta el asiento que había a su izquierda.

Adam Mitchell, sentado entre dos novatos, vio la expresión reprobatoria de Bronson y decidió que, por el bien de Bobby Shaw, él no dejaría que su cara mostrara lo que pensaba.

★ ★ ★

Aquella noche, Adam y Victoria bebían descafeinado en la sala de estar.

—Después de que el sargento Murphy llamara y me dijera que tenía un nuevo compañero, aparezco y veo a Brock allí esperando. ¿Qué otra cosa iba a pensar? Podría haber sido su entrenador en la policía. Como Grant Taylor fue su entrenador de fútbol.

—Tal vez Dios quería darte una lección sobre la decepción y la confianza.

—Uno tiene derecho a lloriquear un poco, ¿no?

—Sí, siempre y cuando no abuse de ese privilegio —dijo Victoria—. Has estado orando por Bronson, ¿no?

—Exacto.

—Pues si Brock es un cristiano de verdad, ¿no le convierte eso en una buena elección para influir en Bronson?

—Nadie es una buena elección para Bronson.

—Parece que te hayas dado por vencido con él.

—No. Solo digo que…

—Y yo solo digo que tal vez Dios pensó que era mejor responder a tu plegaria acerca de influir en Bronson por Cristo que a la de que tú influyas en Brock. ¿Y acaso Bobby Shaw no necesita un compañero que pueda guiarle y que sea un modelo espiritual?

—Supongo, pero está claro que preferiría poner mi vida en manos de Brock que en las de Bobby.

—¿Quién está más preparado para encontrarse con Dios, tú o Bronson?

—Pues, yo, pero…

—Entonces puede que esa sea otra razón por la que Bronson deba tener a Brock y tú debas tener a Bobby.

Adam se incorporó en su sillón reclinable.

—¡Se supone que las esposas de los policías *no* dicen esas cosas!

—Sabes que me preocupa tu seguridad. Solo creo que te han puesto con Bobby Shaw por su bien y por el tuyo. Romanos 8:28, ¿recuerdas? Me dijiste que el entrenador de la academia dijo que Bobby había crecido sin un padre. Puede que tú seas la figura paterna que siempre ha necesitado.

—Después de pasar un día con él, te puedo decir que no tiene madera de policía.

—Tampoco la tenía David. Pero cuando haya pasado un año con ustedes, apuesto a que Bobby Shaw será tan bueno como lo es David ahora.

Adam sonrió.

—Cuando me quejé a David de mi nuevo compañero, ¿sabes lo que dijo?

—¿Qué?

—Dijo: «¡Ya va siendo hora de que madures!».

—Me *encanta* ese joven.

—A mí también. Pero no se lo voy a decir al *sheriff*.

—Adam, te has convertido en un modelo para tu propio hijo. Lo que hagas con Dylan te ayudará con Bobby. Y lo que hagas con Bobby te ayudará con Dylan. Y también con Tyler.

—Gracias por tu honestidad. Y por tu ánimo.

—Te quiero, Adam Mitchell. —Cruzó la habitación y lo rodeó con sus brazos—. Y ahora hay algo de lo que quiero hablar contigo.

Él miró con recelo a Victoria, que seguía de pie junto al sillón reclinable.

—Puede que lo que quiero decir parezca una locura, pero me gustaría que orásemos por ello.

—¿Qué?

—¿Te acuerdas de la noche que pasamos en casa de los Holt? ¿Cuándo nos contaron que Catherine está embarazada?

—¿Estás embarazada?

Victoria se rio.

—No. Pero me gustaría que nos plantéaramos adoptar.

Adam se movió nervioso hacia la parte delantera de su asiento.

—¿Un hijo?

—No. Un orangután. —Victoria sacudió la cabeza—. Por supuesto que un *hijo*. Sé que otro hijo no será Emily. Pero ¿qué te parecería adoptar a una niña pequeña?

Victoria se sentó, y a Adam se le ocurrieron un montón de razones por las cuales no era práctico. Él tenía cuarenta años. Los niños eran un reto. Consumían un montón de energía y de dinero. Pero cuando se quedó sin inconvenientes prácticos, pensó en lo que supondría tener una hija. Podría tomarla, secarle las lágrimas, y bailar con ella en el parque.

—Estoy de acuerdo en que solo hay una Emily —dijo Adam—. Pero otra niña también sería especial. Y tal vez tendría una segunda oportunidad de ser mejor padre para mi hija.

Victoria se puso de nuevo en pie y se acercó a él.

—Tendríamos que hablar con Dylan. Este niño podría requerir más trabajo… tendríamos que asumirlo juntos. Habría que hacer sacrificios.

Se puso las manos en las caderas; su cara rebosaba aventura.

—Pero creo que quiero hacerlo. ¿Orarás conmigo por ello?

Adam la miró fijamente a los ojos y vio en su interior.

—Sí, por supuesto.

★ ★ ★

El aparcamiento de la iglesia se llenó rápidamente durante los últimos diez minutos antes del oficio.

El pastor Jonathan Rogers estaba en su oficina con Javier y con David cuando Adam entró con Nathan.

—Adam —dijo el pastor Rogers—, habría que animar a todos los padres a cumplir estos puntos de la Resolución. Por eso quería que los presentaran a la iglesia hoy.

—Si eso ayuda a los hombres a saber cómo dar un paso al frente, entonces estamos encantados de hacerlo, ¿verdad, chicos?

—Siempre y cuando yo no tenga que abrir la boca —dijo David.

—Sí. —Javi sonrió y asintió.

—Afortunadamente, tenemos a Adam para hacer eso —bromeó Nathan.

Ninguno de estos hombres puede temer salir ahí delante tanto como yo, y aquí estoy, el portavoz. ¿Cómo ha podido pasar esto?

Jonathan los guió hasta el auditorio y subió al púlpito. Adam, Nathan, David y Javier se colocaron tras él, a su izquierda.

—Durante las últimas seis semanas, he predicado sobre el propósito de Dios para los padres. Para que sean maestros, protectores, y proveedores. Les leí una Resolución para padres escrita y firmada por los hombres que están detrás de mí. Los principios de esta Resolución provienen de la Palabra de Dios. Pero en lugar de hablar sobre estos hombres, quiero que Adam Mitchell se acerque y les hable.

Adam caminó hasta el púlpito. Aparte de las clases informales en la academia de policía, Adam nunca había hablado en público. Tenía la esperanza de no parecer tan nervioso como se sentía. Miró el auditorio lleno, un mar de rostros. Su estómago albergaba un enjambre de mariposas. Intentó respirar hondo, pero apenas logró unas cuantas respiraciones superficiales. Esperaba no desmayarse.

Adam bajó la mirada a su derecha y vio a Victoria.

Ella le dirigió una cálida sonrisa, fingiendo no estar nerviosa por lo que Adam iba a decir. Junto a ella estaba sentado Dylan, que parecía sentir curiosidad. A la izquierda de Dylan estaba Tom Lyman en su silla de ruedas, con los pulgares hacia arriba.

A Adam le temblaron un poco las manos cuando abrió sus notas, las miró un instante, y después miró fijamente a la congregación.

Muy bien, Señor, que sea lo que Tú quieras.

—Como agente del orden, he visto en primera persona el profundo daño y la devastación que trae la ausencia de un padre a la vida de un hijo. Nuestras cárceles están llenas de hombres y mujeres que han vivido de modo temerario después de que sus padres les abandonaran, después de que los hombres que más deberían haberlos amado les hirieran. Muchos de estos chicos siguen ahora el mismo modelo de irresponsabilidad que siguieron sus padres. Mientras que muchas madres se han sacrificado para ayudar a que sus hijos sobrevivan, no estaba planeado que ellas cargaran solas con ese peso. Damos las gracias a Dios por esas mujeres —continuó Adam—, pero las investigaciones demuestran que los niños también necesitan desesperadamente a un padre. No hay ninguna duda a ese respecto.

Tras él, Nathan oraba por su hermano, para que Dios lo usara para llegar especialmente a los hombres.

—Como saben, a principios de este año mi familia soportó la trágica pérdida de nuestra hija de nueve años, Emily. —Las emociones de Adam amenazaban con incapacitarlo, pero hizo un esfuerzo por continuar—. Su muerte me obligó a darme cuenta de que no solo no había aprovechado el inestimable tiempo que pasé con ella, sino que tampoco entendía realmente lo crucial que era mi papel como padre para ella y para nuestro hijo, Dylan.

Dirigió una mirada a Dylan y el enorme amor por su hijo se impuso a los nervios.

—Desde su muerte, le he pedido a Dios que me enseñe, a través de su Palabra, a ser el padre que tengo que ser. Ahora creo que Dios desea que cada padre dé un paso al frente y haga lo necesario para implicarse en las vidas de sus hijos. Pero además de estar ahí y proporcionarles el sustento, han de caminar con ellos durante sus jóvenes vidas y ser una representación visual del carácter de Dios, su Padre en el cielo. Un padre debería amar a sus hijos y tratar de ganarse sus corazones. Debería protegerlos, imponerles disciplina, e instruirles acerca de Dios.

Al escuchar el discurso vehemente de Adam, Javier dio las gracias en silencio a Dios por su padre, que había hecho esas mismas cosas durante su vida. Los ojos de Javi no se apartaron en ningún momento de Carmen, Isabel y Marcos. No quería mirar a ningún otro sitio.

—Debería enseñarles a caminar con integridad —dijo Adam—, y a tratar a los demás con respeto, y debería llamar a sus hijos a que se convirtieran en hombres y mujeres responsables que viven sus vidas por lo que realmente importa en la eternidad.

La voz de Adam cobró una fuerza casi mística que le sorprendió a él y a todos los que lo conocían.

—Algunos hombres oirán esto y se burlarán o lo ignorarán, pero les digo que como padres, son responsables ante Dios por la posición influyente que Él les ha otorgado.

David recorrió la sala con la vista hasta que encontró a la joven hermosa cerca del final, con su hija de cuatro años en el regazo. Al ver que los ojos de David reparaban al fin en ellas, la mujer le susurró al oído a su hija, y la pequeña, de repente, sonrió y saludó. David le devolvió la sonrisa y movió la mano.

—No pueden dormirse al volante para despertar un día y darse cuenta de que su trabajo o sus aficiones no tienen ningún valor eterno, pero las almas de sus hijos sí. Algunos hombres oirán esto y estarán de acuerdo, pero no tienen intención de llevarlo a cabo. Por el contrario, vivirán para ellos mismos y desperdiciarán la oportunidad de dejar un legado devoto para la próxima generación.

Adam pensó en Shane, en su celda, y en todo el arrepentimiento que sentía su antiguo compañero. Él podría haber estado allí con ellos aquel día. Adam se detuvo un instante, con el corazón gritándole a Dios que restaurara a Shane y reparara lo que se había roto en su interior.

—Pero hay algunos hombres que, a pesar de los errores que hemos cometido en el pasado, a pesar de lo que nuestros padres no hicieron por nosotros, dedicaremos toda la fuerza de nuestros brazos y el resto de nuestros días a amar a Dios con todo nuestro ser y a enseñar a nuestros hijos a hacer lo mismo. Y siempre que sea posible, a amar y guiar a otros que no tienen un padre en sus vidas pero que necesitan desesperadamente ayuda y orientación. Invitamos a cualquier hombre cuyo corazón lo desee y tenga el valor necesario a unirse a nosotros en esta Resolución.

El aumento de intensidad de Adam reclamaba atención.

—En mi hogar, la decisión ya está tomada. No es necesario preguntar quién guiará a mi familia, porque por la gracia de Dios, *yo* lo haré. No tienen que preguntar quién enseñará a mi hijo a seguir a Cristo, porque *yo* lo haré. ¿Quién asumirá la responsabilidad de proveer y proteger a mi familia? *Yo* lo haré. ¿Quién le pedirá a Dios que rompa la cadena de modelos destructivos en la historia de mi familia? *Yo* lo haré. ¿Quién orará por mis hijos y los bendecirá para que persigan con valentía todo lo que Dios les pida? *Yo soy su padre, y yo lo haré.* Acepto esta responsabilidad, y es un privilegio para mí asumirla. Quiero que el favor de Dios y su bendición recaigan sobre mi hogar. Cualquier hombre bueno lo desea. *Así que, ¿dónde están esos hombres valientes?* ¿Dónde están los padres que temen al Señor? Es hora de levantarse, de responder a la llamada de Dios y decir: ¡yo lo haré! ¡Yo lo haré! ¡Yo lo haré!

La electricidad recorrió todo el auditorio.

Primero se levantó un hombre. Adam vio que William Barrett hacía lo mismo. Después, dos de sus pastores. Vio levantarse a Riley Cooper y a otros ayudantes del departamento del *sheriff* del condado de Dougherty y a oficiales de la policía de Albany. Vio a bomberos que conocía, incluido Caleb Holt. Incluso Tom Lyman apoyó los brazos contra la silla de ruedas y, con un gran esfuerzo, se puso en pie.

Por toda la sala, algunos hombres querían levantarse pero no podían. Otros deseaban estar en cualquier otro lugar del planeta. Adam reparó en un hombre calvo y enorme que se puso en pie en la última fila, medio metro más alto y un metro más ancho que todos los de su alrededor. Tan pronto se levantó, Brad Bronson pareció darse cuenta de que lo había hecho. Caminó hasta la parte trasera de la iglesia como si se marchara, después se giró y se quedó apoyado en la pared.

La mayoría de los que se levantaron se quedaron en pie mientras su determinación iba en aumento. Algunos aún tenían que ser conscientes del grado de compromiso y la dedicación que aquella decisión implicaría, pero ninguno dudaba de que algo extraordinario había ocurrido.

Para muchos hombres y para sus familias supuso un nuevo comienzo. Una nueva oportunidad de ganar una batalla que merecía la pena ser librada y de conseguir un tesoro que merecía la pena ser conservado.

Después del oficio, la gente se puso en fila para dar las gracias a Adam y hablar con él. Era tan consciente de su debilidad e incapacidad y de su pánico a hablar que ni siquiera se había visto tentado a sentirse orgulloso. Lo que había sucedido en aquel auditorio había sido obra de Dios. Aunque en su corazón, sintió que Dios le decía algo que no recordaba haber oído nunca de su padre terrenal: «Bien hecho, hijo mío». Estaba bien sentirse satisfecho, no orgulloso, pero tampoco decepcionado consigo mismo.

Al salir hacia la puerta con Victoria, Dylan y Tom para reunirse con las otras familias e ir a cenar a Campbell's Steakhouse, de repente imaginó la sonrisa de aprobación de Emily. Puede que estuviera siendo sentimental, pero lo sintió de forma tan intensa que se preguntó si era algo más que su imaginación.

Capítulo cuarenta y seis

Casi una semana más tarde, el sábado, Adam entró a la prisión del condado de Dougherty y se dirigió a la cola de registro, donde vio un rostro familiar delante de él.

—¡Nathan! ¿Cómo ha ido tu semana libre?

—Un tiempo en familia estupendo. Y me encuentro mucho mejor. Fue un detalle que el médico me recomendara tomar unos días libres teniendo en cuenta que el brazo seguía matándome y yo iba por ahí repartiendo órdenes de arresto. ¡Necesitaba un tiempo para recuperarme!

—¿Vas a visitar a Derrick? —preguntó Adam—. ¿Cómo lo lleva?

—Su corazón está receptivo. Lee todo lo que le doy. Antes de que esto acabe, creo que será un seguidor de Jesús.

—¿En serio?

—Hay algunos hombres buenos en esta prisión. Estudian la Biblia a fondo. Hay muchas tentaciones, por supuesto, pero Derrick va a los oficios de la capilla y se reúne con el capellán. Le dije a Derrick que le ayudaría, pero él tiene que tomar la iniciativa.

—TJ y Antoine están en máxima seguridad, ¿no? —preguntó Adam.

—Por supuesto. Y Derrick en media. Cuando me reuní con el alcaide y le conté cómo Derrick había traicionado a TJ para salvarme la vida, me aseguró que nunca estarían cerca el uno del otro.

Adam puso una mano sobre el hombro de Nathan.

—Dijiste que Derrick te salvó la vida, y ahora tú le salvas la suya. Tu parte va a durar mucho más. Pero los resultados perdurarán para la eternidad. Le conté a Victoria algo que de verdad me impresiona… has perseguido a un importante líder de una banda por la calle dos veces. La primera vez, cuando te agarraste al volante, salvaste la vida a tu hijo. La segunda vez, cuando le disparaste en el hombro, le salvaste la vida a Derrick. Dos coches estrellados, ambos conducidos por TJ, y dos jóvenes salvados.

—¿Me estás diciendo que debería estrellar más coches? —se rio Nathan—. De todas formas, ya veremos qué pasa con Derrick. Sabes, al principio a Jade le gustaba de verdad y a Kayla no, pero cambió de idea. Yo fui el papá duro que mantuvo a Derrick a distancia. Después, cuando se enteraron de en qué estaba metido, Jade y Kayla lo descartaron y ahora se preguntan por qué muestro tanto interés por él.

—¿Y qué les dices?

—La gracia de Dios. William Barrett me tendió la mano a mí. Yo le estoy tendiendo la mano a Derrick. Dijo que no tenía a nadie… pues bien, ahora me tiene a mí. Es demasiado pronto para decirlo, pero ¿quién sabe? Puede que un día él sea como un hijo para mí como yo lo soy para William. Entre tanto, le muestro a mi familia la gracia de Dios. No ayudamos a la gente porque lo merezca, sino porque Dios nos dice que amemos a los demás como Él nos ama a nosotros. Oye, puede que algún día visite a TJ o a Antoine.

Adam parpadeó.

—Vaya. Eso no se me habría ocurrido a mí.

—Cosas más extrañas ocurren cuando Dios da rienda suelta a su gracia. ¿Cómo va el estudio bíblico de Dylan con Tom Lyman?

—Genial. Deberías oírle hablar sin parar de eso. Dos de sus colegas ahora van con él. Memorizan las Escrituras. Si me hubieses dicho hace seis meses que mi hijo iba a pedir pasar dos horas a la semana con un anciano en una residencia, habría dicho que estabas chiflado. Pero Tom es como un abuelo para él.

—Tiene sentido… él es ahora como un padre para ti. ¿A ti y a Bobby Shaw les va bien?

Adam asintió.

—Va saliendo poco a poco de su caparazón. Una vez que confíe en mí, creo que estaremos bien. Javi y Carmen y los chicos vinieron anoche. ¡Él se apuntó ayer a una clase de nacionalización para que le ayude a convertirse en un ciudadano estadounidense!

—¡Fantástico! —Nathan chocó manos con Adam.

—¡Y Frank Tyson paga las clases! ¿Sabes qué? No dejo de pensar en la semana pasada, en Pearly's, cuando Javi nos leyó la carta de su padre en la que le decía que estaría encantado de volar hasta aquí y visitar a su hijo. Cuando Javi lloró, nos conmovió a todos.

Nathan asintió.

—No estaba preparado para el efecto que causó en el nuevo miembro del grupo.

—Sí. ¿Habías imaginado alguna vez que verías a Brad Bronson llorar como un bebé?

—Decía que era la alergia.

—Y Brad me dijo el otro día que está pensando en localizar a un hijo y a una hija de unos treinta años con los que hace mucho tiempo que perdió el contacto. Increíble.

El encargado de las visitas miró a Nathan.

—Ya puede entrar, ayudante Hayes. Es en el edificio D; aquí tiene su pase.

Nathan rodeó con el brazo a Adam, que le devolvió el gesto.

En ese mismo instante, una voz grave y sonora dijo desde detrás:

—Si ustedes dos acaban con su demostración pública de afecto, podríamos conseguir que la fila avance.

Adam se giró… el *sheriff* Gentry.

—Solo estaba… no importa. Me alegro de verle, señor.

Gentry asintió. Y después sonrió… vacilando.

Nathan iba solo unos pasos por delante de Adam cuando la encargada preguntó:

—¿A quién ha venido a ver, cabo Mitchell?

—A Mike Hollis —dijo Adam.

Ella miró los listados.

—También está en el edificio D.

—Espera —llamó Adam a Nathan—. Vamos al mismo sitio.

Uno tras otro extendieron los brazos mientras el guarda de seguridad los cacheaba y guardaba sus armas en las taquillas.

Nathan miró a Adam.

—¿Mike Hollis? ¿En serio? Pensé que ibas a ver a Shane.

—Lo vi hace unos días. Y en cuanto a Mike, tú has subido el listón visitando a Derrick. Puedo quedarme atrás y observarte, o entrar ahí e intentar saltar más alto.

Los dos hombres caminaron hacia el edificio D por el oscuro vestíbulo de bloques, un puente de tierra estéril entre dos mundos.

Nathan Hayes venía a visitar a un joven que tenía los ojos puestos en su hija y que había jurado lealtad al líder de una banda que había raptado a su hijo, que le había dado una paliza a su compañero y que había intentado matarlo con una escopeta.

Adam Mitchell venía a visitar al hombre que le había vendido droga a su hijo y que, bajo los efectos del alcohol y las drogas, había matado a su hija.

Los dos necesitaban valor para recorrer aquel vestíbulo con el fin de hacer llegar la gracia de Dios a aquellos hombres. Pero era más fácil recorrerlo uno al lado del otro que en solitario.

En medio del silencio interrumpido solo por el sonido de sus pasos, ambos pensaban no en ellos mismos, sino en un hombre que una vez recorrió un camino largo y solitario hasta lo alto de un monte y que, en el peor momento de la historia, hizo lo más valiente que se ha hecho nunca.

Al final de su ascenso, abrió los brazos y permitió que hombres culpables introdujeran clavos en sus manos y en sus pies. Soportó una agonía inefable para dar a hombres que no lo merecen, como Mike Hollis, Derrick Freeman, Nathan Hayes y Adam Mitchell, una segunda oportunidad.

Para la mayoría de la gente, nada de esto, ni lo que aquellos hombres estaban haciendo, ni lo que Él hizo hace dos mil años, tenía sentido.

Desde el exterior, la gracia y la verdad, el honor y la valentía, rara vez lo tienen.

SÉ FUERTE Y
MUY VALIENTE.

JOSUÉ 1:7

ELIGE HOY MISMO
A QUIÉN SERVIRÁS...
PERO EN CUANTO A MÍ
Y A MI FAMILIA,
NOSOTROS SERVIREMOS
AL SEÑOR.

JOSUÉ 24:15

Agradecimientos
DE RANDY ALCORN

Quiero dar las gracias especialmente a mi esposa, Nanci, que realizó muchos sacrificios personales durante los cuatro meses de trabajo aparentemente interminable que dediqué a este proyecto. Sin tu compañía, amistad y aliento, estaría perdido. Mis hijas, Karina y Angela, y sus maridos, Dan y Dan, debatieron conmigo distintos aspectos del libro durante todo el proceso, y les agradezco su ayuda.

Mi agradecimiento a Stephen y Alex Kendrick, los escritores del guión de *Reto de valientes*, que proporcionaron el marco para esta novela. Alrededor del 20 por ciento del libro procede directamente de la película; tuve que inventar el 80 por ciento restante para convertirlo en una novela. Por esta razón, si hay algo que al lector no le guste, lo más probable es que sea culpa mía.

Estoy profundamente agradecido al capitán Craig Dodd, que me condujo por las calles de Albany y compartió muchas reflexiones acerca de bandas, drogas, crimen callejero y las consecuencias de la ausencia de padre. Craig atendió amablemente numerosas consultas telefónicas sobre procedimientos policiales y penitenciarios. Craig, siento no haber podido emplear más de la inestimable información que me proporcionaste. Espero que, en los casos en que la he usado, la encuentres acertada en su mayor parte y que disfrutes de la historia.

Como siempre, gracias a mis amigos en Tyndale, incluyendo a Karen Watson y Ron Beers. Y a mi editor de Tyndale, Caleb Sjogren.

No habría podido completar este proyecto sin la incansable ayuda de Doreen Button, mi compañera en *Eternal Perspective*

Ministries, que trabajó incontables horas, incluso hasta bien entrada la noche y durante unos cuantos fines de semana, aportando sugerencias editoriales. Doreen, estoy profundamente agradecido a Dios por tu ayuda.

Gracias a Stephanie Anderson, que se mostró disponible, a pesar de la escasa antelación, para ayudar a reducir el recuento de palabras sobre los borradores. Y a Bonnie Hiestand, mecanógrafo principal, que a veces es capaz de entender mi letra incluso cuando yo no puedo. Y a mis asistentes, Kathy Norquist y Linda Jeffries, sin las cuales nunca habría tenido tiempo para escribir un libro.

Tim Newcomb y Steve Tucker examinaron el primer borrador y aportaron útiles comentarios. Bob Schilling colaboró con algunas investigaciones. Agradezco vuestra ayuda, hermanos míos.

Un agradecimiento especial a mis amigos policías Jim Seymour, Claudio Grandjean, Brandon Gentry y Dave Williams, todos ellos miembros de mi iglesia. Jim, tú fuiste aún más allá pasando por mi casa durante tus rondas policiales y mostrándome en mi porche delantero cómo funciona la pistola eléctrica. Gracias por no dispararnos realmente una descarga ni a mí, ni a Nanci, ni a nuestro perro Moses.

Bill Leslie y Tom Skipper fueron mis ayudantes hispanohablantes, que colaboraron con los fragmentos relacionados con Javi. Gracias a todos mis amigos de confianza que me ayudaron a verificar los datos en sus áreas de especialización. Entre ellos Doug Gabbert, que aportó una recomendación sobre coches crucial para el argumento. Gracias también a Sawyer Brown Rygh y Chase MacKay.

No puedo expresar con palabras cuánto ha significado tener a nuestros compañeros de oración de EPM orando por mí durante el largo y complicado proceso de escritura. Dios sabe quiénes son. Confío en que Él ha respondido y responderá a sus oraciones y les recompensará por participar en este libro sea cual sea su repercusión.

Otras personas que me ayudaron, algunos probablemente sin recordarlo, son Ron y Ione Noren, Tom y Donna Schneider, Don y Pat Maxwell, Rod y Diane Meyer, Steve y Sue Keels, Chuck y Gena Norris, Rick y Amy Campbell, Jay Echternach, Todd DuBord, Tony Cimmarrusti, Mark Kost, Paul Martin, Gregg Cunningham, Kress Drew, Robin Green, Stu Weber y Scott Lindsey.

Y por encima de todos ellos, doy las gracias a mi Señor y Salvador Jesucristo, que me ha apoyado a lo largo del proceso inusitadamente difícil de este libro, especialmente en las últimas fases. Como dice Salmo 107:1: «¡Den gracias al Señor, porque él es bueno! Su fiel amor perdura para siempre». Eres bueno, Señor, e incluso en los momentos duros, te alabo por tu amor inquebrantable hacia mí.

Agradecimientos
DE ALEX Y STEPHEN

Christina y Jill (nuestras esposas): porque su paciencia y apoyo es el viento que empuja nuestras velas. ¡Les queremos mucho!

Joshua, Anna, Catherine, Joy, Caleb, Julia, Grant, Cohen, Karis y John (nuestros hijos): que su fe y su fuerza crezcan y sean poderosos para influir por Jesús. ¡Él es el Señor y les ama! ¡Y nosotros también!

Larry y Rhonwyn Kendrick (nuestros padres): porque durante cuarenta años nos han amado y nos han valorado. ¡Gracias por hacer que conociéramos al Salvador y lo buscáramos!

Jim McBride y Bill Reeves (agentes): ustedes se han llevado los golpes, han soportado los quebraderos de cabeza y han sido compañeros y amigos increíbles. Que Dios les bendiga muchas veces por su fidelidad.

Randy Alcorn (escritor): sigue escribiendo, sirviendo y dando. El impacto de tu ministerio sin duda seguirá creciendo. No hay muchos como tú.

Karen Watson y Caleb Sjogren (editores): gracias por creer y por compartir este viaje con nosotros. Su ayuda, sus conocimientos y su compañerismo han sido una bendición.

Iglesia Bautista de Sherwood (sede): hacen que la carretera más tortuosa parezca más agradable y los retos más llevaderos. Gracias por amar a Jesús. ¡Somos afortunados por formar parte de su familia!

Un mensaje personal de los hermanos Kendrick

¡GRACIAS por leer *Reto de valientes*! Esperamos que el viaje de estos padres y de sus familias te haya alentado e inspirado. Ahora que has leído la novela, queremos retarte fervientemente a realizar tu propio viaje espiritual. ¿Cómo te influirá la historia de *Reto de valientes*? ¿Dejarás que su mensaje de fe y amor vaya más allá de las páginas de este libro?

Si no tienes una relación con Jesucristo, queremos que sepas que Él es la verdad. No hablamos de religión sino de una *relación* con Jesús. Solo Él ha demostrado ser el eslabón perdido hasta Dios que la gente anhela... y necesita desesperadamente. El que tú necesitas.

Su vida entera demuestra su singularidad como Dios hecho carne. Su alumbramiento virginal, su vida sin pecado, sus poderosas enseñanzas, sus asombrosos milagros, su amor incondicional, el sacrificio de su muerte, su milagrosa resurrección, y su impacto en el mundo son únicos y exclusivos de Jesucristo. Prueba a leer Mateo, Marcos, Lucas y Juan en la Biblia y comprueba por ti mismo de lo que fueron testigos aquellos que estuvieron con Él. Él no está solo cualificado para perdonar tus pecados, sino que puede cambiar tu corazón y hacer que sea agradable a Dios Santo. Es absurdo creer en tu propia bondad para llegar al cielo. Solo Dios puede hacernos puros a través de Jesucristo.

Las Escrituras dicen que ninguno de nosotros alcanza la rectitud de Dios (Romanos 3). Todos hemos incumplido sus mandamientos. Cada uno de nosotros ha mentido, ha codiciado y ha odiado. Por eso nunca podríamos estar ante Él. Somos culpables de muchos pecados y Él exige rectitud para entrar en el cielo.

Por esa razón envió con amor a Jesús. Su muerte en la cruz era necesaria para arreglar las cosas entre nosotros y el Dios Santo. No tenía que hacerlo. Simplemente es un acto de amor... personificado.

Sin importar donde estés, permítenos animarte y retarte, por Cristo, a hacer lo que hizo David Thomson y a rendir tu corazón de nuevo a Dios. Romanos 10:9 dice que si confiesas de viva voz que Jesús es tu Señor (Maestro o Líder), y crees de corazón que Dios lo levantó de entre los muertos, entonces serás salvado.

Si ya eres un seguidor obediente de Cristo, entonces te animamos a que vayas más allá en tu viaje espiritual. Te retamos a que hagas que la fe y la integridad que Cristo proporciona influyan en tus relaciones, en tus hijos, en tus hábitos diarios, y en el entorno laboral de la misma forma que hicieron Adam, Nathan y Javier. ¿Eres un ejemplo de honestidad y de la «regla de oro» en la manera en que tratas a los demás? ¿Has dedicado tu ética personal y tu entorno laboral a Dios? ¿Hay personas a las que hayas ofendido en el pasado con las que necesites reconciliarte? No esperes más. ¡Hazlo!

Te animamos a que reorientes tus pasiones hacia el propósito superior de glorificar a Dios y no vivir para tu propia satisfacción temporal en esta vida. Comienza tus días con la Palabra de Dios y con la oración. Ora por cautivar a la gente con los cambios que Cristo ha obrado en ti. Y haz que tu compromiso no dependa de los demás. La gente te fallará, te rechazará y te decepcionará. Pero no te desanimes. No permitas que nada ni nadie hagan que dejes de amar a Dios. ¡Encuentra un grupo de creyentes en una iglesia local que comparta esta pasión y que te acompañe en esta gran aventura! Y entonces planeemos regocijarnos juntos en la alegría de ver que Dios se glorifica a sí mismo a través de nuestras vidas, ¡y hace más de lo que podamos pedir o imaginar! ¡Que tu vida en Cristo sea valiente!

¡Que Dios te bendiga!
Alex y Stephen Kendrick

Guía de lectura

1. ¿Con qué personajes o sucesos de esta novela te identificas? ¿En qué sentido tu vida ha sido parecida?

2. Debate algunas de las diferencias de una mala paternidad, una paternidad «aceptable» y una paternidad efectiva. ¿Cuáles son los rasgos de una paternidad excelente? ¿Por qué mucha gente se conforma con la aceptable?

3. En la primera escena, Nathan se niega a soltar del volante, arriesgando su propia vida para rescatar a su hijo. ¿Qué merece en tu vida ese tipo de riesgo? ¿Cuáles son algunos de los sacrificios que Dios puede pedirte que realices por la gente que quieres?

4. ¿Has tenido una figura paterna positiva en tu vida? Si no, ¿cómo podrías buscar y cultivar esa clase de relación ahora? En caso de que sí la hayas tenido, ¿qué puedes hacer para expresar tu gratitud por la influencia de esa persona?

5. ¿En qué punto tuvo lugar la catarsis en la relación entre Dylan y Adam? ¿Qué hizo cada uno de ellos por salvar las distancias entre ambos?

6. ¿Por qué se resiste Adam al principio a compartir su fe con Bronson? ¿Cómo cambia finalmente la perspectiva de Bronson? ¿Qué persona de tu vida necesita escuchar la verdad?

7. ¿Cómo refleja Javier su fe en los designios y en la soberanía de Dios? ¿En qué situaciones pone en práctica su fe de forma adecuada y en cuáles no tanto?

8. Nombra y comenta algunos de los personajes de la historia que reciben la gracia, la compasión o el perdón. ¿Cómo afecta eso a las vidas de dichos personajes?

9. ¿Te sorprendieron los actos de Shane al final de la historia? ¿Por qué crees que tomó esas decisiones? ¿En qué circunstancias es fácil poner excusas por nuestros errores?

10. David encuentra muchas segundas oportunidades a lo largo de la historia, entre ellas la oportunidad de convertirse en un verdadero padre para su hija. Pero si Amanda no hubiese invitado a David a volver a formar parte de su vida y de la de Olivia, ¿cómo podría haber cumplido David aun así la Resolución?

11. Debate las verdades de Proverbios 22:6. ¿Qué dice este versículo acerca de la crianza de los hijos? ¿Qué dice de los hijos que abandonan la fe?

12. ¿De qué manera mantienen su Resolución los hombres de *Reto de valientes*? ¿En qué sentido fracasan a la hora de ponerla en práctica? ¿Cómo puede un hombre estar seguro de que su Resolución es más que una simple e inútil promesa?

Sobre los autores

RANDY ALCORN es el fundador de *Eternal Perspective Ministries* (EPM). Antes de impulsar EPM, sirvió como pastor durante catorce años. Ha dado discursos por todo el mundo y ha impartido clases en las facultades adjuntas de Multnomah Bible College y Western Seminary en Portland, Oregón.

Randy es el exitoso autor de más de cuarenta libros, incluyendo las novelas *Deadline, Dominion* y *Deception,* así como *The Chasm, A salvo en casa* y *Reto de valientes.* Sus trabajos de no ficción incluyen *El Cielo; If God is Good; Managing God's Money; Money, Possessions and Eternity; El principio del tesoro; Entre la gracia y la verdad: una paradoja;* y *The Law of Rewards.* Randy ha escrito artículos para muchas revistas y produce la popular publicación periódica *Eternal Perspectives.* Ha asistido como invitado a numerosos programas de radio y televisión, incluyendo *Focus on the Family, The Bible Answer Man, Family Life Today, Revive Our Hearts, Truths that Transform* y *Faith Under Fire.*

Randy, padre de dos hijas ya casadas, vive en Gresham, Oregón, con su esposa y mejor amiga, Nanci. Son abuelos orgullosos de varios nietos.

Puedes contactar con *Eternal Perspective Ministries* por correo electrónico a través de su página web www.epm.org o en la dirección 39085 Pioneer Blvd., Suite 206, Sandy, OR 97055, (503) 668-5200. Visita el blog de Randy Alcorn en www.epm.org/blog. También puedes contactar con Randy en facebook.com/randyalcorn y Twitter: twitter.com/randyalcorn.

★ ★ ★

ALEX KENDRICK es pastor asociado en la Iglesia Bautista de Sherwood. En 2002, Kendrick Brothers Productions, en colaboración con Sherwood Pictures, comenzó a trabajar en su primera película, *Flywheel*, que Alex escribió, dirigió, produjo y en la cual actuó. Después de la abrumadora respuesta a la película, Alex y su hermano Stephen trabajaron juntos de nuevo para escribir y producir *Facing the Giants*, producida y distribuida por Provident Films, una sucursal de Sony Pictures. Alex dirigió y actuó en la película, que recaudó más de 10 millones de dólares en taquilla. El DVD, del que se vendieron más de dos millones de copias, se lanzó en trece idiomas en cincuenta y seis países. Alex y Stephen perpetuaron aquel éxito escribiendo y produciendo *Fireproof*, la película independiente con más ingresos de 2008, que recaudó unos 33 millones de dólares en taquilla. Alex dirigió el filme, del que desde entonces se han vendido más de 3 millones de copias en DVD. Hasta la fecha, Alex ha recibido más de veinte premios por su trabajo, entre ellos el de mejor guión, mejor producción y mejor largometraje.

Alex y su esposa, Christina, llevan diecisiete años casados y viven en Albany, Georgia, con sus seis hijos.

★ ★ ★

STEPHEN KENDRICK es pastor asociado en la Iglesia Bautista de Sherwood. Kendrick Brothers Productions, en colaboración con Sherwood Pictures, ha estrenado cuatro películas. Stephen ha coescrito, producido y desempeñado papeles principales en todos los filmes de Sherwood Pictures. También ha trabajado con Provident Films en el desarrollo de marketing y de recursos para el estudio bíblico en cada película. En 2007, la Cámara de Representantes y el Senado de Georgia aprobaron una resolución reconociendo a Sherwood Pictures el éxito de sus ministerios y su positivo impacto.

Alex y Stephen son coautores de *El desafío del amor*, un título de no ficción basado en el argumento de *Fireproof* que pronto se convirtió en el número uno de la lista de *bestsellers* del *New York Times*, en la que permaneció durante más de dos años. Con más de cinco millones de copias vendidas, es un *bestseller* internacional traducido a treinta y dos idiomas. Los hermanos Kendrick también son coautores (junto a Eric Wilson) de novelas basadas en los guiones de *Flywheel*, *Facing the Giants* y *Fireproof*, y escribieron *El desafío del amor para cada día*, un devocional de 365 días para parejas, y *The Love Dare Day by Day: Wedding Edition*.

Stephen y su esposa, Jill, viven en Albany, Georgia, con sus cuatro hijos.

Atrévete a vivir con valentía

Todos ustedes, los que confían en Dios, ¡anímense y sean valientes!
Salmo 31:24 (TLA)

Ya está a la venta | 978-1-4336-7385-6

BHEspanol/Valientes

CP0538

También disponible por Tyndale Español

SE HA PREGUNTADO ALGUNA VEZ . . .

¿Cómo va a ser en realidad el Cielo?

¿Qué significará ver a Dios?

¿Qué haremos en la Nueva Tierra?

¿Cómo podemos estar seguros de que iremos al Cielo?

TODOS TENEMOS PREGUNTAS acerca del Cielo. Ahora, en la colección de libros sobre el Cielo más completa hasta la fecha, Randy Alcorn le invita a considerar lo que la Biblia dice acerca del Cielo. Estos libros le ayudarán a entender el Cielo mucho mejor y le ofrecerán también información importante acerca de la eternidad.

- El libro principal, *El Cielo*, contiene información detallada acerca del Cielo y de la Nueva Tierra tal como aparecen en la Biblia. También incluye una amplia sección de preguntas y respuestas en la segunda mitad del libro.

- *El Cielo: Guía de Estudio* le ofrece más de 250 preguntas intelectualmente estimulantes, selecciones de *El Cielo* y referencias bíblicas para ayudarle con su estudio.

- *El Cielo: Respuestas Bíblicas a Preguntas Comunes* es un folleto de 64 páginas que ofrece una muestra de algunas de las preguntas más comunes acerca de la vida después de la muerte en el libro *El Cielo*. Este es un recurso maravilloso para las personas no cristianas (también disponible en paquetes de 20).

CP0209

50 DÍAS DEL CIELO

¡Estas 50 meditaciones inspiradoras acerca del Cielo
tocarán su corazón, capturarán su imaginación y cambiarán
su forma de pensar acerca del nuevo y espectacular universo
que nos espera!

- También disponible en inglés -
50 DAYS OF HEAVEN

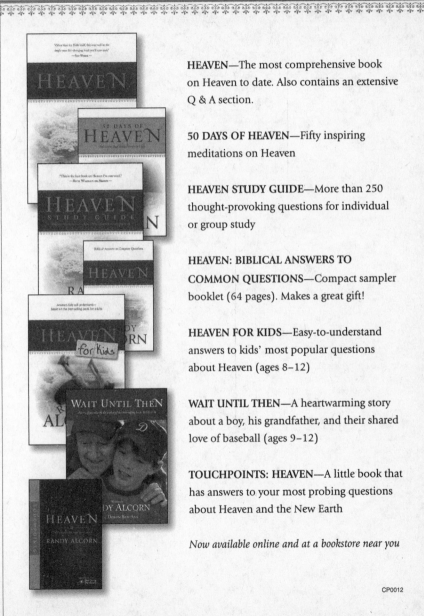

LOOK FOR THESE TYNDALE BOOKS
BY RANDY ALCORN
AT YOUR LOCAL BOOKSTORE

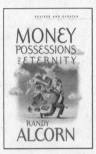

MONEY, POSSESSIONS, AND ETERNITY

This classic best seller provides a thoroughly biblical perspective about money and material possessions. Includes a study guide and appendix with additional resources.

THE LAW OF REWARDS

Using excerpts from his classic *Money, Possessions, and Eternity*, Randy Alcorn demonstrates that believers will receive differing rewards in Heaven depending on their actions and choices here on Earth.

SAFELY HOME

"Not only is *Safely Home* a first-class story, it's also a bracing wake-up call about Christian persecution in China. You'll be challenged."
—CHARLES COLSON

"This brilliant story mixes the warmth of a good novel with the harsh reality of the persecuted church."
—DR. TIM LAHAYE

CP0124